VOYAGE AU CENTRE DE LA TERRE

LES INDES NOIRES

JULES VERNE

VOYAGE AU CENTRE DE LA TERRE

LES INDES NOIRES

Illustrations de l'édition originale Hetzel

Dessins par MM. Riou et J. Férat

Gravés par Barbant

Les Intégrales Jules Verne

Grandes Œuvres
Hachette

COLLECTION HETZEL

Ouvrage couronné par l'Académie française.

JULES VERNE

VOYAGE AU CENTRE DE LA TERRE

VIGNETTES PAR RIOU

COLLECTION HETZEL

LES TEXTES DE LA PRÉSENTE ÉDITION
SONT CONFORMES A CEUX DE
L'ÉDITION ORIGINALE HETZEL

I

Le 24 mai 1863, un dimanche, mon oncle, le professeur Lidenbrock, revint précipitamment vers sa petite maison située au numéro 19 de Königstrasse, l'une des plus anciennes rues du vieux quartier de Hambourg.

La bonne Marthe dut se croire fort en retard, car le dîner commençait à peine à chanter sur le fourneau de la cuisine.

« Bon, me dis-je, s'il a faim, mon oncle, qui est le plus impatient des hommes, va pousser des cris de détresse.

– Déjà M. Lidenbrock ! s'écria la bonne Marthe stupéfaite, en entrebâillant la porte de la salle à manger.

– Oui, Marthe ; mais le dîner a le droit de ne point être cuit, car il n'est pas deux heures. La demie vient à peine de sonner à Saint-Michel.

– Alors pourquoi M. Lidenbrock rentre-t-il ?

– Il nous le dira vraisemblablement.

– Le voilà ! je me sauve, monsieur Axel, vous lui ferez entendre raison. »

Et la bonne Marthe regagna son laboratoire culinaire.

Je restai seul. Mais de faire entendre raison au plus irascible des professeurs, c'est ce que mon caractère un peu indécis ne me permettait pas. Aussi je me préparais à regagner prudemment ma jolie chambre du haut, quand la porte de la rue cria sur ses gonds ; de grands pieds firent craquer l'escalier de bois, et le maître de la maison, traversant la salle à manger, se précipita aussitôt dans son cabinet de travail.

Mais, pendant ce rapide passage, il avait jeté dans un coin sa canne à tête de casse-noisette, sur la table son large chapeau à poils rebroussés, et à son neveu ces paroles retentissantes :

« Axel, suis-moi ! »

Je n'avais pas eu le temps de bouger que le professeur me criait déjà avec un vif accent d'impatience :

« Eh bien ! tu n'es pas encore ici ? »

Je m'élançai dans le cabinet de mon redoutable maître.

Otto Lidenbrock n'était pas un méchant homme, j'en conviens volontiers ; mais, à moins de changements improbables, il mourra dans la peau d'un terrible original.

Il était professeur au Johannæum, et faisait un cours de minéralogie pendant lequel il se mettait régulièrement en colère une fois ou deux. Non point qu'il se préoccupât d'avoir des élèves assidus à ses leçons, ni du degré d'attention qu'ils lui accordaient, ni du succès qu'ils pouvaient obtenir par la suite ; ces détails ne l'inquiétaient guère. Il professait « subjectivement », suivant une expression de la philosophie allemande, pour lui et non pour les autres. C'était un savant égoïste, un puits de science dont la poulie grinçait quand on en voulait tirer quelque chose : en un mot, un avare.

Il y a quelques professeurs de ce genre en Allemagne.

Mon oncle, malheureusement, ne jouissait pas d'une

extrême facilité de prononciation, sinon dans l'intimité, au moins quand il parlait en public, et c'est un défaut regrettable chez un orateur. En effet, dans ses démonstrations au Johannæum, souvent le professeur s'arrêtait court ; il luttait contre un mot récalcitrant qui ne voulait pas glisser entre ses lèvres, un de ces mots qui résistent, se gonflent et finissent par sortir sous la forme peu scientifique d'un juron. De là, grande colère.

Or, il y a en minéralogie bien des dénominations semi-grecques, semi-latines, difficiles à prononcer, de ces rudes appellations qui écorcheraient les lèvres d'un poète. Je ne veux pas dire du mal de cette science. Loin de moi. Mais lorsqu'on se trouve en présence des cristallisations rhomboédriques, des résines rétinasphaltes, des ghélénites, des fangasites, des molybdates de plomb, des tungstates de manganèse et des titaniates de zircone, il est permis à la langue la plus adroite de fourcher.

Donc, dans la ville, on connaissait cette pardonnable infirmité de mon oncle, et on en abusait, et on l'attendait aux passages dangereux, et il se mettait en fureur, et l'on riait, ce qui n'est pas de bon goût, même pour des Allemands. Et s'il y avait toujours grande affluence d'auditeurs aux cours de Lidenbrock, combien les suivaient assidûment qui venaient surtout pour se dérider aux belles colères du professeur !

Quoi qu'il en soit, mon oncle, je ne saurais trop le dire, était un véritable savant. Bien qu'il cassât parfois ses échantillons à les essayer trop brusquement, il joignait au génie du géologue l'œil du minéralogiste. Avec son marteau, sa pointe d'acier, son aiguille aimantée, son chalumeau et son flacon d'acide nitrique, c'était un homme très fort. A la cassure, à l'aspect, à la dureté, à la fusibilité, au son, à l'odeur, au goût d'un minéral quelconque, il le classait sans hésiter parmi les six cents espèces que la science compte aujourd'hui.

Aussi le nom de Lidenbrock retentissait avec honneur dans les gymnases et les associations nationales. MM. Humphry Davy, de Humboldt, les capitaines Franklin et Sabine, ne manquèrent pas de lui rendre visite à leur passage à Hambourg. MM. Becquerel, Ebelmen, Brewster, Dumas, Milne-Edwards, Sainte-Claire-Deville, aimaient à le consulter sur des questions les plus palpitantes de la chimie.

Cette science lui devait d'assez belles découvertes, et, en 1853, il avait paru à Leipzig un *Traité de Cristallographie transcendante,* par le professeur Otto Lidenbrock, grand in-folio avec planches, qui cependant ne fit pas ses frais.

Ajoutez à cela que mon oncle était conservateur du musée minéralogique de M. Struve, ambassadeur de Russie, précieuse collection d'une renommée européenne.

Voilà donc le personnage qui m'interpellait avec tant d'impatience. Représentez-vous un homme grand, maigre, d'une santé de fer, et d'un blond juvénile qui lui ôtait dix bonnes années de sa cinquantaine. Ses gros yeux roulaient sans cesse derrière des lunettes considérables ; son nez, long et mince, ressemblait à une lame affilée ; les méchants prétendaient même qu'il était aimanté et qu'il attirait la limaille de fer. Pure calomnie : il n'attirait que le tabac, mais en grande abondance, pour ne point mentir.

Quand j'aurai ajouté que mon oncle faisait des enjambées mathématiques d'une demi-toise, et si je dis qu'en marchant il tenait ses poings solidement fermés, signe d'un tempérament impétueux, on le connaîtra assez pour ne pas se montrer friand de sa compagnie.

Il demeurait dans sa petite maison de Königstrasse, une habitation moitié bois, moitié brique, à pignon dentelé ; elle donnait sur l'un de ces canaux sinueux qui se croisent au milieu du plus ancien quartier de Hambourg que l'incendie de 1842 a heureusement respecté.

La vieille maison penchait un peu, il est vrai, et tendait le ventre aux passants ; elle portait son toit incliné sur l'oreille, comme la casquette d'un étudiant de la Tugendbund ; l'aplomb de ses lignes laissait à désirer ; mais, en somme, elle se tenait bien, grâce à un vieil orme vigoureusement encastré dans la façade, qui poussait au printemps ses bourgeons en fleurs à travers les vitraux des fenêtres.

Mon oncle ne laissait pas d'être riche pour un professeur allemand. La maison lui appartenait en toute propriété, contenant et contenu. Le contenu, c'était sa filleule Graüben, jeune Virlandaise de dix-sept ans, la bonne Marthe et moi. En ma double qualité de neveu et d'orphelin, je devins son aide-préparateur dans ses expériences.

J'avouerai que je mordis avec appétit aux sciences géologiques ; j'avais du sang de minéralogiste dans les veines, et

Otto Lidenbrock était un homme grand, maigre.

je ne m'ennuyais jamais en compagnie de mes précieux cailloux.

En somme, on pouvait vivre heureux dans cette maisonnette de Königstrasse, malgré les impatiences de son propriétaire, car, tout en s'y prenant d'une façon un peu brutale, celui-ci ne m'en aimait pas moins. Mais cet homme-là ne savait pas attendre, et il était plus pressé que nature.

Quand, en avril, il avait planté dans les pots de faïence de son salon des pieds de réséda ou de volubilis, chaque matin il allait régulièrement les tirer par les feuilles afin de hâter leur croissance.

Avec un pareil original, il n'y avait qu'à obéir. Je me précipitai donc dans son cabinet.

II

Ce cabinet était un véritable musée. Tous les échantillons du règne minéral s'y trouvaient étiquetés avec l'ordre le plus parfait, suivant les trois grandes divisions des minéraux inflammables, métalliques et lithoïdes.

Comme je les connaissais, ces bibelots de la science minéralogique ! Que de fois, au lieu de muser avec les garçons de mon âge, je m'étais plu à épousseter ces graphites, ces anthracites, ces houilles, ces lignites, ces tourbes ! Et les bitumes, les résines, les sels organiques qu'il fallait préserver du moindre atome de poussière ! Et ces métaux, depuis le fer jusqu'à l'or, dont la valeur relative disparaissait devant l'égalité absolue des spécimens scientifiques ! Et toutes ces pierres qui eussent suffi à reconstruire la maison de Königstrasse, même avec une belle chambre de plus, dont je me serais si bien arrangé !

Mais, en entrant dans le cabinet, je ne songeais guère à ces merveilles. Mon oncle seul occupait ma pensée. Il était enfoui dans son large fauteuil garni de velours d'Utrecht, et tenait entre les mains un livre qu'il considérait avec la plus profonde admiration.

« Quel livre ! quel livre ! » s'écriait-il.

Cette exclamation me rappela que le professeur Lidenbrock était aussi bibliomane à ses moments perdus ; mais un bouquin n'avait de prix à ses yeux qu'à la condition d'être introuvable, ou tout au moins illisible.

« Eh bien ! me dit-il, tu ne vois donc pas ? Mais c'est un trésor inestimable que j'ai rencontré ce matin en furetant dans la boutique du juif Hevelius.

– Magnifique ! » répondis-je avec un enthousiasme de commande.

En effet, à quoi bon ce fracas pour un vieil in-quarto dont le dos et les plats semblaient faits d'un veau grossier, un bouquin jaunâtre auquel pendait un signet décoloré ?

Cependant les interjections admiratives du professeur ne discontinuaient pas.

« Vois, disait-il, en se faisant à lui-même demandes et réponses ; est-ce assez beau ? Oui, c'est admirable ! Et quelle reliure ! Ce livre s'ouvre-t-il facilement ? Oui, car il reste ouvert à n'importe quelle page ! Mais se ferme-t-il bien ? Oui, car la couverture et les feuilles forment un tout bien uni, sans se séparer ni bâiller en aucun endroit ! Et ce dos qui n'offre pas une seule brisure après sept cents ans d'existence ! Ah ! voilà une reliure dont Bozerian, Closs ou Purgold eussent été fiers ! »

En parlant ainsi, mon oncle ouvrait et fermait successivement le vieux bouquin. Je ne pouvais faire moins que de l'interroger sur son contenu, bien que cela ne m'intéressât aucunement.

« Et quel est donc le titre de ce merveilleux volume ? demandai-je avec un empressement trop enthousiaste pour n'être pas feint.

– Cet ouvrage ! répondit mon oncle en s'animant, c'est l'*Heims-Kringla* de Snorre Turleson, le fameux auteur islandais du XIIe siècle ! C'est la Chronique des princes norvégiens qui régnèrent en Islande !

– Vraiment ! m'écriai-je de mon mieux, et sans doute c'est une traduction en langue allemande ?

– Bon ! riposta vivement le professeur, une traduction ! Et qu'en ferais-je de ta traduction ? Qui se soucie de ta traduction ? Ceci est l'ouvrage original en langue islandaise, ce magnifique idiome, riche et simple à la fois, qui autorise les combinaisons grammaticales les plus variées et de nombreuses modifications de mots !

– Comme l'allemand, insinuai-je avec assez de bonheur.

– Oui, répondit mon oncle en haussant les épaules, sans compter que la langue islandaise admet les trois genres comme le grec et décline les noms propres comme le latin !

– Ah ! fis-je un peu ébranlé dans mon indifférence, et les caractères de ce livre sont-ils beaux ?

– Des caractères ! Qui te parle de caractères, malheureux Axel ? Il s'agit bien de caractères ! Ah ! tu prends cela pour un imprimé ? Mais, ignorant, c'est un manuscrit, et un manuscrit runique !...

– Runique ?

– Oui ! Vas-tu me demander maintenant de t'expliquer ce mot ?

– Je m'en garderai bien », répliquai-je avec l'accent d'un homme blessé dans son amour-propre.

Mais mon oncle continua de plus belle et m'instruisit, malgré moi, de choses que je ne tenais guère à savoir.

« Les runes, reprit-il, étaient des caractères d'écriture usités autrefois en Islande, et, suivant la tradition, ils furent inventés par Odin lui-même ! Mais regarde donc, admire donc, impie, ces types qui sont sortis de l'imagination d'un dieu ! »

Ma foi, faute de réplique, j'allais me prosterner, genre de réponse qui doit plaire aux dieux comme aux rois, car elle a l'avantage de ne jamais les embarrasser, quand un incident vint détourner le cours de la conversation.

Ce fut l'apparition d'un parchemin crasseux qui glissa du bouquin et tomba à terre.

Mon oncle se précipita sur ce brimborion avec une avidité facile à comprendre. Un vieux document, enfermé depuis un temps immémorial dans un vieux livre, ne pouvait manquer d'avoir un haut prix à ses yeux.

« Qu'est-ce que cela ? » s'écria-t-il.

Et, en même temps, il déployait soigneusement sur sa table un morceau de parchemin long de cinq pouces, large de trois, et sur lequel s'allongeaient, en lignes transversales, des caractères de grimoire.

En voici le fac-similé exact. Je tiens à faire connaître ces signes bizarres, car ils amenèrent le professeur Lidenbrock et son neveu à entreprendre la plus étrange expédition du XIXe siècle :

Le professeur considéra pendant quelques instants cette série de caractères ; puis il dit en relevant ses lunettes :

« C'est du runique ; ces types sont absolument identiques à ceux du manuscrit de Snorre Turleson ! Mais... qu'est-ce que cela peut signifier ? »

Comme le runique me paraissait être une invention de savants pour mystifier le pauvre monde, je ne fus pas fâché de voir que mon oncle n'y comprenait rien. Du moins cela me sembla ainsi au mouvement de ses doigs qui commençaient à s'agiter terriblement.

« C'est pourtant du vieil islandais ! » murmurait-il entre ses dents.

Et le professeur Lidenbrock devait bien s'y connaître, car il passait pour être un véritable polyglotte. Non pas qu'il parlât couramment les deux mille langues et les quatre mille idiomes employés à la surface du globe, mais enfin il en savait sa bonne part.

Il allait donc, en présence de cette difficulté, se livrer à toute l'impétuosité de son caractère, et je prévoyais une scène violente, quand deux heures sonnèrent au petit cartel de la cheminée.

Aussitôt la bonne Marthe ouvrit la porte du cabinet en disant :

« La soupe est servie.

– Au diable la soupe, s'écria mon oncle, et celle qui l'a faite, et ceux qui la mangeront ! »

Marthe s'enfuit. Je volai sur ses pas, et, sans savoir comment, je me trouvai assis à ma place habituelle dans la salle à manger.

J'attendis quelques instants. Le professeur ne vint pas. C'était la première fois, à ma connaissance, qu'il manquait à la solennité du dîner. Et quel dîner, cependant ! Une soupe au persil, une omelette au jambon relevée d'oseille à la muscade, une longe de veau à la compote de prunes, et, pour dessert, des crevettes au sucre, le tout arrosé d'un joli vin de la Moselle.

Voilà ce qu'un vieux papier allait coûter à mon oncle. Ma foi, en qualité de neveu dévoué, je me crus obligé de manger pour lui, en même temps que pour moi. Ce que je fis en conscience.

« Je n'ai jamais vu chose pareille ! disait la bonne Marthe. M. Lidenbrock qui n'est pas à table !

– C'est à ne pas le croire.

– Cela présage quelque événement grave ! » reprenait la vieille servante, hochant la tête.

Dans mon opinion, cela ne présageait rien, sinon une scène épouvantable quand mon oncle trouverait son dîner dévoré.

J'en étais à ma dernière crevette, lorsqu'une voix retentissante m'arracha aux voluptés du dessert. Je ne fis qu'un bond de la salle dans le cabinet.

III

« C'est évidemment du runique, disait le professeur en fronçant le sourcil. Mais il y a un secret, et je le découvrirai, sinon... »

Un geste violent acheva sa pensée.

« Mets-toi là, ajouta-t-il en m'indiquant la table du poing, et écris. »

En un instant je fus prêt.

« Maintenant, je vais te dicter chaque lettre de notre alphabet qui correspond à l'un de ces caractères islandais. Nous verrons ce que cela donnera. Mais, par saint Michel ! garde-toi bien de te tromper ! »

La dictée commença. Je m'appliquai de mon mieux. Chaque lettre fut appelée l'une après l'autre, et forma l'incompréhensible succession des mots suivants :

m.rnlls	*esreuel*	*seecJde*
sgtssmf	*unteief*	*niedrke*
kt,samn	*atrateS*	*Saodrrn*
emtnaeI	*nuaect*	*rrilSa*
Atvaar	*.nscrc*	*ieaabs*
ccdrmi	*eeutul*	*frantu*
dt,iac	*oseibo*	*KediiY*

Quand ce travail fut terminé, mon oncle prit vivement la feuille sur laquelle je venais d'écrire, et il l'examina longtemps avec attention.

« Qu'est-ce que cela veut dire ? » répétait-il machinalement.

Sur l'honneur, je n'aurais pu le lui apprendre. D'ailleurs il ne m'interrogea pas, et il continua de se parler à lui-même :

« C'est ce que nous appelons un cryptogramme, disait-il, dans lequel le sens est caché sous des lettres brouillées à dessein, et qui convenablement disposées formeraient une phrase intelligible. Quand je pense qu'il y a là peut-être l'explication ou l'indication d'une grande découverte ! »

Pour mon compte, je pensais qu'il n'y avait absolument rien, mais je gardai prudemment mon opinion.

Le professeur prit alors le livre et le parchemin, et les compara tous les deux.

« Ces deux écritures ne sont pas de la même main, dit-il ; le cryptogramme est postérieur au livre, et j'en vois tout d'abord une preuve irréfragable. En effet, la première lettre est une double M qu'on chercherait vainement dans le livre de Turleson, car elle ne fut ajoutée à l'alphabet islandais qu'au XIVe siècle. Ainsi donc, il y a au moins deux cents ans entre le manuscrit et le document. »

Cela, j'en conviens, me parut assez logique.

« Je suis donc conduit à penser, reprit mon oncle, que l'un des possesseurs de ce livre aura tracé ces caractères mystérieux. Mais qui diable était ce possesseur ? N'aurait-il point mis son nom en quelque endroit de ce manuscrit ? »

Mon oncle releva ses lunettes, prit une forte loupe, et passa soigneusement en revue les premières pages du livre. Au verso de la seconde, celle du faux titre, il découvrit une sorte de macule, qui faisait à l'œil l'effet d'une tache d'encre. Cependant, en y regardant de près, on distinguait quelques caractères à demi effacés. Mon oncle comprit que là était le point intéressant ; il s'acharna donc sur la macule et, sa grosse loupe aidant, il finit par reconnaître les signes que voici, caractères runiques qu'il lut sans hésiter :

« Arne Saknussemm ! s'écria-t-il d'un ton triomphant, mais c'est un nom cela, et un nom islandais encore, celui d'un savant du XVIe siècle, d'un alchimiste célèbre ! »

Je regardai mon oncle avec une certaine admiration.

« Ces alchimistes, reprit-il, Avicenne, Bacon, Lulle, Paracelse, étaient les véritables, les seuls savants de leur époque. Ils ont fait des découvertes dont nous avons le droit d'être étonnés. Pourquoi ce Saknussemm n'aurait-il pas enfoui sous cet incompréhensible cryptogramme quelque surprenante invention ? Cela doit être ainsi. Cela est. »

L'imagination du professeur s'enflammait à cette hypothèse.

« Sans doute, osai-je répondre, mais quel intérêt pouvait avoir ce savant à cacher ainsi quelque merveilleuse découverte ?

– Pourquoi ? pourquoi ? Eh ! le sais-je ? Galilée n'en a-t-il pas agi ainsi pour Saturne ? D'ailleurs, nous verrons bien : j'aurai le secret de ce document, et je ne prendrai ni nourriture ni sommeil avant de l'avoir deviné. »

« Oh ! » pensai-je.

« Ni toi non plus, Axel », reprit-il.

« Diable ! me dis-je, il est heureux que j'aie dîné pour deux ! »

« Et d'abord, fit mon oncle, il faut trouver la langue de ce « chiffre ». Cela ne doit pas être difficile. »

A ces mots, je relevai vivement la tête. Mon oncle reprit son soliloque :

« Rien n'est plus aisé. Il y a dans ce document cent trente-deux lettres qui donnent soixante-dix-neuf consonnes et cinquante-trois voyelles. Or, c'est à peu près suivant cette proportion que sont formés les mots des langues méridionales, tandis que les idiomes du nord sont infiniment plus riches en consonnes. Il s'agit donc d'une langue du Midi. »

Ces conclusions étaient fort justes.

« Mais quelle est cette langue ? »

C'est là que j'attendais mon savant, chez lequel cependant je découvrais un profond analyste.

« Ce Saknussemm, reprit-il, était un homme instruit ; or, dès qu'il n'écrivait pas dans sa langue maternelle, il devait choisir de préférence la langue courante entre les esprits cultivés du XVIe siècle, je veux dire le latin. Si je me trompe, je pourrai essayer de l'espagnol, du français, de l'italien, du grec, de l'hébreu. Mais les savants du XVIe siècle écrivaient généralement en latin. J'ai donc le droit de dire *a priori :* ceci est du latin. »

Je sautai sur ma chaise. Mes souvenirs de latiniste se révoltaient contre la prétention que cette suite de mots baroques pût appartenir à la douce langue de Virgile.

« Oui ! du latin, reprit mon oncle, mais du latin brouillé. »

« A la bonne heure ! pensai-je. Si tu le débrouilles, tu seras fin, mon oncle. »

« Examinons bien, dit-il en reprenant la feuille sur laquelle j'avais écrit. Voilà une série de cent trente-deux lettres qui se présentent sous un désordre apparent. Il y a des mots où les consonnes se rencontrent seules comme le premier « m.rnlls », d'autres où les voyelles, au contraire, abondent, le cinquième, par exemple, « unteief », ou l'avant-dernier, « oseibo ». Or, cette disposition n'a évidemment pas été combinée : elle est donnée *mathématiquement* par la raison inconnue qui a présidé à la succession de ces lettres. Il me paraît certain que la phrase primitive a été écrite régulièrement, puis retournée suivant une loi qu'il faut découvrir. Celui qui posséderait la clef de ce « chiffre » le lirait couramment. Mais quelle est cette clef ? Axel, as-tu cette clef ? »

A cette question je ne répondis rien, et pour cause. Mes regards s'étaient arrêtés sur un charmant portrait suspendu au mur, le portrait de Graüben. La pupille de mon oncle se trouvait alors à Altona, chez une de ses parentes, et son absence me rendait fort triste, car, je puis l'avouer maintenant, la jolie Virlandaise et le neveu du professeur s'ai-

Graüben était une charmante jeune fille blonde.

maient avec toute la patience et toute la tranquillité allemandes. Nous nous étions fiancés à l'insu de mon oncle, trop géologue pour comprendre de pareils sentiments. Graüben était une charmante jeune fille blonde aux yeux bleus, d'un caractère un peu grave, d'un esprit un peu sérieux ; mais elle ne m'en aimait pas moins. Pour mon compte, je l'adorais, si toutefois ce verbe existe dans la langue tudesque ! L'image de ma petite Virlandaise me rejeta donc, en un instant, du monde des réalités dans celui des chimères, dans celui des souvenirs.

Je revis la fidèle compagne de mes travaux et de mes plaisirs. Elle m'aidait à ranger chaque jour les précieuses pierres de mon oncle ; elle les étiquetait avec moi. C'était une très forte minéralogiste que Mlle Graüben ! Elle en eût remontré à plus d'un savant. Elle aimait à approfondir les questions ardues de la science. Que de douces heures nous avions passées à étudier ensemble ! et combien j'enviai souvent le sort de ces pierres insensibles qu'elle maniait de ses charmantes mains !

Puis, l'instant de la récréation venu, nous sortions tous les deux, nous prenions par les allées touffues de l'Alster, et nous nous rendions de compagnie au vieux moulin goudronné qui fait si bon effet à l'extrémité du lac ; chemin faisant, on causait en se tenant par la main. Je lui racontais des choses dont elle riait de son mieux. On arrivait ainsi jusqu'au bord de l'Elbe, et, après avoir dit bonsoir aux cygnes qui nagent parmi les grands nénuphars blancs, nous revenions au quai par la barque à vapeur.

Or, j'en étais là de mon rêve, quand mon oncle, frappant la table du poing, me ramena violemment à la réalité.

« Voyons, dit-il, la première idée qui doit se présenter à l'esprit pour brouiller les lettres d'une phrase, c'est, il me semble, d'écrire les mots verticalement au lieu de les tracer horizontalement. »

« Tiens ! » pensai-je.

« Il faut voir ce que cela produit. Axel, jette une phrase quelconque sur ce bout de papier ; mais, au lieu de disposer les lettres à la suite les unes des autres, mets-les successivement par colonnes verticales, de manière à les grouper en nombre de cinq ou six. »

Je compris ce dont il s'agissait, et immédiatement j'écrivis de haut en bas :

J	*m*	*n*	*e*	*G*	*e*
e	*e*	*,*	*t*	*r*	*n*
t'	*b*	*m*	*i*	*a*	*!*
a	*i*	*a*	*t*	*ü*	
i	*e*	*p*	*e*	*b*	

« Bon, dit le professeur sans avoir lu. Maintenant, dispose ces mots sur une ligne horizontale. »

J'obéis, et j'obtins la phrase suivante :

JmneGe ee,trn t'bmia ! aiatü iepeb

« Parfait ! fit mon oncle en m'arrachant le papier des mains, voilà qui a déjà la physionomie du vieux document : les voyelles sont groupées ainsi que les consonnes dans le même désordre ; il y a même des majuscules au milieu des mots, ainsi que des virgules, tout comme dans le parchemin de Saknussemm ! »

Je ne pus m'empêcher de trouver ces remarques fort ingénieuses.

« Or, reprit mon oncle en s'adressant directement à moi, pour lire la phrase que tu viens d'écrire, et que je ne connais pas, il me suffira de prendre successivement la première lettre de chaque mot, puis la seconde, puis la troisième, ainsi de suite. »

Et mon oncle, à son grand étonnement, et surtout au mien, lut :

Je t'aime bien, ma petite Graüben !

« Hein ! » fit le professeur.

Oui, sans m'en douter, en amoureux maladroit, j'avais tracé cette phrase compromettante !

« Ah ! tu aimes Graüben ? reprit mon oncle d'un véritable ton de tuteur.

– Oui... Non... balbutiai-je.

– Ah ! tu aimes Graüben ! reprit-il machinalement. Eh bien, appliquons mon procédé au document en question ! »

Mon oncle, retombé dans son absorbante contemplation, oubliait déjà mes imprudentes paroles. Je dis imprudentes, car la tête du savant ne pouvait comprendre les choses du cœur. Mais, heureusement, la grande affaire du document l'emporta.

Au moment de faire son expérience capitale, les yeux du professeur Lidenbrock lancèrent des éclairs à travers ses lunettes. Ses doigts tremblèrent, lorsqu'il reprit le vieux parchemin. Il était sérieusement ému. Enfin il toussa fortement, et d'une voix grave, appelant successivement la première lettre, puis la seconde de chaque mot, il me dicta la série suivante :

messunkaSenrA.icefdoK.segnittamurtn
ecertserrette,rotaivsadua,ednecsedsadne
lacartniiiluJsiratracSarbmutabiledmek
meretarcsilucoYsleffenSnI

En finissant, je l'avouerai, j'étais émotionné ; ces lettres nommées une à une, ne m'avaient présenté aucun sens à l'esprit ; j'attendais donc que le professeur laissât se dérouler pompeusement entre ses lèvres une phrase d'une magnifique latinité.

Mais, qui aurait pu le prévoir ! un violent coup de poing ébranla la table. L'encre rejaillit, la plume me sauta des mains.

« Ce n'est pas cela ! s'écria mon oncle, cela n'a pas le sens commun ! »

Puis, traversant le cabinet comme un boulet, descendant l'escalier comme une avalanche, il se précipita dans Königstrasse, et s'enfuit à toutes jambes.

IV

« Il est parti ? s'écria Marthe en accourant au bruit de la porte de la rue qui, violemment refermée, venait d'ébranler la maison tout entière.

– Oui ! répondis-je, complètement parti !

– Eh bien ! et son dîner ? fit la vieille servante.

– Il ne dînera pas !

– Et son souper ?

– Il ne soupera pas !

– Comment ? dit Marthe en joignant les mains.

– Non, bonne Marthe, il ne mangera plus, ni personne dans la maison ! Mon oncle Lidenbrock nous met tous à la diète jusqu'au moment où il aura déchiffré un vieux grimoire qui est absolument indéchiffrable !

– Jésus ! nous n'avons donc plus qu'à mourir de faim ! »

Je n'osai pas avouer qu'avec un homme aussi absolu que mon oncle, c'était un sort inévitable.

La vieille servante, sérieusement alarmée, retourna dans sa cuisine en gémissant.

Quand je fus seul, l'idée me vint d'aller tout conter à Graüben. Mais comment quitter la maison ? Le professeur pouvait rentrer d'un instant à l'autre. Et s'il m'appelait ? Et s'il voulait recommencer ce travail logogryphique, qu'on eût vainement proposé au vieil Œdipe ! Et si je ne répondais pas à son appel, qu'adviendrait-il ?

Le plus sage était de rester. Justement, un minéralogiste de Besançon venait de nous adresser une collection de géodes siliceuses qu'il fallait classer. Je me mis au travail. Je triai, j'étiquetai, je disposai dans leur vitrine toutes ces pierres creuses au-dedans desquelles s'agitaient de petits cristaux.

Mais cette occupation ne m'absorbait pas. L'affaire du vieux document ne laissait point de me préoccuper étrangement. Ma tête bouillonnait, et je me sentais pris d'une vague inquiétude. J'avais le pressentiment d'une catastrophe prochaine.

Au bout d'une heure, mes géodes étaient étagées avec ordre. Je me laissai aller alors dans le grand fauteuil d'Utrecht, les bras ballants et la tête renversée. J'allumai ma pipe à long tuyau courbe, dont le fourneau sculpté représentait une naïade nonchalamment étendue ; puis je m'amusai à suivre les progrès de la carbonisation, qui de ma naïade faisait peu à peu une négresse accomplie. De temps en temps j'écoutais si quelque pas retentissait dans l'escalier. Mais non. Où pouvait être mon oncle en ce moment ? Je me le figurais courant sous les beaux arbres de la route d'Altona, gesticulant, tirant au mur avec sa canne, d'un bras violent battant les herbes, décapitant les chardons et troublant dans leur repos les cigognes solitaires.

Rentrerait-il triomphant ou découragé ? Qui aurait raison l'un de l'autre, du secret ou de lui ? Je m'interrogeais ainsi, et, machinalement, je pris entre mes doigts la feuille de papier sur laquelle s'allongeait l'incompréhensible série de lettres tracées par moi. Je me répétais :

« Qu'est-ce que cela signifie ? »

Je cherchai à grouper ces lettres de manière à former des mots. Impossible ! Qu'on les réunît par deux, trois, ou cinq, ou six, cela ne donnait absolument rien d'intelligible. Il y avait bien les quatorzième, quinzième et seizième lettres qui faisaient le mot anglais « ice ». La quatre-vingt-quatrième, la quatre-vingt-cinquième et la quatre-vingt-sixième formaient le mot « sir ». Enfin, dans le corps du document, et à la troisième ligne, je remarquai aussi les mots latins « rota », « mutabile », « ira », « nec », « atra ».

« Diable, pensai-je, ces derniers mots sembleraient donner raison à mon oncle sur la langue du document ! Et même, à la quatrième ligne, j'aperçois encore le mot « luco » qui se traduit par « bois sacré ». Il est vrai qu'à la troisième ligne, on lit le mot « tabiled » de tournure parfaitement hébraïque, et à la dernière les vocables « mer », « arc », « mère », qui sont purement français. »

Il y avait là de quoi perdre la tête ! Quatre idiomes différents dans cette phrase absurde ! Quel rapport pouvait-il exister entre les mots « glace, monsieur, colère, cruel, bois sacré, changeant, mère, arc ou mer ? » Le premier et le dernier seuls se rapprochaient facilement : rien d'étonnant que, dans un document écrit en Islande, il fût question d'une « mer de glace ». Mais de là à comprendre le reste du cryptogramme, c'était autre chose.

Je me débattais donc contre une insoluble difficulté ; mon cerveau s'échauffait, mes yeux clignaient sur la feuille de papier ; les cent trente-deux lettres semblaient voltiger autour de moi, comme ces larmes d'argent qui glissent dans l'air autour de notre tête, lorsque le sang s'y est violemment porté.

J'étais en proie à une sorte d'hallucination ; j'étouffais ; il me fallait de l'air. Machinalement, je m'éventai avec la feuille de papier, dont le verso et le recto se présentèrent successivement à mes regards.

Quelle fut ma surprise, quand dans l'une de ces voltes rapides, au moment où le verso se tournait vers moi, je crus voir apparaître des mots parfaitements lisibles, des mots latins, entre autres « craterem » et « terrestre » !

Soudain une lueur se fit dans mon esprit ; ces seuls indices me firent entrevoir la vérité ; j'avais découvert la loi du chiffre. Pour comprendre ce document, il n'était pas même nécessaire de le lire à travers la feuille retournée ! Non. Tel il était, tel il m'avait été dicté, tel il pouvait être épelé couramment. Toutes les ingénieuses combinaisons du professeur se réalisaient. Il avait eu raison pour la disposition des lettres, raison pour la langue du document ! Il s'en était fallu de « rien » qu'il pût lire d'un bout à l'autre cette phrase latine, et ce « rien », le hasard venait de me le donner !

On comprend si je fus ému ! Mes yeux se troublèrent. Je ne pouvais m'en servir. J'avais étalé la feuille de papier sur la table. Il me suffisait d'y jeter un regard pour devenir possesseur du secret.

Enfin je parvins à calmer mon agitation. Je m'imposai la loi de faire deux fois le tour de la chambre pour apaiser mes nerfs, et je revins m'engouffrer dans le vaste fauteuil.

« Lisons », m'écriai-je, après avoir refait dans mes poumons une ample provision d'air.

Je me penchai sur la table ; je posai mon doigt successivement sur chaque lettre, et, sans m'arrêter, sans hésiter un instant, je prononçai à haute voix la phrase entière.

Mais quelle stupéfaction, quelle terreur m'envahit ! Je restai d'abord comme frappé d'un coup subit. Quoi ! ce que je venais d'apprendre s'était accompli ! Un homme avait eu assez d'audace pour pénétrer !...

« Ah ! m'écriai-je en bondissant, mais non ! mais non ! mon oncle ne le saura pas ! Il ne manquerait plus qu'il vînt à connaître un semblable voyage ! Il voudrait en goûter aussi ! Rien ne pourrait l'arrêter ! Un géologue si déterminé ! Il partirait quand même, malgré tout, en dépit de tout ! et il m'emmènerait avec lui, et nous n'en reviendrions pas ! Jamais ! jamais ! »

J'étais dans une surexcitation difficile à peindre.

« Non ! non ! ce ne sera pas, dis-je avec énergie, et puisque je peux empêcher qu'une pareille idée vienne à l'esprit de mon tyran, je le ferai. A tourner et retourner ce document, il pourrait par hasard en découvrir la clef ! Détruisons-le. »

Il y avait un reste de feu dans la cheminée. Je saisis non seulement la feuille de papier, mais le parchemin de Saknussemm ; d'une main fébrile j'allais précipiter le tout sur les charbons et anéantir ce dangereux secret, quand la porte du cabinet s'ouvrit. Mon oncle parut.

V

Je n'eus que le temps de replacer sur la table le malencontreux document.

Le professeur Lidenbrock paraissait profondément absorbé. Sa pensée dominante ne lui laissait pas un instant de répit ; il avait évidemment scruté, analysé l'affaire, mis en œuvre toutes les ressources de son imagination pendant sa promenade, et il revenait appliquer quelque combinaison nouvelle.

En effet, il s'assit dans son fauteuil, et, la plume à la main, il commença à établir des formules qui ressemblaient à un calcul algébrique.

Je suivais du regard sa main frémissante ; je ne perdais pas un seul de ses mouvements. Quelque résultat inespéré allait-il donc inopinément se produire ? Je tremblais, et sans raison, puisque la vraie combinaison, la « seule », étant déjà trouvée, toute autre recherche devenait forcément vaine.

Pendant trois longues heures, mon oncle travailla sans parler, sans lever la tête, effaçant, reprenant, raturant, recommençant mille fois.

Je savais bien que, s'il parvenait à arranger ces lettres suivant toutes les positions relatives qu'elles pouvaient occuper, la phrase se trouverait faite. Mais je savais aussi que vingt lettres seulement peuvent former deux quintillions, quatre cent trente-deux quatrillions, neuf cent deux trillions, huit milliards, cent soixante-seize millions, six cent quarante mille combinaisons. Or, il y avait cent trente-deux lettres dans la phrase, et ces cent trente-deux lettres donnaient un nombre de phrases différentes composé de cent trente-trois chiffres au moins, nombre presque impossible à énumérer et qui échappe à toute appréciation.

J'étais rassuré sur ce moyen héroïque de résoudre le problème.

Cependant le temps s'écoulait ; la nuit se fit ; les bruits de la rue s'apaisèrent ; mon oncle, toujours courbé sur sa tâche, ne vit rien, pas même la bonne Marthe qui entrouvrit la porte ; il n'entendit rien, pas même la voix de cette digne servante, disant :

« Monsieur soupera-t-il ce soir ? »

Aussi Marthe dut-elle s'en aller sans réponse. Pour moi, après avoir résisté pendant quelque temps, je fus pris d'un invincible sommeil, et je m'endormis sur un bout du canapé, tandis que mon oncle Lidenbrock calculait et raturait toujours.

Quand je me réveillai, le lendemain, l'infatigable piocheur était encore au travail. Ses yeux rouges, son teint blafard, ses cheveux entremêlés sous sa main fiévreuse, ses pommettes empourprées indiquaient assez sa lutte terrible avec l'impossible, et dans quelles fatigues de l'esprit, dans quelle contention du cerveau les heures durent s'écouler pour lui.

Vraiment, il me fit pitié. Malgré les reproches que je croyais être en droit de lui faire, une certaine émotion me gagnait. Le pauvre homme était tellement possédé de son idée, qu'il oubliait de se mettre en colère. Toutes ses forces vives se concentraient en un seul point, et, comme elles ne s'échappaient pas par leur exutoire ordinaire, on pouvait craindre que leur tension ne le fît éclater d'un instant à l'autre.

Je pouvais d'un geste desserrer cet étau de fer qui lui serrait le crâne, d'un mot seulement ! et je n'en fis rien.

Cependant j'avais bon cœur. Pourquoi restai-je muet en pareille circonstance ? Dans l'intérêt même de mon oncle.

« Non, non, répétai-je, non, je ne parlerai pas ! Il voudrait y aller, je le connais ; rien ne saurait l'arrêter. C'est une imagination volcanique, et, pour faire ce que d'autres géologues n'ont point fait, il risquerait sa vie. Je me tairai ; je garderai ce secret dont le hasard m'a rendu maître ! Le découvrir, ce serait tuer le professeur Lidenbrock ! Qu'il le

Je me croisai les bras et j'attendis.

devine, s'il le peut. Je ne veux pas me reprocher un jour de l'avoir conduit à sa perte ! »

Ceci résolu, je me croisai les bras, et j'attendis. Mais j'avais compté sans un incident qui se produisit à quelques heures de là.

Lorsque la bonne Marthe voulut sortir de la maison pour se rendre au marché, elle trouva la porte close. La grosse clef manquait à la serrure. Qui l'avait ôtée ? Mon oncle évidemment, quand il rentra la veille après son excursion précipitée.

Était-ce à dessein ? Était-ce par mégarde ? Voulait-il nous soumettre aux rigueurs de la faim ? Cela m'eût paru un peu fort. Quoi ! Marthe et moi, nous serions victimes d'une situation qui ne nous regardait pas le moins du monde ? Sans doute, et je me souvins d'un précédent de nature à nous effrayer. En effet, il y a quelques années, à une époque où mon oncle travaillait à sa grande classification minéralogique, il demeura quarante-huit heures sans manger, et toute sa maison dut se conformer à cette diète scientifique. Pour mon compte, j'y gagnai des crampes d'estomac fort peu récréatives chez un garçon d'un naturel assez vorace.

Or, il me parut que le déjeuner allait faire défaut comme le souper de la veille. Cependant je résolus d'être héroïque et de ne pas céder devant les exigences de la faim. Marthe prenait cela très au sérieux et se désolait, la bonne femme. Quant à moi, l'impossibilité de quitter la maison me préoccupait davantage et pour cause. On me comprend bien.

Mon oncle travaillait toujours ; son imagination se perdait dans le monde des combinaisons ; il vivait loin de la terre, et véritablement en dehors des besoins terrestres.

Vers midi, la faim m'aiguillonna sérieusement. Marthe, très innocemment, avait dévoré la veille les provisions du garde-manger ; il ne restait plus rien à la maison. Cependant je tins bon. J'y mettais une sorte de point d'honneur.

Deux heures sonnèrent. Cela devenait ridicule, intolérable même. J'ouvrais des yeux démesurés. Je commençai à me dire que j'exagérais l'importance du document ; que mon oncle n'y ajouterait pas foi ; qu'il verrait là une simple mystification ; qu'au pis aller on le retiendrait malgré lui, s'il voulait tenter l'aventure ; qu'enfin il pouvait découvrir lui-même la clef du « chiffre », et que j'en serais alors pour mes frais d'abstinence.

Ces raisons me parurent excellentes, que j'eusse rejetées la veille avec indignation ; je trouvai même parfaitement absurde d'avoir attendu si longtemps, et mon parti fut pris de tout dire.

Je cherchais donc une entrée en matière, pas trop brusque, quand le professeur se leva, mit son chapeau et se prépara à sortir.

Quoi ! quitter la maison, et nous enfermer encore ! Jamais.

« Mon oncle ! » dis-je.

Il ne parut pas m'entendre.

« Mon oncle Lidenbrock ? répétai-je en élevant la voix.

– Hein ? fit-il comme un homme subitement réveillé.

– Eh bien ! cette clef ?

– Quelle clef ? La clef de la porte ?

– Mais non, m'écriai-je, la clef du document ! »

Le professeur me regarda par-dessus ses lunettes ; il remarqua sans doute quelque chose d'insolite dans ma physionomie, car il me saisit vivement le bras, et, sans pouvoir parler, il m'interrogea du regard. Cependant, jamais demande ne fut formulée d'une façon plus nette.

Je remuai la tête de haut en bas.

Il secoua la sienne avec une sorte de pitié, comme s'il avait affaire à un fou.

Je fis un geste plus affirmatif.

Ses yeux brillèrent d'un vif éclat ; sa main devint menaçante.

Cette conversation muette dans ces circonstances eût intéressé le spectateur le plus indifférent. Et vraiment j'en arrivais à ne plus oser parler, tant je craignais que mon oncle ne m'étouffât dans les premiers embrassements de sa joie. Mais il devint si pressant qu'il fallut répondre.

« Oui, cette clef !... le hasard !...

– Que dis-tu ? s'écria-t-il avec une indescriptible émotion.

– Tenez, dis-je en lui présentant la feuille de papier sur laquelle j'avais écrit, lisez.

– Mais cela ne signifie rien ! répondit-il en froissant la feuille.

– Rien, en commençant à lire par le commencement, mais par la fin... »

Je n'avais pas achevé ma phrase que le professeur poussait un cri, mieux qu'un cri, un véritable rugissement ! Une révélation venait de se faire dans son esprit. Il était transfiguré.

« Ah ! ingénieux Saknussemm ! s'écria-t-il, tu avais donc d'abord écrit ta phrase à l'envers ? »

Et se précipitant sur la feuille de papier, l'œil trouble, la voix émue, il lut le document tout entier, en remontant de la dernière lettre à la première.

Il était conçu en ces termes :

In Sneffels Yoculis craterem kem delibat
umbra Scartaris Julii intra calendas descende,
audas viator, et terrestre centrum attinges.
Kod feci. Arne Saknussemm.

Ce qui, de ce mauvais latin, peut être traduit ainsi :

Descends dans le cratère du Yocul de
Sneffels que l'ombre du Scartaris vient
caresser avant les calendes de Juillet,
voyageur audacieux, et tu parviendras
au centre de la terre. Ce que j'ai fait.
Arne Saknussemm.

Mon oncle, à cette lecture, bondit comme s'il eût inopinément touché une bouteille de Leyde. Il était magnifique d'audace, de joie et de conviction. Il allait et venait ; il prenait sa tête à deux mains ; il déplaçait les sièges ; il empilait ses livres ; il jonglait, c'est à ne pas le croire, avec ses précieuses géodes ; il lançait un coup de poing par-ci, une tape par-là. Enfin ses nerfs se calmèrent et, comme un homme épuisé par une trop grande dépense de fluide, il retomba dans son fauteuil.

« Quelle heure est-il donc ? demanda-t-il après quelques instants de silence.

– Trois heures, répondis-je.

– Tiens ! mon dîner a passé vite. Je meurs de faim. A table. Puis ensuite...

– Ensuite ?

– Tu feras ma malle.
– Hein ! m'écriai-je.
– Et la tienne ! » répondit l'impitoyable professeur en entrant dans la salle à manger.

VI

A ces paroles un frisson me passa par tout le corps. Cependant je me contins. Je résolus même de faire bonne figure. Des arguments scientifiques pouvaient seuls arrêter le professeur Lidenbrock. Or, il y en avait, et de bons, contre la possibilité d'un pareil voyage. Aller au centre de la terre ! Quelle folie ! Je réservai ma dialectique pour le moment opportun, et je m'occupai du repas.

Inutile de rapporter les imprécations de mon oncle devant la table desservie. Tout s'expliqua. La liberté fut rendue à la bonne Marthe. Elle courut au marché et fit si bien, qu'une heure après, ma faim était calmée, et je revenais au sentiment de la situation.

Pendant le repas, mon oncle fut presque gai ; il lui échappait de ces plaisanteries de savant qui ne sont jamais bien dangereuses. Après le dessert, il me fit signe de le suivre dans son cabinet.

J'obéis. Il s'assit à un bout de sa table de travail, moi à l'autre.

« Axel, dit-il d'une voix assez douce, tu es un garçon très ingénieux ; tu m'as rendu là un fier service, quand, de guerre lasse, j'allais abandonner cette combinaison. Où me serais-je égaré ? Nul ne peut le savoir ! Je n'oublierai jamais cela, mon garçon, et de la gloire que nous allons acquérir tu auras ta part. »

« Allons ! pensai-je, il est de bonne humeur ; le moment est venu de discuter cette gloire. »

« Avant tout, reprit mon oncle, je te recommande le secret le plus absolu, tu m'entends ? Je ne manque pas d'envieux dans le monde des savants, et beaucoup voudraient entreprendre ce voyage, qui ne s'en douteront qu'à notre retour.

– Croyez-vous, dis-je, que le nombre de ces audacieux fût si grand ?

– Certes ! qui hésiterait à conquérir une telle renommée ? Si ce document était connu, une armée entière de géologues se précipiterait sur les traces d'Arne Saknussemm !

– Voilà ce dont je ne suis pas persuadé, mon oncle, car rien ne prouve l'authenticité de ce document.

– Comment ! Et le livre dans lequel nous l'avons découvert !

– Bon ! j'accorde que ce Saknussemm ait écrit ces lignes, mais s'ensuit-il qu'il ait réellemment accompli ce voyage, et ce vieux parchemin ne peut-il renfermer une mystification ? »

Ce dernier mot, un peu hasardé, je regrettai presque de l'avoir prononcé. Le professeur fronça son épais sourcil, et je craignais d'avoir compromis les suites de cette conversation. Heureusement il n'en fut rien. Mon sévère interlocuteur ébaucha une sorte de sourire sur ses lèvres, et répondit :

« C'est ce que nous verrons.

– Ah ! fis-je un peu vexé ; mais permettez-moi d'épuiser la série des objections relatives à ce document.

– Parle, mon garçon, ne te gêne pas. Je te laisse toute liberté d'exprimer ton opinion. Tu n'es plus mon neveu, mais mon collègue. Ainsi, va.

– Eh bien, je vous demanderai d'abord ce que sont ce Yocul, ce Sneffels et ce Scartaris, dont je n'ai jamais entendu parler ?

– Rien n'est plus facile. J'ai précisément reçu, il y a quelque temps, une carte de mon ami Augustus Peterman de Leipzig ; elle ne pouvait arriver plus à propos. Prends le troisième atlas dans la seconde travée de la grande bibliothèque, série Z, planche 4. »

Je me levai, et, grâce à ces indications précises, je trouvai rapidement l'atlas demandé. Mon oncle l'ouvrit et dit :

« Voici une des meilleures cartes de l'Islande, celle de Handerson, et je crois qu'elle va nous donner la solution de toutes tes difficultés. »

Je me penchai sur la carte.

« Vois cette île composée de volcans, dit le professeur, et remarque qu'ils portent tous le nom de Yokul. Ce mot veut dire « glacier » en islandais, et, sous la latitude élevée de l'Islande, la plupart des éruptions se font jour à travers les couches de glace. De là cette dénomination de Yokul appliquée à tous les monts ignivomes de l'île.

– Bien, répondis-je ; mais qu'est-ce que le Sneffels ? »

J'espérais qu'à cette demande il n'y aurait pas de réponse. Je me trompais. Mon oncle reprit :

« Suis-moi sur la côte occidentale de l'Islande. Aperçois-tu Reykjawik, sa capitale ? Oui. Bien. Remonte les fjörds[1] innombrables de ces rivages rongés par la mer, et arrête-toi un peu au-dessous du soixante-cinquième degré de latitude. Que vois-tu là ?

– Une sorte de presqu'île semblable à un os décharné, que termine une énorme rotule.

– La comparaison est juste, mon garçon ; maintenant, n'aperçois-tu rien sur cette rotule ?

– Si, un mont qui semble avoir poussé en mer.

– Bon ! c'est le Sneffels.

– Le Sneffels ?

– Lui-même, une montagne haute de cinq mille pieds, l'une des plus remarquables de l'île, et à coup sûr la plus célèbre du monde entier, si son cratère aboutit au centre du globe.

– Mais c'est impossible ! m'écriai-je, haussant les épaules et révolté contre une pareille supposition.

– Impossible ! répondit le professeur Lidenbrock d'un ton sévère. Et pourquoi cela ?

– Parce que ce cratère est évidemment obstrué par les laves, les roches brûlantes, et qu'alors...

– Et si c'est un cratère éteint ?

– Éteint ?

– Oui. Le nombre des volcans en activité à la surface du globe n'est actuellement que de trois cents environ ; mais il existe une bien plus grande quantité de volcans éteints. Or, le Sneffels compte parmi ces derniers, et, depuis les temps historiques, il n'a eu qu'une seule éruption, celle de 1219 ; à partir de cette époque, ses rumeurs se sont apaisées peu à peu, et il n'est plus au nombre des volcans actifs. »

A ces affirmations positives je n'avais absolument rien à répondre ; je me rejetai donc sur les autres obscurités que renfermait le document.

« Que signifie ce mot Scartaris, demandai-je, et que viennent faire là les calendes de juillet ? »

1. Nom donné aux golfes étroits dans les pays scandinaves.

Mon oncle prit quelques moments de réflexion. J'eus un instant d'espoir, mais un seul, car bientôt il me répondit en ces termes :

« Ce que tu appelles obscurité est pour moi lumière. Cela prouve les soins ingénieux avec lesquels Saknussemm a voulu préciser sa découverte. Le Sneffels est formé de plusieurs cratères ; il y avait donc nécessité d'indiquer celui d'entre eux qui mène au centre du globe. Qu'a fait le savant Islandais ? Il a remarqué qu'aux approches des calendes de juillet, c'est-à-dire vers les derniers jours du mois de juin, un des pics de la montagne, le Scartaris, projetait son ombre jusqu'à l'ouverture du cratère en question, et il a consigné le fait dans son document. Pouvait-il imaginer une indication plus exacte, et, une fois arrivés au sommet du Sneffels, nous sera-t-il possible d'hésiter sur le chemin à prendre ? »

Décidément mon oncle avait réponse à tout. Je vis bien qu'il était inattaquable sur les mots du vieux parchemin. Je cessai donc de le presser à ce sujet, et, comme il fallait le convaincre avant tout, je passai aux objections scientifiques, bien autrement graves, à mon avis.

« Allons, dis-je, je suis forcé d'en convenir, la phrase de Saknussemm est claire et ne peut laisser aucun doute à l'esprit. J'accorde même que le document a un air de parfaite authenticité. Ce savant est allé au fond du Sneffels ; il a vu l'ombre du Scartaris caresser les bords du cratère avant les calendes de juillet ; il a même entendu raconter dans les récits légendaires de son temps que ce cratère aboutissait au centre de la terre ; mais quant à y être parvenu lui-même, quant à avoir fait le voyage et à en être revenu, s'il l'a entrepris, non, cent fois non !

– Et la raison ? dit mon oncle d'un ton singulièrement moqueur.

– C'est que toutes les théories de la science démontrent qu'une pareille entreprise est impraticable !

– Toutes les théories disent cela ? répondit le professeur en prenant un air bonhomme. Ah ! les vilaines théories ! Comme elles vont nous gêner, ces pauvres théories ! »

Je vis qu'il se moquait de moi, mais je continuai néanmoins :

« Oui ! il est parfaitement reconnu que la chaleur augmente environ d'un degré par soixante-dix pieds de profondeur au-dessous de la surface du globe ; or, en admettant cette proportionnalité constante, le rayon terrestre étant de quinze cents lieues, il existe au centre une température qui dépasse deux cent mille degrés. Les matières de l'intérieur de la terre se trouvent donc à l'état de gaz incandescent, car les métaux, l'or, le platine, les roches les plus dures, ne résistent pas à une pareille chaleur. J'ai donc le droit de demander s'il est possible de pénétrer dans un semblable milieu !

– Ainsi, Axel, c'est la chaleur qui t'embarrasse ?

– Sans doute. Si nous arrivions à une profondeur de dix lieues seulement, nous serions parvenus à la limite de l'écorce terrestre, car déjà la température est supérieure à treize cents degrés.

– Et tu as peur d'entrer en fusion ?

– Je vous laisse la question à décider, répondis-je avec humeur.

– Voici ce que je décide, répliqua le professeur Lidenbrock en prenant ses grands airs : c'est que ni toi ni personne ne sait d'une façon certaine ce qui se passe à l'intérieur du globe, attendu qu'on connaît à peine la douze-millième partie de son rayon ; c'est que la science est éminemment perfectible, et que chaque théorie est incessamment détruite par une théorie nouvelle. N'a-t-on pas cru jusqu'à Fourier que la température des espaces planétaires allait toujours diminuant, et ne sait-on pas aujourd'hui que les plus grands froids des régions éthérées ne dépassent pas quarante ou cinquante degrés au-dessous de zéro ? Pourquoi n'en serait-il pas ainsi de la chaleur interne ? Pourquoi, à une certaine profondeur, n'atteindrait-elle pas une limite infranchissable, au lieu de s'élever jusqu'au degré de fusion des minéraux les plus réfractaires ? »

Mon oncle plaçant la question sur le terrain des hypothèses, je n'eus rien à répondre.

« Eh bien, je te dirai que de véritables savants, Poisson entre autres, ont prouvé que, si une chaleur de deux cent mille degrés existait à l'intérieur du globe, les gaz incandescents provenant des matières fondues acquerraient une élasticité telle que l'écorce terrestre ne pourrait y résister et éclaterait comme les parois d'une chaudière sous l'effort de la vapeur.

– C'est l'avis de Poisson, mon oncle, voilà tout.

– D'accord, mais c'est aussi l'avis d'autres géologues distingués, que l'intérieur du globe n'est formé ni de gaz, ni d'eau, ni des plus lourdes pierres que nous connaissions, car, dans ce cas, la terre aurait un poids deux fois moindre.

– Oh ! avec les chiffres on prouve tout ce qu'on veut !

– Et avec les faits, mon garçon, en est-il de même ? N'est-il pas constant que le nombre des volcans à considérablement diminué depuis les premiers jours du monde ? et, si chaleur centrale il y a, ne peut-on en conclure qu'elle tend à s'affaiblir ?

– Mon oncle, si vous entrez dans le champ des suppositions, je n'ai plus à discuter.

– Et moi j'ai à dire qu'à mon opinion se joignent les opinions de gens fort compétents. Te souviens-tu d'une visite que me fit le célèbre chimiste anglais Humphry Davy en 1825 ?

– Aucunement, car je ne suis venu au monde que dix-neuf ans après.

– Eh bien, Humphry Davy vint me voir à son passage à Hambourg. Nous discutâmes longtemps, entre autres questions, l'hypothèse de la liquidité du noyau intérieur de la terre. Nous étions tous deux d'accord que cette liquidité ne pouvait exister, par une raison à laquelle la science n'a jamais trouvé de réponse.

– Et laquelle ? dis-je un peu étonné.

– C'est que cette masse liquide serait sujette, comme l'Océan, à l'attraction de la lune, et conséquemment, deux fois par jour, il se produirait des marées intérieures qui, soulevant l'écorce terrestre, donneraient lieu à des tremblements de terre périodiques !

– Mais il est pourtant évident que la surface du globe a été soumise à la combustion, et il est permis de supposer que la croûte extérieure s'est refroidie d'abord, tandis que la chaleur se réfugiait au centre.

– Erreur, répondit mon oncle ; la terre a été échauffée par la combustion de sa surface, non autrement. Sa surface était composée d'une grande quantité de métaux, tels que le potassium, le sodium, qui ont la propriété de s'enflammer au seul contact de l'air et de l'eau ; ces métaux prirent feu quand les vapeurs atmosphériques se précipitèrent en pluie sur le sol ; et peu à peu, lorsque les eaux pénétrèrent dans les fissures de l'écorce terrestre, elles déterminèrent de nouveaux incendies avec explosions et éruptions. De là les volcans si nombreux aux premiers jours du monde.

– Mais voilà une ingénieuse hypothèse ! m'écriai-je un peu malgré moi.

– Et qu'Humphry Davy me rendit sensible, ici même, par une expérience bien simple. Il composa une boule métallique faite principalement des métaux dont je viens de parler, et qui figurait parfaitement notre globe ; lorsqu'on faisait tomber une fine rosée à sa surface, celle-ci se boursouflait, s'oxydait et formait une petite montagne ; un cratère s'ouvrait à son sommet ; l'éruption avait lieu et communiquait à toute la boule une chaleur telle qu'il devenait impossible de la tenir à la main. »

Vraiment, je commençais à être ébranlé par les arguments du professeur ; il les faisait valoir, d'ailleurs, avec sa passion et son enthousiasme habituels.

« Tu le vois, Axel, ajouta-t-il, l'état du noyau central a soulevé des hypothèses diverses entre les géologues ; rien de moins prouvé que ce fait d'une chaleur interne ; suivant moi, elle n'existe pas, elle ne saurait exister ; nous le verrons, d'ailleurs, et, comme Arne Saknussemm, nous saurons à quoi nous en tenir sur cette grande question.

– Eh bien oui ! répondis-je, me sentant gagner à cet enthousiasme, oui, nous le verrons, si on y voit, toutefois.

– Et pourquoi pas ? Ne pouvons-nous compter sur des phénomènes électriques pour nous éclairer, et même sur l'atmosphère, que sa pression peut rendre lumineuse en s'approchant du centre ?

– Oui, dis-je, oui ! cela est possible, après tout.

– Cela est certain, répondit triomphalement mon oncle ; mais silence, entends-tu ? silence sur tout ceci, et que personne n'ait l'idée de découvrir avant nous le centre de la terre. »

VII

Ainsi se termina cette mémorable séance. Cet entretien me donna la fièvre. Je sortis du cabinet de mon oncle comme étourdi, et il n'y avait pas assez d'air dans les rues de

Je trouvai mon oncle criant et s'agitant.

Hambourg pour me remettre. Je gagnai donc les bords de l'Elbe, du côté du bac à vapeur qui met la ville en communication avec le chemin de fer de Harbourg.

Étais-je convaincu de ce que je venais d'apprendre ? N'avais-je pas subi la domination du professeur Lidenbrock ? Devais-je prendre au sérieux sa résolution d'aller au centre du massif terrestre ? Venais-je d'entendre les spéculations insensées d'un fou ou les déductions scientifiques d'un grand génie ? En tout cela, où s'arrêtait la vérité, où commençait l'erreur ?

Je flottais entre mille hypothèses contradictoires, sans pouvoir m'accrocher à aucune.

Cependant je me rappelais avoir été convaincu, quoique mon enthousiasme commençât à se modérer ; mais j'aurais voulu partir immédiatement et ne pas prendre le temps de la réflexion. Oui, le courage ne m'eût pas manqué pour boucler ma valise en ce moment.

Il faut pourtant l'avouer, une heure après cette surexcitation tomba ; mes nerfs se détendirent, et des profonds abîmes de la terre je remontai à sa surface.

« C'est absurde ! m'écriai-je ; cela n'a pas le sens commun ! Ce n'est pas une proposition sérieuse à faire à un garçon sensé. Rien de tout cela n'existe. J'ai mal dormi, j'ai fait un mauvais rêve. »

Cependant j'avais suivi les bords de l'Elbe et tourné la ville. Après avoir remonté le port j'étais arrivé à la route d'Altona. Un pressentiment me conduisait, pressentiment justifié, car j'aperçus bientôt ma petite Graüben qui, de son pied leste, revenait bravement à Hambourg.

« Graüben ! » lui criai-je de loin.

La jeune fille s'arrêta, un peu troublée, j'imagine, de s'entendre appeler ainsi sur une grande route. En dix pas je fus près d'elle.

« Axel ! fit-elle surprise. Ah ! tu es venu à ma rencontre ! C'est bien cela, monsieur. »

Mais, me regardant, Graüben ne put se méprendre à mon air inquiet, bouleversé.

« Qu'as-tu donc ? dit-elle en me tendant la main.

– Ce que j'ai, Graüben ! » m'écriai-je.

En deux secondes et en trois phrases ma jolie Virlandaise était au courant de la situation. Pendant quelques instants elle garda le silence. Son cœur palpitait-il à l'égal du mien ?

Je l'ignore, mais sa main ne tremblait pas dans la mienne. Nous fîmes une centaine de pas sans parler.

« Axel ! me dit-elle enfin.

– Ma chère Graüben !

– Ce sera là un beau voyage. »

Je bondis à ces mots.

« Oui, Axel, un voyage digne du neveu d'un savant. Il est bien qu'un homme se soit distingué par quelque grande entreprise !

– Quoi ! Graüben, tu ne me détournes pas de tenter une pareille expédition ?

– Non, cher Axel, et ton oncle et toi, je vous accompagnerais volontiers, si une pauvre fille ne devait être un embarras pour vous.

– Dis-tu vrai ?

– Je dis vrai. »

Ah ! femmes, jeunes filles, cœurs féminins toujours incompréhensibles ! Quand vous n'êtes pas les plus timides des êtres, vous en êtes les plus braves ! La raison n'a que faire auprès de vous. Quoi ! cette enfant m'encourageait à prendre part à cette expédition ! elle n'eût pas craint de tenter l'aventure ! Elle m'y poussait, moi qu'elle aimait cependant !

J'étais déconcerté, et, pourquoi ne pas le dire, honteux.

« Graüben, repris-je, nous verrons si demain tu parleras de cette manière.

– Demain, cher Axel, je parlerai comme aujourd'hui. »

Graüben et moi, nous tenant par la main, mais gardant un profond silence, nous continuâmes notre chemin. J'étais brisé par les émotions de la journée.

« Après tout, pensai-je, les calendes de juillet sont encore loin, et, d'ici là, bien des événements se passeront qui guériront mon oncle de sa manie de voyager sous terre. »

La nuit était venue quand nous arrivâmes à la maison de Königstrasse. Je m'attendais à trouver la demeure tranquille, mon oncle couché suivant son habitude, et la bonne Marthe donnant à la salle à manger le dernier coup de plumeau du soir.

Mais j'avais compté sans l'impatience du professeur. Je le trouvai criant, s'agitant au milieu d'une troupe de porteurs qui déchargeaient certaines marchandises dans l'allée ; la vieille servante ne savait où donner de la tête.

« Mais viens donc, Axel ; hâte-toi, malheureux ! s'écria mon oncle du plus loin qu'il m'aperçut. Et ta malle qui n'est pas faite, et mes papiers qui ne sont pas en ordre, et mon sac de voyage dont je ne trouve pas la clef, et mes guêtres qui n'arrivent pas ! »

Je demeurai stupéfait. La voix me manquait. C'est à peine si mes lèvres purent articuler ces mots :

« Nous partons donc ?

– Oui, malheureux garçon, qui vas te promener au lieu d'être là !

– Nous partons ? répétai-je d'une voix affaiblie.

– Oui, après-demain matin, à la première heure. »

Je ne pus en entendre davantage, et je m'enfuis dans ma petite chambre.

Il n'y avait plus à en douter. Mon oncle venait d'employer son après-midi à se procurer une partie des objets et ustensiles nécessaires à son voyage ; l'allée était encombrée d'échelles de corde, de cordes à nœuds, de torches, de gourdes, de crampons de fer, de pics, de bâtons ferrés, de pioches, de quoi charger dix hommes au moins.

Je passai une nuit affreuse. Le lendemain, je m'entendis appeler de bonne heure. J'étais décidé à ne pas ouvrir ma porte. Mais le moyen de résister à la douce voix qui prononçait ces mots : « Mon cher Axel » ?

Je sortis de ma chambre. Je pensai que mon air défait, ma pâleur, mes yeux rougis par l'insomnie, allaient produire leur effet sur Graüben et changer ses idées.

« Ah ! mon cher Axel, me dit-elle, je vois que tu te portes mieux et que la nuit t'a calmé.

– Calmé ! » m'écriai-je.

Je me précipitai vers mon miroir. Eh bien ! j'avais moins mauvaise mine que je ne le supposais. C'était à n'y pas croire.

« Axel, me dit Graüben, j'ai longtemps causé avec mon tuteur. C'est un hardi savant, un homme de grand courage, et tu te souviendras que son sang coule dans tes veines. Il m'a raconté ses projets, ses espérances, pourquoi et comment il espère atteindre son but. Il y parviendra, je n'en doute pas. Ah ! cher Axel, c'est beau de se dévouer ainsi à la science ! Quelle gloire attend M. Lidenbrock et rejaillira sur son compagnon ! Au retour, Axel, tu seras un homme, son égal, libre de parler, libre d'agir, libre enfin de... »

La jeune fille, rougissante, n'acheva pas. Ses paroles me ranimaient. Cependant je ne voulais pas croire encore à notre départ. J'entraînai Graüben vers le cabinet du professeur.

« Mon oncle, dis-je, il est donc bien décidé que nous partons ?

– Comment ! tu en doutes ?

– Non, dis-je afin de ne pas le contrarier. Seulement je vous demanderai ce qui nous presse.

– Mais le temps ! le temps qui fuit avec une vitesse irréparable !

– Cependant nous ne sommes qu'au 26 mai, et jusqu'à la fin de juin...

– Eh ! crois-tu donc, ignorant, qu'on se rende si facilement en Islande ? Si tu ne m'avais pas quitté comme un fou, je t'aurais emmené au Bureau-office de Copenhague, chez Liffender et Co. Là, tu aurais vu que de Copenhague à Reykjawik il n'y a qu'un service, le 22 de chaque mois.

– Eh bien ?

– Eh bien ! si nous attendions au 22 juin, nous arriverions trop tard pour voir l'ombre du Scartaris caresser le cratère du Sneffels ! Il faut donc gagner Copenhague au plus vite pour y chercher un moyen de transport. Va faire ta malle ! »

Il n'y avait pas un mot à répondre. Je remontai dans ma chambre. Graüben me suivit. Ce fut elle qui se chargea de mettre en ordre, dans une petite valise, les objets nécessaires à mon voyage. Elle n'était pas plus émue que s'il se fût agi d'une promenade à Lubeck ou à Heligoland. Ses petites mains allaient et venaient sans précipitation. Elle causait avec calme. Elle me donnait les raisons les plus sensées en faveur de notre expédition. Elle m'enchantait, et je me sentais une grosse colère contre elle. Quelquefois je voulais m'emporter, mais elle n'y prenait garde et continuait méthodiquement sa tranquille besogne.

Enfin, la dernière courroie de la valise fut bouclée. Je descendis au rez-de-chaussée.

Pendant cette journée, les fournisseurs d'instruments de physique, d'armes, d'appareils électriques, s'étaient multipliés. La bonne Marthe en perdait la tête.

« Est-ce que monsieur est fou ? » me dit-elle.

Je fis un signe affirmatif.

« Et il vous emmène avec lui ? »

Même affirmation.

« Où cela ? » dit-elle.

J'indiquai du doigt le centre de la terre.

« A la cave ? s'écria la vieille servante.

– Non, dis-je enfin, plus bas ! »

Le soir arriva. Je n'avais plus conscience du temps écoulé.

« A demain matin, dit mon oncle, nous partons à six heures précises. »

A dix heures je tombai sur mon lit comme une masse inerte.

Pendant la nuit mes terreurs me reprirent.

Je la passai à rêver de gouffres ! J'étais en proie au délire. Je me sentais étreint par la main vigoureuse du professeur, entraîné, abîmé, enlisé ! Je tombais au fond d'insondables précipices avec cette vitesse croissante des corps abandonnés dans l'espace. Ma vie n'était plus qu'une chute interminable.

Je me réveillai à cinq heures, brisé de fatigue et d'émotion. Je descendis à la salle à manger. Mon oncle était à table. Il dévorait. Je le regardai avec un sentiment d'horreur. Mais Graüben était là. Je ne dis rien. Je ne pus manger.

A cinq heures et demie, un roulement se fit entendre dans la rue. Une large voiture arrivait pour nous conduire au chemin de fer d'Altona. Elle fut bientôt encombrée des colis de mon oncle.

« Et ta malle ? me dit-il.

– Elle est prête, répondis-je en défaillant.

– Dépêche-toi donc de la descendre, ou tu vas nous faire manquer le train ! »

Lutter contre ma destinée me parut alors impossible. Je remontai dans ma chambre, et, laissant glisser ma valise sur les marches de l'escalier, je m'élançai à sa suite.

En ce moment mon oncle remettait solennellement entre les mains de Graüben « les rênes » de sa maison. Ma jolie Virlandaise conservait son calme habituel. Elle embrassa son tuteur, mais elle ne put retenir une larme en effleurant ma joue de ses douces lèvres.

« Graüben ! m'écriai-je.

– Va, mon cher Axel, va, me dit-elle, tu quittes ta fiancée, mais tu trouveras ta femme au retour. »

Je serrai Graüben dans mes bras, et je pris place dans la

voiture. Marthe et la jeune fille, du seuil de la porte, nous adressèrent un dernier adieu. Puis les deux chevaux, excités par le sifflement de leur conducteur, s'élancèrent au galop sur la route d'Altona.

VIII

Altona, véritable banlieue de Hambourg, est tête de ligne du chemin de fer de Kiel, qui devait nous conduire au rivage des Belt. En moins de vingt minutes, nous entrions sur le territoire du Holstein.

A six heures et demie la voiture s'arrêta devant la gare ; les nombreux colis de mon oncle, ses volumineux articles de voyage furent déchargés, transportés, pesés, étiquetés, rechargés dans le wagon de bagages, et à sept heures nous étions assis l'un vis-à-vis de l'autre dans le même compartiment. La vapeur siffla, la locomotive se mit en mouvement. Nous étions partis.

Étais-je résigné ? Pas encore. Cependant l'air frais du matin, les détails de la route rapidement renouvelés par la vitesse du train me distrayaient de ma grande préoccupation.

Quant à la pensée du professeur, elle devançait évidemment ce convoi trop lent au gré de son impatience. Nous étions seuls dans le wagon, mais sans parler. Mon oncle revisitait ses poches et son sac de voyage avec une minutieuse attention. Je vis bien que rien ne lui manquait des pièces nécessaires à l'exécution de ses projets.

Entre autres, une feuille de papier, pliée avec soin, portait l'en-tête de la chancellerie danoise, avec la signature de M. Christiensen, consul à Hambourg et l'ami du professeur. Cela devait nous donner toute facilité d'obtenir à Copenhague des recommandations pour le gouverneur de l'Islande.

J'aperçus aussi le fameux document précieusement enfoui dans la plus secrète poche du portefeuille. Je le maudis du fond du cœur, et je me remis à examiner le pays. C'était une vaste suite de plaines peu curieuses, monotones, limoneuses et assez fécondes : une campagne très favorable à l'établissement d'un railway et propice à ces lignes droites si chères aux compagnies de chemin de fer.

Mais cette monotonie n'eut pas le temps de me fatiguer, car, trois heures après notre départ, le train s'arrêtait à Kiel, à deux pas de la mer.

Nos bagages étant enregistrés pour Copenhague, il n'y eut pas à s'en occuper. Cependant, le professeur les suivit d'un œil inquiet pendant leur transport au bateau à vapeur. Là ils disparurent à fond de cale.

Mon oncle, dans sa précipitation, avait si bien calculé les heures de correspondance du chemin de fer et du bateau, qu'il nous restait une journée entière à perdre. Le steamer l'*Ellenora* ne partait pas avant la nuit. De là une fièvre de neuf heures, pendant laquelle l'irascible voyageur envoya à tous les diables l'administration des bateaux et des railways et les gouvernements qui toléraient de pareils abus. Je dus faire chorus avec lui, quand il entreprit le capitaine de l'*Ellenora* à ce sujet. Il voulait l'obliger à chauffer sans perdre un instant. L'autre l'envoya promener.

A Kiel, comme ailleurs, il faut bien qu'une journée se passe. A force de nous promener sur les rivages verdoyants de la baie au fond de laquelle s'élève la petite ville, de parcourir les bois touffus qui lui donnent l'apparence d'un nid dans un faisceau de branches, d'admirer les villas pourvues chacune de leur petite maison de bains froids, enfin de courir et de maugréer, nous atteignîmes dix heures du soir.

Les tourbillons de la fumée de l'*Ellenora* se développaient dans le ciel ; le pont tremblotait sous les frissonnements de la chaudière ; nous étions à bord et propriétaires de deux couchettes étagées dans l'unique chambre du bateau.

A dix heures un quart les amarres furent larguées, et le steamer fila rapidement sur les sombres eaux du Grand-Belt.

La nuit était noire ; il y avait belle brise et forte mer ; quelques feux de la côte apparurent dans les ténèbres ; plus tard, je ne sais où, un phare à éclats étincela au-dessus des flots ; ce fut tout ce qui resta dans mon souvenir de cette première traversée.

A sept heures du matin nous débarquions à Korsör, petite ville située sur la côte occidentale du Seeland. Là, nous sautions du bateau dans un nouveau chemin de fer, qui nous emportait à travers un pays non moins plat que les campagnes du Holstein.

C'était encore trois heures de voyage avant d'atteindre la capitale du Danemark. Mon oncle n'avait pas fermé l'œil de la nuit. Dans son impatience, je crois qu'il poussait le wagon avec ses pieds.

Enfin il aperçut une échappée de mer.

« Le Sund ! » s'écria-t-il.

Il y avait sur notre gauche une vaste construction qui ressemblait à un hôpital.

« C'est une maison de fous », dit un de nos compagnons de voyage.

« Bon, pensai-je, voilà un établissement où nous devrions finir nos jours ! Et, si grand qu'il fût, cet hôpital serait encore trop petit pour contenir toute la folie du professeur Lidenbrock ! »

Enfin, à dix heures du matin, nous prenions pied à Copenhague ; les bagages furent chargés sur une voiture et conduits avec nous à l'hôtel du Phœnix dans Bred-Gale. Ce fut l'affaire d'une demi-heure, car la gare est située en dehors de la ville. Puis mon oncle, faisant une toilette sommaire, m'entraîna à sa suite. Le portier de l'hôtel parlait l'allemand et l'anglais ; mais le professeur, en sa qualité de polyglotte, l'interrogea en bon danois, et ce fut en bon danois que ce personnage lui indiqua la situation du Muséum des Antiquités du Nord.

Le directeur de ce curieux établissement, où sont entassées des merveilles qui permettraient de reconstruire l'histoire du pays avec ses vieilles armes de pierre, ses hanaps et ses bijoux, était un savant, l'ami du consul de Hambourg, M. le professeur Thomson.

Mon oncle avait pour lui une chaude lettre de recommandation. En général, un savant en reçoit assez mal un autre. Mais ici ce fut tout autrement. M. Thomson, en homme serviable, fit un cordial accueil au professeur Lidenbrock et même à son neveu. Dire que son secret fut gardé vis-à-vis de l'excellent directeur du Muséum, c'est à peine nécessaire. Nous voulions tout bonnement visiter l'Islande en amateurs désintéressés.

M. Thomson se mit entièrement à notre disposition, et

nous courûmes les quais afin de chercher un navire en partance.

J'espérais que les moyens de transport manqueraient absolument ; mais il n'en fut rien. Une petite goélette danoise, la *Valkyrie,* devait mettre à la voile le 2 juin pour Reykjawik. Le capitaine, M. Bjarne, se trouvait à bord. Son futur passager, dans sa joie, lui serra les mains à les briser. Ce brave homme fut un peu étonné d'une pareille étreinte. Il trouvait tout simple d'aller en Islande, puisque c'était son métier. Mon oncle trouvait cela sublime. Le digne capitaine profita de cet enthousiasme pour nous faire payer double le passage sur son bâtiment. Mais nous n'y regardions pas de si près.

« Soyez à bord mardi, à sept heures du matin », dit M. Bjarne après avoir empoché un nombre respectable de species-dollars.

Nous remerciâmes alors M. Thomson de ses bons soins, et nous revînmes à l'hôtel du Phœnix.

« Cela va bien ! cela va très bien ! répétait mon oncle. Quel heureux hasard d'avoir trouvé ce bâtiment prêt à partir ! Maintenant déjeunons, et allons visiter la ville. »

Nous nous rendîmes à Kongens-Nye-Torw, place irrégulière où se trouve un poste avec deux innocents canons braqués qui ne font peur à personne. Tout près, au n° 5, il y avait une « restauration » française, tenue par un cuisinier nommé Vincent ; nous y déjeunâmes suffisamment pour le prix modéré de quatre marks chacun[1].

Puis je pris un plaisir d'enfant à parcourir la ville ; mon oncle se laissait promener ; d'ailleurs il ne vit rien, ni l'insignifiant palais du roi, ni le joli pont du XVIIe siècle, qui enjambe le canal devant le Muséum, ni cet immense cénotaphe de Torwaldsen, orné de peintures murales horribles et qui contient à l'intérieur les œuvres de ce statuaire, ni, dans un assez beau parc, le château bonbonnière de Rosenborg, ni l'admirable édifice renaissance de la Bourse, ni son clocher fait avec les queues entrelacées de quatre dragons de bronze, ni les grands moulins des remparts, dont les vastes ailes s'enflaient comme les voiles d'un vaisseau au vent de la mer.

Quelles délicieuses promenades nous eussions faites, ma jolie Virlandaise et moi, du côté du port où les deux-ponts

1. 2 francs 75 centimes environ. *Note de l'auteur.*

et les frégates dormaient paisiblement sous leur toiture rouge, sur les bords verdoyants du détroit, à travers ces ombrages touffus au sein desquels se cache la citadelle, dont les canons allongent leur gueule noirâtre entre les branches des sureaux et des saules !

Mais, hélas ! elle était loin, ma pauvre Graüben, et pouvais-je espérer de la revoir jamais ?

Cependant, si mon oncle ne remarqua rien de ces sites enchanteurs, il fut vivement frappé par la vue d'un certain clocher situé dans l'île d'Amak, qui forme le quartier sud-ouest de Copenhague.

Je reçus l'ordre de diriger nos pas de ce côté ; je montai dans une petite embarcation à vapeur qui faisait le service des canaux, et, en quelques instants, elle accosta le quai de Dock-Yard.

Après avoir traversé quelques rues étroites où des galériens, vêtus de pantalons mi-partie jaunes et gris, travaillaient sous le bâton des argousins, nous arrivâmes devant Vor-Frelsers-Kirk. Cette église n'offrait rien de remarquable. Mais voici pourquoi son clocher assez élevé avait attiré l'attention du professeur : à partir de la plate-forme, un escalier extérieur circulait autour de sa flèche, et ses spirales se déroulaient en plein ciel.

« Montons, dit mon oncle.

– Mais, le vertige ? répliquai-je.

– Raison de plus, il faut s'y habituer.

– Cependant...

– Viens, te dis-je, ne perdons pas de temps. »

Il fallut obéir. Un gardien, qui demeurait de l'autre côté de la rue, nous remit une clef, et l'ascension commença.

Mon oncle me précédait d'un pas alerte. Je le suivais non sans terreur, car la tête me tournait avec une déplorable facilité. Je n'avais ni l'aplomb des aigles ni l'insensibilité de leurs nerfs.

Tant que nous fûmes emprisonnés dans la vis intérieure, tout alla bien ; mais après cent cinquante marches l'air vint me frapper au visage, nous étions parvenus à la plate-forme du clocher. Là commençait l'escalier aérien, gardé par une frêle rampe, et dont les marches, de plus en plus étroites, semblaient monter vers l'infini.

« Je ne pourrai jamais ! m'écriai-je.

– Serais-tu poltron, par hasard ? Monte ! » répondit impitoyablement le professeur.

Force fut de le suivre en me cramponnant. Le grand air m'étourdissait ; je sentais le clocher osciller sous les rafales ; mes jambes se dérobaient ; je grimpai bientôt sur les genoux, puis sur le ventre ; je fermais les yeux ; j'éprouvais le mal de l'espace.

Enfin, mon oncle me tirant par le collet, j'arrivai près de la boule.

« Regarde, me dit-il, et regarde bien ! il faut prendre *des leçons d'abîme ! »*

J'ouvris les yeux. J'aperçus les maisons aplaties et comme écrasées par une chute, au milieu du brouillard des fumées. Au-dessus de ma tête passaient des nuages échevelés, et, par un renversement d'optique, ils me paraissaient immobiles, tandis que le clocher, la boule, moi, nous étions entraînés avec une fantastique vitesse. Au loin, d'un côté s'étendait la campagne verdoyante, de l'autre étincelait la mer sous un faisceau de rayons. Le Sund se déroulait à la pointe d'Elseneur, avec quelques voiles blanches, véritables ailes de goéland, et dans la brume de l'est ondulaient les côtes à peine estompées de la Suède. Toute cette immensité tourbillonnait à mes regards.

Néanmoins il fallut me lever, me tenir droit, regarder. Ma première leçon de vertige dura une heure. Quand enfin il me fut permis de redescendre et de toucher du pied le pavé solide des rues, j'étais courbaturé.

« Nous recommencerons demain », dit mon professeur.

Et en effet, pendant cinq jours, je repris cet exercice vertigineux, et, bon gré mal gré, je fis des progrès sensibles dans l'art « des hautes contemplations ».

IX

Le jour du départ arriva. La veille, le complaisant M. Thomson nous avait apporté des lettres de recommandation pressantes pour le comte Trampe, gouverneur de l'Islande, M. Pictursson, le coadjuteur de l'évêque, et M. Finsen, maître de Reykjawik. En retour, mon oncle lui octroya les plus chaleureuses poignées de main.

Le 2, à six heures du matin, nos précieux bagages étaient rendus à bord de la *Valkyrie*. Le capitaine nous conduisit à des cabines assez étroites et disposées sous une espèce de rouffle.

« Avons-nous bon vent ? demanda mon oncle.

– Excellent, répondit le capitaine Bjarne ; un vent de sud-est. Nous allons sortir du Sund grand largue et toutes voiles dehors. »

Quelques instants plus tard, la goélette, sous sa misaine, sa brigantine, son hunier et son perroquet, appareilla et donna à pleine toile dans le détroit. Une heure après, la capitale du Danemark semblait s'enfoncer dans les flots éloignés et la *Valkyrie* rasait la côte d'Elseneur. Dans la disposition nerveuse où je me trouvais, je m'attendais à voir l'ombre d'Hamlet errant sur la terrasse légendaire.

« Sublime insensé ! disais-je, tu nous approuverais sans doute ! Tu nous suivrais peut-être pour venir au centre du globe chercher une solution à ton doute éternel ! »

Mais rien ne parut sur les antiques murailles. Le château est, d'ailleurs, beaucoup plus jeune que l'héroïque prince de Danemark. Il sert maintenant de loge somptueuse au portier de ce détroit du Sund, où passent chaque année quinze mille navires de toutes les nations.

Le château de Krongborg disparut bientôt dans la brume, ainsi que la tour d'Helsinborg, élevée sur la rive suédoise, et la goélette s'inclina légèrement sous les brises du Cattégat.

La *Valkyrie* était fine voilière, mais avec un navire à voiles on ne sait jamais trop sur quoi compter. Elle transportait à Reykjawik du charbon, des ustensiles de ménage, de la poterie, des vêtements de laine et une cargaison de blé. Cinq hommes d'équipage, tous Danois, suffisaient à la manœuvrer.

« Quelle sera la durée de la traversée ? demanda mon oncle au capitaine.

– Une dizaine de jours, répondit ce dernier, si nous ne rencontrons pas trop de grains de nord-ouest par le travers des Feroë.

– Mais enfin, vous n'êtes pas sujet à éprouver des retards considérables ?

– Non, monsieur Lidenbrock ; soyez tranquille, nous arriverons. »

Vers le soir la goélette doubla le cap Skagen à la pointe nord du Danemark, traversa pendant la nuit le Skager-Rak, rangea l'extrémité de la Norvège par le travers du cap Lindness et donna dans la mer du Nord.

Deux jours après, nous avions connaissance des côtes d'Écosse à la hauteur de Peterheade, et la *Valkyrie* se dirigea vers les Feroë en passant entre les Orcades et les Seethland.

Bientôt notre goélette fut battue par les vagues de l'Atlantique ; elle dut louvoyer contre le vent du nord et n'atteignit pas sans peine les Feroë. Le 8, le capitaine reconnut Myganness, la plus orientale de ces îles, et, à partir de ce moment, il marcha droit au cap Portland, situé sur la côte méridionale de l'Islande.

La traversée n'offrit aucun incident remarquable. Je supportai assez bien les épreuves de la mer ; mon oncle, à son grand dépit, et à sa honte plus grande encore, ne cessa pas d'être malade.

Il ne put donc entreprendre le capitaine Bjarne sur la question du Sneffels, sur les moyens de communication, sur les facilités de transport ; il dut remettre ces explications à son arrivée et passa tout son temps étendu dans sa cabine, dont les cloisons craquaient par les grands coups de tangage. Il faut l'avouer, il méritait un peu son sort.

Le 11, nous relevâmes le cap Portland. Le temps, clair alors, permit d'apercevoir le Myrdals Yokul, qui le domine. Le cap se compose d'un gros morne, à pentes roides, et planté tout seul sur la plage.

La *Valkyrie* se tint à une distance raisonnable des côtes, en les prolongeant vers l'ouest, au milieu de nombreux troupeaux de baleines et de requins. Bientôt apparut un immense rocher percé à jour, au travers duquel la mer écumeuse donnait avec furie. Les îlots de Westman semblèrent sortir de l'Océan, comme une semée de rocs sur la plaine liquide. A partir de ce moment, la goélette prit du champ pour tourner à bonne distance le cap Reykjaness, qui forme l'angle occidental de l'Islande.

La mer, très forte, empêchait mon oncle de monter sur le pont pour admirer ces côtes déchiquetées et battues par les vents du sud-ouest.

Quarante-huit heures après, en sortant d'une tempête qui força la goélette de fuir à sec de toile, on releva dans l'est la balise de la pointe Skagen, dont les roches dangereuses se prolongent à une grande distance sous les flots. Un pilote islandais vint à bord, et, trois heures plus tard, la *Valkyrie* mouillait devant Reykjawik dans la baie de Faxa.

Le professeur sortit enfin de sa cabine, un peu pâle, un peu défait, mais toujours enthousiaste, et avec un regard de satisfaction dans les yeux.

La population de la ville, singulièrement intéressée par l'arrivée d'un navire dans lequel chacun à quelque chose à prendre, se groupait sur le quai.

Mon oncle avait hâte d'abandonner sa prison flottante, pour ne pas dire son hôpital. Mais avant de quitter le pont de la goélette, il m'entraîna à l'avant, et là, du doigt, il me montra, à la partie septentrionale de la baie, une haute montagne à deux pointes, un double cône couvert de neiges éternelles.

« Le Sneffels ! s'écria-t-il, le Sneffels ! »

Puis, après m'avoir recommandé du geste un silence absolu, il descendit dans le canot qui l'attendait. Je le suivis, et bientôt nous foulions du pied le sol de l'Islande.

Tout d'abord apparut un homme de bonne figure et revêtu d'un costume de général. Ce n'était cependant qu'un simple magistrat, le gouverneur de l'île, M. le baron Trampe en personne. Le professeur reconnut à qui il avait affaire. Il remit au gouverneur ses lettres de Copenhague, et il s'établit en danois une courte conversation à laquelle je demeurai absolument étranger, et pour cause. Mais de ce premier entretien il résulta ceci, que le baron Trampe se mettait entièrement à la disposition du professeur Lidenbrock.

Mon oncle reçut un accueil fort aimable du maire, M. Finsen, non moins militaire par le costume que le gouverneur, mais aussi pacifique par tempérament et par état.

Quant au coadjuteur, M. Pictursson, il faisait actuellement une tournée épiscopale dans le bailliage du Nord ; nous devions renoncer provisoirement à lui être présentés. Mais un charmant homme, et dont le concours nous devint fort précieux, ce fut M. Fridriksson, professeur de sciences naturelles à l'école de Reykjawik. Ce savant modeste ne parlait que l'islandais et le latin ; il vint m'offrir ses services dans la langue d'Horace, et je sentis que nous étions faits pour nous comprendre. Ce fut, en effet, le seul personnage avec lequel je pus m'entretenir pendant mon séjour en Islande.

Sur trois chambres dont se composait sa maison, cet excellent homme en mit deux à notre disposition, et bientôt nous y fûmes installés avec nos bagages, dont la quantité étonna un peu les habitants de Reykjawik.

« Eh bien, Axel, me dit mon oncle, cela va, et le plus difficile est fait.

– Comment, le plus difficile ? m'écriai-je.

– Sans doute, nous n'avons plus qu'à descendre !

– Si vous le prenez ainsi, vous avez raison ; mais enfin, après avoir descendu, il faudra remonter, j'imagine ?

– Oh ! cela ne m'inquiète guère ! Voyons ! il n'y a pas de temps à perdre. Je vais me rendre à la bibliothèque. Peut-être s'y trouve-t-il quelque manuscrit de Saknussemm, et je serais bien aise de le consulter.

– Alors, pendant ce temps, je vais visiter la ville. Est-ce que vous n'en ferez pas autant ?

– Oh ! cela m'intéresse médiocrement. Ce qui est curieux dans cette terre d'Islande n'est pas dessus, mais dessous. »

Je sortis, et j'errai au hasard.

S'égarer dans les deux rues de Reykjawik n'eût pas été chose facile. Je ne fus donc pas obligé de demander mon chemin, ce qui, dans la langue des gestes, expose à beaucoup de mécomptes.

La ville s'allonge sur un sol assez bas et marécageux, entre deux collines. Une immense coulée de laves la couvre d'un côté et descend en rampes assez douces vers la mer. De l'autre s'étend cette vaste baie de Faxa, bornée au nord par l'énorme glacier du Sneffels, et dans laquelle la *Valkyrie* se trouvait seule à l'ancre en ce moment. Ordinairement, les garde-pêche anglais et français s'y tiennent mouillés au large ; mais ils étaient alors en service sur les côtes orientales de l'île.

La plus longue des deux rues de Reykjawik est parallèle au rivage ; là demeurent les marchands et les négociants, dans des cabanes de bois faites de poutres rouges horizontalement disposées ; l'autre rue, située plus à l'ouest, court vers un petit lac, entre les maisons de l'évêque et des autres personnages étrangers au commerce.

J'eus bientôt arpenté ces voies mornes et tristes ; j'entrevoyais parfois un bout de gazon décoloré, comme un vieux tapis de laine râpé par l'usage, ou bien quelque apparence de verger, dont les rares légumes, pommes de terre, choux et laitues, eussent figuré à l'aise sur une table lilliputienne ; quelques giroflées maladives essayaient aussi de prendre un petit air de soleil.

Vers le milieu de la rue non commerçante, je trouvai le cimetière public enclos d'un mur en terre, et dans lequel la place ne manquait pas. Puis, en quelques enjambées, j'arrivai à la maison du gouverneur, une masure comparée à l'hôtel de ville de Hambourg, un palais auprès des huttes de la population islandaise.

Entre le petit lac et la ville s'élevait l'église, bâtie dans le goût protestant et construite en pierres calcinées dont les volcans font eux-mêmes les frais d'extraction ; par les grands vents d'ouest, son toit de tuiles rouges devait évidemment se disperser dans les airs, au grand dommage des fidèles.

Sur une éminence voisine, j'aperçus l'École nationale, où, comme je l'appris plus tard de notre hôte, on professait l'hébreu, l'anglais, le français et le danois, quatre langues dont, à ma honte, je ne connaissais pas le premier mot. J'aurais été le dernier des quarante élèves que comptait ce petit collège, et indigne de coucher avec eux dans ces armoires à deux compartiments où de plus délicats étoufferaient dès la première nuit.

En trois heures j'eus visité non seulement la ville, mais ses environs. L'aspect général en était singulièrement triste. Pas d'arbres, pas de végétation, pour ainsi dire. Partout les arêtes vives des roches volcaniques. Les huttes des Islandais sont faites de terre et de tourbe, et leurs murs inclinés en dedans. Elles ressemblent à des toits posés sur le sol. Seulement ces toits sont des prairies relativement fécondes. Grâce à la chaleur de l'habitation, l'herbe y pousse avec assez de perfection, et on la fauche soigneusement à l'époque de la fenaison, sans quoi les animaux domestiques viendraient paître sur ces demeures verdoyantes.

Pendant mon excursion, je rencontrai peu d'habitants. En revenant à la rue commerçante, je vis la plus grande partie de la population occupée à sécher, saler et charger des morues, principal article d'exportation. Les hommes paraissaient robustes, mais lourds, des espèces d'Allemands blonds à l'œil pensif, qui se sentent un peu en dehors de l'humanité, pauvres exilés relégués sur cette terre de glace, dont la nature aurait bien dû faire des Esquimaux, puisqu'elle les condamnait à vivre sur la limite du cercle polaire ! J'essayais en vain de surprendre un sourire sur leur visage ; ils riaient quelquefois par une sorte de contraction involontaire des muscles, mais ne souriaient jamais.

Leur costume consistait en une grossière vareuse de laine noire, connue dans les pays scandinaves sous le nom de « vadmel », un chapeau à vastes bords, un pantalon à liséré rouge et un morceau de cuir replié en manière de chaussure.

Les femmes, à figure triste et résignée, d'un type assez agréable, mais sans expression, étaient vêtues d'un corsage et d'une jupe de « vadmel » sombre : filles, elles portaient sur leurs cheveux tressés en guirlandes un petit bonnet de tricot brun ; mariées, elles entouraient leur tête d'un mouchoir de couleur, surmonté d'un cimier de toile blanche.

Après une bonne promenade, lorsque je rentrai dans la maison de M. Fridriksson, mon oncle s'y trouvait déjà en compagnie de son hôte.

X

Le dîner était prêt ; il fut dévoré avec avidité par le professeur Lidenbrock, dont la diète forcée du bord avait changé l'estomac en un gouffre profond. Ce repas, plus danois qu'islandais, n'eut rien de remarquable en lui-même ; mais notre hôte, plus islandais que danois, me rappela les héros de l'antique hospitalité. Il me parut évident que nous étions chez lui plus que lui-même.

La conversation se fit en langue indigène, que mon oncle entremêlait d'allemand et M. Fridriksson de latin, afin que je pusse la comprendre. Elle roula sur des questions scientifiques, comme il convient à des savants ; mais le professeur Lidenbrock se tint sur la plus excessive réserve, et ses yeux me recommandaient, à chaque phrase, un silence absolu touchant nos projets à venir.

Tout d'abord, M. Fridriksson s'enquit auprès de mon oncle du résultat de ses recherches à la bibliothèque.

« Votre bibliothèque ! s'écria ce dernier, elle ne se compose que de livres dépareillés sur des rayons presque déserts.

– Comment ! répondit M. Fridriksson, nous possédons huit mille volumes, dont beaucoup sont précieux et rares, des ouvrages en vieille langue scandinave, et toutes les nouveautés dont Copenhague nous approvisionne chaque année.

– Où prenez-vous ces huit mille volumes ? Pour mon compte...

– Oh ! monsieur Lidenbrock, ils courent le pays. On a le goût de l'étude dans notre vieille île de glace ! Pas un fermier, pas un pêcheur qui ne sache lire et qui ne lise. Nous pensons que des livres, au lieu de moisir derrière une grille de fer, loin des regards curieux, sont destinés à s'user sous les yeux des lecteurs. Aussi ces volumes passent-ils de main en main, feuilletés, lus et relus, et souvent ils ne reviennent à leur rayon qu'après un an ou deux d'absence.

– En attendant, répondit mon oncle avec un certain dépit, les étrangers...

– Que voulez-vous ! les étrangers ont chez eux leurs bibliothèques, et, avant tout, il faut que nos paysans s'instruisent. Je vous le répète, l'amour de l'étude est dans le sang islandais. Aussi, en 1816, nous avons fondé une Société littéraire qui va bien ; des savants étrangers s'honorent d'en faire partie ; elle publie des livres destinés à l'éducation de nos compatriotes et rend de véritables services au pays. Si vous voulez être un de nos membres correspondants, monsieur Lidenbrock vous nous ferez le plus grand plaisir. »

Mon oncle, qui appartenait déjà à une centaine de sociétés scientifiques, accepta avec une bonne grâce dont fut touché M. Fridriksson.

« Maintenant, reprit celui-ci, veuillez m'indiquer les livres que vous espériez trouver à notre bibliothèque, et je pourrai peut-être vous renseigner à leur égard. »

Je regardai mon oncle. Il hésita à répondre. Cela touchait directement à ses projets. Cependant, après avoir réfléchi, il se décida à parler.

« Monsieur Fridriksson, dit-il, je voulais savoir si, parmi

Hans, personnage grave, flegmatique et silencieux.

les ouvrages anciens, vous possédiez ceux d'Arne Saknussemm ?

– Arne Saknussemm ! répondit le professeur de Reykjavik. Vous voulez parler de ce savant du XVIe siècle, à la fois grand naturaliste, grand alchimiste et grand voyageur ?

– Précisément.

– Une des gloires de la littérature et de la science islandaises ?

– Comme vous dites.

– Un homme illustre entre tous ?

– Je vous l'accorde.

– Et dont l'audace égalait le génie ?

– Je vois que vous le connaissez bien. »

Mon oncle nageait dans la joie à entendre parler ainsi de son héros. Il dévorait des yeux M. Fridriksson.

« Eh bien ! demanda-t-il, ses ouvrages ?

– Ah ! ses ouvrages nous ne les avons pas.

– Quoi ! en Islande ?

– Ils n'existent ni en Islande ni ailleurs.

– Et pourquoi ?

– Parce que Arne Saknussemm fut persécuté pour cause d'hérésie, et qu'en 1573 ses ouvrages furent brûlés à Copenhague par la main du bourreau.

– Très bien ! Parfait ! s'écria mon oncle, au grand scandale du professeur de sciences naturelles.

– Hein ? fit ce dernier.

– Oui ! tout s'explique, tout s'enchaîne, tout est clair, et je comprends pourquoi Saknussemm, mis à l'index et forcé de cacher les découvertes de son génie, a dû enfouir dans un incompréhensible cryptogramme le secret...

– Quel secret ? demanda vivement M. Fridriksson.

– Un secret qui... dont..., répondit mon oncle en balbutiant.

– Est-ce que vous auriez quelque document particulier ? reprit notre hôte.

– Non... Je faisais une pure supposition.

– Bien, répondit M. Fridriksson, qui eut la bonté de ne pas insister en voyant le trouble de son interlocuteur. J'espère, ajouta-t-il, que vous ne quitterez pas notre île sans avoir puisé à ses richesses minéralogiques ?

– Certes, répondit mon oncle ; mais j'arrive un peu tard ; des savants ont déjà passé par ici ?

– Oui, monsieur Lidenbrock ; les travaux de MM. Olafsen et Povelsen exécutés par ordre du roi, les études de Troïl, la mission scientifique de MM. Gaimard et Robert, à bord de la corvette française *La Recherche*[1], et dernièrement, les observations de savants embarqués sur la frégate *La Reine-Hortense* ont puissamment contribué à la reconnaissance de l'Islande. Mais, croyez-moi, il y a encore à faire.

– Vous pensez ? demanda mon oncle d'un air bonhomme, en essayant de modérer l'éclair de ses yeux.

– Oui. Que de montagnes, de glaciers, de volcans à étudier, qui sont peu connus ! Et tenez, sans aller plus loin, voyez ce mont qui s'élève à l'horizon. C'est le Sneffels.

– Ah ! fit mon oncle, le Sneffels.

– Oui, l'un des volcans les plus curieux et dont on visite rarement le cratère.

– Éteint ?

– Oh ! éteint depuis cinq cents ans.

– Eh bien ! répondit mon oncle, qui se croisait frénétiquement les jambes pour ne pas sauter en l'air, j'ai envie de commencer mes études géologiques par ce Seffel... Fessel... comment dites-vous ?

– Sneffels », reprit l'excellent M. Fridriksson.

Cette partie de la conversation avait eu lieu en latin ; j'avais tout compris, et je gardais à peine mon sérieux à voir mon oncle contenir sa satisfaction qui débordait de toutes parts ; il essayait de prendre un petit air innocent qui ressemblait à la grimace d'un vieux diable.

« Oui, fit-il, vos paroles me décident ! Nous essaierons de gravir ce Sneffels, peut-être même d'étudier son cratère !

– Je regrette bien, répondit M. Fridriksson, que mes occupations ne me permettent pas de m'absenter ; je vous aurais accompagné avec plaisir et profit.

– Oh ! non, oh ! non, répondit vivement mon oncle ; nous ne voulons déranger personne, monsieur Fridriksson ; je vous remercie de tout mon cœur. La présence d'un savant tel que vous eût été très utile, mais les devoirs de votre profession... »

J'aime à penser que notre hôte, dans l'innocence de son

1. *La Recherche* fut envoyée en 1835 par l'amiral Duperré pour retrouver les traces d'une expédition perdue, celle de M. de Blosseville et de *La Lilloise*, dont on n'a jamais eu de nouvelles.

âme islandaise, ne comprit pas les grosses malices de mon oncle.

« Je vous approuve fort, monsieur Lidenbrock, dit-il, de commencer par ce volcan. Vous ferez là une ample moisson d'observations curieuses. Mais, dites-moi, comment comptez-vous gagner la presqu'île du Sneffels ?

– Par mer, en traversant la baie. C'est la route la plus rapide.

– Sans doute ; mais elle est impossible à prendre.

– Pourquoi ?

– Parce que nous n'avons pas un seul canot à Reykjawik.

– Diable !

– Il faudra aller par terre, en suivant la côte. Ce sera plus long, mais plus intéressant.

– Bon. Je verrai à me procurer un guide.

– J'en ai précisément un à vous offrir.

– Un homme sûr, intelligent ?

– Oui, un habitant de la presqu'île. C'est un chasseur d'eider, fort habile, et dont vous serez content. Il parle parfaitement le danois.

– Et quand pourrai-je le voir ?

– Demain, si cela vous plaît.

– Pourquoi pas aujourd'hui ?

– C'est qu'il n'arrive que demain.

– A demain donc », répondit mon oncle avec un soupir.

Cette importante conversation se termina quelques instants plus tard par de chaleureux remerciements du professeur allemand au professeur islandais. Pendant ce dîner, mon oncle venait d'apprendre des choses importantes, entre autres l'histoire de Saknussemm, la raison de son document mystérieux, comme quoi son hôte ne l'accompagnerait pas dans son expédition, et que dès le lendemain un guide serait à ses ordres.

XI

Le soir, je fis une courte promenade sur les rivages de Reykjawik, et je revins de bonne heure me coucher dans mon lit de grosses planches, où je dormis d'un profond sommeil.

Quand je me réveillai, j'entendis mon oncle parler abondamment dans la salle voisine. Je me levai aussitôt et je me hâtai d'aller le rejoindre.

Il causait en danois avec un homme de haute taille, vigoureusement découplé. Ce grand gaillard devait être d'une force peu commune. Ses yeux, percés dans une tête très grosse et assez naïve, me parurent intelligents. Ils étaient d'un bleu rêveur. De longs cheveux, qui eussent passé pour roux, même en Angleterre, tombaient sur ses athlétiques épaules. Cet indigène avait les mouvements souples, mais il remuait peu les bras, en homme qui ignorait ou dédaignait la langue des gestes. Tout en lui révélait un tempérament d'un calme parfait, non pas indolent, mais tranquille. On sentait qu'il ne demandait rien à personne, qu'il travaillait à sa convenance, et que, dans ce monde, sa philosophie ne pouvait être ni étonnée ni troublée.

Je surpris les nuances de ce caractère, à la manière dont l'Islandais écouta le verbiage passionné de son interlocuteur. Il demeurait les bras croisés, immobile au milieu des gestes multipliés de mon oncle ; pour nier, sa tête tournait de gauche à droite ; elle s'inclinait pour affirmer, et cela si peu, que ses longs cheveux bougeaient à peine. C'était l'économie du mouvement poussée jusqu'à l'avarice.

Certes, à voir cet homme, je n'aurais jamais deviné sa profession de chasseur ; celui-là ne devait pas effrayer le gibier, à coup sûr, mais comment pouvait-il l'atteindre ?

Tout s'expliqua quand M. Fridriksson m'apprit que ce tranquille personnage n'était qu'un « chasseur d'eider », oiseau dont le duvet constitue la plus grande richesse de l'île. En effet, ce duvet s'appelle l'édredon, et il ne faut pas une grande dépense de mouvement pour le recueillir.

Aux premiers jours de l'été, la femelle de l'eider, sorte de joli canard, va bâtir son nid parmi les rochers des fjörds dont la côte est toute frangée. Ce nid bâti, elle le tapisse avec de fines plumes qu'elle s'arrache du ventre. Aussitôt le chasseur, ou mieux le négociant, arrive, prend le nid, et la femelle de recommencer son travail. Cela dure ainsi tant qu'il lui reste quelque duvet. Quand elle s'est entièrement dépouillée, c'est au mâle de se plumer à son tour. Seulement, comme la dépouille dure et grossière de ce dernier n'a aucune valeur commerciale, le chasseur ne prend pas la peine de lui voler le lit de sa couvée ; le nid s'achève donc ; la femelle pond ses œufs ; les petits éclosent, et, l'année suivante, la récolte de l'édredon recommence.

Or, comme l'eider ne choisit pas les rocs escarpés pour y bâtir son nid, mais plutôt ces roches faciles et horizontales qui vont se perdre en mer, le chasseur islandais pouvait exercer son métier sans grande agitation. C'était un fermier qui n'avait ni à semer ni à couper sa moisson, mais à la récolter seulement.

Ce personnage grave, flegmatique et silencieux, se nommait Hans Bjelke ; il venait à la recommandation de M. Fridriksson. C'était notre futur guide. Ses manières contrastaient singulièrement avec celles de mon oncle.

Cependant ils s'entendirent facilement. Ni l'un ni l'autre ne regardaient au prix ; l'un prêt à accepter ce qu'on lui offrait, l'autre prêt à donner ce qui lui serait demandé. Jamais marché ne fut plus facile à conclure.

Or, des conventions il résulta que Hans s'engageait à nous conduire au village de Stapi, situé sur la côte méridionale de la presqu'île du Sneffels, au pied même du volcan. Il fallait compter par terre vingt-deux milles environ, voyage à faire en deux jours, suivant l'opinion de mon oncle.

Mais quand il apprit qu'il s'agissait de milles danois de vingt-quatre mille pieds, il dut rabattre de son calcul et compter, vu l'insuffisance des chemins, sur sept ou huit jours de marche.

Quatre chevaux devaient être mis à sa disposition, deux pour le porter, lui et moi, deux autres destinés à nos bagages. Hans, suivant son habitude, irait à pied. Il connaissait parfaitement cette partie de la côte, et il promit de prendre par le plus court.

Son engagement avec mon oncle n'expirait pas à notre arrivée à Stapi ; il demeurait à son service pendant tout le temps nécessaire à ses excursions scientifiques, au prix de trois rixdales par semaine[1]. Seulement, il fut expressément convenu que cette somme serait comptée au guide chaque samedi soir, condition *sine qua non* de son engagement.

Le départ fut fixé au 16 juin. Mon oncle voulut remettre au chasseur les arrhes du marché, mais celui-ci refusa d'un mot.

« Efter, fit-il.

– Après », me dit le professeur pour mon édification.

Hans, le traité conclu, se retira tout d'une pièce.

« Un fameux homme, s'écria mon oncle, mais il ne s'attend guère au merveilleux rôle que l'avenir lui réserve de jouer.

– Il nous accompagne donc jusqu'au...

– Oui, Axel, jusqu'au centre de la terre. »

Quarante-huit heures restaient encore à passer ; à mon grand regret, je dus les employer à nos préparatifs ; toute notre intelligence fut employée à disposer chaque objet de la façon la plus avantageuse, les instruments d'un côté, les armes d'un autre, les outils dans ce paquet, les vivres dans celui-là. En tout quatre groupes.

Les instruments comprenaient :

1° Un thermomètre centigrade de Eigel, gradué jusqu'à cent cinquante degrés, ce qui me paraissait trop ou pas assez. Trop, si la chaleur ambiante devait monter là, auquel cas nous aurions cuit. Pas assez, s'il s'agissait de mesurer la température de sources ou toute autre matière en fusion ;

2° Un manomètre à air comprimé, disposé de manière à indiquer des pressions supérieures à celles de l'atmosphère au niveau de l'Océan. En effet, le baromètre ordinaire n'eût pas suffi, la pression atmosphérique devant augmenter proportionnellement à notre descente au-dessous de la surface de la terre ;

3° Un chronomètre de Boissonnas jeune de Genève, parfaitement réglé au méridien de Hambourg ;

4° Deux boussoles d'inclinaison et de déclinaison ;

5° Une lunette de nuit ;

6° Deux appareils de Ruhmkorff, qui, au moyen d'un

1. 16 francs 98 centimes.

courant électrique, donnaient une lumière très portative, sûre et peu encombrante[1].

Les armes consistaient en deux carabines de Purdley More et Co., et de deux revolvers Colt. Pourquoi des armes ? Nous n'avions ni sauvages ni bêtes féroces à redouter, je suppose. Mais mon oncle paraissait tenir à son arsenal comme à ses instruments, surtout à une notable quantité de fulmicoton inaltérable à l'humidité, et dont la force expansive est très supérieure à celle de la poudre ordinaire.

Les outils comprenaient deux pics, deux pioches, une échelle de soie, trois bâtons ferrés, une hache, un marteau, une douzaine de coins et pitons de fer, et de longues cordes à nœuds. Cela ne laissait pas de faire un fort colis, car l'échelle mesurait trois cents pieds de longueur.

Enfin il y avait des provisions ; le paquet n'était pas gros, mais rassurant, car je savais qu'en viande concentrée et en biscuits secs il contenait pour six mois de vivres. Le genièvre en formait toute la partie liquide, et l'eau manquait totalement ; mais nous avions des gourdes, et mon oncle comptait sur les sources pour les remplir ; les objections que j'avais pu faire sur leur qualité, leur température et même leur absence, étaient restées sans succès.

Pour compléter la nomenclature exacte de nos articles de voyage, je noterai une pharmacie portative contenant des ciseaux à lames mousses, des attelles pour fracture, une pièce de ruban en fil écru, des bandes et compresses, du sparadrap, une palette pour saignée, toutes choses effrayantes ; de plus, une série de flacons contenant de la dextrine, de

1. L'appareil de M. Ruhmkorff consiste en une pile de Bunzen, mise en activité au moyen du bichromate de potasse, qui ne donne aucune odeur ; une bobine d'induction met l'électricité produite par la pile en communication avec une lanterne d'une disposition particulière ; dans cette lanterne se trouve un serpentin de verre où le vide a été fait, et dans lequel reste seulement un résidu de gaz carbonique ou d'azote. Quand l'appareil fonctionne, ce gaz devient lumineux en produisant une lumière blanchâtre et continue. La pile et la bobine sont placées dans un sac de cuir que le voyageur porte en bandoulière. La lanterne, placée extérieurement, éclaire très suffisamment dans les profondes obscurités ; elle permet de s'aventurer, sans craindre aucune explosion, au milieu des gaz les plus inflammables, et ne s'éteint pas même au sein des plus profonds cours d'eau. M. Ruhmkorff est un savant et un habile physicien. Sa grande découverte, c'est sa bobine d'induction qui permet de produire de l'électricité à haute tension. Il vient d'obtenir, en 1864, le prix quinquennal de 50 000 fr. que la France réservait à la plus ingénieuse application de l'électricité.

l'alcool vulnéraire, de l'acétate de plomb liquide, de l'éther, du vinaigre et de l'ammoniaque, toutes drogues d'un emploi peu rassurant ; enfin les matières nécessaires aux appareils de Ruhmkorff.

Mon oncle n'avait eu garde d'oublier la provision de tabac, de poudre de chasse et d'amadou, non plus qu'une ceinture de cuir qu'il portait autour des reins et où se trouvait une suffisante quantité de monnaie d'or, d'argent et de papier. De bonnes chaussures, rendues imperméables par un enduit de goudron et de gomme élastique, se trouvaient au nombre de six paires dans le groupe des outils.

« Ainsi vêtus, chaussés, équipés, il n'y a aucune raison pour ne pas aller loin », me dit mon oncle.

La journée du 14 fut employée tout entière à disposer ces différents objets. Le soir, nous dînâmes chez le baron Trampe, en compagnie du maire de Reykjawik et du docteur Hyaltalin, le grand médecin du pays. M. Fridriksson n'était pas au nombre des convives ; j'appris plus tard que le gouverneur et lui se trouvaient en désaccord sur une question d'administration et ne se voyaient pas. Je n'eus donc pas l'occasion de comprendre un mot de ce qui se dit pendant ce dîner semi-officiel. Je remarquai seulement que mon oncle parla tout le temps.

Le lendemain 15, les préparatifs furent achevés. Notre hôte fit un sensible plaisir au professeur en lui remettant une carte de l'Islande, incomparablement plus parfaite que celle d'Handerson, la carte de M. Olaf Nikolas Olsen, réduite au 1/480 000, et publiée par la Société littéraire islandaise, d'après les travaux géodésiques de M. Scheel Frisac, et le levé topographique de M. Bjorn Gumlaugsonn. C'était un précieux document pour un minéralogiste.

La dernière soirée se passa dans une intime causerie avec M. Fridriksson, pour lequel je me sentais pris d'une vive sympathie ; puis, à la conversation, succéda un sommeil assez agité, de ma part du moins.

A cinq heures du matin, le hennissement de quatre chevaux qui piaffaient sous ma fenêtre me réveilla. Je m'habillai à la hâte, et je descendis dans la rue. Là, Hans achevait de charger nos bagages sans se remuer, pour ainsi dire. Cependant il opérait avec une adresse peu commune. Mon oncle faisait plus de bruit que de besogne, et le guide paraissait se soucier fort peu de ses recommandations.

Tout fut terminé à six heures. M. Fridriksson nous serra les mains. Mon oncle le remercia en islandais de sa bienveillante hospitalité, et avec beaucoup de cœur. Quant à moi, j'ébauchai dans mon meilleur latin quelque salut cordial ; puis nous nous mîmes en selle, et M. Fridriksson me lança avec son dernier adieu ce vers que Virgile semblait avoir fait pour nous, voyageurs incertains de la route :

Et quacumque viam dederit fortuna sequamur.

XII

Nous étions partis par un temps couvert, mais fixe. Pas de fatigantes chaleurs à redouter, ni pluies désastreuses. Un temps de touristes.

Le plaisir de courir à cheval à travers un pays inconnu me rendait de facile composition sur le début de l'entreprise. J'étais tout entier au bonheur de l'excursionniste, fait de désirs et de liberté. Je commençais à prendre mon parti de l'affaire.

« D'ailleurs, me disais-je, qu'est-ce que je risque ? de voyager au milieu du pays le plus curieux ! de gravir une montagne fort remarquable ! au pis aller, de descendre au fond d'un cratère éteint ! Il est bien évident que ce Saknussemm n'a pas fait autre chose. Quant à l'existence d'une galerie qui aboutisse au centre du globe, pure imagination ! pure impossibilité ! Donc, ce qu'il y a de bon à prendre de cette expédition, prenons-le, et sans marchander. »

Ce raisonnement à peine achevé, nous avions quitté Reykjawik.

Hans marchait en tête, d'un pas rapide, égal, continu. Les deux chevaux chargés de nos bagages le suivaient, sans qu'il fût nécessaire de les diriger. Mon oncle et moi, nous venions ensuite, et vraiment sans faire trop mauvaise figure sur nos bêtes petites, mais vigoureuses.

L'Islande est une des plus grandes îles de l'Europe. Elle

mesure quatorze cents milles de surface, et ne compte que soixante mille habitants. Les géographes l'ont divisée en quatre quartiers, et nous avions à traverser presque obliquement celui qui porte le nom de Pays du quart du Sud-Ouest, « Sudvestr Fjordùngr ».

Hans, en laissant Reykjawik, avait immédiatement suivi les bords de la mer. Nous traversions de maigres pâturages qui se donnaient bien du mal pour être verts ; le jaune réussissait mieux. Les sommets rugueux des masses trachytiques s'estompaient à l'horizon dans les brumes de l'est ; par moments, quelques plaques de neige, concentrant la lumière diffuse, resplendissaient sur le versant des cimes éloignées ; certains pics, plus hardiment dressés, trouaient les nuages gris et réapparaissaient au-dessus des vapeurs mouvantes, semblables à des écueils émergés en plein ciel.

Souvent ces chaînes de rocs arides faisaient une pointe vers la mer et mordaient sur le pâturage ; mais il restait toujours une place suffisante pour passer. Nos chevaux, d'ailleurs, choisissaient d'instinct les endroits propices sans jamais ralentir leur marche. Mon oncle n'avait pas même la consolation d'exciter sa monture de la voix ou du fouet ; il ne lui était pas permis d'être impatient. Je ne pouvais m'empêcher de sourire en le voyant si grand sur son petit cheval, et, comme ses longues jambes rasaient le sol, il ressemblait à un Centaure à six pieds.

« Bonne bête ! bonne bête ! disait-il. Tu verras, Axel, que pas un animal ne l'emporte en intelligence sur le cheval islandais. Neiges, tempêtes, chemins impraticables, rochers, glaciers, rien ne l'arrête. Il est brave, il est sobre, il est sûr. Jamais un faux pas, jamais une réaction. Qu'il se présente quelque rivière, quelque fjörd à traverser, et il s'en présentera, tu le verras sans hésiter se jeter à l'eau comme un amphibie, et gagner le bord opposé ! Mais ne le brusquons pas, laissons-le agir, et nous ferons, l'un portant l'autre, nos dix lieues par jour.

– Nous, sans doute, répondis-je, mais le guide ?

– Oh ! il ne m'inquiète guère. Ces gens-là, cela marche sans s'en apercevoir. Celui-ci se remue si peu qu'il ne doit pas se fatiguer. D'ailleurs, au besoin, je lui céderai ma monture. Les crampes me prendraient bientôt, si je ne me donnais pas quelque mouvement. Les bras vont bien, mais il faut songer aux jambes. »

Cependant nous avancions d'un pas rapide. Le pays était déjà à peu près désert. Çà et là une ferme isolée, quelque boër[1] solitaire, bâti de bois, de terre, de morceaux de lave, apparaissait comme un mendiant au bord d'un chemin creux. Ces huttes délabrées avaient l'air d'implorer la charité des passants, et, pour un peu, on leur eût fait l'aumône. Dans ce pays, les routes, les sentiers même manquaient absolument, et la végétation, si lente qu'elle fût, avait vite fait d'effacer le pas des rares voyageurs.

Pourtant, cette partie de la province, située à deux pas de sa capitale, comptait parmi les portions habitées et cultivées de l'Islande. Qu'étaient alors les contrées plus désertes que ce désert ? Un demi-mille franchi, nous n'avions encore rencontré ni un fermier sur la porte de sa chaumière, ni un berger sauvage paissant un troupeau moins sauvage que lui ; seulement quelques vaches et des moutons abandonnés à eux-mêmes. Que seraient donc les régions convulsionnées, bouleversées par les phénomènes éruptifs, nées des explosions volcaniques et des commotions souterraines ?

Nous étions destinés à les connaître plus tard ; mais, en consultant la carte d'Olsen, je vis qu'on les évitait en longeant la sinueuse lisière du rivage. En effet, le grand mouvement plutonique s'est concentré surtout à l'intérieurde l'île ; là les couches horizontales de roches superposées, appelées trapps en langue scandinave, les bandes trachytiques, les éruptions de basalte, de tufs, de tous les conglomérats volcaniques, les coulées de lave et de porphyre en fusion, ont fait un pays d'une surnaturelle horreur. Je ne me doutais guère alors du spectacle qui nous attendait à la presqu'île du Sneffels, où ces dégâts d'une nature fougueuse forment un formidable chaos.

Deux heures après avoir quitté Reykjawik, nous arrivions au bourg de Gufunes, appelé « Aoalkirkja » ou Église principale. Il n'offrait rien de remarquable. Quelques maisons seulement. A peine de quoi faire un hameau de l'Allemagne.

Hans s'y arrêta une demi-heure ; il partagea notre frugal déjeuner, répondit par oui ou par non aux questions de mon oncle sur la nature de la route, et lorsqu'on lui demanda en quel endroit il comptait passer la nuit :

1. Maison du paysan islandais.

« Gardär », dit-il seulement.

Je consultai la carte pour savoir ce qu'était Gardär. Je vis une bourgade de ce nom sur les bords du Hvalfjörd, à quatre milles de Reykjawik. Je la montrai à mon oncle.

« Quatre milles seulement ! dit-il. Quatre milles sur vingt-deux ! Voilà une jolie promenade. »

Il voulut faire une observation au guide, qui, sans lui répondre, reprit la tête des chevaux et se remit en marche.

Trois heures plus tard, toujours en foulant le gazon décoloré des pâturages, il fallut contourner le Kollafjörd, détour plus facile et moins long qu'une traversée de ce golfe. Bientôt nous entrions dans un « pingstaœr », lieu de juridiction communale, nommé Ejulberg, et dont le clocher eût sonné midi, si les églises islandaises avaient été assez riches pour posséder une horloge ; mais elles ressemblent fort à leurs paroissiens, qui n'ont pas de montres, et qui s'en passent.

Là, les chevaux furent rafraîchis ; puis, prenant par un rivage resserré entre une chaîne de collines et la mer, ils nous portèrent d'une traite à l'« aoalkirkja » de Brantär, et un mille plus loin à Saurböer « Annexia », église annexe, située sur la rive méridionale du Hvalfjörd.

Il était alors quatre heures du soir ; nous avions franchi quatre milles[1].

Le fjörd était large en cet endroit d'un demi-mille au moins ; les vagues déferlaient avec bruit sur les rocs aigus ; ce golfe s'évasait entre des murailles de rochers, sorte d'escarpe à pic haute de trois mille pieds et remarquable par ses couches brunes que séparaient des lits de tuf d'une nuance rougeâtre. Quelle que fût l'intelligence de nos chevaux, je n'augurais pas bien de la traversée d'un véritable bras de mer opérée sur le dos d'un quadrupède.

« S'ils sont intelligents, dis-je, ils n'essaieront point de passer. En tout cas, je me charge d'être intelligent pour eux. »

Mais mon oncle ne voulait pas attendre. Il piqua des deux vers le rivage. Sa monture vint flairer la dernière ondulation des vagues et s'arrêta. Mon oncle, qui avait son instinct à lui, la pressa davantage. Nouveau refus de l'animal, qui secoua la tête. Alors jurons et coups de fouet, mais ruades

1. Huit lieues.

de la bête, qui commença à désarçonner son cavalier. Enfin le petit cheval, ployant ses jarrets, se retira des jambes du professeur et le laissa tout droit planté sur deux pierres du rivage, comme le colosse de Rhodes.

« Ah ! maudit animal ! s'écria le cavalier, subitement transformé en piéton, et honteux comme un officier de cavalerie qui passerait fantassin.

– Färja, fit le guide en lui touchant l'épaule.

– Quoi ! un bac ?

– Der, répondit Hans en montrant un bateau.

– Oui, m'écriai-je, il y a un bac.

– Il fallait donc le dire ! Eh bien, en route !

– Tidvatten, reprit le guide.

– Que dit-il ?

– Il dit marée, répondit mon oncle en me traduisant le mot danois.

– Sans doute, il faut attendre la marée ?

– Förbida ? demanda mon oncle.

– Ja », répondit Hans.

Mon oncle frappa du pied, tandis que les chevaux se dirigeaient vers le bac.

Je compris parfaitement la nécessité d'attendre un certain instant de la marée pour entreprendre la traversée du fjörd, celui où la mer, arrivée à sa plus grande hauteur, est étale. Alors le flux et le reflux n'ont aucune action sensible, et le bac ne risque pas d'être entraîné, soit au fond du golfe, soit en plein Océan.

L'instant favorable n'arriva qu'à six heures du soir ; mon oncle, moi, le guide, deux passeurs et les quatre chevaux, nous avions pris place dans une sorte de barque plate assez fragile. Habitué que j'étais aux bacs à vapeur de l'Elbe, je trouvai les rames des bateliers un triste engin mécanique. Il fallut plus d'une heure pour traverser le fjörd ; mais enfin le passage se fit sans accident.

Une demi-heure après, nous atteignions l'« aoalkirkja » de Gardär.

XIII

Il aurait dû faire nuit, mais sous le soixante-cinquième parallèle, la clarté nocturne des régions polaires ne devait pas m'étonner ; en Islande, pendant les mois de juin et juillet, le soleil ne se couche pas.

Néanmoins la température s'était abaissée. J'avais froid, et surtout faim. Bienvenu fut le « boer » qui s'ouvrit hospitalièrement pour nous recevoir.

C'était la maison d'un paysan, mais, en fait d'hospitalité, elle valait celle d'un roi. À notre arrivée, le maître vint nous tendre la main, et, sans plus de cérémonie, il nous fit signe de le suivre.

Le suivre en effet, car l'accompagner eût été impossible. Un passage long, étroit, obscur, donnait accès dans cette habitation construite en poutres à peine équarries et permettait d'arriver à chacune des chambres ; celles-ci étaient au nombre de quatre : la cuisine, l'atelier de tissage, la « badstofa », chambre à coucher de la famille, et, la meilleure entre toutes, la chambre des étrangers. Mon oncle, à la taille duquel on n'avait pas songé en bâtissant la maison, ne manqua pas de donner trois ou quatre fois de la tête contre les saillies du plafond.

On nous introduisit dans notre chambre, sorte de grande salle avec un sol de terre battue et éclairée d'une fenêtre dont les vitres étaient faites de membranes de mouton assez peu transparentes. La literie se composait de fourrage sec jeté dans deux cadres de bois peints en rouge et ornés de sentences islandaises. Je ne m'attendais pas à ce confortable ; seulement il régnait dans cette maison une forte odeur de poisson sec, de viande macérée et de lait aigre dont mon odorat se trouvait assez mal.

Lorsque nous eûmes mis de côté notre harnachement de voyageurs, la voix de l'hôte se fit entendre, qui nous conviait à passer dans la cuisine, seule pièce où l'on fît du feu, même par les plus grands froids.

Mon oncle se hâta d'obéir à cette amicale injonction. Je le suivis.

La cheminée de la cuisine était d'un modèle antique ; au milieu de la chambre, une pierre pour tout foyer ; au toit, un

« Un lépreux », répétait mon oncle.

trou par lequel s'échappait la fumée. Cette cuisine servait aussi de salle à manger.

A notre entrée, l'hôte, comme s'il ne vous avait pas encore vus, nous salua du mot « sællvertu », qui signifie « soyez heureux », et il vint nous baiser sur la joue.

Sa femme, après lui, prononça les mêmes paroles, accompagnées du même cérémonial ; puis les deux époux, plaçant la main droite sur leur cœur, s'inclinèrent profondément.

Je me hâte de dire que l'Islandaise était mère de dix-neuf enfants, tous, grands et petits, grouillant pêle-mêle au milieu des volutes de fumée dont le foyer remplissait la chambre. A chaque instant j'apercevais une petite tête blonde et un peu mélancolique sortir de ce brouillard. On eût dit une guirlande d'anges insuffisamment débarbouillés.

Mon oncle et moi, nous fîmes très bon accueil à cette « couvée » ; bientôt il y eut trois ou quatre de ces marmots sur nos épaules, autant sur nos genoux et le reste entre nos jambes. Ceux qui parlaient répétaient « sællvertu » dans tous les tons imaginables. Ceux qui ne parlaient pas n'en criaient que mieux.

Ce concert fut interrompu par l'annonce du repas. En ce moment rentra le chasseur, qui venait de pourvoir à la nourriture des chevaux, c'est-à-dire qu'il les avait économiquement lâchés à travers champs ; les pauvres bêtes devaient se contenter de brouter la mousse rare des rochers, quelques fucus peu nourrissants, et le lendemain elles ne manqueraient pas de venir d'elles-mêmes reprendre le travail de la veille.

« Sællvertu », fit Hans.

Puis tranquillement, automatiquement, sans qu'un baiser fût plus accentué que l'autre, il embrassa l'hôte, l'hôtesse et leurs dix-neuf enfants.

La cérémonie terminée, on se mit à table, au nombre de vingt-quatre, et par conséquent les uns sur les autres, dans le véritable sens de l'expression. Les plus favorisés n'avaient que deux marmots sur les genoux.

Cependant le silence se fit dans ce petit monde à l'arrivée de la soupe, et la taciturnité naturelle, même aux gamins islandais, reprit son empire. L'hôte nous servit une soupe au lichen et point désagréable, puis une énorme portion de poisson sec nageant dans du beurre aigri depuis vingt ans, et par conséquent bien préférable au beurre frais, d'après les idées gastronomiques de l'Islande. Il y avait avec cela du « skyr », sorte de lait caillé, accompagné de biscuit et relevé par du jus de baies de genièvre ; enfin, pour boisson, du petit-lait mêlé d'eau, nommé « blanda » dans le pays. Si cette singulière nourriture était bonne ou non, c'est ce dont je ne pus juger. J'avais faim, et, au dessert, j'avalai jusqu'à la dernière bouchée une épaisse bouillie de sarrasin.

Le repas terminé, les enfants disparurent ; les grandes personnes entourèrent le foyer où brûlaient de la tourbe, des bruyères, du fumier de vache et des os de poissons desséchés. Puis, après cette « prise de chaleur », les divers groupes regagnèrent leurs chambres respectives. L'hôtesse offrit de nous retirer, suivant la coutume, nos bas et nos pantalons ; mais, sur un refus des plus gracieux de notre part, elle n'insista pas, et je pus enfin me blottir dans ma couche de fourrage.

Le lendemain, à cinq heures, nous faisions nos adieux au paysan islandais ; mon oncle eut beaucoup de peine à lui faire accepter une rémunération convenable, et Hans donna le signal du départ.

A cent pas de Gardär, le terrain commença à changer d'aspect ; le sol devint marécageux et moins favorable à la marche. Sur la droite, la série des montagnes se prolongeait indéfiniment comme un immense système de fortifications naturelles, dont nous suivions la contrescarpe ; souvent des ruisseaux se présentaient à franchir qu'il fallait nécessairement passer à gué et sans trop mouiller les bagages.

Le désert se faisait de plus en plus profond ; quelquefois, cependant, une ombre humaine semblait fuir au loin ; si les détours de la route nous rapprochaient inopinément de l'un de ces spectres, j'éprouvais un dégoût soudain à la vue d'une tête gonflée, à peau luisante, dépourvue de cheveux, et de plaies repoussantes que trahissaient les déchirures de misérables haillons.

La malheureuse créature ne venait pas tendre sa main déformée ; elle se sauvait, au contraire, mais pas si vite que Hans ne l'eût saluée du « sællvertu » habituel.

« Spetelsk, disait-il.

– Un lépreux ! » répétait mon oncle.

Et ce mot seul produisait son effet répulsif. Cette horrible affection de la lèpre est assez commune en Islande ; elle n'est pas contagieuse, mais héréditaire ; aussi le mariage est-il interdit à ces misérables.

Ces apparitions n'étaient pas de nature à égayer le paysage qui devenait profondément triste ; les dernières touffes d'herbes venaient mourir sous nos pieds. Pas un arbre, si ce n'est quelques bouquets de bouleaux nains semblables à des broussailles. Pas un animal, sinon quelques chevaux, de ceux que leur maître ne pouvait nourrir, et qui erraient sur les mornes plaines. Parfois un faucon planait dans les nuages gris et s'enfuyait à tire-d'aile vers les contrées du sud ; je me laissais aller à la mélancolie de cette nature sauvage, et mes souvenirs me ramenaient à mon pays natal.

Il fallut bientôt traverser plusieurs petits fjörds sans importance, et enfin un véritable golfe ; la marée, étale alors, nous permit de passer sans attendre et de gagner le hameau d'Alftanes, situé un mille au-delà.

Le soir, après avoir coupé à gué deux rivières riches en truites et en brochets, l'Alfa et l'Heta, nous fûmes obligés de passer la nuit dans une masure abandonnée, digne d'être hantée par tous les lutins de la mythologie scandinave ; à coup sûr le génie du froid y avait élu domicile, et il fit des siennes pendant toute la nuit.

La journée suivante ne présenta aucun incident particulier. Toujours même sol marécageux, même uniformité, même physionomie triste. Le soir, nous avions franchi la moitié de la distance à parcourir, et nous couchions à « l'annexia » de Krösolbt.

Le 19 juin, pendant un mille environ, un terrain de lave s'étendit sous nos pieds ; cette disposition du sol est appelée « hraun » dans le pays ; la lave ridée à la surface affectait des formes de câbles tantôt allongés, tantôt roulés sur eux-mêmes ; une immense coulée descendait des montagnes voisines, volcans actuellement éteints, mais dont ces débris attestaient la violence passée. Cependant quelques fumées de sources chaudes rampaient çà et là.

Le temps nous manquait pour observer ces phénomènes ; il fallait marcher. Bientôt le sol marécageux reparut sous le pied de nos montures ; de petits lacs l'entrecoupaient. Notre direction était alors à l'ouest ; nous avions en effet tourné la grande baie de Faxa, et la double cime blanche du Sneffels se dressait dans les nuages à moins de cinq milles.

Les chevaux marchaient bien ; les difficultés du sol ne les arrêtaient pas ; pour mon compte, je commençais à être très fatigué ; mon oncle demeurait ferme et droit comme au premier jour ; je ne pouvais m'empêcher de l'admirer à l'égal du chasseur, qui regardait cette expédition comme une simple promenade.

Le samedi 20 juin, à six heures du soir, nous atteignions Büdir, bourgade située sur le bord de la mer, et le guide réclamait sa paie convenue. Mon oncle régla avec lui. Ce fut la famille même de Hans, c'est-à-dire ses oncles et cousins germains, qui nous offrit l'hospitalité ; nous fûmes bien reçus, et sans abuser des bontés de ces braves gens, je me serais volontiers refait chez eux des fatigues du voyage. Mais mon oncle, qui n'avait rien à refaire, ne l'entendait pas ainsi, et le lendemain il fallut enfourcher de nouveau nos bonnes bêtes.

Le sol se ressentait du voisinage de la montagne dont les racines de granit sortaient de terre, comme celles d'un vieux chêne. Nous contournions l'immense base du volcan. Le professeur ne le perdait pas des yeux ; il gesticulait, il semblait le prendre au défi et dire : « Voilà donc le géant que je vais dompter ! » Enfin, après quatre heures de marche, les chevaux s'arrêtèrent d'eux-mêmes à la porte du presbytère de Stapi.

XIV

Stapi est une bourgade formée d'une trentaine de huttes, et bâtie en pleine lave sous les rayons du soleil réfléchis par le volcan. Elle s'étend au fond d'un petit fjörd encaissé dans une muraille basaltique du plus étrange effet.

On sait que le basalte est une roche brune d'origine ignée. Elle affecte des formes régulières qui surprennent par leur disposition. Ici la nature procède géométriquement et travaille à la manière humaine, comme si elle eût manié l'équerre, le compas et le fil à plomb. Si partout ailleurs elle fait de l'art avec ses grandes masses jetées sans ordre, ses cônes à peine ébauchés, ses pyramides imparfaites, avec la bizarre succession de ses lignes, ici, voulant donner l'exemple de la régularité, et précédant les architectes des premiers âges, elle a créé un ordre sévère, que ni les splendeurs de Babylone ni les merveilles de la Grèce n'ont jamais dépassé.

J'avais bien entendu parler de la Chaussée des Géants en Irlande, et de la Grotte de Fingal dans l'une des Hébrides, mais le spectacle d'une substruction basaltique ne s'était pas encore offert à mes regards.

Or, à Stapi, ce phénomène apparaissait dans toute sa beauté.

La muraille du fjörd, comme toute la côte de la presqu'île, se composait d'une suite de colonnes verticales, hautes de trente pieds. Ces fûts droits et d'une proportion pure supportaient une archivolte, faite de colonnes horizontales dont le surplombement formait demi-voûte au-dessus de la mer. A de certains intervalles, et sous cet impluvium naturel, l'œil surprenait des ouvertures ogivales d'un dessin admirable, à travers lesquelles les flots du large venaient se précipiter en écumant. Quelques tronçons de basalte, arrachés par les fureurs de l'Océan, s'allongeaient sur le sol comme les débris d'un temple antique, ruines éternellement jeunes, sur lesquelles passaient les siècles sans les entamer.

Telle était la dernière étape de notre voyage terrestre. Hans nous y avait conduits avec intelligence, et je me rassurais un peu en songeant qu'il devait nous accompagner encore.

En arrivant à la porte de la maison du recteur, simple cabane basse, ni plus belle, ni plus confortable que ses voisines, je vis un homme en train de ferrer un cheval, le marteau à la main, et le tablier de cuir aux reins.

« Sællvertu, lui dit le chasseur.

– « God dag », répondit le maréchal ferrant en parfait danois.

– « Kyrkoherde », fit Hans en se retournant vers mon oncle.

– Le recteur ! répéta ce dernier. Il paraît, Axel, que ce brave homme est le recteur. »

Pendant ce temps, le guide mettait le « kyrkoherde » au courant de la situation ; celui-ci, suspendant son travail, poussa une sorte de cri en usage sans doute entre chevaux et maquignons, et aussitôt une grande mégère sortit de la cabane. Si elle ne mesurait pas six pieds de haut, il ne s'en fallait guère.

Je craignais qu'elle ne vînt offrir aux voyageurs le baiser islandais ; mais il n'en fut rien, et même elle mit assez peu de bonne grâce à nous introduire dans sa maison.

La chambre des étrangers me parut être la plus mauvaise du presbytère, étroite, sale et infecte. Il fallut s'en contenter. Le recteur ne semblait pas pratiquer l'hospitalité antique. Loin de là. Avant la fin du jour, je vis que nous avions affaire à un forgeron, à un pêcheur, à un chasseur, à un charpentier, et pas du tout à un ministre du Seigneur. Nous étions en semaine, il est vrai. Peut-être se rattrapait-il le dimanche.

Je ne veux pas dire du mal de ces pauvres prêtres qui, après tout, sont fort misérables ; ils reçoivent du gouvernement danois un traitement ridicule et perçoivent le quart de la dîme de leur paroisse, ce qui ne fait pas une somme de soixante marks courants[1]. De là, nécessité de travailler pour vivre ; mais à pêcher, à chasser, à ferrer des chevaux, on finit par prendre les manières, le ton et les mœurs des chasseurs, des pêcheurs et autres gens un peu rudes ; le soir même, je m'aperçus que notre hôte ne comptait pas la sobriété au nombre de ses vertus.

Mon oncle comprit vite à quel genre d'homme il avait affaire ; au lieu d'un brave et digne savant, il trouvait un paysan lourd et grossier. Il résolut donc de commencer au plus tôt sa grande expédition et de quitter cette cure peu hospitalière. Il ne regardait pas à ses fatigues et résolut d'aller passer quelques jours dans la montagne.

Les préparatifs de départ furent donc faits dès le lendemain de notre arrivée à Stapi. Hans loua les services de trois Islandais pour remplacer les chevaux dans le transport des bagages ; mais, une fois arrivés au fond du cratère, ces indigènes devaient rebrousser chemin et nous abandonner à nous-mêmes. Ce point fut parfaitement arrêté.

A cette occasion, mon oncle dut apprendre au chasseur que son intention était de poursuivre la reconnaissance du volcan jusqu'à ses dernières limites.

Hans se contenta d'incliner la tête. Aller là ou ailleurs,

1. Monnaie de Hambourg, 90 francs environ.

s'enfoncer dans les entrailles de son île ou la parcourir, il n'y voyait aucune différence. Quant à moi, distrait jusqu'alors par les incidents du voyage, j'avais un peu oublié l'avenir, mais maintenant je sentais l'émotion me reprendre de plus belle. Qu'y faire ? Si j'avais pu tenter de résister au professeur Lidenbrock, c'était à Hambourg et non au pied du Sneffels.

Une idée, entre toutes, me tracassait fort, idée effrayante et faite pour ébranler des nerfs moins sensibles que les miens.

« Voyons, me disais-je, nous allons gravir le Sneffels. Bien. Nous allons visiter son cratère. Bon. D'autres l'ont fait qui n'en sont pas morts. Mais ce n'est pas tout. S'il se présente un chemin pour descendre dans les entrailles du sol, si ce malencontreux Saknussemm a dit vrai, nous allons nous perdre au milieu des galeries souterraines du volcan. Or, rien n'affirme que le Sneffels soit éteint ! Qui prouve qu'une éruption ne se prépare pas ? De ce que le monstre dort depuis 1229, s'ensuit-il qu'il ne puisse se réveiller ? Et s'il se réveille, qu'est-ce que nous deviendrons ? »

Cela demandait la peine d'y réfléchir, et j'y réfléchissais. Je ne pouvais dormir sans rêver d'éruption. Or, le rôle de scorie me paraissait assez brutal à jouer.

Enfin je n'y tins plus ; je résolus de soumettre le cas à mon oncle le plus adroitement possible, et sous forme d'une hypothèse parfaitement irréalisable.

J'allai le trouver. Je lui fis part de mes craintes, et je me reculai pour le laisser éclater à son aise.

« J'y pensais », répondit-il simplement.

Que signifiaient ces paroles ? Allait-il donc entendre la voix de la raison ? Songeait-il à suspendre ses projets ? C'était trop beau pour être possible.

Après quelques instants de silence, pendant lesquels je n'osais l'interroger, il reprit en disant :

« J'y pensais. Depuis notre arrivée à Stapi, je me suis préoccupé de la grave question que tu viens de me soumettre, car il ne faut pas agir en imprudents.

– Non, répondis-je avec force.

– Il y a six cents ans que le Sneffels est muet, mais il peut parler. Or, les éruptions sont toujours précédées de phénomènes parfaitement connus. J'ai donc interrogé les habitants du pays, j'ai étudié le sol, et je puis te le dire, Axel, il n'y aura pas d'éruption. »

A cette affirmation je restai stupéfait, et je ne pus répliquer.

« Tu doutes de mes paroles ? dit mon oncle, eh bien ! suis-moi. »

J'obéis machinalement. En sortant du presbytère, le professeur prit un chemin direct qui, par une ouverture de la muraille basaltique, s'éloignait de la mer. Bientôt nous étions en rase campagne, si l'on peut donner ce nom à un amoncellement immense de déjections volcaniques. Le pays paraissait comme écrasé sous une pluie de pierres énormes, de trapp, de basalte, de granit et de toutes les roches pyroxéniques.

Je voyais çà et là des fumerolles monter dans les airs ; ces vapeurs blanches, nommées « reykir » en langue islandaise, venaient des sources thermales, et elles indiquaient, par leur violence, l'activité volcanique du sol. Cela me paraissait justifier mes craintes. Aussi je tombai de mon haut quand mon oncle me dit :

« Tu vois toutes ces fumées, Axel ; eh bien, elles prouvent que nous n'avons rien à redouter des fureurs du volcan !

– Par exemple ! m'écriai-je.

– Retiens bien ceci, reprit le professeur : aux approches d'une éruption, ces fumerolles redoublent d'activité pour disparaître complètement pendant la durée du phénomène, car les fluides élastiques, n'ayant plus la tension nécessaire, prennent le chemin des cratères au lieu de s'échapper à travers les fissures du globe. Si donc ces vapeurs se maintiennent dans leur état habituel, si leur énergie ne s'accroît pas, si tu ajoutes à cette observation que le vent, la pluie ne sont pas remplacés par un air lourd et calme, tu peux affirmer qu'il n'y aura pas d'éruption prochaine.

– Mais...

– Assez. Quand la science a prononcé, il n'y a plus qu'à se taire. »

Je revins à la cure l'oreille basse. Mon oncle m'avait battu avec des arguments scientifiques. Cependant j'avais encore un espoir, c'est qu'une fois arrivés au fond du cratère, il serait impossible, faute de galerie, de descendre plus profondément, et cela en dépit de tous les Saknussemm du monde.

Je passai la nuit suivante en plein cauchemar au milieu d'un volcan et des profondeurs de la terre, je me sentis lancé dans les espaces planétaires sous la forme de roche éruptive.

Le lendemain, 23 juin, Hans nous attendait avec ses compagnons chargés des vivres, des outils et des instruments. Deux bâtons ferrés, deux fusils, deux cartouchières, étaient réservés à mon oncle et à moi. Hans, en homme de précaution, avait ajouté à nos bagages une outre pleine qui, jointe à nos gourdes, nous assurait de l'eau pour huit jours.

Il était neuf heures du matin. Le recteur et sa haute mégère attendaient devant leur porte. Ils voulaient sans doute nous adresser l'adieu suprême de l'hôte au voyageur. Mais cet adieu prit la forme inattendue d'une note formidable, où l'on comptait jusqu'à l'air de la maison pastorale, air infect, j'ose le dire. Ce digne couple nous rançonnait comme un aubergiste suisse et portait à un beau prix son hospitalité surfaite.

Mon oncle paya sans marchander. Un homme qui partait pour le centre de la terre ne regardait pas à quelques rixdales.

Ce point réglé, Hans donna le signal du départ, et quelques instants après nous avions quitté Stapi.

XV

Le Sneffels est haut de cinq mille pieds. Il termine, par son double cône, une bande trachytique qui se détache du système orographique de l'île. De notre point de départ on ne pouvait voir ses deux pics se profiler sur le fond grisâtre du ciel. J'apercevais seulement une énorme calotte de neige abaissée sur le front du géant.

Nous marchions en file, précédés du chasseur ; celui-ci remontait d'étroits sentiers où deux personnes n'auraient pu aller de front. Toute conversation devenait donc à peu près impossible.

Au-delà de la muraille basaltique du fjörd de Stapi se

présenta d'abord un sol de tourbe herbacée et fibreuse, résidu de l'antique végétation des marécages de la presqu'île ; la masse de ce combustible encore inexploité suffirait à chauffer pendant un siècle toute la population de l'Islande ; cette vaste tourbière, mesurée du fond de certains ravins, avait souvent soixante-dix pieds de haut et présentait des couches successives de détritus carbonisés, séparées par des feuillets de tuf ponceux.

En véritable neveu du professeur Lidenbrock et malgré mes préoccupations, j'observais avec intérêt les curiosités minéralogiques étalées dans ce vaste cabinet d'histoire naturelle ; en même temps je refaisais dans mon esprit toute l'histoire géologique de l'Islande.

Cette île, si curieuse, est évidemment sortie du fond des eaux à une époque relativement moderne. Peut-être même s'élève-t-elle encore par un mouvement insensible. S'il en est ainsi, on ne peut attribuer son origine qu'à l'action des feux souterrains. Donc, dans ce cas, la théorie de Humphry Davy, le document de Saknussemm, les prétentions de mon oncle, tout s'en allait en fumée. Cette hypothèse me conduisit à examiner attentivement la nature du sol, et je me rendis bientôt compte de la succession des phénomènes qui présidèrent à sa formation.

L'Islande, absolument privée de terrain sédimentaire, se compose uniquement de tuf volcanique, c'est-à-dire d'un agglomérat de pierres et de roches d'une texture poreuse. Avant l'existence des volcans, elle était faite d'un massif trappéen, lentement soulevé au-dessus des flots par la poussée des forces centrales. Les feux intérieurs n'avaient pas encore fait irruption au-dehors.

Mais, plus tard, une large fente se creusa diagonalement du sud-ouest au nord-est de l'île, par laquelle s'épancha peu à peu toute la pâte trachytique. Le phénomène s'accomplissait alors sans violence ; l'issue était énorme, et les matières fondues, rejetées des entrailles du globe, s'étendirent tranquillement en vastes nappes ou en masses mamelonnées. A cette époque apparurent les feldspaths, les syénites et les porphyres.

Mais, grâce à cet épanchement, l'épaisseur de l'île s'accrut considérablement, et, par suite, sa force de résistance. On conçoit quelle quantité de fluides élastiques s'emmagasina dans son sein, lorsqu'elle n'offrit plus aucune issue, après le refroidissement de la croûte trachytique. Il arriva donc un moment où la puissance mécanique de ces gaz fut telle qu'ils soulevèrent la lourde écorce et se creusèrent de hautes cheminées. De là le volcan fait du soulèvement de la croûte, puis le cratère subitement troué au sommet du volcan.

Alors aux phénomènes éruptifs succédèrent les phénomènes volcaniques. Par les ouvertures nouvellement formées s'échappèrent d'abord les déjections basaltiques, dont la plaine que nous traversions en ce moment offrait à nos regards les plus merveilleux spécimens. Nous marchions sur ces roches pesantes d'un gris foncé que le refroidissement avait moulées en prismes à base hexagone. Au loin se voyaient un grand nombre de cônes aplatis, qui furent jadis autant de bouches ignivomes.

Puis, l'éruption basaltique épuisée, le volcan, dont la force s'accrut de celle des cratères éteints, donna passage aux laves et à ces tufs de cendres et de scories dont j'apercevais les longues coulées éparpillées sur ses flancs comme une chevelure opulente.

Telle fut la succession des phénomènes qui constituèrent l'Islande ; tous provenaient de l'action des feux intérieurs, et supposer que la masse interne ne demeurait pas dans un état permanent d'incandescente liquidité, c'était folie. Folie surtout de prétendre atteindre le centre du globe !

Je me rassurais donc sur l'issue de notre entreprise, tout en marchant à l'assaut du Sneffels.

La route devenait de plus en plus difficile ; le sol montait ; les éclats de roches s'ébranlaient, et il fallait la plus scrupuleuse attention pour éviter des chutes dangereuses.

Hans s'avançait tranquillement comme sur un terrain uni ; parfois il disparaissait derrière les grands blocs, et nous le perdions de vue momentanément ; alors un sifflement aigu, échappé de ses lèvres, indiquait la direction à suivre. Souvent aussi il s'arrêtait, ramassait quelques débris de rocs, les disposait d'une façon reconnaissable et formait ainsi des amers destinés à indiquer la route du retour. Précaution bonne en soi, mais que les événements futurs rendirent inutile.

Trois fatigantes heures de marche nous avaient amenés seulement à la base de la montagne. Là, Hans fit signe de s'arrêter, et un déjeuner sommaire fut partagé entre tous. Mon oncle mangeait les morceaux doubles pour aller plus vite. Seulement, cette halte de réfection étant aussi une halte de repos, il dut attendre le bon plaisir du guide, qui donna le signal du départ une heure après. Les trois Islandais, aussi taciturnes que leur camarade le chasseur, ne prononcèrent pas un seul mot et mangèrent sobrement.

Nous commencions maintenant à gravir les pentes du Sneffels. Son neigeux sommet, par une illusion d'optique fréquente dans les montagnes, me paraissait fort rapproché, et cependant, que de longues heures avant de l'atteindre ! Quelle fatigue surtout ! Les pierres qu'aucun ciment de terre, aucune herbe ne liaient entre elles, s'éboulaient sous nos pieds et allaient se perdre dans la plaine avec la rapidité d'une avalanche.

En de certains endroits, les flancs du mont faisaient avec l'horizon un angle de trente-six degrés au moins ; il était impossible de les gravir, et ces raidillons pierreux devaient être tournés non sans difficulté. Nous nous prêtions alors un mutuel secours à l'aide de nos bâtons.

Je dois dire que mon oncle se tenait près de moi le plus possible ; il ne me perdait pas de vue, et, en mainte occasion, son bras me fournit un solide appui. Pour son compte, il avait sans doute le sentiment inné de l'équilibre, car il ne bronchait pas. Les Islandais, quoique chargés, grimpaient avec une agilité de montagnards.

A voir la hauteur de la cime du Sneffels, il me semblait impossible qu'on pût l'atteindre de ce côté, si l'angle d'inclinaison des pentes ne se fermait pas. Heureusement, après une heure de fatigues et de tours de force, au milieu du vaste tapis de neige développé sur la croupe du volcan, une sorte d'escalier se présenta inopinément, qui simplifia notre ascension. Il était formé par l'un de ces torrents de pierres rejetées par les éruptions, et dont le nom islandais est « stinâ ». Si ce torrent n'eût pas été arrêté dans sa chute par la disposition des flancs de la montagne, il serait allé se précipiter dans la mer et former des îles nouvelles.

Tel il était, tel il nous servit fort. La roideur des pentes s'accroissait, mais ces marches de pierre permettaient de les gravir aisément, et si rapidement même, qu'étant resté un moment en arrière pendant que mes compagnons continuaient leur ascension, je les aperçus déjà réduits, par l'éloignement, à une apparence microscopique.

A sept heures du soir, nous avions monté les deux mille

marches de l'escalier, et nous dominions une extumescence de la montagne, sorte d'assise sur laquelle s'appuyait le cône proprement dit du cratère.

La mer s'étendait à une profondeur de trois mille deux cents pieds. Nous avions dépassé la limite des neiges perpétuelles, assez peu élevées en Islande par suite de l'humidité constante du climat. Il faisait un froid violent. Le vent soufflait avec force. J'étais épuisé. Le professeur vit bien que mes jambes me refusaient tout service, et, malgré son impatience, il se décida à s'arrêter. Il fit donc signe au chasseur, qui secoua la tête en disant :

« Ofvanför.

– Il paraît qu'il faut aller plus haut », dit mon oncle.

Puis il demanda à Hans le motif de sa réponse.

« Mistour, répondit le guide.

– « Ja, mistour », répéta l'un des Islandais d'un ton assez effrayé.

– Que signifie ce mot ? demandai-je avec inquiétude.

– Vois », dit mon oncle.

Je portai mes regards vers la plaine. Une immense colonne de pierre ponce pulvérisée, de sable et de poussière s'élevait en tournoyant comme une trombe ; le vent la rabattait sur le flanc du Sneffels, auquel nous étions accrochés ; ce rideau opaque étendu devant le soleil produisait une grande ombre jetée sur la montagne. Si cette trombe s'inclinait, elle devait inévitablement nous enlacer dans ses tourbillons. Ce phénomène, assez fréquent lorsque le vent souffle des glaciers, prend le nom de « mistour » en langue islandaise.

« Hastigt, hastigt », s'écria notre guide.

Sans savoir le danois, je compris qu'il nous fallait suivre Hans au plus vite. Celui-ci commença à tourner le cône du cratère, mais en biaisant, de manière à faciliter la marche. Bientôt la trombe s'abattit sur la montagne, qui tressaillit à son choc ; les pierres saisies dans les remous du vent volèrent en pluie comme dans une éruption. Nous étions, heureusement, sur le versant opposé et à l'abri de tout danger. Sans la précaution du guide, nos corps déchiquetés, réduits en poussière, fussent retombés au loin comme le produit de quelque météore inconnu.

Cependant Hans ne jugea pas prudent de passer la nuit sur les flancs du cône. Nous continuâmes notre ascension en zigzag ; les quinze cents pieds qui restaient à franchir prirent près de cinq heures ; les détours, les biais et contremarches mesuraient trois lieues au moins. Je n'en pouvais plus ; je succombais au froid et à la faim. L'air, un peu raréfié, ne suffisait pas au jeu de mes poumons.

Enfin, à onze heures du soir, en pleine obscurité, le sommet du Sneffels fut atteint, et, avant d'aller m'abriter à l'intérieur du cratère, j'eus le temps d'apercevoir « le soleil de minuit » au plus bas de sa carrière, projetant ses pâles rayons sur l'île endormie à mes pieds.

XVI

Le souper fut rapidement dévoré et la petite troupe se casa de son mieux. La couche était dure, l'abri peu solide, la situation fort pénible, à cinq mille pieds au-dessus du niveau de la mer. Cependant mon sommeil fut particulièrement paisible pendant cette nuit, l'une des meilleures que j'eusse passées depuis longtemps. Je ne rêvai même pas.

Le lendemain, on se réveilla à demi gelé par un air très vif, aux rayons d'un beau soleil. Je quittai ma couche de granit et j'allai jouir du magnifique spectacle qui se développait à mes regards.

J'occupais le sommet de l'un des deux pics du Sneffels, celui du sud. De là, ma vue s'étendait sur la plus grande partie de l'île. L'optique, commune à toutes les grandes hauteurs, en relevait les rivages, tandis que les parties centrales paraissaient s'enfoncer. On eût dit qu'une de ces cartes en relief d'Helbesmer s'étalait sous mes pieds. Je voyais les vallées profondes se croiser en tous sens, les précipices se creuser comme des puits, les lacs se changer en étangs, les rivières se faire ruisseaux. Sur ma droite se succédaient les glaciers sans nombre et les pics multipliés, dont quelques-uns s'empanachaient de fumées légères. Les ondulations de ces montagnes infinies, que leurs couches de neige semblaient rendre écumantes, rappelaient à mon souvenir la surface d'une mer agitée. Si je me retournais vers

Bientôt la trombe s'abattit sur la montagne.

l'ouest, l'Océan s'y développait dans sa majestueuse étendue, comme une continuation de ces sommets moutonneux. Où finissait la terre, où commençaient les flots, mon œil le distinguait à peine.

Je me plongeais ainsi dans cette prestigieuse extase que donnent les hautes cimes, et cette fois sans vertige, car je m'accoutumais enfin à ces sublimes contemplations. Mes regards éblouis se baignaient dans la transparente irradiation des rayons solaires. J'oubliais qui j'étais, où j'étais, pour vivre de la vie des elfes ou des sylphes, imaginaires habitants de la mythologie scandinave. Je m'enivrais de la volupté des hauteurs, sans songer aux abîmes dans lesquels ma destinée allait me plonger avant peu. Mais je fus ramené au sentiment de la réalité par l'arrivée du professeur et de Hans, qui me rejoignirent au sommet du pic.

Mon oncle, se tournant vers l'ouest, m'indiqua de la main une légère vapeur, une brume, une apparence de terre qui dominait la ligne des flots.

« Le Groënland, dit-il.

– Le Groënland ? m'écriai-je.

– Oui, nous n'en sommes pas à trente-cinq lieues, et pendant les dégels les ours blancs arrivent jusqu'à l'Islande, portés sur les glaçons du nord. Mais cela importe peu. Nous sommes au sommet du Sneffels, et voici deux pics, l'un au sud, l'autre au nord. Hans va nous dire de quel nom les Islandais appellent celui qui nous porte en ce moment. »

La demande formulée, le chasseur répondit :

« Scartaris. »

Mon oncle me jeta un coup d'œil triomphant.

« Au cratère ! » dit-il.

Le cratère du Sneffels représentait un cône renversé dont l'orifice pouvait avoir une demi-lieue de diamètre. Sa profondeur, je l'estimais à deux mille pieds environ. Que l'on juge de l'état d'un pareil récipient, lorsqu'il s'emplissait de tonnerres et de flammes. Le fond de l'entonnoir ne devait pas mesurer plus de cinq cents pieds de tour, de telle sorte que ses pentes assez douces permettaient d'arriver facilement à sa partie inférieure. Involontairement je comparais ce cratère à un énorme tromblon évasé, et la comparaison m'épouvantait.

« Descendre dans un tromblon, pensai-je, quand il est

peut-être chargé et qu'il peut partir au moindre choc, c'est œuvre de fous. »

Mais je n'avais pas à reculer. Hans, d'un air indifférent, reprit la tête de la troupe. Je le suivis sans mot dire.

Afin de faciliter la descente, Hans décrivait à l'intérieur du cône des ellipses très allongées. Il fallait marcher au milieu des roches éruptives, dont quelques-unes, ébranlées dans leurs alvéoles, se précipitaient en rebondissant jusqu'au fond de l'abîme. Leur chute déterminait des répercussions d'échos d'une étrange sonorité.

Certaines parties du cône formaient des glaciers intérieurs. Hans ne s'avançait alors qu'avec une extrême précaution, sondant le sol de son bâton ferré pour y découvrir les crevasses. A de certains passages douteux, il devint nécessaire de nous lier par une longue corde, afin que celui auquel le pied viendrait à manquer inopinément se trouvât soutenu par ses compagnons. Cette solidarité était chose prudente, mais elle n'excluait pas tout danger.

Cependant, et malgré les difficultés de la descente sur des pentes que le guide ne connaissait pas, la route se fit sans accident, sauf la chute d'un ballot de cordes qui s'échappa des mains d'un Islandais et alla par le plus court jusqu'au fond de l'abîme.

A midi nous étions arrivés. Je relevai la tête, et j'aperçus l'orifice supérieur du cône, dans lequel s'encadrait un morceau de ciel d'une circonférence singulièrement réduite, mais presque parfaite. Sur un point seulement se détachait le pic du Scartaris, qui s'enfonçait dans l'immensité.

Au fond du cratère s'ouvraient trois cheminées par lesquelles, au temps des éruptions du Sneffels, le foyer central chassait ses laves et ses vapeurs. Chacune de ces cheminées avait environ cent pieds de diamètre. Elles étaient là béantes sous nos pas. Je n'eus pas le courage d'y plonger mes regards. Le professeur Lidenbrock, lui, avait fait un examen rapide de leur disposition ; il était haletant ; il courait de l'une à l'autre, gesticulant et lançant des paroles incompréhensibles. Hans et ses compagnons, assis sur des morceaux de lave, le regardaient faire ; ils le prenaient évidemment pour un fou.

Tout à coup mon oncle poussa un cri. Je crus qu'il venait de perdre pied et de tomber dans l'un des trois gouffres. Mais non. Je l'aperçus, les bras étendus, les jambes écartées,

« Regarde ! » me dit le professeur.

debout devant un roc de granit posé au centre du cratère, comme un énorme piédestal fait pour la statue d'un Pluton.

Il était dans la pose d'un homme stupéfait, mais dont la stupéfaction fit bientôt place à une joie insensée.

« Axel, Axel ! s'écria-t-il, viens ! viens ! »

J'accourus. Ni Hans ni les Islandais ne bougèrent.

« Regarde », me dit le professeur.

Et partageant sa stupéfaction, sinon sa joie, je lus sur la face occidentale du bloc, en caractères runiques à demi rongés par le temps, ce nom mille fois maudit :

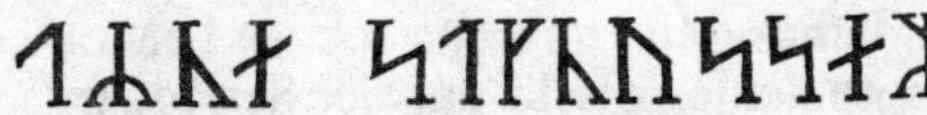

« Arne Saknussemm ! s'écria mon oncle, douteras-tu encore ? »

Je ne répondis pas, et je revins consterné à mon banc de lave. L'évidence m'écrasait.

Combien de temps demeurai-je ainsi plongé dans mes réflexions, je l'ignore. Tout ce que je sais, c'est qu'en relevant la tête je vis mon oncle et Hans seuls au fond du cratère. Les Islandais avaient été congédiés, et maintenant ils redescendaient les pentes extérieures du Sneffels pour regagner Stapi.

Hans dormait tranquillement au pied d'un roc, dans une coulée de lave où il s'était fait un lit improvisé ; mon oncle tournait au fond du cratère, comme une bête sauvage dans la fosse d'un trappeur. Je n'eus ni l'envie ni la force de me lever, et prenant exemple sur le guide, je me laissai aller à un douloureux assoupissement, croyant entendre des bruits ou sentir des frissonnements dans les flancs de la montagne.

Ainsi se passa cette première nuit au fond du cratère.

Le lendemain, un ciel gris, nuageux, lourd, s'abaissa sur le sommet du cône. Je ne m'en aperçus pas tant à l'obscurité du gouffre qu'à la colère dont mon oncle fut pris.

J'en compris la raison, et un reste d'espoir me revint au cœur. Voici pourquoi.

Des trois routes ouvertes sous nos pas une seule avait été suivie par Saknussemm. Au dire du savant islandais, on devait la reconnaître à cette particularité signalée dans le cryptogramme, que l'ombre du Scartaris venait en caresser les bords pendant les derniers jours du mois de juin.

On pouvait en effet considérer ce pic aigu comme le style d'un immense cadran solaire, dont l'ombre à un jour donné marquait le chemin du centre du globe.

Or, si le soleil venait à manquer, pas d'ombre. Conséquemment, pas d'indication. Nous étions au 25 juin. Que le ciel demeurât couvert pendant six jours, et il faudrait remettre l'observation à une autre année.

Je renonce à peindre l'impuissante colère du professeur Lidenbrock. La journée se passa, et aucune ombre ne vint s'allonger sur le fond du cratère. Hans ne bougea pas de sa place ; il devait pourtant se demander ce que nous attendions, s'il se demandait quelque chose ! Mon oncle ne m'adressa pas une seule fois la parole. Ses regards, invariablement tournés vers le ciel, se perdaient dans sa teinte grise et brumeuse.

Le 26, rien encore. Une pluie mêlée de neige tomba pendant toute la journée. Hans construisit une hutte avec des morceaux de lave. Je pris un certain plaisir à suivre de l'œil les milliers de cascades improvisées sur les flancs du cône, et dont chaque pierre accroissait l'assourdissant murmure.

Mon oncle ne se contenait plus. Il y avait de quoi irriter un homme plus patient, car c'était véritablement échouer au port.

Mais aux grandes douleurs, le Ciel mêle incessamment les grandes joies, et il réservait au professeur Lidenbrock une satisfaction égale à ses désespérants ennuis.

Le lendemain le ciel fut encore couvert ; mais le dimanche, 28 juin, l'antépénultième jour du mois, avec le changement de lune vint le changement de temps. Le soleil versa ses rayons à flots dans le cratère. Chaque monticule, chaque roc, chaque pierre, chaque aspérité eut part à son lumineux effluve et projeta instantanément son ombre sur le sol. Entre toutes, celle du Scartaris se dessina comme une vive arête et se mit à tourner insensiblement avec l'astre radieux.

Mon oncle tournait avec elle.

A midi, dans sa période la plus courte, elle vint lécher doucement le bord de la cheminée centrale.

« C'est là ! s'écria le professeur, c'est là ! Au centre du globe ! » ajouta-t-il en danois.

Je regardai Hans.

« Forüt ! fit tranquillement le guide.

– En avant ! » répondit mon oncle.

Il était une heure et treize minutes du soir.

XVII

Le véritable voyage commençait. Jusqu'alors les fatigues l'avaient emporté sur les difficultés ; maintenant celles-ci allaient véritablement naître sous nos pas.

Je n'avais point encore plongé mon regard dans ce puits insondable où j'allais m'engouffrer. Le moment était venu. Je pouvais encore ou prendre mon parti de l'entreprise ou refuser de la tenter. Mais j'eus honte de reculer devant le chasseur. Hans acceptait si tranquillement l'aventure, avec une telle indifférence, une si parfaite insouciance de tout danger, que je rougis à l'idée d'être moins brave que lui. Seul, j'aurais entamé la série des grands arguments ; mais en présence du guide je me tus ; un de mes souvenirs s'envola vers ma jolie Virlandaise, et je m'approchai de la cheminée centrale.

J'ai dit qu'elle mesurait cent pieds de diamètre, ou trois cents pieds de tour. Je me penchai au-dessus d'un roc qui surplombait, et je regardai. Mes cheveux se hérissèrent. Le sentiment du vide s'empara de mon être. Je sentis le centre de gravité se déplacer en moi et le vertige monter à ma tête comme une ivresse. Rien de plus capiteux que cette attraction de l'abîme. J'allais tomber. Une main me retint. Celle de Hans. Décidément je n'avais pas pris assez de « leçons de gouffre » à la Frelsers-Kirk de Copenhague.

Cependant, si peu que j'eusse hasardé mes regards dans ce puits, je m'étais rendu compte de sa conformation. Ses parois, presque à pic, présentaient de nombreuses saillies qui devaient faciliter la descente. Mais si l'escalier ne manquait pas, la rampe faisait défaut. Une corde attachée à l'orifice aurait suffi pour nous soutenir, mais comment la détacher, lorsqu'on serait parvenu à son extrémité inférieure ?

Mon oncle employa un moyen fort simple pour obvier à

cette difficulté. Il déroula une corde de la grosseur du pouce et longue de quatre cents pieds ; il en laissa filer d'abord la moitié, puis il l'enroula autour d'un bloc de lave qui faisait saillie et rejeta l'autre moitié dans la cheminée. Chacun de nous pouvait alors descendre en réunissant dans sa main les deux moitiés de la corde qui ne pouvait se défiler ; une fois descendus de deux cents pieds, rien ne nous serait plus aisé que de la ramener en lâchant un bout et en halant sur l'autre. Puis on recommencerait cet exercice *ad infinitum.*

« Maintenant, dit mon oncle, après avoir achevé ces préparatifs, occupons-nous des bagages ; ils vont être divisés en trois paquets, et chacun de nous en attachera un sur son dos ; j'entends parler seulement des objets fragiles. »

L'audacieux professeur ne nous comprenait évidemment pas dans cette dernière catégorie.

« Hans, reprit-il, va se charger des outils et d'une partie des vivres ; toi, Axel, d'un second tiers des vivres et des armes ; moi, du reste des vivres et des instruments délicats.

– Mais, dis-je, et les vêtements, et cette masse de cordes et d'échelles, qui se chargera de les descendre ?

– Ils descendront tout seuls.

– Comment cela ? demandai-je.

– Tu vas le voir. »

Mon oncle employait volontiers les grands moyens et sans hésiter. Sur son ordre, Hans réunit en un seul colis les objets non fragiles, et ce paquet, solidement cordé, fut tout bonnement précipité dans le gouffre.

J'entendis ce mugissement sonore produit par le déplacement des couches d'air. Mon oncle, penché sur l'abîme, suivait d'un œil satisfait la descente de ses bagages, et ne se releva qu'après les avoir perdus de vue.

« Bon, fit-il. A nous maintenant. »

Je demande à tout homme de bonne foi s'il était possible d'entendre sans frissonner de telles paroles !

Le professeur attacha sur son dos le paquet des instruments ; Hans prit celui des outils, moi celui des armes. La descente commença dans l'ordre suivant : Hans, mon oncle et moi. Elle se fit dans un profond silence, troublé seulement par la chute des débris de roc qui se précipitaient dans l'abîme.

Je me laissai couler, pour ainsi dire, serrant frénétiquement la double corde d'une main, de l'autre m'arc-boutant au moyen de mon bâton ferré. Une idée unique me dominait : je craignais que le point d'appui ne vînt à manquer. Cette corde me paraissait bien fragile pour supporter le poids de trois personnes. Je m'en servais le moins possible, opérant des miracles d'équilibre sur les saillies de lave que mon pied cherchait à saisir comme une main.

Lorsqu'une de ces marches glissantes venait à s'ébranler sous les pas de Hans, il disait de sa voix tranquille :

« Gif akt !

– Attention ! » répétait mon oncle.

Après une demi-heure, nous étions arrivés sur la surface d'un roc fortement engagé dans la paroi de la cheminée.

Hans tira la corde par l'un de ses bouts ; l'autre s'éleva dans l'air ; après avoir dépassé le rocher supérieur, il retomba en raclant les morceaux de pierre et de lave, sorte de pluie, ou mieux, de grêle fort dangereuse.

En me penchant au-dessus de notre étroit plateau, je remarquai que le fond du trou était encore invisible.

La manœuvre de la corde recommença, et, une demi-heure après, nous avions gagné une nouvelle profondeur de deux cents pieds.

Je ne sais si le plus enragé géologue eût essayé d'étudier, pendant cette descente, la nature des terrains qui l'environnaient. Pour mon compte, je ne m'en inquiétai guère ; qu'ils fussent pliocènes, miocènes, éocènes, crétacés, jurassiques, triasiques, perniens, carbonifères, dévoniens, siluriens ou primitifs, cela me préoccupa peu. Mais le professeur, sans doute, fit ses observations ou prit ses notes, car, à l'une des haltes, il me dit :

« Plus je vais, plus j'ai confiance. La disposition de ces terrains volcaniques donne absolument raison à la théorie de Davy. Nous sommes en plein sol primordial, sol dans lequel s'est produite l'opération chimique des métaux enflammés au contact de l'air et de l'eau. Je repousse absolument le système d'une chaleur centrale. D'ailleurs, nous verrons bien. »

Toujours la même conclusion. On comprend que je ne m'amusai pas à discuter. Mon silence fut pris pour un assentiment, et la descente recommença.

Au bout de trois heures, je n'entrevoyais pas encore le fond de la cheminée. Lorsque je relevais la tête, j'apercevais son orifice qui décroissait sensiblement. Ses parois, par suite de leur légère inclinaison, tendaient à se rapprocher. L'obscurité se faisait peu à peu.

Cependant nous descendions toujours ; il me semblait que les pierres détachées des parois s'engloutissaient avec une répercussion plus mate et qu'elles devaient rencontrer promptement le fond de l'abîme.

Comme j'avais eu soin de noter exactement nos manœuvres de corde, je pus me rendre un compte exact de la profondeur atteinte et du temps écoulé.

Nous avions alors répété quatorze fois cette manœuvre qui durait une demi-heure. C'était donc sept heures, plus quatorze quarts d'heure de repos ou trois heures et demie. En tout, dix heures et demie. Nous étions partis à une heure, il devait être onze heures en ce moment.

Quant à la profondeur à laquelle nous étions parvenus, ces quatorze manœuvres d'une corde de deux cents pieds donnaient deux mille huit cents pieds.

En ce moment la voix de Hans se fit entendre :

« Halt ! » dit-il.

Je m'arrêtai court au moment où j'allais heurter de mes pieds la tête de mon oncle.

« Nous sommes arrivés, dit celui-ci.

– Où ? demandai-je en me laissant glisser près de lui.

– Au fond de la cheminée perpendiculaire.

– Il n'y a donc pas d'autre issue ?

– Si, une sorte de couloir que j'entrevois et qui oblique vers la droite. Nous verrons cela demain. Soupons d'abord, nous dormirons après. »

L'obscurité n'était pas encore complète. On ouvrit le sac aux provisions, on mangea et chacun se coucha de son mieux sur un lit de pierres et de débris de lave.

Et quand, étendu sur le dos, j'ouvris les yeux, j'aperçus un point brillant à l'extrémité de ce tube long de trois mille pieds, qui se transformait en une gigantesque lunette.

C'était une étoile dépouillée de toute scintillation, et qui, d'après mes calculs, devait être β de la Petite Ourse.

Puis je m'endormis d'un profond sommeil.

XVIII

A huit heures du matin, un rayon du jour vint nous réveiller. Les mille facettes de la lave des parois le recueillaient à son passage et l'éparpillaient comme une pluie d'étincelles.

Cette lueur était assez forte pour permettre de distinguer les objets environnants.

« Eh bien, Axel, qu'en dis-tu ? s'écria mon oncle en se frottant les mains. As-tu jamais passé une nuit plus paisible dans notre maison de Königstrasse ? Plus de bruit de charrettes, plus de cris de marchands, plus de vociférations de bateliers !

– Sans doute, nous sommes fort tranquilles au fond de ce puits, mais ce calme même a quelque chose d'effrayant.

– Allons donc, s'écria mon oncle, si tu t'effraies déjà, que sera-ce plus tard ? Nous ne sommes pas encore entrés d'un pouce dans les entrailles de la terre !

– Que voulez-vous dire ?

– Je veux dire que nous avons atteint seulement le sol de l'île ! Ce long tube vertical, qui aboutit au cratère du Sneffels, s'arrête à peu près au niveau de la mer.

– En êtes-vous certain ?

– Très certain. Consulte le baromètre. »

En effet, le mercure, après avoir peu à peu remonté dans l'instrument à mesure que notre descente s'effectuait, s'était arrêté à vingt-neuf pouces.

« Tu le vois, reprit le professeur, nous n'avons encore que la pression d'une atmosphère, et il me tarde que le manomètre vienne remplacer ce baromètre. »

Cet instrument allait, en effet, devenir inutile, du moment que le poids de l'air dépasserait sa pression calculée au niveau de l'Océan.

« Mais, dis-je, n'est-il pas à craindre que cette pression toujours croissante ne soit très pénible ?

– Non. Nous descendrons lentement, et nos poumons s'habitueront à respirer une atmosphère plus comprimée. Les aéronautes finissent par manquer d'air en s'élevant dans les couches supérieures, et nous, nous en aurons trop peut-être. Mais j'aime mieux cela. Ne perdons pas un instant. Où est le paquet qui nous a précédés dans l'intérieur de la montagne ? »

Je me souvins alors que nous l'avions vainement cherché la veille au soir. Mon oncle interrogea Hans, qui, après avoir regardé attentivement avec ses yeux de chasseur, répondit :

« Der huppe ! »

– Là-haut. »

En effet, ce paquet était accroché à une saillie de roc, à une centaine de pieds au-dessus de notre tête. Aussitôt l'agile Islandais grimpa comme un chat, et, en quelques minutes, le paquet nous rejoignit.

« Maintenant, dit mon oncle, déjeunons, mais déjeunons comme des gens qui peuvent avoir une longue course à faire. »

Le biscuit et la viande sèche furent arrosés de quelques gorgées d'eau mêlée de genièvre.

Le déjeuner terminé, mon oncle tira de sa poche un carnet destiné aux observations ; il prit successivement ses divers instruments et nota les données suivantes :

Lundi 1er juillet

Chronomètre : 8 h 17 m du matin.
Baromètre : 29 p. 7 l.
Thermomètre : 6°.
Direction : E.-S.-E.

Cette dernière observation s'appliquait à la galerie obscure et fut indiquée par la boussole.

« Maintenant, Axel, s'écria le professeur d'une voix enthousiaste, nous allons nous enfoncer véritablement dans les entrailles du globe. Voici donc le moment précis auquel notre voyage commence. »

Cela dit, mon oncle prit d'une main l'appareil de Ruhmkorff suspendu à son cou ; de l'autre, il mit en communication le courant électrique avec le serpentin de la lanterne, et une assez vive lumière dissipa les ténèbres de la galerie.

Hans portait le second appareil, qui fut également mis en activité. Cette ingénieuse application de l'électricité nous permettait d'aller longtemps en créant un jour artificiel, même au milieu des gaz les plus inflammables.

La descente commença.

« En route ! » fit mon oncle.

Chacun reprit son ballot. Hans se chargea de pousser devant lui le paquet des cordages et des habits, et, moi troisième, nous entrâmes dans la galerie.

Au moment de m'engouffrer dans ce couloir obscur, je relevai la tête, et j'aperçus une dernière fois, par le champ de l'immense tube, ce ciel de l'Islande « que je ne devais plus revoir ».

La lave, à la dernière éruption de 1229, s'était frayé un passage à travers ce tunnel. Elle tapissait l'intérieur d'un enduit épais et brillant ; la lumière électrique s'y réfléchissait en centuplant son intensité.

Toute la difficulté de la route consistait à ne pas glisser trop rapidement sur une pente inclinée à quarante-cinq degrés environ ; heureusement certaines érosions, quelques boursouflures tenaient lieu de marches, et nous n'avions qu'à descendre en laissant filer nos bagages retenus par une longue cordc.

Mais ce qui se faisait marche sous nos pieds devenait stalactite sur les autres parois. La lave, poreuse en de certains endroits, présentait de petites ampoules arrondies : des cristaux de quartz opaque, ornés de limpides gouttes de verre et suspendus à la voûte comme des lustres, semblaient s'allumer à notre passage. On eût dit que les génies du gouffre illuminaient leur palais pour recevoir les hôtes de la terre.

« C'est magnifique ! m'écriai-je involontairement. Quel spectacle, mon oncle ! Admirez-vous ces nuances de la lave qui vont du rouge brun au jaune éclatant par dégradations insensibles ? Et ces cristaux qui nous apparaissent comme des globes lumineux ?

– Ah ! tu y viens, Axel ! répondit mon oncle. Ah ! tu trouves cela splendide, mon garçon ! Tu en verras bien d'autres, je l'espère. Marchons ! marchons ! »

Il aurait dit plus justement « glissons », car nous nous laissions aller sans fatigue sur des pentes inclinées. C'était le *facilis descensus Averni* de Virgile. La boussole, que je consultais fréquemment, indiquait la direction du sud-est avec une imperturbable rigueur. Cette coulée de lave n'obliquait ni d'un côté ni de l'autre. Elle avait l'inflexibilité de la ligne droite.

Cependant la chaleur n'augmentait pas d'une façon

sensible. Ce qui donnait raison aux théories de Davy, et plus d'une fois je consultai le thermomètre avec étonnement. Deux heures après le départ, il ne marquait encore que 10°, c'est-à-dire un accroissement de 4°. Cela m'autorisait à penser que notre descente était plus horizontale que verticale. Quant à connaître exactement la profondeur atteinte, rien de plus facile. Le professeur mesurait exactement les angles de déviation et d'inclinaison de la route, mais il gardait pour lui le résultat de ses observations.

Le soir, vers huit heures, il donna le signal d'arrêt. Hans aussitôt s'assit. Les lampes furent accrochées à une saillie de lave. Nous étions dans une sorte de caverne où l'air ne manquait pas. Au contraire. Certains souffles arrivaient jusqu'à nous. Quelle cause les produisait ? A quelle agitation atmosphérique attribuer leur origine ? C'est une question que je ne cherchai pas à résoudre en ce moment. La faim et la fatigue me rendaient incapable de raisonner. Une descente de sept heures consécutives ne se fait pas sans une grande dépense de forces. J'étais épuisé. Le mot « halte » me fit donc plaisir à entendre. Hans étala quelques provisions sur un bloc de lave, et chacun mangea avec appétit. Cependant une chose m'inquiétait ; notre réserve d'eau était à demi consommée. Mon oncle comptait la refaire aux sources souterraines, mais jusqu'alors celles-ci manquaient absolument. Je ne pus m'empêcher d'attirer son attention sur ce sujet.

« Cette absence de sources te surprend ? dit-il

– Sans doute, et même elle m'inquiète. Nous n'avons plus d'eau que pour cinq jours.

– Sois tranquille, Axel, je te réponds que nous trouverons de l'eau, et plus que nous n'en voudrons.

– Quand cela ?

– Quand nous aurons quitté cette enveloppe de lave. Comment veux-tu que des sources jaillissent à travers ces parois ?

– Mais peut-être cette coulée se prolonge-t-elle à de grandes profondeurs. Il me semble que nous n'avons pas encore fait beaucoup de chemin verticalement.

– Qui te fait supposer cela ?

– C'est que, si nous étions très avancés dans l'intérieur de l'écorce terrestre, la chaleur serait plus forte.

– D'après ton système, répondit mon oncle. Qu'indique le thermomètre ?

– Quinze degrés à peine, ce qui ne fait qu'un accroissement de neuf degrés depuis notre départ.

– Eh bien, conclus.

– Voici ma conclusion. D'après les observations les plus exactes, l'augmentation de la température à l'intérieur du globe est d'un degré par cent pieds. Mais certaines conditions de localité peuvent modifier ce chiffre. Ainsi, à Yakoust en Sibérie, on a remarqué que l'accroissement d'un degré avait lieu par trente-six pieds. Cette différence dépend évidemment de la conductibilité des roches. J'ajouterai aussi que, dans le voisinage d'un volcan éteint, et à travers le gneiss, on a remarqué que l'élévation de la température était d'un degré seulement pour cent vingt-cinq pieds. Prenons donc cette dernière hypothèse, qui est la plus favorable, et calculons.

– Calcule, mon garçon.

– Rien n'est plus facile, dis-je en disposant des chiffres sur mon carnet. Neuf fois cent vingt-cinq pieds donnent onze cent vingt-cinq pieds de profondeur.

– Rien de plus exact.

– Eh bien ?

– Eh bien, d'après mes observations, nous sommes arrivés à dix mille pieds au-dessous du niveau de la mer.

– Est-il possible ?

– Oui, ou les chiffres ne sont plus les chiffres ! »

Les calculs du professeur étaient exacts. Nous avions déjà dépassé de six mille pieds les plus grandes profondeurs atteintes par l'homme, telles que les mines de Kitz-Bahl dans le Tyrol, et celles de Wuttemberg en Bohême.

La température, qui aurait dû être de quatre-vingt-un degrés en cet endroit, était de quinze à peine. Cela donnait singulièrement à réfléchir.

XIX

Le lendemain matin, 30 juin, à six heures, la descente fut reprise.

Nous suivions toujours la galerie de lave, véritable rampe

naturelle douce comme ces plans inclinés qui remplacent encore l'escalier dans les vieilles maisons. Ce fut ainsi jusqu'à midi dix-sept minutes, instant précis où nous rejoignîmes Hans, qui venait de s'arrêter.

« Ah ! s'écria mon oncle, nous sommes parvenus à l'extrémité de la cheminée. »

Je regardai autour de moi. Nous étions au centre d'un carrefour, auquel deux routes venaient aboutir, toutes deux sombres et étroites. Laquelle convenait-il de prendre ? Il y avait là une difficulté.

Cependant mon oncle ne voulut paraître hésiter ni devant moi ni devant le guide ; il désigna le tunnel de l'est, et bientôt nous y étions enfoncés tous les trois.

D'ailleurs, toute hésitation devant ce double chemin se serait prolongée indéfiniment, car nul indice ne pouvait déterminer le choix de l'un ou de l'autre ; il fallait s'en remettre absolument au hasard.

La pente de cette nouvelle galerie était peu sensible, et sa section fort inégale. Parfois une succession d'arceaux se déroulait devant nos pas comme les contre-nefs d'une cathédrale gothique. Les artistes du Moyen Age auraient pu étudier là toutes les formes de cette architecture religieuse qui a l'ogive pour générateur. Un mille plus loin, notre tête se courbait sous les cintres surbaissés du style roman, et de gros piliers engagés dans le massif pliaient sous la retombée des voûtes. A de certains endroits, cette disposition faisait place à de basses substructions qui ressemblaient aux ouvrages des castors, et nous nous glissions en rampant à travers d'étroits boyaux.

La chaleur se maintenait à un degré supportable. Involontairement je songeais à son intensité, quand les laves vomies par le Sneffels se précipitaient par cette route si tranquille aujourd'hui. Je m'imaginais les torrents de feu brisés aux angles de la galerie et l'accumulation des vapeurs surchauffées dans cet étroit milieu !

« Pourvu, pensai-je, que le vieux volcan ne vienne pas à se reprendre d'une fantaisie tardive ! »

Ces réflexions, je ne les communiquai point à l'oncle Lidenbrock ; il ne les eût pas comprises. Son unique pensée était d'aller en avant. Il marchait, il glissait, il dégringolait même, avec une conviction qu'après tout il valait mieux admirer.

A six heures du soir, après une promenade peu fatigante, nous avions gagné deux lieues dans le sud, mais à peine un quart de mille en profondeur.

Mon oncle donna le signal du repos. On mangea sans trop causer, et l'on s'endormit sans trop réfléchir.

Nos dispositions pour la nuit étaient fort simples ; une couverture de voyage, dans laquelle on se roulait, composait toute la literie. Nous n'avions à redouter ni froid, ni visite importune. Les voyageurs qui s'enfoncent au milieu des déserts de l'Afrique, au sein des forêts du nouveau monde, sont forcés de veiller les uns sur les autres pendant les heures du sommeil. Mais ici, solitude absolue et sécurité complète. Sauvages ou bêtes féroces, aucune de ces races malfaisantes n'était à craindre.

On se réveilla le lendemain frais et dispos. La route fut reprise. Nous suivions un chemin de lave comme la veille. Impossible de reconnaître la nature des terrains qu'il traversait. Le tunnel, au lieu de s'enfoncer dans les entrailles du globe, tendait à devenir absolument horizontal. Je crus remarquer même qu'il remontait vers la surface de la terre. Cette disposition devint si manifeste vers dix heures du matin, et par suite si fatigante, que je fus forcé de modérer notre marche.

« Eh bien, Axel, dit impatiemment le professeur.

– Eh bien, je n'en peux plus, répondis-je.

– Quoi ! après trois heures de promenade sur une route si facile !

– Facile, je ne dis pas non, mais fatigante à coup sûr.

– Comment ! quand nous n'avons qu'à descendre !

– A monter, ne vous en déplaise !

– A monter ! fit mon oncle en haussant les épaules.

– Sans doute. Depuis une demi-heure, les pentes se sont modifiées, et à les suivre ainsi, nous reviendrons certainement à la terre d'Islande. »

Le professeur remua la tête en homme qui ne veut pas être convaincu. J'essayai de reprendre la conversation. Il ne me répondit pas et donna le signal du départ. Je vis bien que son silence n'était que de la mauvaise humeur concentrée.

Cependant j'avais repris mon fardeau avec courage, et je suivais rapidement Hans, que précédait mon oncle. Je tenais à ne pas être distancé. Ma grande préoccupation était de ne point perdre mes compagnons de vue. Je frémissais à la pensée de m'égarer dans les profondeurs de ce labyrinthe.

D'ailleurs, si la route ascendante devenait plus pénible, je m'en consolais en songeant qu'elle me rapprochait de la surface de la terre. C'était un espoir. Chaque pas le confirmait, et je me réjouissais à cette idée de revoir ma petite Graüben.

A midi un changement d'aspect se produisit dans les parois de la galerie. Je m'en aperçus à l'affaiblissement de la lumière électrique réfléchie par les murailles. Au revêtement de lave succédait la roche vive. Le massif se composait de couches inclinées et souvent disposées verticalement. Nous étions en pleine époque de transition, en pleine période silurienne[1].

« C'est évident, m'écriai-je, les sédiments des eaux ont formé, à la seconde époque de la terre, ces schistes, ces calcaires et ces grès ! Nous tournons le dos au massif granitique ! Nous ressemblons à des gens de Hambourg, qui prendraient le chemin de Hanovre pour aller à Lubeck. »

J'aurais dû garder pour moi mes observations. Mais mon tempérament de géologue l'emporta sur la prudence, et l'oncle Lidenbrock entendit mes exclamations.

« Qu'as-tu donc ? dit-il.

– Voyez ! répondis-je en lui montrant la succession variée des grès, des calcaires et les premiers indices des terrains ardoisés.

– Eh bien ?

– Nous voici arrivés à cette période pendant laquelle ont apparu les premières plantes et les premiers animaux !

– Ah ! tu penses ?

– Mais regardez, examinez, observez ! »

Je forçai le professeur à promener sa lampe sur les parois de la galerie. Je m'attendais à quelque exclamation de sa part. Mais il ne dit pas un mot, et continua sa route.

M'avait-il compris ou non ? Ne voulait-il pas convenir, par amour-propre d'oncle et de savant, qu'il s'était trompé en choisissant le tunnel de l'est, ou tenait-il à reconnaître ce passage jusqu'à son extrémité ? Il était évident que nous

1. Ainsi nommée parce que les terrains de cette période sont fort étendus en Angleterre, dans les contrées habitées autrefois par la peuplade celtique des Silaures.

« Une mine de charbon ! » m'écriai-je.

avions quitté la route des laves, et que ce chemin ne pouvait conduire au foyer du Sneffels.

Cependant je me demandai si je n'accordais pas une trop grande importance à cette modification des terrains. Ne me trompais-je pas moi-même ? Traversions-nous réellement ces couches de roches superposées au massif granitique ?

« Si j'ai raison, pensai-je, je dois trouver quelque débris de plante primitive, et il faudra bien se rendre à l'évidence. Cherchons. »

Je n'avais pas fait cent pas que des preuves incontestables s'offrirent à mes yeux. Cela devait être, car, à l'époque silurienne, les mers renfermaient plus de quinze cents espèces végétales ou animales. Mes pieds, habitués au sol dur des laves, foulèrent tout à coup une poussière faite de débris de plantes et de coquilles. Sur les parois se voyaient distinctement des empreintes de fucus et de lycopodes. Le professeur Lidenbrock nc pouvait s'y tromper ; mais il fermait les yeux, j'imagine, et continuait son chemin d'un pas invariable.

C'était un entêtement poussé hors de toutes limites. Je n'y tins plus. Je ramassai une coquille parfaitement conservée, qui avait appartenu à un animal à peu près semblable au cloporte actuel ; puis, je rejoignis mon oncle et je lui dis :

« Voyez !

– Eh bien, répondit-il tranquillement, c'est la coquille d'un crustacé de l'ordre disparu des trilobites. Pas autre chose.

– Mais n'en concluez-vous pas ?...

– Ce que tu conclus toi-même ? Si. Parfaitement. Nous avons abandonné la couche de granit et la route des laves. Il est possible que je me sois trompé ; mais je ne serai certain de mon erreur qu'au moment où j'aurai atteint l'extrémité de cette galerie.

– Vous avez raison d'agir ainsi, mon oncle, et je vous approuverais, si nous n'avions à craindre un danger de plus en plus menaçant.

– Et lequel ?

– Le manque d'eau.

– Eh bien ! nous nous rationnerons, Axel. »

XX

En effet, il fallut se rationner. Notre provision ne pouvait durer plus de trois jours. C'est ce que je reconnus le soir au moment du souper. Et, fâcheuse expectative, nous avions peu d'espoir de rencontrer quelque source vive dans ces terrains de l'époque de transition.

Pendant toute la journée du lendemain, la galerie déroula devant nos pas ses interminables arceaux. Nous marchions presque sans mot dire. Le mutisme de Hans nous gagnait.

La route ne montait pas, du moins d'une façon sensible. Parfois même elle semblait s'incliner. Mais cette tendance, peu marquée d'ailleurs, ne devait pas rassurer le professeur, car la nature des couches ne se modifiait pas, et la période de transition s'affirmait davantage.

La lumière électrique faisait splendidement étinceler les schistes, le calcaire et les vieux grès rouges des parois. On aurait pu se croire dans une tranchée ouverte au milieu du Devonshire, qui donna son nom à ce genre de terrains. Des spécimens de marbres magnifiques revêtaient les murailles, les uns d'un gris agate avec des veines blanches capricieusement accusées, les autres de couleur incarnat ou d'un jaune taché de plaques rouges ; plus loin, des échantillons de griottes à couleurs sombres, dans lesquels le calcaire se relevait en nuances vives.

La plupart de ces marbres offraient des empreintes d'animaux primitifs. Depuis la veille, la création avait fait un progrès évident. Au lieu des trilobites rudimentaires, j'apercevais des débris d'un ordre plus parfait ; entre autres, des poissons Ganoïdes et ces Sauropteris dans lesquels l'œil du paléontologiste a su découvrir les premières formes du reptile. Les mers dévoniennes étaient habitées par un grand nombre d'animaux de cette espèce, et elles les déposèrent par milliers sur les roches de nouvelle formation.

Il devenait évident que nous remontions l'échelle de la vie animale dont l'homme occupe le sommet. Mais le professeur Lidenbrock ne paraissait pas y prendre garde.

Il attendait deux choses : ou qu'un puits vertical vînt à s'ouvrir sous ses pieds et lui permettre de reprendre sa descente, ou qu'un obstacle l'empêchât de continuer cette route. Mais le soir arriva sans que cette espérance se fût réalisée.

Le vendredi, après une nuit pendant laquelle je commençai à ressentir les tourments de la soif, notre petite troupe s'enfonça de nouveau dans les détours de la galerie.

Après dix heures de marche, je remarquai que la réverbération de nos lampes sur les parois diminuait singulièrement. Le marbre, le schiste, le calcaire, le grès des murailles, faisaient place à un revêtement sombre et sans éclat. A un moment où le tunnel devenait fort étroit, je m'appuyai sur sa paroi de gauche.

Quand je retirai ma main, elle était entièrement noire. Je regardai de plus près. Nous étions en pleine houillère.

« Une mine de charbon ! m'écriai-je.

– Une mine sans mineurs, répondit mon oncle.

– Eh ! qui sait ?

– Moi, je sais, répliqua le professeur d'un ton bref, et je suis certain que cette galerie percée à travers ces couches de houille n'a pas été faite de la main des hommes. Mais que ce soit ou non l'ouvrage de la nature cela m'importe peu. L'heure du souper est venue. Soupons. »

Hans prépara quelques aliments. Je mangeai à peine, et je bus les quelques gouttes d'eau qui formaient ma ration. La gourde du guide à demi pleine, voilà tout ce qui restait pour désaltérer trois hommes.

Après leur repas, mes deux compagnons s'étendirent sur leurs couvertures et trouvèrent dans le sommeil un remède à leurs fatigues. Pour moi, je ne pus dormir, et je comptai les heures jusqu'au matin.

Le samedi, à six heures, on repartit. Vingt minutes plus tard, nous arrivions à une vaste excavation ; je reconnus alors que la main de l'homme ne pouvait pas avoir creusé cette houillère ; les voûtes en eussent été étançonnées, et véritablement elles ne se tenaient que par un miracle d'équilibre.

Cette espèce de caverne comptait cent pieds de largeur sur cent cinquante de hauteur. Le terrain avait été violemment écarté par une commotion souterraine. Le massif terrestre, cédant à quelque puissante poussée, s'était disloqué, laissant ce large vide où des habitants de la terre pénétraient pour la première fois.

Toute l'histoire de la période houillère était écrite sur ces sombres parois, et un géologue en pouvait suivre facilement les phases diverses. Les lits de charbon étaient séparés par des strates de grès ou d'argile compacts, et comme écrasés par les couches supérieures.

A cet âge du monde qui précéda l'époque secondaire, la terre se recouvrit d'immenses végétations dues à la double action d'une chaleur tropicale et d'une humidité persistante. Une atmosphère de vapeurs enveloppait le globe de toutes parts, lui dérobant encore les rayons du soleil.

De là cette conclusion que les hautes températures ne provenaient pas de ce foyer nouveau. Peut-être même l'astre du jour n'était-il pas prêt à jouer son rôle éclatant. Les « climats » n'existaient pas encore, et une chaleur torride se répandait à la surface entière du globe, égale à l'équateur et aux pôles. D'où venait-elle ? de l'intérieur du globe.

En dépit des théories du professeur Lidenbrock, un feu violent couvait dans les entrailles du sphéroïde ; son action se faisait sentir jusqu'aux dernières couches de l'écorce terrestre ; les plantes, privées des bienfaisants effluves du soleil, ne donnaient ni fleurs ni parfums, mais leurs racines puisaient une vie forte dans les terrains brûlants des premiers jours.

Il y avait peu d'arbres, des plantes herbacées seulement, d'immenses gazons, des fougères, des lycopodes, des sigillaires, des astérophyllites, familles rares dont les espèces se comptaient alors par milliers.

Or, c'est précisément à cette exubérante végétation que la houille doit son origine. L'écorce encore élastique du globe obéissait aux mouvements de la masse liquide qu'elle recouvrait. De là des fissures, des affaissements nombreux. Les plantes, entraînées sous les eaux, formèrent peu à peu des amas considérables.

Alors intervint l'action de la chimie naturelle ; au fond des mers, les masses végétales se firent tourbe d'abord ; puis, grâce à l'influence des gaz, et sous le feu de la fermentation, elles subirent une minéralisation complète.

Ainsi se formèrent ces immenses couches de charbon qu'une consommation excessive doit, pourtant, épuiser en moins de trois siècles, si les peuples industriels n'y prennent garde.

Ces réflexions me venaient à l'esprit pendant que je considérais les richesses houillères accumulées dans cette portion du massif terrestre. Celles-ci, sans doute, ne seront jamais mises à découvert. L'exploitation de ces mines reculées demanderait des sacrifices trop considérables. A quoi bon, d'ailleurs, quand la houille est encore répandue pour ainsi dire à la surface de la terre dans un grand nombre de contrées ? Aussi, telles je voyais ces couches intactes, telles elles seraient lorsque sonnerait la dernière heure du monde.

Cependant nous marchions, et seul de mes compagnons j'oubliais la longueur de la route pour me perdre au milieu de considérations géologiques. La température restait sensiblement ce qu'elle était pendant notre passage au milieu des laves et des schistes. Seulement, mon odorat était affecté par une odeur très prononcée de protocarbure d'hydrogène. Je reconnus immédiatement dans cette galerie la présence d'une notable quantité de ce fluide dangereux auquel les mineurs ont donné le nom de grisou, et dont l'explosion a si souvent causé d'épouvantables catastrophes.

Heureusement, nous étions éclairés par les ingénieux appareils de Ruhmkorff. Si, par malheur, nous avions imprudemment exploré cette galerie la torche à la main, une explosion terrible eût fini le voyage en supprimant les voyageurs.

Cette excursion dans la houillère dura jusqu'au soir. Mon oncle contenait à peine l'impatience que lui causait l'horizontalité de la route. Les ténèbres, toujours profondes à vingt pas, empêchaient d'estimer la longueur de la galerie, et je commençais à la croire interminable, quand soudain, à six heures, un mur se présenta inopinément à nous. A droite, à gauche, en haut, en bas, il n'y avait aucun passage. Nous étions arrivés au fond d'une impasse.

« Eh bien, tant mieux ! s'écria mon oncle, je sais au moins à quoi m'en tenir. Nous ne sommes pas sur la route de Saknussemm, et il ne reste plus qu'à revenir en arrière. Prenons une nuit de repos, et avant trois jours, nous aurons regagné le point où les deux galeries se bifurquent.

– Oui, dis-je, si nous en avons la force !

– Et pourquoi non ?

– Parce que, demain, l'eau manquera tout à fait.

– Et le courage manquera-t-il aussi ? » dit le professeur en me regardant d'un œil sévère.

Je n'osai lui répondre.

XXI

Le lendemain, le départ eut lieu de grand matin. Il fallait se hâter. Nous étions à cinq jours de marche du carrefour.

Je ne m'appesantirai pas sur les souffrances de notre retour. Mon oncle les supporta avec la colère d'un homme qui ne se sent pas le plus fort ; Hans avec la résignation de sa nature pacifique ; moi, je l'avoue, me plaignant et me désespérant ; je ne pouvais avoir de cœur contre cette mauvaise fortune.

Ainsi que je l'avais prévu, l'eau fit tout à fait défaut à la fin du premier jour de marche. Notre provision liquide se réduisit alors à du genièvre, mais cette infernale liqueur brûlait le gosier, et je ne pouvais même en supporter la vue. Je trouvais la température étouffante. La fatigue me paralysait. Plus d'une fois, je faillis tomber sans mouvement. On faisait halte alors ; mon oncle ou l'Islandais me réconfortaient de leur mieux. Mais je voyais déjà que le premier réagissait péniblement contre l'extrême fatigue et les tortures nées de la privation d'eau.

Enfin, le mardi 7 juillet, en nous traînant sur les genoux, sur les mains, nous arrivâmes à demi morts au point de jonction des deux galeries. Là je demeurai comme une masse inerte, étendu sur le sol de lave. Il était dix heures du matin.

Hans et mon oncle, accotés à la paroi, essayèrent de grignoter quelques morceaux de biscuit. De longs gémissements s'échappaient de mes lèvres tuméfiées. Je tombai dans un profond assoupissement.

Au bout de quelque temps, mon oncle s'approcha de moi et me souleva entre ses bras :

« Pauvre enfant ! » murmura-t-il avec un véritable accent de pitié.

Je fus touché de ces paroles, n'étant pas habitué aux tendresses du farouche professeur. Je saisis ses mains frémissantes dans les miennes. Il se laissa faire en me regardant. Ses yeux étaient humides.

Je le vis alors prendre la gourde suspendue à son côté. A ma grande stupéfaction, il l'approcha de mes lèvres :

« Bois », fit-il.

Avais-je bien entendu ? Mon oncle était-il fou ? Je le regardais d'un air hébété. Je ne voulais pas le comprendre.

« Bois », reprit-il.

Et relevant sa gourde, il la vida tout entière entre mes lèvres.

Oh ! jouissance infinie ! Une gorgée d'eau vint humecter ma bouche en feu, une seule, mais elle suffit à rappeler en moi la vie qui s'échappait.

Je remerciai mon oncle en joignant les mains.

« Oui, fit-il, une gorgée d'eau ! la dernière ! entends-tu bien ? la dernière ! Je l'avais précieusement gardée au fond de ma gourde. Vingt fois, cent fois, j'ai dû résister à mon effrayant désir de la boire ! Mais non, Axel, je la réservais pour toi.

– Mon oncle ! murmurai-je pendant que de grosses larmes mouillaient mes yeux.

– Oui, pauvre enfant, je savais qu'à ton arrivée à ce carrefour, tu tomberais à demi mort, et j'ai conservé mes dernières gouttes d'eau pour te ranimer.

– Merci ! merci ! » m'écriai-je.

Si peu que ma soif fût apaisée, j'avais cependant retrouvé quelque force. Les muscles de mon gosier, contractés jusqu'alors, se détendaient, et l'inflammation de mes lèvres s'était adoucie. Je pouvais parler.

« Voyons, dis-je, nous n'avons maintenant qu'un parti à prendre ; l'eau nous manque ; il faut revenir sur nos pas. »

Pendant que je parlais ainsi, mon oncle évitait de me regarder ; il baissait la tête ; ses yeux fuyaient les miens.

« Il faut revenir, m'écriai-je, et reprendre le chemin du Sneffels. Que Dieu nous donne la force de remonter jusqu'au sommet du cratère !

– Revenir ! fit mon oncle, comme s'il répondait plutôt à lui qu'à moi-même.

– Oui, revenir, et sans perdre un instant. »

Il y eut ici un moment de silence assez long.

« Ainsi donc, Axel, reprit le professeur d'un ton bizarre, ces quelques gouttes d'eau ne t'ont pas rendu le courage et l'énergie ?

– Le courage !

– Je te vois abattu comme avant, et faisant encore entendre des paroles de désespoir ! »

A quel homme avais-je affaire et quels projets son esprit audacieux formait-il encore ?

« Quoi ! vous ne voulez pas ?...

– Renoncer à cette expédition, au moment où tout annonce qu'elle peut réussir ! Jamais !

– Alors il faut se résigner à périr ?

– Non, Axel, non ! pars. Je ne veux pas ta mort ! Que Hans t'accompagne. Laisse-moi seul !

– Vous abandonner !

– Laisse-moi, te dis-je ! J'ai commencé ce voyage ; je l'accomplirai jusqu'au bout, ou je n'en reviendrai pas. Va-t'en, Axel, va-t'en ! »

Mon oncle parlait avec une extrême surexcitation. Sa voix, un instant attendrie, redevenait dure, menaçante. Il luttait avec une sombre énergie contre l'impossible ! Je ne voulais pas l'abandonner au fond de cet abîme, et, d'un autre côté, l'instinct de la conservation me poussait à le fuir.

Le guide suivait cette scène avec son indifférence accoutumée. Il comprenait cependant ce qui se passait entre ses deux compagnons. Nos gestes indiquaient assez la voie différente où chacun de nous essayait d'entraîner l'autre ; mais Hans semblait s'intéresser peu à la question dans laquelle son existence se trouvait en jeu, prêt à partir si l'on donnait le signal du départ, prêt à rester à la moindre volonté de son maître.

Que ne pouvais-je en cet instant me faire entendre de lui ! Mes paroles, mes gémissements, mon accent auraient eu raison de cette froide nature. Ces dangers que le guide ne paraissait pas soupçonner, je les lui eusse fait comprendre et toucher du doigt. A nous deux nous aurions peut-être convaincu l'entêté professeur. Au besoin, nous l'aurions contraint à regagner les hauteurs du Sneffels !

Je m'approchai de Hans. Je mis ma main sur la sienne. Il ne bougea pas. Je lui montrai la route du cratère. Il demeura immobile. Ma figure haletante disait toutes mes souffrances. L'Islandais remua doucement la tête, et désignant tranquillement mon oncle :

« Master, fit-il.

– Le maître ! m'écriai-je, insensé ! non, il n'est pas le maître de ta vie ! il faut fuir ! il faut l'entraîner ! m'entends-tu ? me comprends-tu ? »

J'avais saisi Hans par le bras. Je voulais l'obliger à se lever. Je luttais avec lui. Mon oncle intervint.

« Du calme, Axel, dit-il. Tu n'obtiendras rien de cet impassible serviteur. Ainsi, écoute ce que j'ai à te proposer. »

Je me croisai les bras, en regardant mon oncle bien en face.

« Le manque d'eau, dit-il, met seul obstacle à l'accomplissement de mes projets. Dans cette galerie de l'est, faite de laves, de schistes, de houilles, nous n'avons pas rencontré une seule molécule liquide. Ii est possible que nous soyons plus heureux en suivant le tunnel de l'ouest. »

Je secouai la tête avec un air de profonde incrédulité.

« Écoute-moi jusqu'au bout, reprit le professeur en forçant la voix. Pendant que tu gisais ici sans mouvement, j'ai été reconnaître la conformation de cette galerie. Elle s'enfoncc dircctcment dans les entraillcs du globe, et, en peu d'heures, elle nous conduira au massif granitique. Là, nous devons rencontrer des sources abondantes. La nature de la roche le veut ainsi, et l'instinct est d'accord avec la logique pour appuyer ma conviction. Or, voici ce que j'ai à te proposer. Quand Colomb a demandé trois jours à ses équipages pour trouver les terres nouvelles, ses équipages, malades, épouvantés, ont cependant fait droit à sa demande, et il a découvert le nouveau monde. Moi, le Colomb de ces régions souterraines, je ne te demande qu'un jour encore. Si, ce temps écoulé, je n'ai pas rencontré l'eau qui nous manque, je te le jure, nous reviendrons à la surface de la terre. »

En dépit de mon irritation, je fus ému de ces paroles et de la violence que se faisait mon oncle pour tenir un pareil langage.

« Eh bien ! m'écriai-je, qu'il soit fait comme vous le désirez, et que Dieu récompense votre énergie surhumaine. Vous n'avez plus que quelques heures à tenter le sort. En route ! »

XXII

La descente recommença cette fois par la nouvelle galerie. Hans marchait en avant, selon son habitude. Nous n'avions pas fait cent pas, que le professeur, promenant sa lampe le long des murailles s'écriait :

« Voilà les terrains primitifs ! nous sommes dans la bonne voie, marchons ! marchons ! »

Lorsque la terre se refroidit peu à peu aux premiers jours du monde, la diminution de son volume produisit dans l'écorce des dislocations, des ruptures, des retraits, des fendilles. Le couloir actuel était une fissure de ce genre, par laquelle s'épanchait autrefois le granit éruptif. Ses mille détours formaient un inextricable labyrinthe à travers le sol primordial.

A mesure que nous descendions, la succession des couches composant le terrain primitif apparaissait avec plus de netteté. La science géologique considère ce terrain primitif comme la base de l'écorce minérale, et elle a reconnu qu'il se compose de trois couches différentes, les schistes, les gneiss, les micaschistes, reposant sur cette roche inébranlable qu'on appelle le granit.

Or, jamais minéralogistes ne s'étaient rencontrés dans des circonstances aussi merveilleuses pour étudier la nature sur place. Ce que la sonde, machine inintelligente et brutale, ne pouvait rapporter à la surface du globe de sa texture interne, nous allions l'étudier de nos yeux, le toucher de nos mains.

A travers l'étage des schistes, colorés de belles nuances vertes, serpentaient des filons métalliques de cuivre, de manganèse avec quelques traces de platine et d'or. Je songeais à ces richesses enfouies dans les entrailles du globe et dont l'avide humanité n'aura jamais la jouissance ! Ces trésors, les bouleversements des premiers jours les ont enterrés à de telles profondeurs, que ni la pioche, ni le pic ne sauront les arracher à leur tombeau.

Aux schistes succédèrent les gneiss, d'une structure stratiforme, remarquables par la régularité et le parallélisme de leurs feuillets, puis les micaschistes disposés en grandes lamelles rehaussées à l'œil par les scintillations du mica blanc.

La lumière des appareils, répercutée par les petites facettes

Je m'imaginais voyager à travers un diamant.

Rio

de la masse rocheuse, croisait ses jets de feu sous tous les angles, et je m'imaginais voyager à travers un diamant creux, dans lequel les rayons se brisaient en mille éblouissements.

Vers six heures, cette fête de la lumière vint à diminuer sensiblement, presque à cesser ; les parois prirent une teinte cristallisée, mais sombre ; le mica se mélangea plus intimement au feldspath et au quartz, pour former la roche par excellence, la pierre dure entre toutes, celle qui supporte, sans en être écrasée, les quatre étages de terrains du globe. Nous étions murés dans l'immense prison de granit.

Il était huit heures du soir. L'eau manquait toujours. Je souffrais horriblement. Mon oncle marchait en avant. Il ne voulait pas s'arrêter. Il tendait l'oreille pour surprendre les murmures de quelque source. Mais rien !

Cependant mes jambes refusaient de me porter. Je résistais à mes tortures pour ne pas obliger mon oncle à faire halte. C'eût été pour lui le coup du désespoir, car la journée finissait, la dernière qui lui appartînt.

Enfin mes forces m'abandonnèrent. Je poussai un cri et je tombai.

« A moi ! je meurs ! »

Mon oncle revint sur ses pas. Il me considéra en croisant ses bras ; puis ces paroles sourdes sortirent de ses lèvres :

« Tout est fini ! »

Un effrayant geste de colère frappa une dernière fois mes regards, et je fermai les yeux.

Lorsque je les rouvris, j'aperçus mes deux compagnons immobiles et roulés dans leur couverture. Dormaient-ils ? Pour mon compte, je ne pouvais trouver un instant de sommeil. Je souffrais trop, et surtout de la pensée que mon mal devait être sans remède. Les dernières paroles de mon oncle retentissaient dans mon oreille. « Tout était fini ! » car dans un pareil état de faiblesse, il ne fallait même plus songer à regagner la surface du globe.

Il y avait une lieue et demie d'écorce terrestre ! Il me semblait que cette masse pesait de tout son poids sur mes épaules. Je me sentais écrasé, et je m'épuisais en efforts violents pour me retourner sur ma couche de granit.

Quelques heures se passèrent. Un silence profond régnait autour de nous, un silence de tombeau. Rien n'arrivait à travers ces murailles dont la plus mince mmesurait cinq milles d'épaisseur.

Cependant, au milieu de mon assoupissement, je crus entendre un bruit. L'obscurité se faisait dans le tunnel. Je regardai plus attentivement, et il me sembla voir l'Islandais qui disparaissait, la lampe à la main.

Pourquoi ce départ ? Hans nous abandonnait-il ? Mon oncle dormait. Je voulus crier. Ma voix ne put trouver passage entre mes lèvres desséchées. L'obscurité était devenue profonde, et les derniers bruits venaient de s'éteindre.

« Hans nous abandonne ! m'écriai-je. Hans ! Hans ! »

Ces mots, je les criais en moi-même. Ils n'allaient pas plus loin. Cependant, après le premier instant de terreur, j'eus honte de mes soupçons contre un homme dont la conduite n'avait rien eu jusque-là de suspect. Son départ ne pouvait être une fuite. Au lieu de remonter la galerie il la descendait. De mauvais desseins l'eussent entraîné en haut, non en bas. Ce raisonnement me calma un peu, et je revins à un autre ordre d'idées. Hans, cet homme paisible, un motif grave avait pu seul l'arracher à son repos. Allait-il donc à la découverte ? Avait-il entendu pendant la nuit silencieuse quelque murmure dont la perception n'était pas arrivée jusqu'à moi ?

XXIII

Pendant une heure, j'imaginai dans mon cerveau en délire toutes les raisons qui avaient pu faire agir le tranquille chasseur. Les idées les plus absurdes s'enchevêtrèrent dans ma tête. Je crus que j'allais devenir fou !

Mais enfin un bruit de pas se produisit dans les profondeurs du gouffre. Hans remontait. La lumière incertaine commençait à glisser sur les parois, puis elle déboucha par l'orifice du couloir. Hans parut.

Il s'approcha de mon oncle, lui mit la main sur l'épaule et l'éveilla doucement. Mon oncle se leva.

« Qu'est-ce donc ? fit-il.

– « Vatten », répondit le chasseur.

Il faut croire que, sous l'inspiration des violentes douleurs, chacun devint polyglotte. Je ne savais pas un seul mot de danois, et cependant je compris d'instinct le mot de notre guide.

« De l'eau ! de l'eau ! m'écriai-je, battant des mains, gesticulant comme un insensé.

– De l'eau ! répétait mon oncle. « Hvar ? » demanda-t-il à l'Islandais.

– « Nedat », répondit Hans.

Où ? En bas ! Je comprenais tout. J'avais saisi les mains du chasseur, et je les pressais, tandis qu'il me regardait avec calme.

Les préparatifs du départ ne furent pas longs, et bientôt nous cheminions dans un couloir dont la pente atteignait deux pieds par toise.

Une heure plus tard, nous avions fait mille toises environ et descendu deux mille pieds.

En ce moment, j'entendis distinctement un son inaccoutumé courir dans les flancs de la muraille granitique, une sorte de mugissement sourd, comme un tonnerre éloigné. Pendant cette première demi-heure de marche, ne rencontrant point la source annoncée, je sentais les angoisses me reprendre ; mais alors mon oncle m'apprit l'origine des bruits qui se produisaient.

« Hans ne s'est pas trompé, dit-il, ce que tu entends là, c'est le mugissement d'un torrent.

– Un torrent ? m'écriai-je.

– Il n'y a pas à en douter. Un fleuve souterrain circule autour de nous ! »

Nous hâtâmes le pas, surexcités par l'espérance. Je ne sentais plus ma fatigue. Ce bruit d'une eau murmurante me rafraîchissait déjà. Il augmentait sensiblement. Le torrent, après s'être longtemps soutenu au-dessus de notre tête, courait maintenant dans la paroi de gauche, mugissant et bondissant. Je passais fréquemment ma main sur le roc, espérant y trouver des traces de suintement ou d'humidité. Mais en vain.

Une demi-heure s'écoula encore. Une demi-lieue fut encore franchie.

Il devint alors évident que le chasseur, pendant son

absence, n'avait pu prolonger ses recherches au-delà. Guidé par un instinct particulier aux montagnards, aux hydroscopes, il « sentit » ce torrent à travers le roc, mais certainement il n'avait point vu le précieux liquide ; il ne s'y était pas désaltéré.

Bientôt même il fut constant que, si notre marche continuait, nous nous éloignerions du courant dont le murmure tendait à diminuer.

On rebroussa chemin. Hans s'arrêta à l'endroit précis où le torrent semblait être le plus rapproché.

Je m'assis près de la muraille, tandis que les eaux couraient à deux pieds de moi avec une violence extrême. Mais un mur de granit nous en séparait encore.

Sans réfléchir, sans me demander si quelque moyen n'existait pas de se procurer cette eau, je me laissai aller à un premier moment de désespoir.

Hans me regarda, et je crus voir un sourire apparaître sur ses lèvres.

Il se leva et prit la lampe. Je le suivis. Il se dirigea vers la muraille. Je le regardai faire. Il colla son oreille sur la pierre sèche, et la promena lentement en écoutant avec grand soin. Je compris qu'il cherchait le point précis où le torrent se faisait entendre plus bruyamment. Ce point, il le rencontra dans la paroi latérale de gauche, à trois pieds au-dessus du sol.

Combien j'étais ému ! Je n'osais deviner ce que voulait faire le chasseur ! Mais il fallut bien le comprendre et l'applaudir, et le presser de mes caresses, quand je le vis saisir son pic pour attaquer la roche elle-même.

« Sauvés ! m'écriai-je.

– Oui, répétait mon oncle avec frénésie, Hans a raison ! Ah ! le brave chasseur ! Nous n'aurions pas trouvé cela ! »

Je le crois bien ! Un pareil moyen, quelque simple qu'il fût, ne nous serait pas venu à l'esprit. Rien de plus dangereux que de donner un coup de pioche dans cette charpente du globe. Et si quelque éboulement allait se produire qui nous écraserait ! Et si le torrent, se faisant jour à travers le roc, allait nous envahir ! Ces dangers n'avaient rien de chimérique ; mais alors les craintes d'éboulement ou d'inondation ne pouvaient nous arrêter, et notre soif était si intense que pour l'apaiser nous eussions creusé au lit même de l'Océan.

Un jet d'eau s'élança de la muraille.

Hans se mit à ce travail, que ni mon oncle ni moi nous n'eussions accompli. L'impatience emportant notre main, la roche eût volé en éclats sous ses coups précipités. Le guide, au contraire, calme et modéré, usa peu à peu le rocher par une série de petits coups répétés, creusant une ouverture large de six pouces. J'entendais le bruit du torrent s'accroître, et je croyais déjà sentir l'eau bienfaisante rejaillir sur mes lèvres.

Bientôt le pic s'enfonça de deux pieds dans la muraille de granit. Le travail durait depuis plus d'une heure. Je me tordais d'impatience ! Mon oncle voulait employer les grands moyens. J'eus de la peine à l'arrêter, et déjà il saisissait son pic, quand soudain un sifflement se fit entendre. Un jet d'eau s'élança de la muraille et vint se briser sur la paroi opposée.

Hans, à demi renversé par le choc, ne put retenir un cri de douleur. Je le compris lorsque, plongeant mes mains dans le jet liquide, je poussai à mon tour une violente exclamation. La source était bouillante.

« De l'eau à cent degrés ! m'écriai-je.

– Eh bien, elle refroidira », répondit mon oncle.

Le couloir s'emplissait de vapeurs, tandis qu'un ruisseau se formait et allait se perdre dans les sinuosités souterraines ; bientôt nous y puisions notre première gorgée.

Ah ! quelle jouissance ! Quelle incomparable volupté ! Qu'était cette eau ? D'où venait-elle ? Peu importait. C'était de l'eau, et, quoique chaude encore, elle ramenait au cœur la vie prête à s'échapper. Je buvais sans m'arrêter, sans goûter même.

Ce ne fut qu'après une minute de délectation que je m'écriai :

« Mais c'est de l'eau ferrugineuse !

– Excellente pour l'estomac, répliqua mon oncle, et d'une haute minéralisation ! Voilà un voyage qui vaudra celui de Spa ou de Tœplitz !

– Ah ! que c'est bon !

– Je le crois bien, une eau puisée à deux lieues sous terre ! Elle a un goût d'encre qui n'a rien de désagréable. Une fameuse ressource que Hans nous a procurée là ! Aussi je propose de donner son nom à ce ruisseau salutaire.

– Bien ! » m'écriai-je.

Et le nom de « Hans-bach » fut aussitôt adopté.

Hans n'en fut pas plus fier. Après s'être modérément rafraîchi, il s'accota dans un coin avec son calme accoutumé.

« Maintenant, dis-je, il ne faudrait pas laisser perdre cette eau.

– A quoi bon ? répondit mon oncle, je soupçonne la source d'être intarissable.

– Qu'importe ! remplissons l'outre et les gourdes, puis nous essaierons de boucher l'ouverture. »

Mon conseil fut suivi. Hans, au moyen d'éclats de granit et d'étoupe, essaya d'obstruer l'entaille faite à la paroi. Ce ne fut pas chose facile. On se brûlait les mains sans y parvenir ; la pression était trop considérable, et nos efforts demeurèrent infructueux.

« Il est évident, dis-je, que les nappes supérieures de ce cours d'eau sont situées à une grande hauteur, à en juger par la force du jet.

– Cela n'est pas douteux, répliqua mon oncle ; il y a là mille atmosphères de pression, si cette colonne d'eau a trente-deux mille pieds de hauteur. Mais il me vient une idée.

– Laquelle ?

– Pourquoi nous entêter à boucher cette ouverture ?

– Mais, parce que... »

J'aurais été embarrassé de trouver une raison.

« Quand nos gourdes seront vides, sommes-nous assurés de pouvoir les remplir ?

– Non, évidemment.

– Eh bien, laissons couler cette eau ! Elle descendra naturellement et guidera ceux qu'elle rafraîchira en route !

– Voilà qui est bien imaginé ! m'écriai-je, et avec ce ruisseau pour compagnon, il n'y a plus aucune raison pour ne pas réussir dans nos projets.

– Ah ! tu y viens, mon garçon, dit le professeur en riant.

– Je fais mieux que d'y venir, j'y suis.

– Un instant ! Commençons par prendre quelques heures de repos. »

J'oubliais vraiment qu'il fît nuit. Le chronomètre se chargea de me l'apprendre. Bientôt chacun de nous, suffisamment restauré et rafraîchi, s'endormit d'un profond sommeil.

Nous descendions une sorte de vis tournante.

XXIV

Le lendemain, nous avions déjà oublié nos douleurs passées. Je m'étonnai tout d'abord de n'avoir plus soif, et j'en demandai la raison. Le ruisseau qui coulait à mes pieds en murmurant se chargea de me répondre.

On déjeuna et l'on but de cette excellente eau ferrugineuse. Je me sentais tout ragaillardi et décidé à aller plus loin. Pourquoi un homme convaincu comme mon oncle ne réussirait-il pas, avec un guide industrieux comme Hans, et un neveu « déterminé » comme moi ? Voilà les belles idées qui se glissaient dans mon cerveau ! On m'eût proposé de remonter à la cime du Sneffels, que j'aurais refusé avec indignation.

Mais il n'était heureusement question que de descendre.

« Partons ! » m'écriai-je, éveillant par mes accents enthousiastes les vieux échos du globe.

La marche fut reprise le jeudi à huit heures du matin. Le couloir de granit, se contournant en sinueux détours, présentait des coudes inattendus, et affectait l'imbroglio d'un labyrinthe ; mais, en somme, sa direction principale était toujours le sud-est. Mon oncle ne cessait de consulter avec le plus grand soin sa boussole, pour se rendre compte du chemin parcouru.

La galerie s'enfonçait presque horizontalement, avec deux pouces de pente par toise, tout au plus. Le ruisseau coulait sans précipitation en murmurant sous nos pieds. Je le comparais à quelque génie familier qui nous guidait à travers la terre, et de la main je caressais la tiède naïade dont les chants accompagnaient nos pas. Ma bonne humeur prenait volontiers une tournure mythologique.

Quant à mon oncle, il pestait contre l'horizontalité de la route, lui, « l'homme des verticales ». Son chemin s'allongeait indéfiniment, et au lieu de glisser le long du rayon terrestre, suivant son expression, il s'en allait par l'hypoténuse. Mais nous n'avions pas le choix, et tant que l'on gagnait vers le centre, si peu que ce fût, il ne fallait pas se plaindre.

D'ailleurs, de temps en temps, les pentes s'abaissaient ; la naïade se mettait à dégringoler en mugissant, et nous descendions plus profondément avec elle.

En somme, ce jour-là et le lendemain, on fit beaucoup de chemin horizontal, et relativement peu de chemin vertical.

Le vendredi soir, 10 juillet, d'après l'estime, nous devions être à trente lieues au sud-est de Reykjawik et à une profondeur de deux lieues et demie.

Sous nos pieds s'ouvrit alors un puits assez effrayant. Mon oncle ne put s'empêcher de battre des mains en calculant la roideur de ses pentes.

« Voilà qui nous mènera loin, s'écria-t-il, et facilement, car les saillies du roc font un véritable escalier ! »

Les cordes furent disposées par Hans de manière à prévenir tout accident. La descente commença. Je n'ose l'appeler périlleuse, car j'étais déjà familiarisé avec ce genre d'exercice.

Ce puits était une fente étroite pratiquée dans le massif, du genre de celles qu'on appelle « faille ». La contraction de la charpente terrestre, à l'époque de son refroidissement, l'avait évidemment produite. Si elle servit autrefois de passage aux matières éruptives vomies par le Sneffels, je ne m'expliquais pas comment celles-ci n'y laissèrent aucune trace. Nous descendions une sorte de vis tournante qu'on eût crue faite de la main des hommes.

De quart d'heure en quart d'heure, il fallait s'arrêter pour prendre un repos nécessaire et rendre à nos jarrets leur élasticité. On s'asseyait alors sur quelque saillie, les jambes pendantes, on causait en mangeant, et l'on se désaltérait au ruisseau.

Il va sans dire que, dans cette faille, le Hans-bach s'était fait cascade au détriment de son volume ; mais il suffisait et au-delà à étancher notre soif ; d'ailleurs, avec les déclivités moins accusées, il ne pouvait manquer de reprendre son cours paisible. En ce moment, il me rappelait mon digne oncle, ses impatiences et ses colères, tandis que, par les pentes adoucies, c'était le calme du chasseur islandais.

Le 11 et le 12 juillet, nous suivîmes les spirales de cette faille, pénétrant encore de deux lieues dans l'écorce terrestre, ce qui faisait près de cinq lieues au-dessous du niveau de la mer. Mais, le 13, vers midi, la faille prit, dans la direction du sud-est, une inclinaison beaucoup plus douce, environ de quarante-cinq degrés.

Le chemin devint alors aisé et d'une parfaite monotonie.

Il était difficile qu'il en fût autrement. Le voyage ne pouvait être varié par les incidents du paysage.

Enfin, le mercredi 15, nous étions à sept lieues sous terre et à cinquante lieues environ du Sneffels. Bien que nous fussions un peu fatigués, nos santés se maintenaient dans un état rassurant, et la pharmacie de voyage était encore intacte.

Mon oncle notait heure par heure les indications de la boussole, du chronomètre, du manomètre et du thermomètre, celles-là mêmes qu'il a publiées dans le récit scientifique de son voyage. Il pouvait donc se rendre facilement compte de sa situation. Lorsqu'il m'apprit que nous étions à une distance horizontale de cinquante lieues, je ne pus retenir une exclamation.

« Qu'as-tu donc ? demanda-t-il.

– Rien, seulement je fais une réflexion.

– Laquelle, mon garçon ?

– C'est que, si vos calculs sont exacts, nous ne sommes plus sous l'Islande.

– Crois-tu ?

– Il est facile de nous en assurer. »

Je pris mes mesures au compas sur la carte.

« Je ne me trompais pas, dis-je. Nous avons dépassé le cap Portland, et ces cinquante lieues dans le sud-est nous mettent en pleine mer.

– Sous la pleine mer, répliqua mon oncle en se frottant les mains.

– Ainsi, m'écriai-je, l'Océan s'étend au-dessus de notre tête !

– Bah ! Axel, rien de plus naturel ! N'y a-t-il pas à Newcastle des mines de charbon qui s'avancent au loin sous les flots ? »

Le professeur pouvait trouver cette situation fort simple, mais la pensée de me promener sous la masse des eaux ne laissa pas de me préoccuper. Et cependant, que les plaines et les montagnes de l'Islande fussent suspendues sur notre tête, ou les flots de l'Atlantique, cela différait peu, en somme, du moment que la charpente granitique était solide. Du reste, je m'habituai promptement à cette idée, car le couloir, tantôt droit, tantôt sinueux, capricieux dans ses pentes comme dans ses détours, mais toujours courant au sud-est, et toujours s'enfonçant davantage, nous conduisit rapidement à de grandes profondeurs.

Quatre jours plus tard, le samedi 18 juillet, le soir, nous arrivâmes à une espèce de grotte assez vaste ; mon oncle remit à Hans ses trois rixdales hebdomadaires, et il fut décidé que le lendemain serait un jour de repos.

XXV

Je me réveillai donc, le dimanche matin, sans cette préoccupation habituelle d'un départ immédiat. Et, quoique ce fût au plus profond des abîmes, cela ne laissait pas d'être agréable. D'ailleurs, nous étions faits à cette existence de troglodytes. Je ne pensais guère au soleil, aux étoiles, à la lune, aux arbres, aux maisons, aux villes, à toutes ces superfluités terrestres dont l'être sublunaire s'est fait une nécessité. En notre qualité de fossiles, nous faisions fi de ces inutiles merveilles.

La grotte formait une vaste salle. Sur son sol granitique coulait doucement le ruisseau fidèle. A une pareille distance de sa source, son eau n'avait plus que la température ambiante et se laissait boire sans difficulté.

Après le déjeuner, le professeur voulut consacrer quelques heures à mettre en ordre ses notes quotidiennes.

« D'abord, dit-il, je vais faire des calculs, afin de relever exactement notre situation ; je veux pouvoir, au retour, tracer une carte de notre voyage, une sorte de section verticale du globe, qui donnera le profil de l'expédition.

– Ce sera fort curieux, mon oncle ; mais vos observations auront-elles un degré suffisant de précision ?

– Oui. J'ai noté avec soin les angles et les pentes. Je suis sûr de ne point me tromper. Voyons d'abord où nous sommes. Prends la boussole et observe la direction qu'elle indique. »

Je regardai l'instrument, et, après un examen attentif, je répondis :

« Est-quart-sud-est.

– Bien ! fit le professeur, notant l'observation et établissant quelques calculs rapides. J'en conclus que nous avons fait quatre-vingt-cinq lieues depuis notre point de départ.

– Ainsi nous voyageons sous l'Atlantique ?

– Parfaitement.

– Et dans ce moment une tempête s'y déchaîne peut-être, et des navires sont secoués sur notre tête par les flots et l'ouragan ?

– Cela se peut.

– Et les baleines viennent frapper de leur queue les murailles de notre prison ?

– Sois tranquille, Axel, elles ne parviendront pas à l'ébranler. Mais revenons à nos calculs. Nous sommes dans le sud-est, à quatre-vingt-cinq lieues de la base du Sneffels, et, d'après mes notes précédentes, j'estime à seize lieues la profondeur atteinte.

– Seize lieues ! m'écriai-je.

– Sans doute.

– Mais c'est l'extrême limite assignée par la science à l'épaisseur de l'écorce terrestre.

– Je ne dis pas non.

– Et ici, suivant la loi de l'accroissement de la température, une chaleur de quinze cents degrés devrait exister.

– « Devrait », mon garçon.

– Et tout ce granit ne pourrait se maintenir à l'état solide et serait en pleine fusion.

– Tu vois qu'il n'en est rien et que les faits, suivant leur habitude, viennent démentir les théories.

– Je suis forcé d'en convenir, mais enfin cela m'étonne.

– Qu'indique le thermomètre ?

– Vingt-sept degrés six dixièmes.

– Il s'en manque donc de quatorze cent soixante-quatorze degrés quatre dixièmes que les savants n'aient raison. Donc l'accroissement proportionnel de la température est une erreur. Donc Humphry Davy ne se trompait pas. Donc je n'ai pas eu tort de l'écouter. Qu'as-tu à répondre ?

– Rien. »

A la vérité, j'aurais eu beaucoup de choses à dire. Je n'admettais la théorie de Davy en aucune façon, je tenais toujours pour la chaleur centrale, bien que je n'en ressentisse point les effets. J'aimais mieux admettre, en vérité, que cette cheminée d'un volcan éteint, recouverte par les laves d'un enduit réfractaire, ne permettait pas à la température de se propager à travers ses parois.

Mais, sans m'arrêter à chercher des arguments nouveaux, je me bornai à prendre la situation telle qu'elle était.

« Mon oncle, repris-je, je tiens pour exacts tous vos calculs, mais permettez-moi d'en tirer une conséquence rigoureuse.

– Va, mon garçon, à ton aise.

– Au point où nous sommes, sous la latitude de l'Islande, le rayon terrestre est de quinze cent quatre-vingt-trois lieues à peu près ?

– Quinze cent quatre-vingt-trois lieues et un tiers.

– Mettons seize cents lieues en chiffres ronds. Sur un voyage de seize cents lieues, nous en avons fait douze ?

– Comme tu dis.

– Et cela au prix de quatre-vingt-cinq lieues de diagonale ?

– Parfaitement.

– En vingt jours environ ?

– En vingt jours.

– Or, seize lieues font le centième du rayon terrestre. A continuer ainsi, nous mettrons donc deux mille jours, ou près de cinq ans et demi à descendre ! »

Le professeur ne répondit pas.

« Sans compter que, si une verticale de seize lieues s'achète par une horizontale de quatre-vingts, cela fera huit mille lieues dans le sud-est, et il y aura longtemps que nous serons sortis par un point de la circonférence avant d'en atteindre le centre !

– Au diable tes calculs ! répliqua mon oncle avec un mouvement de colère. Au diable tes hypothèses ! Sur quoi reposent-elles ? Qui te dit que ce couloir ne va pas directement à notre but ? D'ailleurs j'ai pour moi un précédent. Ce que je fais là, un autre l'a fait, et où il a réussi je réussirai à mon tour.

– Je l'espère ; mais, enfin, il m'est bien permis...

– Il t'est permis de te taire, Axel, quand tu voudras déraisonner de la sorte. »

Je vis bien que le terrible professeur menaçait de reparaître sous la peau de l'oncle, et je me tins pour averti.

« Maintenant, reprit-il, consulte le manomètre. Qu'indique-t-il ?

– Une pression considérable.

– Bien. Tu vois qu'en descendant doucement, en nous habituant peu à peu à la densité de cette atmosphère, nous n'en souffrons aucunement.

– Aucunement, sauf quelques douleurs d'oreilles.

– Ce n'est rien, et tu feras disparaître ce malaise en mettant l'air extérieur en communication rapide avec l'air contenu dans tes poumons.

– Parfaitement, répondis-je, bien décidé à ne plus contrarier mon oncle. Il y a même un plaisir véritable à se sentir plongé dans cette atmosphère plus dense. Avez-vous remarqué avec quelle intensité le son s'y propage ?

– Sans doute. Un sourd finirait par y entendre à merveille.

– Mais cette densité augmentera sans aucun doute ?

– Oui, suivant une loi assez peu déterminée. Il est vrai que l'intensité de la pesanteur diminuera à mesure que nous descendrons. Tu sais que c'est à la surface même de la terre que son action se fait le plus vivement sentir, et qu'au centre du globe les objets ne pèsent plus.

– Je le sais ; mais, dites-moi, cet air ne finira-t-il pas par acquérir la densité de l'eau ?

– Sans doute, sous une pression de sept cent dix atmosphères.

– Et plus bas ?

– Plus bas, cette densité s'accroîtra encore.

– Comment descendrons-nous alors ?

– Eh bien, nous mettrons des cailloux dans nos poches.

– Ma foi, mon oncle, vous avez réponse à tout. »

Je n'osai pas aller plus avant dans le champ des hypothèses, car je me serais encore heurté à quelque impossibilité qui eût fait bondir le professeur.

Il était évident, cependant, que l'air, sous une pression qui pouvait atteindre des milliers d'atmosphères, finirait par passer à l'état solide, et alors, en admettant que nos corps eussent résisté, il faudrait s'arrêter, en dépit de tous les raisonnements du monde.

Mais je ne fis pas valoir cet argument. Mon oncle m'aurait encore riposté son éternel Saknussemm, précédent sans valeur, car, en tenant pour avéré le voyage du savant Islandais, il y avait une chose bien simple à répondre :

Au XVIe siècle, ni le baromètre ni le manomètre n'étaient inventés ; comment donc Saknussemm avait-il pu déterminer son arrivée au centre du globe ?

Mais je gardai cette objection pour moi, et j'attendis les événements.

Le reste de la journée se passa en calculs et en conversation. Je fus toujours de l'avis du professeur Lidenbrock, et j'enviai la parfaite indifférence de Hans, qui, sans tant chercher les effets et les causes, s'en allait aveuglément où le menait la destinée.

XXVI

Il faut l'avouer, les choses jusqu'ici se passaient bien, et j'aurais eu mauvaise grâce à me plaindre. Si la « moyenne » des difficultés ne s'accroissait pas, nous ne pouvions manquer d'atteindre notre but. Et quelle gloire alors ! J'en étais arrivé à faire de ces raisonnements à la Lidenbrock. Sérieusement. Cela tenait-il au milieu étrange dans lequel je vivais ? Peut-être.

Pendant quelques jours, des pentes plus rapides, quelques-unes même d'une effrayante verticalité, nous engagèrent profondément dans le massif interne. Par certaines journées, on gagnait une lieue et demie à deux lieues vers le centre. Descentes périlleuses, pendant lesquelles l'adresse de Hans et son merveilleux sang-froid nous furent très utiles. Cet impassible Islandais se dévouait avec un incompréhensible sans-façon, et, grâce à lui, plus d'un mauvais pas fut franchi dont nous ne serions pas sortis seuls.

Par exemple, son mutisme s'augmentait de jour en jour. Je crois même qu'il nous gagnait. Les objets extérieurs ont une action réelle sur le cerveau. Qui s'enferme entre quatre murs finit par perdre la faculté d'associer les idées et les mots. Que de prisonniers cellulaires devenus imbéciles, sinon fous, par le défaut d'exercice des facultés pensantes !

Pendant les deux semaines qui suivirent notre dernière conversation, il ne se produisit aucun incident digne d'être rapporté. Je ne retrouve dans ma mémoire, et pour cause, qu'un seul événement d'une extrême gravité. Il m'eût été difficile d'en oublier le moindre détail.

Le 7 août, nos descentes successives nous avaient amenés à une profondeur de trente lieues, c'est-à-dire qu'il y avait sur notre tête trente lieues de rocs, d'océan, de continents et de villes. Nous devions être alors à deux cents lieues de l'Islande.

Ce jour-là, le tunnel suivait un plan peu incliné.

Je marchais en avant. Mon oncle portait l'un des deux appareils de Ruhmkorff, et moi l'autre. J'examinais les couches de granit.

Tout à coup, me retournant, je m'aperçus que j'étais seul.

« Bon, pensais-je, j'ai marché trop vite, ou bien Hans et mon oncle se sont arrêtés en route. Allons, il faut les rejoindre. Heureusement le chemin ne monte pas sensiblement. »

Je revins sur mes pas. Je marchai pendant un quart d'heure. Je regardai. Personne. J'appelai. Point de réponse. Ma voix se perdit au milicu des caverneux échos qu'elle éveilla soudain.

Je commençai à me sentir inquiet. Un frisson me parcourut tout le corps.

« Un peu de calme, dis-je à haute voix. Je suis sûr de retrouver mes compagnons. Il n'y a pas deux routes ! Or, j'étais en avant, retournons en arrière. »

Je remontai pendant une demi-heure. J'écoutai si quelque appel ne m'était pas adressé, et, dans cette atmosphère si dense, il pouvait m'arriver de loin. Un silence extraordinaire régnait dans l'immense galerie.

Je m'arrêtai. Je ne pouvais croire à mon isolement. Je voulais bien être égaré, non perdu. Égaré, on se retrouve.

« Voyons, répétai-je, puisqu'il n'y a qu'une route, puisqu'ils la suivent, je dois les rejoindre. Il suffira de remonter encore. A moins que, ne me voyant pas, et oubliant que je les devançais, ils n'aient eu la pensée de revenir en arrière. Eh bien ! même dans ce cas, en me hâtant, je les retrouverai. C'est évident ! »

Je répétai ces derniers mots comme un homme qui n'est pas convaincu. D'ailleurs, pour associer ces idées si simples et les réunir sous forme de raisonnement, je dus employer un temps fort long.

Un doute me prit alors. Étais-je bien en avant ? Certes, Hans me suivait, précédant mon oncle. Il s'était même arrêté pendant quelques instants pour rattacher ses bagages sur son épaule. Ce détail me revenait à l'esprit. C'est à ce moment même que j'avais dû continuer ma route.

« D'ailleurs, pensai-je, j'ai un moyen sûr de ne pas m'égarer, un fil pour me guider dans ce labyrinthe, et qui ne saurait casser, mon fidèle ruisseau. Je n'ai qu'à remonter son cours, et je retrouverai forcément les traces de mes compagnons. »

Ce raisonnement me ranima, et je résolus de me remettre en marche sans perdre un instant.

Combien je bénis alors la prévoyance de mon oncle, lorsqu'il empêcha le chasseur de boucher l'entaille faite à la paroi de granit ! Ainsi cette bienfaisante source, après nous avoir désaltérés pendant la route, allait me guider à travers les sinuosités de l'écorce terrestre.

Avant de remonter, je pensai qu'une ablution me ferait quelque bien.

Je me baissai donc pour plonger mon front dans l'eau du Hans-bach !

Que l'on juge de ma stupéfaction !

Je foulais un granit sec et raboteux ! Le ruisseau ne coulait plus à mes pieds !

XXVII

Je ne puis peindre mon désespoir. Nul mot de la langue humaine ne rendrait mes sentiments. J'étais enterré vif, avec la perspective de mourir dans les tortures de la faim et de la soif.

Machinalement je promenai mes mains brûlantes sur le sol. Que ce roc me sembla desséché !

Mais comment avais-je abandonné le cours du ruisseau ? Car, enfin, il n'était plus là ! Je compris alors la raison de ce silence étrange, quand j'écoutai pour la dernière fois si quelque appel de mes compagnons ne parviendrait pas à mon oreille. Ainsi, au moment où mon premier pas s'engagea dans la route imprudente, je ne remarquai point cette absence du ruisseau. Il est évident qu'à ce moment une bifurcation de la galerie s'ouvrit devant moi, tandis que le Hans-bach, obéissant aux caprices d'une autre pente, s'en allait avec mes compagnons vers des profondeurs inconnues !

Comment revenir ? De traces, il n'y en avait pas. Mon pied ne laissait aucune empreinte sur ce granit. Je me brisais la tête à chercher la solution de cet insoluble problème. Ma situation se résumait en un seul mot : perdu !

Oui ! perdu à une profondeur qui me semblait incommensurable ! Ces trente lieues d'écorce terrestre pesaient sur mes épaules d'un poids épouvantable. Je me sentais écrasé.

J'essayai de ramener mes idées aux choses de la terre. C'est à peine si je pus y parvenir. Hambourg, la maison de Königstrasse, ma pauvre Graüben, tout ce monde sous lequel je m'égarais passa rapidement devant mon souvenir effaré. Je revis dans une vive hallucination les incidents du voyage, la traversée, l'Islande, M. Fridriksson, le Sneffels ! Je me dis que si, dans ma position, je conservais encore l'ombre d'une espérance, ce serait signe de folie, et qu'il valait mieux désespérer !

En effet, quelle puissance humaine pouvait me ramener à la surface du globe et disjoindre ces voûtes énormes qui s'arc-boutaient au-dessus de ma tête ? Qui pouvait me remettre sur la route du retour et me réunir à mes compagnons ?

« Oh ! mon oncle ! » m'écriai-je avec l'accent du désespoir.

Ce fut le seul mot de reproche qui me vint aux lèvres, car je compris ce que le malheureux homme devait souffrir en me cherchant à son tour.

Quand je me vis ainsi en dehors de tout secours humain, incapable de rien tenter pour mon salut, je songeai aux secours du Ciel. Les souvenirs de mon enfance, ceux de ma mère que je n'avais connue qu'au temps des baisers, revinrent à ma mémoire. Je recourus à la prière, quelque peu de droits que j'eusse d'être entendu du Dieu auquel je m'adressais si tard, et je l'implorai avec ferveur.

Ce retour vers la Providence me rendit un peu de calme, et je pus concentrer sur ma situation toutes les forces de mon intelligence.

J'avais pour trois jours de vivres, et ma gourde était

pleine. Cependant je ne pouvais rester seul plus longtemps. Mais fallait-il monter ou descendre ?

Monter évidemment ! monter toujours !

Je devais arriver au point où j'avais abandonné la source, à la funeste bifurcation. Là, une fois le ruisseau sous les pieds, je pourrais toujours regagner le sommet du Sneffels.

Comment n'y avais-je pas songé plus tôt ! Il y avait évidemment là une chance de salut. Le plus pressé était donc de retrouver le cours du Hans-bach.

Je me levai et, m'appuyant sur mon bâton ferré, je remontai la galerie. La pente en était assez roide. Je marchais avec espoir et sans embarras, comme un homme qui n'a pas le choix du chemin à suivre.

Pendant une demi-heure, aucun obstacle n'arrêta mes pas. J'essayais de reconnaître ma route à la forme du tunnel, à la saillie de certaines roches, à la disposition des anfractuosités. Mais aucun signe particulier ne frappait mon esprit, et je reconnus bientôt que cette galerie ne pouvait me ramener à la bifurcation. Elle était sans issue. Je me heurtai contre un mur impénétrable, et je tombai sur le roc.

De quelle épouvante, de quel désespoir je fus saisi alors, je ne saurais le dire. Je demeurai anéanti. Ma dernière espérance venait de se briser contre cette muraille de granit.

Perdu dans ce labyrinthe dont les sinuosités se croisaient en tous sens, je n'avais plus à tenter une fuite impossible. Il fallait mourir de la plus effroyable des morts ! Et, chose étrange, il me vint à la pensée que, si mon corps fossilisé se retrouvait un jour, sa rencontre à trente lieues dans les entrailles de la terre soulèverait de graves questions scientifiques !

Je voulus parler à voix haute, mais de rauques accents passèrent seuls entre mes lèvres desséchées. Je haletais.

Au milieu de ces angoisses, une nouvelle terreur vint s'emparer de mon esprit. Ma lampe s'était faussée en tombant. Je n'avais aucun moyen de la réparer. Sa lumière pâlissait et allait me manquer !

Je regardai le courant lumineux s'amoindrir dans le serpentin de l'appareil. Une procession d'ombres mouvantes se déroula sur les parois assombries. Je n'osais plus abaisser ma paupière, craignant de perdre le moindre atome de cette clarté fugitive ! A chaque instant il me semblait qu'elle allait s'évanouir et que « le noir » m'envahissait.

Enfin une dernière lueur trembla dans la lampe. Je la suivis, je l'aspirai du regard, je concentrai sur elle toute la puissance de mes yeux, comme sur la dernière sensation de lumière qu'il leur fût donné d'éprouver, et je demeurai plongé dans les ténèbres immenses.

Quel cri terrible m'échappa ! Sur terre, au milieu des plus profondes nuits la lumière n'abandonne jamais entièrement ses droits ! Elle est diffuse, elle est subtile, mais, si peu qu'il en reste, la rétine de l'œil finit par la percevoir ! Ici, rien. L'ombre absolue faisait de moi un aveugle dans toute l'acception du mot.

Alors ma tête se perdit. Je me relevai les bras en avant, essayant les tâtonnements les plus douloureux. Je me pris à fuir, précipitant mes pas au hasard dans cet inextricable labyrinthe, descendant toujours, courant à travers la croûte terrestre, comme un habitant des failles souterraines, appelant, criant, hurlant, bientôt meurtri aux saillies des rocs, tombant et me relevant ensanglanté, cherchant à boire ce sang qui m'inondait le visage, et attendant toujours que quelque muraille vînt offrir à ma tête un obstacle pour s'y briser !

Où me conduisit cette course insensée ? Je l'ignorerai toujours. Après plusieurs heures, sans doute à bout de forces, je tombai comme une masse inerte le long de la paroi, et je perdis tout sentiment d'existence !

XXVIII

Quand je revins à la vie, mon visage était mouillé, mais mouillé de larmes. Combien dura cet état d'insensibilité, je ne saurais le dire. Je n'avais plus aucun moyen de me rendre compte du temps. Jamais solitude ne fut semblable à la mienne, jamais abandon si complet !

Après ma chute, j'avais perdu beaucoup de sang. Je m'en sentais inondé ! Ah ! combien je regrettai de n'être pas mort « et que ce fût encore à faire » ! Je ne voulais plus penser. Je chassai toute idée et, vaincu par la douleur, je me roulai près de la paroi opposée.

Déjà je sentais l'évanouissement me reprendre, et, avec lui, l'anéantissement suprême, quand un bruit violent vint frapper mon oreille. Il ressemblait au roulement prolongé du tonnerre, et j'entendis les ondes sonores se perdre peu à peu dans les lointaines profondeurs du gouffre.

D'où provenait ce bruit ? De quelque phénomène sans doute, qui s'accomplissait au sein du massif terrestre ! L'explosion d'un gaz, ou la chute de quelque puissante assise du globe !

J'écoutai encore. Je voulus savoir si ce bruit se renouvellerait. Un quart d'heure se passa. Le silence régnait dans la galerie. Je n'entendais même plus les battements de mon cœur.

Tout à coup mon oreille, appliquée par hasard sur la muraille, crut surprendre des paroles vagues, insaisissables, lointaines. Je tressaillis.

« C'est une hallucination ! » pensai-je.

Mais non. En écoutant avec plus d'attention, j'entendis réellement un murmure de voix. Mais de comprendre ce qui se disait, c'est ce que ma faiblesse ne me permit pas. Cependant on parlait. J'en étais certain.

J'eus un instant la crainte que ces paroles ne fussent les miennes, rapportées par un écho. Peut-être avais-je crié à mon insu. Je fermai fortement les lèvres et j'appliquai de nouveau mon oreille à la paroi.

« Oui, certes, on parle ! on parle ! »

En me portant même à quelques pieds plus loin le long de la muraille, j'entendis distinctement. Je parvins à saisir des mots incertains, bizarres, incompréhensibles. Ils m'arrivaient comme s'ils eussent été prononcés à voix-basse, murmurés, pour ainsi dire. Le mot « forloräd » était plusieurs fois répété, avec un accent de douleur.

Que signifiait-il ? Qui le prononçait ? Mon oncle ou Hans, évidemment. Mais si je les entendais, ils pouvaient donc m'entendre.

« A moi ! criai-je de toutes mes forces, à moi ! »

J'écoutai, j'épiai dans l'ombre une réponse, un cri, un soupir. Rien ne se fit entendre. Quelques minutes se passèrent. Tout un monde d'idées avait éclos dans mon esprit. Je

« Axel ! Axel ! est-ce toi ? ».

pensai que ma voix affaiblie ne pouvait arriver jusqu'à mes compagnons.

« Car ce sont eux, répétai-je. Quels autres hommes seraient enfouis à trente lieues sous terre ? »

Je me remis à écouter. En promenant mon oreille sur la paroi, je trouvai un point mathématique où les voix paraissaient atteindre leur maximum d'intensité. Le mot « forloräd » revint encore à mon oreille ; puis ce roulement de tonnerre qui m'avait tiré de ma torpeur.

« Non, dis-je, non. Ce n'est point à travers le massif que ces voix se font entendre. La paroi est faite de granit, et elle ne permettrait pas à la plus forte détonation de la traverser ! Ce bruit arrive par la galerie même ! Il faut qu'il y ait là un effet d'acoustique tout particulier ! »

J'écoutai de nouveau, et cette fois, oui ! cette fois ! j'entendis mon nom distinctement jeté à travers l'espace !

C'était mon oncle qui le prononçait ! Il causait avec le guide, et le mot « forloräd » était un mot danois !

Alors je compris tout. Pour me faire entendre, il fallait précisément parler le long de cette muraille qui servirait à conduire ma voix comme le fil conduit l'électricité.

Mais je n'avais pas de temps à perdre. Que mes compagnons se fussent éloignés de quelques pas, et le phénomène d'acoustique eût été détruit. Je m'approchai donc de la muraille, et je prononçai ces mots, aussi distinctement que possible :

« Mon oncle Lidenbrock ! »

J'attendis dans la plus vive anxiété. Le son n'a pas une rapidité extrême. La densité des couches d'air n'accroît même pas sa vitesse ; elle n'augmente que son intensité. Quelques secondes, des siècles, se passèrent, et enfin ces paroles arrivèrent à mon oreille.

« Axel, Axel ! est-ce toi ? »

. . . .

« Oui ! oui ! » répondis-je.

. . . .

« Mon enfant, où es-tu ? »

. . . .

« Perdu, dans la plus profonde obscurité ! »

. . . .

« Mais ta lampe ? »

. . . .

« Éteinte. »

. . . .

« Et le ruisseau ? »

. . . .

« Disparu. »

. . . .

« Axel, mon pauvre Axel, reprends courage ! »

. . . .

« Attendez un peu, je suis épuisé ! Je n'ai plus la force de répondre. Mais parlez-moi ! »

. . . .

« Courage, reprit mon oncle. Ne parle pas, écoute-moi. Nous t'avons cherché en remontant et en descendant la galerie. Impossible de te trouver. Ah ! je t'ai bien pleuré, mon enfant ! Enfin, te supposant toujours sur le chemin du Hans-bach, nous sommes redescendus en tirant des coups de fusil. Maintenant, si nos voix peuvent se réunir, pur effet d'acoustique ! nos mains ne peuvent se toucher ! Mais ne te désespère pas, Axel ! C'est déjà quelque chose de s'entendre ! »

. . . .

Pendant ce temps j'avais réfléchi. Un certain espoir, vague encore, me revenait au cœur. Tout d'abord, il y avait une chose qu'il m'importait de connaître. J'approchai donc mes lèvres de la muraille, et je dis :

« Mon oncle ? »

. . . .

« Mon enfant ? » me fut-il répondu après quelques instants.

. . . .

« Il faut d'abord savoir quelle distance nous sépare. »

. . . .

« Cela est facile. »

. . . .

« Vous avez votre chronomètre ? »

. . . .

« Oui. »

. . . .

« Eh bien, prenez-le. Prononcez mon nom en notant exactement la seconde où vous parlerez. Je le répéterai dès qu'il me parviendra, et vous observerez également le moment précis auquel vous arrivera ma réponse. »

. . . .

« Bien, et la moitié du temps compris entre ma demande et ta réponse indiquera celui que ma voix emploie pour arriver jusqu'à toi. »

. . . .

« C'est cela, mon oncle. »

. . . .

« Es-tu prêt ? »

. . . .

« Oui. »

. . . .

« Eh bien, fais attention, je vais prononcer ton nom. »

. . . .

J'appliquai mon oreille sur la paroi et dès que le mot « Axel » me parvint, je répondis immédiatement « Axel », puis j'attendis.

. . . .

« Quarante secondes, dit alors mon oncle. Il s'cst écoulé quarante secondes entre les deux mots ; lé son met donc vingt secondes à monter. Or, à mille vingt pieds par seconde, cela fait vingt mille quatre cents pieds, ou une lieue et demie et un huitième. »

. . . .

« Une lieue et demie ! » murmurai-je.

. . . .

« Eh ! cela se franchit, Axel ! »

. . . .

« Mais faut-il monter ou descendre ? »

. . . .

« Descendre, et voici pourquoi. Nous sommes arrivés à un vaste espace, auquel aboutissent un grand nombre de galeries. Celle que tu as suivie ne peut manquer de t'y conduire, car il semble que toutes ces fentes, ces fractures du globe, rayonnent autour de l'immense caverne que nous occupons. Relève-toi donc et reprends ta route. Marche, traîne-toi, s'il le faut, glisse sur les pentes rapides, et tu trouveras nos bras pour te recevoir au bout du chemin. En route, mon enfant, en route ! »

. . . .

Ces paroles me ranimèrent.

« Adieu, mon oncle, m'écriai-je ; je pars. Nos voix ne

pourront plus communiquer entre elles, du moment que j'aurai quitté cette place ! Adieu donc ! »

. . . .

« Au revoir, Axel ! au revoir ! »

. . . .

Tels furent les derniers mots que j'entendis.

Cette surprenante conversation faite au travers de la masse terrestre, échangée à plus d'une lieue de distance, se termina sur ces paroles d'espoir. Je fis une prière de reconnaissance à Dieu, car il m'avait conduit parmi ces immensités sombres au seul point peut-être où la voix de mes compagnons pouvait me parvenir.

Cet effet d'acoustique très étonnant s'expliquait facilement par les seules lois physiques ; il provenait de la forme du couloir et de la conductibilité de la roche. Il y a bien des exemples de cette propagation de sons non perceptibles aux espaces intermédiaires. Je me souviens qu'en maint endroit ce phénomène fut observé, entre autres, dans la galerie intérieure du dôme de Saint-Paul à Londres, et surtout au milieu de ces curieuses cavernes de Sicile, ces latomies situées près de Syracuse, dont la plus merveilleuse en ce genre est connue sous le nom d'Oreille de Denys.

Ces souvenirs me revinrent à l'esprit, et je vis clairement que, puisque la voix de mon oncle arrivait jusqu'à moi, aucun obstacle n'existait entre nous. En suivant le chemin du son, je devais logiquement arriver comme lui, si les forces ne me trahissaient pas.

Je me levai donc. Je me traînai plutôt que je ne marchai. La pente était assez rapide. Je me laissai glisser.

Bientôt la vitesse de ma descente s'accrut dans une effrayante proportion, et menaçait de ressembler à une chute. Je n'avais plus la force de m'arrêter.

Tout à coup le terrain manqua sous mes pieds. Je me sentis rouler en rebondissant sur les aspérités d'une galerie verticale, un véritable puits. Ma tête porta sur un roc aigu, et je perdis connaissance.

XXIX

Lorsque je revins à moi, j'étais dans une demi-obscurité, étendu sur d'épaisses couvertures. Mon oncle veillait, épiant sur mon visage un reste d'existence. A mon premier soupir, il me prit la main ; à mon premier regard il poussa un cri de joie.

« Il vit ! il vit ! s'écria-t-il.

– Oui, répondis-je d'une voix faible.

– Mon enfant, dit mon oncle en me serrant sur sa poitrine, te voilà sauvé ! »

Je fus vivement touché de l'accent dont furent prononcées ces paroles, et plus encore des soins qui les accompagnèrent. Mais il fallait de telles épreuves pour provoquer chez le professeur un pareil épanchement.

En cc moment Hans arriva. Il vit ma main dans celle de mon oncle ; j'ose affirmer que ses yeux exprimèrent un vif contentement.

« God dag, dit-il.

– Bonjour, Hans, bonjour, murmurai-je. Et maintenant, mon oncle, apprenez-moi où nous sommes en ce moment.

– Demain, Axel, demain ; aujourd'hui tu es encore trop faible ; j'ai entouré ta tête de compresses qu'il ne faut pas déranger ; dors donc, mon garçon, et demain tu sauras tout.

– Mais au moins, repris-je, quelle heure, quel jour est-il ?

– Onze heures du soir, c'est aujourd'hui dimanche, 9 août, et je ne te permets plus de m'interroger avant le 10 du présent mois. »

En vérité, j'étais bien faible, et mes yeux se fermèrent involontairement. Il me fallait une nuit de repos ; je me laissai donc assoupir sur cette pensée que mon isolement avait duré quatre longs jours.

Le lendemain, à mon réveil, je regardai autour de moi. Ma couchette, faite de toutes les couvertures de voyage, se trouvait installée dans une grotte charmante, ornée de magnifiques stalagmites, et dont le sol était recouvert d'un sable fin. Il y régnait une demi-obscurité. Aucune torche, aucune lampe n'était allumée, et cependant, certaines clartés inexplicables venaient du dehors en pénétrant par une étroite ouverture de la grotte. J'entendais aussi un murmure vague et indéfini, semblable au gémissement des flots qui se brisent sur une grève, et parfois les sifflements de la brise.

Je me demandai si j'étais bien éveillé, si je rêvais encore, si mon cerveau, fêlé dans ma chute, ne percevait pas des bruits purement imaginaires. Cependant, ni mes yeux ni mes oreilles ne pouvaient se tromper à ce point.

« C'est un rayon du jour, pensai-je, qui se glisse par cette fente de rochers ! Voilà bien le murmure des vagues ! Voilà le sifflement de la brise ! Est-ce que je me trompe, ou sommes-nous revenus à la surface de la terre ? Mon oncle a-t-il donc renoncé à son expédition, ou l'aurait-il heureusement terminée ? »

Je me posais ces insolubles questions, quand le professeur entra.

« Bonjour, Axel ! fit-il joyeusement. Je gagerais volontiers que tu te portes bien !

– Mais oui, dis-je en me redressant sur les couvertures.

– Cela devait être, car tu as tranquillement dormi. Hans et moi, nous t'avons veillé tour à tour, et nous avons vu ta guérison faire des progrès sensibles.

– En effet, je me sens ragaillardi, et la preuve, c'est que je ferai honneur au déjeuner que vous voudrez bien me servir !

– Tu mangeras, mon garçon ! La fièvre t'a quitté. Hans a frotté tes plaies avec je ne sais quel onguent dont les Islandais ont le secret, et elles se sont cicatrisées à merveille. C'est un fier homme que notre chasseur ! »

Tout en parlant, mon oncle apprêtait quelques aliments que je dévorai, malgré ses recommandations. Pendant ce temps je l'accablai de questions auxquelles il s'empressa de répondre.

J'appris alors que ma chute providentielle m'avait précisément amené à l'extrémité d'une galerie presque perpendiculaire ; comme j'étais arrivé au milieu d'un torrent de pierres, dont la moins grosse eût suffi à m'écraser, il fallait en conclure qu'une partie du massif avait glissé avec moi. Cet effrayant véhicule me transporta ainsi jusque dans les bras de mon oncle, où je tombai sanglant, inanimé.

« Véritablement, me dit-il, il est étonnant que tu ne te sois pas tué mille fois. Mais, pour Dieu ! ne nous séparons plus, car nous risquerions de ne jamais nous revoir. »

« Ne nous séparons plus ! » Le voyage n'était donc pas

Une vaste nappe d'eau s'étendait devant mes yeux.

fini ? J'ouvris de grands yeux étonnés, ce qui provoqua immédiatement cette question :

« Qu'as-tu donc Axel ?

– Une demande à vous adresser. Vous dites que me voilà sain et sauf ?

– Sans doute.

– J'ai tous mes membres intacts ?

– Certainement.

– Et ma tête ?

– Ta tête, sauf quelques contusions, est parfaitement à sa place sur tes épaules.

– Eh bien, j'ai peur que mon cerveau ne soit dérangé.

– Dérangé ?

– Oui. Nous ne sommes pas revenus à la surface du globe ?

– Non, certes !

– Alors il faut que je sois fou, car j'aperçois la lumière du jour, j'entends le bruit du vent qui souffle et de la mer qui se brise !

– Ah ! n'est-ce que cela ?

– M'expliquerez-vous ?...

– Je ne t'expliquerai rien, car c'est inexplicable ; mais tu verras et tu comprendras que la science géologique n'a pas encore dit son dernier mot.

– Sortons donc, m'écriai-je en me levant brusquement.

– Non, Axel, non ! le grand air pourrait te faire du mal.

– Le grand air ?

– Oui, le vent est assez violent. Je ne veux pas que tu t'exposes ainsi.

– Mais je vous assure que je me porte à merveille.

– Un peu de patience, mon garçon. Une rechute nous mettrait dans l'embarras, et il ne faut pas perdre de temps, car la traversée peut être longue.

– La traversée ?

– Oui, repose-toi encore aujourd'hui, et nous nous embarquerons demain.

– Nous embarquer ? »

Ce dernier mot me fit bondir.

Quoi ! nous embarquer ! Avions-nous donc un fleuve, un lac, une mer à notre disposition ? Un bâtiment était-il mouillé dans quelque port intérieur ?

Ma curiosité fut excitée au plus haut point. Mon oncle essaya vainement de me retenir. Quand il vit que mon impatience me ferait plus de mal que la satisfaction de mes désirs, il céda.

Je m'habillai rapidement. Par surcroît de précaution, je m'enveloppai de l'une des couvertures et je sortis de la grotte.

XXX

D'abord je ne vis rien. Mes yeux déshabitués de la lumière se fermèrent brusquement. Lorsque je pus les rouvrir, je demeurai encore plus stupéfait qu'émerveillé.

« La mer ! m'écriai-je.

– Oui, répondit mon oncle, la mer Lidenbrock, et, j'aime à le croire, aucun navigateur ne me disputera l'honneur de l'avoir découverte et le droit de la nommer de mon nom ! »

Une vaste nappe d'eau, le commencement d'un lac ou d'un océan, s'étendait au-delà des limites de la vue. Le rivage, largement échancré, offrait aux dernières ondulations des vagues un sable fin, doré, parsemé de ces petits coquillages où vécurent les premiers êtres de la création. Les flots s'y brisaient avec ce murmure sonore particulier aux milieux clos et immenses. Une légère écume s'envolait au souffle d'un vent modéré, et quelques embruns m'arrivaient au visage. Sur cette grève légèrement inclinée, à cent toises environ de la lisière des vagues, venaient mourir les contreforts de rochers énormes qui montaient en s'évasant à une incommensurable hauteur. Quelques-uns, déchirant le rivage de leur arête aiguë, formaient des caps et des promontoires rongés par la dent du ressac. Plus loin, l'œil suivait leur masse nettement profilée sur les fonds brumeux de l'horizon.

C'était un océan véritable, avec le contour capricieux des rivages terrestres, mais désert et d'un aspect effroyablement sauvage.

Si mes regards pouvaient se promener au loin sur cette mer, c'est qu'une lumière « spéciale » en éclairait les moindres détails. Non pas la lumière du soleil avec ses faisceaux éclatants et l'irradiation splendide de ses rayons, ni la lueur pâle et vague de l'astre des nuits, qui n'est qu'une réflexion sans chaleur. Non. Le pouvoir éclairant de cette lumière, sa diffusion tremblotante, sa blancheur claire et sèche, le peu d'élévation de sa température, son éclat supérieur en réalité à celui de la lune, accusaient évidemment une origine électrique. C'était comme une aurore boréale, un phénomène cosmique continu, qui remplissait cette caverne capable de contenir un océan.

La voûte suspendue au-dessus de ma tête, le ciel, si l'on veut, semblait fait de grands nuages, vapeurs mobiles et changeantes, qui, par l'effet de la condensation, devaient, à de certains jours, se résoudre en pluies torrentielles. J'aurais cru que, sous une pression aussi forte de l'atmosphère, l'évaporation de l'eau ne pouvait se produire, et cependant, par une raison physique qui m'échappait, il y avait de larges nuées étendues dans l'air. Mais alors « il faisait beau ». Les nappes électriques produisaient d'étonnants jeux de lumière sur les nuages très élevés. Des ombres vives se dessinaient à leurs volutes inférieures, et souvent, entre deux couches disjointes, un rayon se glissait jusqu'à nous avec une remarquable intensité. Mais, en somme, ce n'était pas le soleil, puisque la chaleur manquait à sa lumière. L'effet en était triste, souverainement mélancolique. Au lieu d'un firmament brillant d'étoiles, je sentais par-dessus ces nuages une voûte de granit qui m'écrasait de tout son poids, et cet espace n'eût pas suffi, tout immense qu'il fût, à la promenade du moins ambitieux des satellites.

Je me souvins alors de cette théorie d'un capitaine anglais qui assimilait la terre à une vaste sphère creuse, à l'intérieur de laquelle l'air se maintenait lumineux par suite de sa pression, tandis que deux astres, Pluton et Proserpine, y traçaient leurs mystérieuses orbites. Aurait-il dit vrai ?

Nous étions réellement emprisonnés dans une énorme excavation. Sa largeur, on ne pouvait la juger, puisque le rivage allait s'élargissant à perte de vue, ni sa longueur, car le regard était bientôt arrêté par une ligne d'horizon un peu indécise. Quant à sa hauteur, elle devait dépasser plusieurs lieues. Où cette voûte s'appuyait sur ses contreforts de granit, l'œil ne pouvait l'apercevoir ; mais il y avait un tel nuage suspendu dans l'atmosphère, dont l'élévation devait être estimée à deux mille toises, altitude supérieure à celle des vapeurs terrestres, et due sans doute à la densité considérable de l'air.

Le mot « caverne » ne rend évidemment pas ma pensée pour peindre cet immense milieu. Mais les mots de la langue humaine ne peuvent suffire à qui se hasarde dans les abîmes du globe.

Je ne savais pas, d'ailleurs, par quel fait géologique expliquer l'existence d'une pareille excavation. Le refroidissement du globe avait-il donc pu la produire ? Je connaissais bien, par les récits des voyageurs, certaines cavernes célèbres, mais aucune ne présentait de telles dimensions.

Si la grotte de Guachara, en Colombie, visitée par M. de Humboldt, n'avait pas livré le secret de sa profondeur au savant qui la reconnut sur un espace de deux milles cinq cents pieds, elle ne s'étendait vraisemblablement pas beaucoup au-delà. L'immense caverne du Mammouth, dans le Kentucky, offrait bien des proportions gigantesques, puisque sa voûte s'élevait à cinq cents pieds au-dessus d'un lac insondable, et que des voyageurs la parcoururent pendant plus de dix lieues sans rencontrer la fin. Mais qu'étaient ces cavités auprès de celle que j'admirais alors, avec son ciel de vapeurs, ses irradiations électriques et une vaste mer renfermée dans ses flancs ? Mon imagination se sentait impuissante devant cette immensité.

Toutes ces merveilles, je les contemplais en silence. Les paroles me manquaient pour rendre mes sensations. Je croyais assister, dans quelque planète lointaine, Uranus ou Neptune, à des phénomènes dont ma nature « terrestrielle » n'avait pas conscience. A des sensations nouvelles, il fallait des mots nouveaux, et mon imagination ne me les fournissait pas. Je regardais, je pensais, j'admirais avec une stupéfaction mêlée d'une certaine quantité d'effroi.

L'imprévu de ce spectacle avait rappelé sur mon visage les couleurs de la santé ; j'étais en train de me traiter par l'étonnement et d'opérer ma guérison au moyen de cette nouvelle thérapeutique ; d'ailleurs, la vivacité d'un air très dense me ranimait, en fournissant plus d'oxygène à mes poumons.

On concevra sans peine qu'après un emprisonnement de

« Ce n'est qu'une forêt de champignons », dit-il.

quarante-sept jours dans une étroite galerie, c'était une jouissance infinie que d'aspirer cette brise chargée d'humides émanations salines.

Aussi n'eus-je point à me repentir d'avoir quitté ma grotte obscure. Mon oncle, déjà fait à ces merveilles, ne s'étonnait plus.

« Te sens-tu la force de te promener un peu ? me demanda-t-il.

– Oui, certes, répondis-je, et rien ne me sera plus agréable.

– Eh bien, prends mon bras, Axel, et suivons les sinuosités du rivage. »

J'acceptai avec empressement, et nous commençâmes à côtoyer cet océan nouveau. Sur la gauche, des rochers abrupts, grimpés les uns sur les autres, formaient un entassement titanesque d'un prodigieux effet. Sur leurs flancs se déroulaient d'innombrables cascades, qui s'en allaient en nappes limpides et retentissantes. Quelques légères vapeurs, sautant d'un roc à l'autre, marquaient la place des sources chaudes, et des ruisseaux coulaient doucement vers le bassin commun, en cherchant dans les pentes l'occasion de murmurer plus agréablement.

Parmi ces ruisseaux je reconnus notre fidèle compagnon de route, le Hans-bach, qui venait se perdre tranquillement dans la mer, comme s'il n'eût jamais fait autre chose depuis le commencement du monde.

« Il nous manquera désormais, dis-je avec un soupir.

– Bah ! répondit le professeur, lui ou un autre, qu'importe. »

Je trouvai la réponse un peu ingrate.

Mais en ce moment mon attention fut attirée par un spectacle inattendu. A cinq cents pas, au détour d'un haut promontoire, une forêt haute, touffue, épaisse, apparut à nos yeux. Elle était faite d'arbres de moyenne grandeur, taillés en parasols réguliers, à contours nets et géométriques ; les courants de l'atmosphère ne semblaient pas avoir prise sur leur feuillage, et, au milieu des souffles, ils demeuraient immobiles comme un massif de cèdres pétrifiés.

Je hâtais le pas. Je ne pouvais mettre un nom à ces essences singulières. Ne faisaient-elles point partie des deux cent mille espèces végétales connues jusqu'alors, et fallait-il leur accorder une place spéciale dans la flore des végétations lacustres ? Non. Quand nous arrivâmes sous leur ombrage, ma surprise ne fut plus que de l'admiration.

En effet, je me trouvais en présence de produits de la terre, mais taillés sur un patron gigantesque. Mon oncle les appela immédiatement de leur nom.

« Ce n'est qu'une forêt de champignons », dit-il.

Et il ne se trompait pas. Que l'on juge du développement acquis par ces plantes chères aux milieux chauds et humides. Je savais que le « lycoperdon giganteum » atteint, suivant Bulliard, huit à neuf pieds de circonférence ; mais il s'agissait ici de champignons blancs, hauts de trente à quarante pieds, avec une calotte d'un diamètre égal. Ils étaient là par milliers. La lumière ne parvenait pas à percer leur épais ombrage, et une obscurité complète régnait sous ces dômes juxtaposés comme les toits ronds d'une cité africaine.

Cependant je voulus pénétrer plus avant. Un froid mortel descendait de ces voûtes charnues. Pendant une demi-heure, nous errâmes dans ces humides ténèbres, et ce fut avec un véritable sentiment de bien-être que je retrouvai les bords de la mer.

Mais la végétation de cette contrée souterraine ne s'en tenait pas à ces champignons. Plus loin s'élevaient par groupes un grand nombre d'autres arbres au feuillage décoloré. Ils étaient faciles à reconnaître ; c'étaient les humbles arbustes de la terre, avec des dimensions phénoménales, des lycopodes hauts de cent pieds, des sigillaires géantes, des fougères arborescentes, grandes comme les sapins des hautes latitudes, des lépidodendrons à tiges cylindriques bifurquées, terminées par de longues feuilles et hérissées de poils rudes comme de monstrueuses plantes grasses.

« Étonnant, magnifique, splendide ! s'écria mon oncle. Voilà toute la flore de la seconde époque du monde, de l'époque de transition. Voilà ces humbles plantes de nos jardins qui se faisaient arbres aux premiers siècles du globe ! regarde, Axel, admire ! Jamais botaniste ne s'est trouvé à pareille fête !

– Vous avez raison, mon oncle. La Providence semble avoir voulu conserver dans cette serre immense ces plantes antédiluviennes que la sagacité des savants a reconstruites avec tant de bonheur.

– Tu dis bien, mon garçon, c'est une serre ; mais tu dirais mieux encore en ajoutant que c'est peut-être une ménagerie.

– Une ménagerie.

– Oui, sans doute. Vois cette poussière que nous foulons aux pieds, ces ossements épars sur le sol.

– Des ossements ! m'écriai-je. Oui, des ossements d'animaux antédiluviens ! »

Je m'étais précipité sur ces débris séculaires faits d'une substance minérale indestructible[1]. Je mettais sans hésiter un nom à ces os gigantesques qui ressemblaient à des troncs d'arbres desséchés.

« Voilà la mâchoire inférieure du mastodonte, disais-je ; voilà les molaires du dinotherium ; voilà un fémur qui ne peut avoir appartenu qu'au plus grand de ces animaux, au megatherium. Oui, c'est bien une ménagerie, car ces ossements n'ont certainement pas été transportés jusqu'ici par un cataclysme. Les animaux auxquels ils appartiennent ont vécu sur les rivages de cette mer souterraine, à l'ombre de ces plantes arborescentes. Tenez, j'aperçois des squelettes entiers. Et cependant...

– Cependant ? dit mon oncle.

– Je ne comprends pas la présence de pareils quadrupèdes dans cette caverne de granit.

– Pourquoi ?

– Parce que la vie animale n'a existé sur la terre qu'aux périodes secondaires, lorsque le terrain sédimentaire a été formé par les alluvions, et a remplacé les roches incandescentes de l'époque primitive.

– Eh bien ! Axel, il y a une réponse bien simple à faire à ton objection, c'est que ce terrain-ci est un terrain sédimentaire.

– Comment ! à une pareille profondeur au-dessous de la surface de la terre !

– Sans doute, et ce fait peut s'expliquer géologiquement. A une certaine époque, la terre n'était formée que d'une écorce élastique, soumise à des mouvements alternatifs de haut et de bas, en vertu des lois de l'attraction. Il est probable que des affaissements du sol se sont produits, et qu'une partie des terrains sédimentaires a été entraînée au fond des gouffres subitement ouverts.

1. Phosphate de chaux.

– Cela doit être. Mais, si des animaux antédiluviens ont vécu dans ces régions souterraines, qui nous dit que l'un de ces monstres n'erre pas encore au milieu de ces forêts sombres ou derrière ces rocs escarpés ? »

A cette idée j'interrogeai, non sans effroi, les divers points de l'horizon ; mais aucun être vivant n'apparaissait sur ces rivages déserts.

J'étais un peu fatigué. J'allai m'asseoir alors à l'extrémité d'un promontoire au pied duquel les flots venaient se briser avec fracas. De là mon regard embrassait toute cette baie formée par une échancrure de la côte. Au fond, un petit port s'y trouvait ménagé entre les roches pyramidales. Ses eaux calmes dormaient à l'abri du vent. Un brick et deux ou trois goélettes auraient pu y mouiller à l'aise. Je m'attendais presque à voir quelque navire sortant toutes voiles dehors et prenant le large sous la brise du sud.

Mais cette illusion se dissipa rapidement. Nous étions bien les seules créatures vivantes de ce monde souterrain. Par certaines accalmies du vent, un silence plus profond que les silences du désert descendait sur les rocs arides et pesait à la surface de l'océan. Je cherchais alors à percer des brumes lointaines, à déchirer ce rideau jeté sur le fond mystérieux de l'horizon. Quelles demandes se pressaient sur mes lèvres ? Où finissait cette mer ? Où conduisait-elle ? Pourrions-nous jamais en reconnaître les rivages opposés ?

Mon oncle n'en doutait pas, pour son compte. Moi, je le désirais et je le craignais à la fois.

Après une heure passée dans la contemplation de ce merveilleux spectacle, nous reprîmes le chemin de la grève pour regagner la grotte, et ce fut sous l'empire des plus étranges pensées que je m'endormis d'un profond sommeil.

XXXI

Le lendemain je me réveillai complètement guéri. Je pensai qu'un bain me serait très salutaire, et j'allai me plonger pendant quelques minutes dans les eaux de cette Méditerranée. Ce nom, à coup sûr, elle le méritait entre tous.

J'allai me plonger dans les eaux de cette Méditerranée.

Je revins déjeuner avec un bel appétit. Hans s'entendait à cuisiner notre petit menu ; il avait de l'eau et du feu à sa disposition, de sorte qu'il put varier un peu notre ordinaire. Au dessert, il nous servit quelques tasses de café, et jamais ce délicieux breuvage ne me parut plus agréable à déguster.

« Maintenant, dit mon oncle, voici l'heure de la marée, et il ne faut pas manquer l'occasion d'étudier ce phénomène.

– Comment, la marée ! m'écriai-je.

– Sans doute.

– L'influence de la lune et du soleil se fait sentir jusqu'ici ?

– Pourquoi pas ? Les corps ne sont-ils pas soumis dans leur ensemble à l'attraction universelle ? Cette masse d'eau ne peut donc échapper à cette loi générale. Aussi, malgré la pression atmosphérique qui s'exerce à sa surface, tu vas la voir se soulever comme l'Atlantique lui-même. »

En ce moment nous foulions le sable du rivage, et les vagues gagnaient peu à peu la grève.

« Voilà bien le flot qui commence, m'écriai-je.

– Oui, Axel, et d'après ces relais d'écume, tu peux voir que la mer s'élève d'une dizaine de pieds environ.

– C'est merveilleux !

– Non, c'est naturel.

– Vous avez beau dire, mon oncle, tout cela me paraît extraordinaire, et c'est à peine si j'en crois mes yeux. Qui eût jamais imaginé dans cette écorce terrestre un océan véritable, avec ses flux et ses reflux, avec ses brises, avec ses tempêtes !

– Pourquoi pas ? Y a-t-il une raison physique qui s'y oppose ?

– Je n'en vois pas, du moment qu'il faut abandonner le système de la chaleur centrale.

– Donc, jusqu'ici la théorie de Davy se trouve justifiée ?

– Évidemment, et dès lors rien ne contredit l'existence de mers ou de contrées à l'intérieur du globe.

– Sans doute, mais inhabitées.

– Bon ! pourquoi ces eaux ne donneraient-elles pas asile à quelques poissons d'une espèce inconnue ?

– En tout cas, nous n'en avons pas aperçu un seul jusqu'ici.

– Eh bien, nous pouvons fabriquer des lignes et voir si l'hameçon aura autant de succès ici-bas que dans les océans sublunaires.

– Nous essaierons, Axel, car il faut pénétrer tous les secrets de ces régions nouvelles.

– Mais où sommes-nous ? mon oncle, car je ne vous ai point encore posé cette question à laquelle vos instruments ont dû vous répondre.

– Horizontalement, à trois cent cinquante lieues de l'Islande.

– Tout autant ?

– Je suis sûr de ne pas me tromper de cinq cents toises.

– Et la boussole indique toujours le sud-est ?

– Oui, avec une déclinaison occidentale de dix-neuf degrés et quarante-deux minutes, comme sur terre, absolument. Pour son inclinaison, il se passe un fait curieux que j'ai observé avec le plus grand soin.

– Et lequel ?

– C'est que l'aiguille, au lieu de s'incliner vers le pôle, comme elle le fait dans l'hémisphère boréal, se relève au contraire.

– Il faut donc en conclure que le point d'attraction magnétique se trouve compris entre la surface du globe et l'endroit où nous sommes parvenus ?

– Précisément, et il est probable que, si nous arrivions vers les régions polaires, vers ce soixante-dixième degré où James Ross a découvert le pôle magnétique, nous verrions l'aiguille se dresser verticalement. Donc, ce mystérieux centre d'attraction ne se trouve pas situé à une grande profondeur.

– En effet, et voilà un fait que la science n'a pas soupçonné.

– La science, mon garçon, est faite d'erreurs, mais d'erreurs qu'il est bon de commettre, car elles mènent peu à peu à la vérité.

– Et à quelle profondeur sommes-nous ?

– A une profondeur de trente-cinq lieues.

– Ainsi, dis-je en considérant la carte, la partie montagneuse de l'Écosse est au-dessus de nous, et, là, les monts Grampians élèvent à une prodigieuse hauteur leur cime couverte de neige.

– Oui, répondit le professeur en riant. C'est un peu lourd à porter, mais la voûte est solide ; le grand architecte de l'univers l'a construite en bons matériaux, et jamais l'homme n'eût pu lui donner une pareille portée ! Que sont les arches des ponts et les arceaux des cathédrales auprès de cette nef d'un rayon de trois lieues, sous laquelle un océan et ses tempêtes peuvent se développer à leur aise ?

– Oh ! je ne crains pas que le ciel me tombe sur la tête. Maintenant, mon oncle, quels sont vos projets ? Ne comptez-vous pas retourner à la surface du globe ?

– Retourner ! Par exemple ! Continuer notre voyage, au contraire, puisque tout a si bien marché jusqu'ici.

– Cependant je ne vois pas comment nous pénétrerons sous cette plaine liquide.

– Oh ! je ne prétends point m'y précipiter la tête la première. Mais si les océans ne sont, à proprement parler, que des lacs, puisqu'ils sont entourés de terre, à plus forte raison cette mer intérieure se trouve-t-elle circonscrite par le massif granitique.

– Cela n'est pas douteux.

– Eh bien ! sur les rivages opposés, je suis certain de trouver de nouvelles issues.

– Quelle longueur supposez-vous donc à cet océan ?

– Trente ou quarante lieues.

– Ah ! fis-je, tout en imaginant que cette estime pouvait bien être inexacte.

– Ainsi, nous n'avons pas de temps à perdre, et dès demain nous prendrons la mer. »

Involontairement je cherchai des yeux le navire qui devait nous transporter.

« Ah ! dis-je, nous nous embarquerons. Bien ! Et sur quel bâtiment prendrons-nous passage ?

– Ce ne sera pas sur un bâtiment, mon garçon, mais sur un bon et solide radeau.

– Un radeau ! m'écriai-je. Un radeau est aussi impossible à construire qu'un navire, et je ne vois pas...

– Tu ne vois pas, Axel, mais si tu écoutais tu pourrais entendre !

– Entendre ?

– Oui, certains coups de marteau qui t'apprendraient que Hans est déjà à l'œuvre.

– Il construit un radeau ?

– Oui.

– Comment ! il a déjà fait tomber des arbres sous sa hache ?

– Oh ! les arbres étaient tout abattus. Viens, et tu le verras à l'ouvrage. »

Après un quart d'heure de marche, de l'autre côté du promontoire qui formait le petit port naturel, j'aperçus Hans au travail. Quelques pas encore, et je fus près de lui. A ma grande surprise, un radeau à demi terminé s'étendait sur le sable ; il était fait de poutres d'un bois particulier, et un grand nombre de madriers, de courbes, de couples de toute espèce, jonchaient littéralement le sol. Il y avait là de quoi construire une marine entière.

« Mon oncle, m'écriai-je, quel est ce bois ?

– C'est du pin, du sapin, du bouleau, toutes les espèces des conifères du Nord, minéralisées sous l'action des eaux de la mer.

– Est-il possible ?

– C'est ce qu'on appelle du « surtarbrandur » ou bois fossile.

– Mais alors, comme les lignites, il doit avoir la dureté de la pierre, et il ne pourra flotter ?

– Quelquefois cela arrive ; il y a de ces bois qui sont devenus de véritables anthracites ; mais d'autres, tels que ceux-ci, n'ont encore subi qu'un commencement de transformation fossile. Regarde plutôt », ajouta mon oncle en jetant à la mer une de ces précieuses épaves.

Le morceau de bois, après avoir disparu, revint à la surface des flots et oscilla au gré de leurs ondulations.

« Es-tu convaincu ? dit mon oncle.

– Convaincu surtout que cela n'est pas croyable ! »

Le lendemain soir, grâce à l'habileté du guide, le radeau était terminé ; il avait dix pieds de long sur cinq de large ; les poutres de surtarbrandur, reliées entre elles par de fortes cordes, offraient une surface solide, et, une fois lancée, cette embarcation improvisée flotta tranquillement sur les eaux de la mer Lidenbrock.

XXXII

Le 13 août, on se réveilla de bon matin. Il s'agissait d'inaugurer un nouveau genre de locomotion rapide et peu fatigant.

Un mât fait de deux bâtons jumelés, une vergue formée d'un troisième, une voile empruntée à nos couvertures, composaient le gréement du radeau. Les cordes ne manquaient pas. Le tout était solide.

A six heures, le professeur donna le signal d'embarquer. Les vivres, les bagages, les instruments, les armes et une notable quantité d'eau douce recueillie dans les rochers, se trouvaient en place.

Hans avait installé un gouvernail qui lui permettait de diriger son appareil flottant. Il se mit à la barre. Je détachai l'amarre qui nous retenait au rivage. La voile fut orientée, et nous débordâmes rapidement.

Au moment de quitter le petit port, mon oncle, qui tenait à sa nomenclature géographique, voulut lui donner un nom, le mien, entre autres.

« Ma foi, dis-je, j'en ai un autre à vous proposer.

– Lequel ?

– Le nom de Graüben. Port-Graüben, cela fera très bien sur la carte.

– Va pour Port-Graüben. »

Et voilà comment le souvenir de ma chère Virlandaise se rattacha à notre aventureuse expédition.

La brise soufflait du nord-est. Nous filions vent arrière avec une extrême rapidité. Les couches très denses de l'atmosphère avaient une poussée considérable et agissaient sur la voile comme un puissant ventilateur.

Au bout d'une heure, mon oncle avait pu estimer assez exactement notre vitesse.

« Si nous continuons à marcher ainsi dit-il, nous ferons au moins trente lieues par vingt-quatre heures, et nous ne tarderons pas à reconnaître les rivages opposés. »

Je ne répondis pas, et j'allai prendre place à l'avant du radeau. Déjà la côte septentrionale s'abaissait à l'horizon. Les deux bras du rivage s'ouvraient largement comme pour faciliter notre départ. Devant mes yeux s'étendait une mer immense. De grands nuages promenaient rapidement à sa surface leur ombre grisâtre, qui semblait peser sur cette eau morne. Les rayons argentés de la lumière électrique, réfléchis çà et là par quelque gouttelette, faisaient éclore des points lumineux dans les remous de l'embarcation. Bientôt toute terre fut perdue de vue, tout point de repère disparut, et, sans le sillage écumeux du radeau, j'aurais pu croire qu'il demeurait dans une parfaite immobilité.

Vers midi, des algues immenses vinrent onduler à la

surface des flots. Je connaissais la puissance végétative de ces plantes, qui rampent à une profondeur de plus de douze mille pieds au fond des mers, se reproduisent sous des pressions de quatre cents atmosphères et forment souvent des bancs assez considérables pour entraver la marche des navires ; mais jamais, je crois, algues ne furent plus gigantesques que celles de la mer Lidenbrock.

Notre radeau longea des fucus longs de trois et quatre mille pieds, immenses serpents qui se développaient hors de la portée de la vue ; je m'amusais à suivre du regard leurs rubans infinis, croyant toujours en atteindre l'extrémité, et pendant des heures entières ma patience était trompée, sinon mon étonnement.

Quelle force naturelle pouvait produire de telles plantes, et quel devait être l'aspect de la terre aux premiers siècles de sa formation, quand, sous l'action de la chaleur et de l'humidité, le règne végétal se développait seul à sa surface !

Le soir arriva, et ainsi que je l'avais remarqué la veille, l'état lumineux de l'air ne subit aucune diminution. C'était un phénomène constant sur la durée duquel on pouvait compter.

Après le souper, je m'étendis au pied du mât, et je ne tardai pas à m'endormir au milieu d'indolentes rêveries.

Hans, immobile au gouvernail, laissait courir le radeau, qui, d'ailleurs, poussé vent arrière, ne demandait même pas à être dirigé.

Depuis notre départ de Port-Graüben, le professeur Lidenbrock m'avait chargé de tenir le « journal de bord », de noter les moindres observations, de consigner les phénomènes intéressants, la direction du vent, la vitesse acquise, le chemin parcouru, en un mot, tous les incidents de cette étrange navigation.

Je me bornerai donc à reproduire ici des notes quotidiennes, écrites pour ainsi dire sous la dictée des événements, afin de donner un récit plus exact de notre traversée.

Vendredi 14 août. – Brise égale du N.-O. Le radeau marche avec rapidité et en ligne droite. La côte reste à trente lieues sous le vent. Rien à l'horizon. L'intensité de la lumière ne varie pas. Beau temps, c'est-à-dire que les nuages sont fort élevés, peu épais et baignés dans une atmosphère

Le rêve d'Axel.

blanche, comme serait de l'argent en fusion.Thermomètre : + 32 °C.

A midi Hans prépare un hameçon à l'extrémité d'une corde. Il l'amorce avec un petit morceau de viande et le jette à la mer. Pendant deux heures il ne prend rien. Ces eaux sont donc inhabitées ? Non. Une secousse se produit. Hans tire sa ligne et ramène un poisson qui se débat vigoureusement.

« Un poisson ! s'écrie mon oncle.

– C'est un esturgeon ! m'écriai-je à mon tour, un esturgeon de petite taille ! »

Le professeur regarde attentivement l'animal et ne partage pas mon opinion. Ce poisson a la tête plate, arrondie et la partie antérieure du corps couverte de plaques osseuses ; sa bouche est privée de dents ; des nageoires pectorales assez développées sont ajustées à son corps dépourvu de queue. Cet animal appartient bien à un ordre où les naturalistes ont classé l'esturgeon, mais il en diffère par des côtés assez essentiels. Mon oncle ne s'y trompe pas, car, après un assez court examen, il dit :

« Ce poisson appartient à une famille éteinte depuis des siècles et dont on retrouve seulement les traces fossiles dans le terrain dévonien.

– Comment ! dis-je, nous aurions pu prendre vivant un de ces habitants des mers primitives ?

– Oui, répond le professeur en continuant ses observations, et tu vois que ces poissons fossiles n'ont aucune identité avec les espèces actuelles. Or, tenir un de ces êtres vivant c'est un véritable bonheur de naturaliste.

– Mais à quelle famille appartient-il ?

– A l'ordre des Ganoïdes, famille des Céphalaspides, genre...

– Eh bien ?

– Genre des Pterychtis, j'en jurerais ! Mais celui-ci offre une particularité qui, dit-on, se rencontre chez les poissons des eaux souterraines.

– Laquelle ?

– Il est aveugle !

– Aveugle !

– Non seulement aveugle, mais l'organe de la vue lui manque absolument. »

Je regarde. Rien n'est plus vrai. Mais ce peut être un cas

particulier. La ligne est donc amorcée de nouveau et rejetée à la mer. Cet océan, à coup sûr, est fort poissonneux, car, en deux heures, nous prenons une grande quantité de Pterychtis, ainsi que des poissons appartenant à une famille également éteinte, les Dipterides, mais dont mon oncle ne peut reconnaître le genre. Tous sont dépourvus de l'organe de la vue. Cette pêche inespérée renouvelle avantageusement nos provisions.

Ainsi donc, cela paraît constant, cette mer ne renferme que des espèces fossiles, dans lesquelles les poissons comme les reptiles sont d'autant plus parfaits que leur création est plus ancienne.

Peut-être rencontrerons-nous quelques-uns de ces sauriens que la science a su refaire avec un bout d'ossement ou de cartilage ?

Je prends la lunette et j'examine la mer. Elle est déserte. Sans doute nous sommes encore trop rapprochés des côtes.

Je regarde dans les airs. Pourquoi quelques-uns de ces oiseaux reconstruits par l'immortel Cuvier ne battraient-ils pas de leurs ailes ces lourdes couches atmosphériques ? Les poissons leur fourniraient une suffisante nourriture. J'observe l'espace, mais les airs sont inhabités comme les rivages.

Cependant mon imagination m'emporte dans les merveilleuses hypothèses de la paléontologie. Je rêve tout éveillé. Je crois voir à la surface des eaux ces énormes Chersites, ces tortues antédiluviennes, semblables à des îlots flottants. Sur les grèves assombries passent les grands mammifères des premiers jours, le Leptotherium, trouvé dans les cavernes du Brésil, le Mericotherium, venu des régions glacées de la Sibérie. Plus loin, le pachyderme Lophiodon, ce tapir gigantesque, se cache derrière les rocs, prêt à disputer sa proie à l'Anoplotherium, animal étrange, qui tient du rhinocéros, du cheval, de l'hippopotame et du chameau, comme si le Créateur, trop pressé aux premières heures du monde, eût réuni plusieurs animaux en un seul. Le Mastodonte géant fait tournoyer sa trompe et broie sous ses défenses les rochers du rivage, tandis que le Mégatherium, arc-bouté sur ses énormes pattes, fouille la terre en éveillant par ses rugissements l'écho des granits sonores. Plus haut, le Protopithèque, le premier singe apparu à la surface du globe, gravit les cimes ardues. Plus haut encore, le Pterodactyle, à la main ailée, glisse comme une large chauve-souris sur l'air comprimé. Enfin, dans les dernières couches, des oiseaux immenses, plus puissants que le casoar, plus grands que l'autruche, déploient leurs vastes ailes et vont donner de la tête contre la paroi de la voûte granitique.

Tout ce monde fossile renaît dans mon imagination. Je me reporte aux époques bibliques de la création, bien avant la naissance de l'homme, lorsque la terre incomplète ne pouvait lui suffire encore. Mon rêve alors devance l'apparition des êtres animés. Les mammifères disparaissent, puis les oiseaux, puis les reptiles de l'époque secondaire, et enfin les poissons, les crustacés, les mollusques, les articulés. Les zoophytes de la période de transition retournent au néant à leur tour. Toute la vie de la terre se résume en moi, et mon cœur est seul à battre dans ce monde dépeuplé. Il n'y a plus de saisons ; il n'y a plus de climats ; la chaleur propre du globe s'accroît sans cesse et neutralise celle de l'astre radieux. La végétation s'exagère. Je passe comme une ombre au milieu des fougères arborescentes, foulant de mon pas incertain les marnes irisées et les grès bigarrés du sol ; je m'appuie au tronc des conifères immenses ; je me couche à l'ombre des Sphenophylles, des Asterophylles, et des Lycopodes hauts de cent pieds.

Les siècles s'écoulent comme des jours ! Je remonte la série des transformations terrestres. Les plantes disparaissent ; les roches granitiques perdent leur pureté ; l'état liquide va remplacer l'état solide sous l'action d'une chaleur plus intense ; les eaux courent à la surface du globe ; elles bouillonnent, elles se volatilisent ; les vapeurs enveloppent la terre, qui peu à peu ne forme plus qu'une masse gazeuse, portée au rouge blanc, grosse comme le soleil et brillante comme lui !

Au centre de cette nébuleuse, quatorze cent mille fois plus considérable que ce globe qu'elle va former un jour, je suis entraîné dans les espaces planétaires ! Mon corps se subtilise, se sublime à son tour et se mélange comme un atome impondérable à ces immenses vapeurs qui tracent dans l'infini leur orbite enflammée.

Quel rêve ! Où m'emporte-t-il ? Ma main fiévreuse en jette sur le papier les étranges détails ! J'ai tout oublié, et le professeur, et le guide, et le radeau ! Une hallucination s'est emparée de mon esprit...

« Qu'as-tu ? » dit mon oncle.

Mes yeux tout ouverts se fixent sur lui sans le voir.

« Prends garde, Axel, tu vas tomber à la mer ! »

En même temps, je me sens saisir vigoureusement par la main de Hans. Sans lui, sous l'empire de mon rêve, je me précipitais dans les flots.

« Est-ce qu'il devient fou ? s'écrie le professeur.

– Qu'y a-t-il ? dis-je enfin, revenant à moi.

– Es-tu malade ?

– Non, j'ai eu un moment d'hallucination, mais il est passé. Tout va bien, d'ailleurs ?

– Oui ! bonne brise, belle mer ! nous filons rapidement, et si mon estime ne m'a pas trompé, nous ne pouvons tarder à atterrir. »

A ces paroles, je me lève, je consulte l'horizon ; mais la ligne d'eau se confond toujours avec la ligne des nuages.

XXXIII

Samedi 15 août. – La mer conserve sa monotone uniformité. Nulle terre n'est en vue. L'horizon paraît excessivement reculé.

J'ai la tête encore alourdie par la violence de mon rêve.

Mon oncle n'a pas rêvé, lui, mais il est de mauvaise humeur. Il parcourt tous les points de l'espace avec sa lunette et se croise les bras d'un air dépité.

Je remarque que le professeur Lidenbrock tend à redevenir l'homme impatient du passé, et je consigne le fait sur mon journal. Il a fallu mes dangers et mes souffrances pour tirer de lui quelque étincelle d'humanité ; mais, depuis ma guérison, la nature a repris le dessus. Et cependant, pourquoi s'emporter ? Le voyage ne s'accomplit-il pas dans les circontances les plus favorables ? Est-ce que le radeau ne file pas avec une merveilleuse rapidité ?

« Vous semblez inquiet, mon oncle ? dis-je, en le voyant souvent porter la lunette à ses yeux.

– Inquiet ? Non.

– Impatient, alors ?

– On le serait à moins !

– Cependant nous marchons avec une vitesse ...
– Que m'importe ? Ce n'est pas la vitesse qui est trop petite, c'est la mer qui est trop grande ! »

Je me souviens alors que le professeur, avant notre départ, estimait à une trentaine de lieues la longueur de cet océan souterrain. Or, nous avons déjà parcouru un chemin trois fois plus long, et les rivages du sud n'apparaissent pas encore.

« Nous ne descendons pas ! reprend le professeur. Tout cela est du temps perdu, et, en somme, je ne suis pas venu si loin pour faire une partie de bateau sur un étang ! »

Il appelle cette traversée une partie de bateau, et cette mer un étang !

« Mais, dis-je, puisque nous avons suivi la route indiquée par Saknussemm...
– C'est la question. Avons-nous suivi cette route ? Saknussemm a-t-il rencontré cette étendue d'eau ? L'a-t-il traversée ? Ce ruisseau que nous avons pris pour guide ne nous a-t-il pas complètement égarés ?
– En tout cas, nous ne pouvons regretter d'être venus jusqu'ici. Ce spectacle est magnifique, et...
– Il ne s'agit pas de voir. Je me suis proposé un but, et je veux l'atteindre ! Ainsi ne me parle pas d'admirer ! »

Je me le tiens pour dit, et je laisse le professeur se ronger les lèvres d'impatience. A six heures du soir, Hans réclame sa paie, et ses trois rixdales lui sont comptées.

Dimanche 16 août. – Rien de nouveau. Même temps. Le vent a une légère tendance à fraîchir. En me réveillant, mon premier soin est de constater l'intensité de la lumière. Je crains toujours que le phénomène électrique ne vienne à s'obscurcir, puis à s'éteindre. Il n'en est rien. L'ombre du radeau est nettement dessinée à la surface des flots.

Vraiment cette mer est infinie ! Elle doit avoir la largeur de la Méditerranée, ou même de l'Atlantique. Pourquoi pas ?

Mon oncle sonde à plusieurs reprises. Il attache un des plus lourds pics à l'extrémité d'une corde qu'il laisse filer de deux cents brasses. Pas de fond. Nous avons beaucoup de peine à ramener notre sonde.

Quand le pic est remonté à bord, Hans me fait remarquer à sa surface des empreintes fortement accusées. On dirait que ce morceau de fer a été vigoureusement serré entre deux corps durs.

Je regarde le chasseur.

« Tänder ! » dit-il.

Je ne comprends pas. Je me tourne vers mon oncle, qui est entièrement absorbé dans ses réflexions. Je ne me soucie pas de le déranger. Je reviens vers l'Islandais. Celui-ci, ouvrant et refermant plusieurs fois la bouche, me fait comprendre sa pensée.

« Des dents ! » dis-je avec stupéfaction en considérant plus attentivement la barre de fer.

Oui ! ce sont bien des dents dont l'empreinte s'est incrustée dans le métal ! Les mâchoires qu'elles garnissent doivent posséder une force prodigieuse ! Est-ce un monstre des espèces perdues qui s'agite sous la couche profonde des eaux, plus vorace que le squale, plus redoutable que la baleine ? Je ne puis détacher mes regards de cette barre à demi rongée ! Mon rêve de la nuit dernière va-t-il devenir une réalité ?

Ces pensées m'agitent pendant tout le jour, et mon imagination se calme à peine dans un sommeil de quelques heures

Lundi 17 août. – Je cherche à me rappeler les instincts particuliers à ces animaux antédiluviens de l'époque secondaire, qui, succédant aux mollusques, aux crustacés et aux poissons, précédèrent l'apparition des mammifères sur le globe. Le monde appartenait alors aux reptiles. Ces monstres régnaient en maîtres dans les mers jurassiques[1]. La nature leur avait accordé la plus complète organisation. Quelle gigantesque structure ! quelle force prodigieuse ! Les sauriens actuels, alligators ou crocodiles, les plus gros et les plus redoutables, ne sont que des réductions affaiblies de leurs pères des premiers âges !

Je frissonne à l'évocation que je fais de ces monstres. Nul œil humain ne les a vus vivants. Ils apparurent sur la terre mille siècles avant l'homme, mais leurs ossements fossiles, retrouvés dans ce calcaire argileux que les Anglais nomment le lias, ont permis de les reconstruire anatomiquement et de connaître leur colossale conformation.

1. Mers de la période secondaire qui ont formé les terrains dont se composent les montagnes du Jura.

J'ai vu au Muséum de Hambourg le squelette de l'un de ces sauriens qui mesurait trente pieds de longueur. Suis-je donc destiné, moi, habitant de la terre, à me trouver face à face avec ces représentants d'une famille antédiluvienne ? Non ! c'est impossible. Cependant la marque des dents puissantes est gravée sur la barre de fer, et à leur empreinte, je reconnais qu'elles sont coniques comme celles du crocodile.

Mes yeux se fixent avec effroi sur la mer. Je crains de voir s'élancer l'un de ces habitants des cavernes sous-marines.

Je suppose que le professeur Lidenbrock partage mes idées, sinon mes craintes, car, après avoir examiné le pic, il parcourt l'Océan du regard.

« Au diable, dis-je en moi-même, cette idée qu'il a eue de sonder ! Il a troublé quelque animal dans sa retraite, et si nous ne sommes pas attaqués en route !... »

Je jette un coup d'œil sur les armes, et je m'assure qu'elles sont en bon état. Mon oncle me voit faire et m'approuve du geste.

Déjà de larges agitations produites à la surface des flots indiquent le trouble des couches reculées. Le danger est proche. Il faut veiller.

Mardi 18 août. – Le soir arrive, ou plutôt le moment où le sommeil alourdit nos paupières, car la nuit manque à cet océan, et l'implacable lumière fatigue obstinément nos yeux, comme si nous naviguions sous le soleil des mers arctiques. Hans est à la barre. Pendant son quart je m'endors.

Deux heures après, une secousse épouvantable me réveille. Le radeau a été soulevé hors des flots avec une indescriptible puissance et rejeté à vingt toises de là.

« Qu'y a-t-il ? s'écrie mon oncle. Avons-nous touché ? »

Hans montre du doigt, à une distance de deux cent toises, une masse noirâtre qui s'élève et s'abaisse tour à tour. Je regarde et je m'écrie :

« C'est un marsouin colossal !

– Oui, réplique mon oncle, et voilà maintenant un lézard de mer d'une grosseur peu commune.

– Et plus loin un crocodile monstrueux ! Voyez sa large mâchoire et les rangées de dents dont elle est armée. Ah ! il disparaît !

– Une baleine ! une baleine ! s'écrie alors le professeur.

J'aperçois ses nageoires énormes ! Vois l'air et l'eau qu'elle chasse par ses évents ! »

En effet, deux colonnes liquides s'élèvent à une hauteur considérable au-dessus de la mer. Nous restons surpris, stupéfaits, épouvantés, en présence de ce troupeau de monstres marins. Ils ont des dimensions surnaturelles, et le moindre d'entre eux briserait le radeau d'un coup de dent. Hans veut mettre la barre au vent, afin de fuir ce voisinage dangereux ; mais il aperçoit sur l'autre bord d'autres ennemis non moins redoutables : une tortue large de quarante pieds, et un serpent long de trente, qui darde sa tête énorme au-dessus des flots.

Impossible de fuir. Ces reptiles s'approchent ; ils tournent autour du radeau avec une rapidité que des convois lancés à grande vitesse ne sauraient égaler ; ils tracent autour de lui des cercles concentriques. J'ai pris ma carabine. Mais quel effet peut produire une balle sur les écailles dont le corps de ces animaux est recouvert ?

Nous sommes muets d'effroi. Les voici qui s'approchent ! D'un côté le crocodile, de l'autre le serpent. Le reste du troupeau marin a disparu. Je vais faire feu. Hans m'arrête d'un signe. Les deux monstres passent à cinquante toises du radeau, se précipitent l'un sur l'autre, et leur fureur les empêche de nous apercevoir.

Le combat s'engage à cent toises du radeau. Nous voyons distinctement les deux monstres aux prises.

Mais il me semble que maintenant les autres animaux viennent prendre part à la lutte, le marsouin, la baleine, le lézard, la tortue. A chaque instant je les entrevois. Je les montre à l'Islandais. Celui-ci remue la tête négativement.

« Tva, dit-il.

– Quoi ! deux ? Il prétend que deux animaux seulement...

– Il a raison, s'écrie mon oncle, dont la lunette n'a pas quitté les yeux.

– Par exemple !

– Oui ! le premier de ces monstres a le museau d'un marsouin, la tête d'un lézard, les dents d'un crocodile, et voilà ce qui nous a trompés. C'est le plus redoutable des reptiles antédiluviens, l'ichthyosaurus !

– Et l'autre ?

– L'autre, c'est un serpent caché dans la carapace d'une tortue, le terrible ennemi du premier, le plesiosaurus ! »

Ces animaux s'attaquent avec fureur.

Hans a dit vrai. Deux monstres seulement troublent ainsi la surface de la mer, et j'ai devant les yeux deux reptiles des océans primitifs. J'aperçois l'œil sanglant de l'ichthyosaurus, gros comme la tête d'un homme. La nature l'a doué d'un appareil d'optique d'une extrême puissance et capable de résister à la pression des couches d'eau dans les profondeurs qu'il habite. On l'a justement nommé la baleine des Sauriens, car il en a la rapidité et la taille. Celui-ci ne mesure pas moins de cent pieds, et je peux juger de sa grandeur quand il dresse au-dessus des flots les nageoires verticales de sa queue. Sa mâchoire est énorme, et d'après les naturalistes, elle ne compte pas moins de cent quatre-vingt-deux dents.

Le plesiosaurus, serpent à tronc cylindrique, à queue courte, a les pattes disposées en forme de rame. Son corps est entièrement revêtu d'une carapace, et son cou, flexible comme celui du cygne, se dresse à trente pieds au-dessus des flots.

Ces animaux s'attaquent avec une indescriptible furie. Ils soulèvent des montagnes liquides qui refluent jusqu'au radeau. Vingt fois nous sommes sur le point de chavirer. Des sifflements d'une prodigieuse intensité se font entendre. Les deux bêtes sont enlacées. Je ne puis les distinguer l'une de l'autre. Il faut tout craindre de la rage du vainqueur.

Une heure, deux heures se passent. La lutte continue avec le même acharnement. Les combattants se rapprochent du radeau et s'en éloignent tour à tour. Nous restons immobiles, prêts à faire feu.

Soudain l'ichthyosaurus et le plesiosaurus disparaissent en creusant un véritable maelström au sein des flots. Plusieurs minutes s'écoulent. Le combat va-t-il se terminer dans les profondeurs de la mer ?

Tout à coup une tête énorme s'élance au-dehors, la tête du plesiosaurus. Le monstre est blessé à mort. Je n'aperçois plus son immense carapace. Seulement son long cou se dresse, s'abat, se relève, se recourbe, cingle les flots comme un fouet gigantesque et se tord comme un ver coupé. L'eau rejaillit à une distance considérable. Elle nous aveugle. Mais bientôt l'agonie du reptile touche à sa fin, ses mouvements diminuent, ses contorsions s'apaisent, et ce long tronçon de serpent s'étend comme une masse inerte sur les flots calmés.

Quant à l'ichthyosaurus, a-t-il donc regagné sa caverne sous-marine, ou va-t-il reparaître à la surface de la mer ?

XXXIV

Mercredi 19 août. – Heureusement le vent, qui souffle avec force, nous a permis de fuir rapidement le théâtre de la lutte. Hans est toujours au gouvernail. Mon oncle, tiré de ses absorbantes idées par les incidents de ce combat, retombe dans son impatiente contemplation de la mer.

Le voyage reprend sa monotone uniformité, que je ne tiens pas à rompre au prix des dangers d'hier.

Jeudi 20 août. – Brise N.-N.-E. assez inégale. Température chaude. Nous marchons avec une vitesse de trois lieues et demie à l'heure.

Vers midi, un bruit très éloigné se fait entendre. Je consigne ici le fait sans pouvoir en donner l'explication. C'est un mugissement continu.

« Il y a au loin, dit le professeur, quelque rocher, ou quelque îlot sur lequel la mer se brise. »

Hans se hisse au sommet du mât, mais ne signale aucun écueil. L'océan est uni jusqu'à sa ligne d'horizon.

Trois heures se passent. Les mugissements semblent provenir d'une chute d'eau éloignée.

Je le fais remarquer à mon oncle, qui secoue la tête. J'ai pourtant la conviction que je ne me trompe pas. Courons-nous donc à quelque cataracte qui nous précipitera dans l'abîme ? Que cette manière de descendre plaise au professeur, parce qu'elle se rapproche de la verticale, c'est possible, mais à moi...

En tout cas, il doit y avoir à quelques lieues au vent un phénomène bruyant, car maintenant les mugissements se font entendre avec une grande violence. Viennent-ils du ciel ou de l'Océan ?

Je porte mes regards vers les vapeurs suspendues dans l'atmosphère, et je cherche à sonder leur profondeur. Le ciel est tranquille. Les nuages, emportés au plus haut de la voûte, semblent immobiles et se perdent dans l'intense irradiation de la lumière. Il faut donc chercher ailleurs la cause de ce phénomène.

J'interroge alors l'horizon pur et dégagé de toute brume. Son aspect n'a pas changé. Mais si ce bruit vient d'une chute, d'une cataracte, si tout cet océan se précipite dans un bassin inférieur, si ces mugissements sont produits par une masse d'eau qui tombe, le courant doit s'activer, et sa vitesse croissante peut me donner la mesure du péril dont nous sommes menacés. Je consulte le courant. Il est nul. Une bouteille vide que je jette à la mer reste sous le vent.

Vers quatre heures Hans se lève, se cramponne au mât et monte à son extrémité. De là son regard parcourt l'arc de cercle que l'océan décrit devant le radeau et s'arrête sur un point. Sa figure n'exprime aucune surprise, mais son œil est devenu fixe.

« Il a vu quelque chose, dit mon oncle.

– Je le crois. »

Hans redescend, puis il étend son bras vers le sud en disant :

« Der nere !

– Là-bas ? » répond mon oncle.

Et saisissant sa lunette, il regarde attentivement pendant une minute, qui me paraît un siècle.

« Oui, oui ! s'écrie-t-il.

– Que voyez-vous ?

– Une gerbe immense qui s'élève au-dessus des flots.

– Encore quelque animal marin ?

– Peut-être.

– Alors mettons le cap plus à l'ouest, car nous savons à quoi nous en tenir sur le danger de rencontrer ces monstres antédiluviens !

– Laissons aller », répond mon oncle.

Je me retourne vers Hans. Hans maintient sa barre avec une inflexible rigueur.

Cependant, si de la distance qui nous sépare de cet animal, distance qu'il faut estimer à douze lieues au moins, on peut apercevoir la colonne d'eau chassée par ses évents, il doit être d'une taille surnaturelle. Fuir serait se conformer aux lois de la plus vulgaire prudence. Mais nous ne sommes pas venus ici pour être prudents.

On va donc en avant. Plus nous approchons, plus la gerbe grandit. Quel monstre peut s'emplir d'une pareille quantité d'eau et l'expulser ainsi sans interruption ?

A huit heures du soir, nous ne sommes pas à deux lieues

de lui. Son corps noirâtre, énorme, montueux, s'étend dans la mer comme un îlot. Est-ce illusion, est-ce effroi ? Sa longueur me paraît dépasser mille toises ! Quel est donc ce cétacé que n'ont prévu ni les Cuvier ni les Blumembach ? Il est immobile et comme endormi ; la mer semble ne pouvoir le soulever, et ce sont les vagues qui ondulent sur ses flancs. La colonne d'eau, projetée à une hauteur de cinq cents pieds, retombe en pluie avec un bruit assourdissant. Nous courons en insensés vers cette masse puissante que cent baleines ne nourriraient pas pour un jour.

La terreur me prend. Je ne veux pas aller plus loin ! Je couperai, s'il le faut, la drisse de la voile ! Je me révolte contre le professeur, qui ne me répond pas.

Tout à coup Hans se lève, et montrant du doigt le point menaçant :

« Holme ! dit-il.

– Une île ! s'écrie mon oncle.

– Une île ! dis-je à mon tour en haussant les épaules.

– Évidemment, répond le professeur en poussant un vaste éclat de rire.

– Mais cette colonne d'eau ?

– « Geyser », fait Hans.

– Eh ! sans doute, geyser ! riposte mon oncle, un geyser pareil à ceux de l'Islande[1] ! »

Je ne veux pas, d'abord, m'être trompé si grossièrement. Avoir pris un îlot pour un monstre marin ! Mais l'évidence se fait, et il faut enfin convenir de mon erreur. Il n'y a là qu'un phénomène naturel.

A mesure que nous approchons, les dimensions de la gerbe liquide deviennent grandioses. L'îlot représente à s'y méprendre un cétacé immense dont la tête domine les flots à une hauteur de dix toises. Le geyser, mot que les Islandais prononcent « geysir » et qui signifie « fureur », s'élève majestueusement à son extrémité. De sourdes détonations éclatent par instants, et l'énorme jet, pris de colères plus violentes, secoue son panache de vapeurs en bondissant jusqu'à la première couche de nuages. Il est seul. Ni fumerolles, ni sources chaudes ne l'entourent, et toute la puissance volcanique se résume en lui. Les rayons de la lumière électrique viennent se mêler à cette gerbe éblouis-

1. Source jaillissante très célèbre située au pied de l'Hécla.

sante, dont chaque goutte se nuance de toutes les couleurs du prisme.

« Accostons », dit le professeur.

Mais il faut éviter avec soin cette trombe d'eau qui coulerait le radeau en un instant. Hans, manœuvrant adroitement, nous amène à l'extrémité de l'îlot.

Je saute sur le roc. Mon oncle me suit lestement, tandis que le chasseur demeure à son poste, comme un homme au-dessus de ces étonnements.

Nous marchons sur un granit mêlé de tuf siliceux ; le sol frissonne sous nos pieds comme les flancs d'une chaudière où se tord de la vapeur surchauffée ; il est brûlant. Nous arrivons en vue d'un petit bassin central d'où s'élève le geyser. Je plonge dans l'eau qui coule en bouillonnant un thermomètre à déversement, et il marque une chaleur de cent soixante-trois degrés.

Ainsi donc cette eau sort d'un foyer ardent. Cela contredit singulièrement les théories du professeur Lidenbrock. Je ne puis m'empêcher d'en faire la remarque.

« Eh bien, réplique-t-il, qu'est-ce que cela prouve contre ma doctrine ?

– Rien », dis-je d'un ton sec, en voyant que je me heurte à un entêtement absolu.

Néanmoins je suis forcé d'avouer que nous sommes singulièrement favorisés jusqu'ici, et que, pour une raison qui m'échappe, ce voyage s'accomplit dans des conditions particulières de température ; mais il me paraît évident, certain, que nous arriverons un jour ou l'autre à ces régions où la chaleur centrale atteint les plus hautes limites et dépasse toutes les graduations des thermomètres.

Nous verrons bien. C'est le mot du professeur, qui, après avoir baptisé cet îlot volcanique du nom de son neveu, donne le signal de l'embarquement.

Je reste pendant quelques minutes encore à contempler le geyser. Je remarque que son jet est irrégulier dans ses accès, qu'il diminue parfois d'intensité, puis reprend avec une nouvelle vigueur, ce que j'attribue aux variations de pression des vapeurs accumulées dans son réservoir.

Enfin nous partons en contournant les roches très accores du sud. Hans a profité de cette halte pour remettre le radeau en état.

Mais avant de déborder, je fais quelques observations pour calculer la distance parcourue, et je les note sur mon journal. Nous avons franchi deux cent soixante-dix lieues de mer depuis Port-Graüben, et nous sommes à six cent vingt lieues de l'Islande, sous l'Angleterre.

XXXV

Vendredi 21 août – Le lendemain le magnifique geyser a disparu. Le vent a fraîchi, et nous a rapidement éloignés de l'îlot Axel. Les mugissements se sont éteints peu à peu.

Le temps, s'il est permis de s'exprimer ainsi, va changer avant peu. L'atmosphère se charge de vapeurs qui emportent avec elles l'électricité formée par l'évaporation des eaux salines ; les nuages s'abaissent sensiblement et prennent une teinte uniformément olivâtre ; les rayons électriques peuvent à peine percer cet opaque rideau baissé sur le théâtre où va se jouer le drame des tempêtes.

Je me sens particulièrement impressionné, comme l'est sur terre toute créature à l'approche d'un cataclysme. Les « cumulus[1] » entassés dans le sud présentent un aspect sinistre ; ils ont cette apparence « impitoyable » que j'ai souvent remarquée au début des orages. L'air est lourd, la mer est calme.

Au loin, les nuages ressemblent à de grosses balles de coton amoncelées dans un pittoresque désordre ; peu à peu ils se gonflent et perdent en nombre ce qu'ils gagnent en grandeur ; leur pesanteur est telle qu'ils ne peuvent se détacher de l'horizon ; mais, au souffle des courants élevés, ils se fondent peu à peu, s'assombrissent et présentent bientôt une couche unique d'un aspect redoutable ; parfois une pelote de vapeurs, encore éclairée, rebondit sur ce tapis grisâtre et va se perdre bientôt dans la masse opaque.

Évidemment l'atmosphère est saturée de fluide ; j'en suis tout imprégné ; mes cheveux se dressent sur ma tête comme aux abords d'une machine électrique. Il me semble que, si mes compagnons me touchaient en ce moment, ils recevraient une commotion violente.

A dix heures du matin, les symptômes de l'orage sont plus

1. Nuages de formes arrondies.

décisifs ; on dirait que le vent mollit pour mieux reprendre haleine ; la nue ressemble à une outre immense dans laquelle s'accumulent les ouragans.

Je ne veux pas croire aux menaces du ciel, et cependant je ne puis m'empêcher de dire :

« Voilà un mauvais temps qui se prépare. »

Le professeur ne répond pas. Il est d'une humeur massacrante, à voir l'océan se prolonger indéfiniment devant ses yeux. Il hausse les épaules à mes paroles.

« Nous aurons de l'orage, dis-je en étendant la main vers l'horizon. Ces nuages s'abaissent sur la mer comme pour l'écraser ! »

Silence général. Le vent se tait. La nature a l'air d'une morte et ne respire plus. Sur le mât, où je vois déjà poindre un léger feu Saint-Elme, la voile détendue tombe en plis lourds. Le radeau est immobile au milieu d'une mer épaisse, sans ondulations. Mais, si nous ne marchons plus, à quoi bon conserver cette toile, qui peut nous mettre en perdition au premier choc de la tempête ?

« Amenons-la, dis-je, abattons notre mât ! Cela sera prudent !

– Non, par le diable ! s'écrie mon oncle, cent fois non ! Que le vent nous saisisse ! que l'orage nous emporte ! mais que j'aperçoive enfin les rochers d'un rivage, quand notre radeau devrait s'y briser en mille pièces ! »

Ces paroles ne sont pas achevées que l'horizon du sud change subitement d'aspect. Les vapeurs accumulées se résolvent en eau, et l'air, violemment appelé pour combler les vides produits par la condensation, se fait ouragan. Il vient des extrémités les plus reculées de la caverne. L'obscurité redouble. C'est à peine si je puis prendre quelques notes incomplètes.

Le radeau se soulève, il bondit. Mon oncle est jeté de son haut. Je me traîne jusqu'à lui. Il s'est fortement cramponné à un bout de câble et paraît considérer avec plaisir ce spectacle des éléments déchaînés.

Hans ne bouge pas. Ses longs cheveux, repoussés par l'ouragan et ramenés sur sa face immobile, lui donnent une étrange physionomie, car chacune de leurs extrémités est hérissée de petites aigrettes lumineuses. Son masque effrayant est celui d'un homme antédiluvien, contemporain des ichthyosaures et des megatheriums.

Cependant le mât résiste. La voile se tend comme une bulle prête à crever. Le radeau file avec un emportement que je ne puis estimer, mais moins vite encore que ces gouttes d'eau déplacées sous lui, dont la rapidité fait des lignes droites et nettes.

« La voile ! la voile ! dis-je, en faisant signe de l'abaisser.

– Non ! répond mon oncle.

– « Nej », fait Hans en remuant doucement la tête.

Cependant, la pluie forme une cataracte mugissante devant cet horizon vers lequel nous courons en insensés. Mais avant qu'elle n'arrive jusqu'à nous, le voile de nuages se déchire, la mer entre en ébullition et l'électricité, produite par une vaste action chimique qui s'opère dans les couches supérieures, est mise en jeu. Aux éclats du tonnerre se mêlent les jets étincelants de la foudre ; des éclairs sans nombre s'entrecroisent au milieu des détonations ; la masse des vapeurs devient incandescente ; les grêlons qui frappent le métal de nos outils ou de nos armes se font lumineux ; les vagues soulevées semblent être autant de mamelons ignivomes sous lesquels couve un feu intérieur, et dont chaque crête est empanachée d'une flamme.

Mes yeux sont éblouis par l'intensité de la lumière, mes oreilles brisées par le fracas de la foudre ! Il faut me retenir au mât, qui plie comme un roseau sous la violence de l'ouragan ! ! !

. . . .

[Ici mes notes de voyage devinrent très incomplètes. Je n'ai plus retrouvé que quelques observations fugitives, prises machinalement pour ainsi dire. Mais dans leur brièveté, dans leur obscurité même, elles sont empreintes de l'émotion qui me dominait, et mieux que ma mémoire, elles donnent le sentiment de la situation.]

. . . .

Dimanche 23 août. – Où sommes-nous ? Emportés avec une incommensurable rapidité.

La nuit a été épouvantable. L'orage ne se calme pas. Nous vivons dans un milieu de bruit, une détonation incessante. Nos oreilles saignent. On ne peut échanger une parole.

Les éclairs ne discontinuent pas. Je vois des zigzags rétrogrades qui, après un jet rapide, reviennent de bas en haut et vont frapper la voûte de granit. Si elle allait s'écrouler ! D'autres éclairs se bifurquent ou prennent la forme de globes de feu qui éclatent comme des bombes. Le bruit général ne paraît pas s'en accroître ; il a dépassé la limite d'intensité que peut percevoir l'oreille humaine, et, quand toutes les poudrières du monde viendraient à sauter ensemble, « nous ne saurions en entendre davantage ».

Il y a émission continue de lumière à la surface des nuages ; la matière électrique se dégage incessamment de leurs molécules ; évidemment les principes gazeux de l'air sont altérés ; des colonnes d'eau innombrables s'élancent dans l'atmosphère et retombent en écumant.

Où allons-nous ?... Mon oncle est couché tout de son long à l'extrémité du radeau.

La chaleur redouble. Je regarde le thermomètre ; il indique... [Le chiffre est effacé.]

Lundi 24 août. – Cela ne finira pas ! Pourquoi l'état de cette atmosphère si dense, une fois modifié, ne serait-il pas définitif ?

Nous sommes brisés de fatigue. Hans comme à l'ordinaire. Le radeau court invariablement vers le sud-est. Nous avons fait plus de deux cents lieues depuis l'îlot Axel.

A midi la violence de l'ouragan redouble. Il faut saisir solidement tous les objets composant la cargaison. Chacun de nous s'attache également. Les flots passent par-dessus notre tête.

Impossible de s'adresser une seule parole depuis trois jours. Nous ouvrons la bouche, nous remuons nos lèvres ; il ne se produit aucun son appréciable. Même en se parlant à l'oreille on ne peut s'entendre.

Mon oncle s'est approché de moi. Il a articulé quelques paroles. Je crois qu'il m'a dit : « Nous sommes perdus. » Je n'en suis pas certain.

Je prends le parti de lui écrire ces mots : « Amenons notre voile. »

Il me fait signe qu'il y consent.

Sa tête n'a pas eu le temps de se relever de bas en haut qu'un disque de feu apparaît au bord du radeau. Le mât et la voile sont partis tout d'un bloc, et je les ai vus s'enlever à une prodigieuse hauteur, semblables au ptérodactyle, cet oiseau fantastique des premiers siècles.

Nous sommes glacés d'effroi. La boule mi-partie blanche, mi-partie azurée, de la grosseur d'une bombe de dix pouces, se promène lentement, en tournant avec une surprenante vitesse sous la lanière de l'ouragan. Elle vient ici, là, monte sur un des bâtis du radeau, saute sur le sac aux provisions, redescend légèrement, bondit, effleure la caisse à poudre. Horreur ! Nous allons sauter ! Non. Le disque éblouissant s'écarte ; il s'approche de Hans, qui le regarde fixement ; de mon oncle, qui se précipite à genoux pour l'éviter ; de moi, pâle et frissonnant sous l'éclat de la lumière et de la chaleur ; il pirouette près de mon pied, que j'essaie de retirer. Je ne puis y parvenir.

Une odeur de gaz nitreux remplit l'atmosphère ; elle pénètre le gosier, les poumons. On étouffe.

Pourquoi ne puis-je retirer mon pied ? Il est donc rivé au radeau ! Ah ! la chute de ce globe électrique a aimanté tout le fer du bord ; les instruments, les outils, les armes s'agitent en se heurtant avec un cliquetis aigu ; les clous de ma chaussure adhèrent violemment à une plaque de fer incrustée dans le bois. Je ne puis retirer mon pied !

Enfin, par un effort violent, je l'arrache au moment où la boule allait le saisir dans son mouvement giratoire et m'entraîner moi-même, si...

Ah ! quelle lumière intense ! le globe éclate ! nous sommes couverts par des jets de flammes !

Puis tout s'éteint. J'ai eu le temps de voir mon oncle étendu sur le radeau. Hans toujours à sa barre et « crachant du feu » sous l'influence de l'électricité qui le pénètre !

Où allons-nous ? où allons-nous ?

. . . .

Mardi 25 août. – Je sors d'un évanouissement prolongé. L'orage continue ; les éclairs se déchaînent comme une couvée de serpents lâchée dans l'atmosphère.

Sommes-nous toujours sur la mer ? Oui, emportés avec une vitesse incalculable. Nous avons passé sous l'Angleterre, sous la Manche, sous la France, sous l'Europe entière, peut-être !

. . . .

Un bruit nouveau se fait entendre ! Évidemment, la mer qui se brise sur des rochers !... Mais alors...

. . . .

La boule de feu se promena lentement.

XXXVI

Ici se termine ce que j'ai appelé « le journal du bord », heureusement sauvé du naufrage. Je reprends mon récit comme devant.

Ce qui se passa au choc du radeau contre les écueils de la côte, je ne saurais le dire. Je me sentis précipité dans les flots, et si j'échappai à la mort, si mon corps ne fut pas déchiré sur les rocs aigus, c'est que le bras vigoureux de Hans me retira de l'abîme.

Le courageux Islandais me transporta hors de la portée des vagues sur un sable brûlant où je me trouvai côte à côte avec mon oncle.

Puis, il revint vers ces rochers auxquels se heurtaient les lames furieuses, afin de sauver quelques épaves du naufrage. Je nc pouvais parler ; j'étais brisé d'émotions et de fatigues ; il me fallut une grande heure pour me remettre.

Cependant, une pluie diluvienne continuait à tomber, mais avec ce redoublement qui annonce la fin des orages. Quelques rocs superposés nous offrirent un abri contre les torrents du ciel. Hans prépara des aliments auxquels je ne pus toucher, et chacun de nous, épuisé par les veilles de trois nuits, tomba dans un douloureux sommeil.

Le lendemain, le temps était magnifique. Le ciel et la mer s'étaient apaisés d'un commun accord. Toute trace de tempête avait disparu. Ce furent les paroles joyeuses du professeur qui saluèrent mon réveil. Il était d'une gaieté terrible.

« Eh bien, mon garçon, s'écria-t-il, as-tu bien dormi ? »

N'eût-on pas dit que nous étions dans la maison de Königstrasse, que je descendais tranquillement pour déjeuner, que mon mariage avec la pauvre Graüben allait s'accomplir ce jour même ?

Hélas ! pour peu que la tempête eût jeté le radeau dans l'est, nous avions passé sous l'Allemagne, sous ma chère ville de Hambourg, sous cette rue où demeurait tout ce que j'aimais au monde. Alors quarante lieues m'en séparaient à peine ! Mais quarante lieues verticales d'un mur de granit, et, en réalité, plus de mille lieues à franchir !

Toutes ces douloureuses réflexions traversèrent rapidement mon esprit avant que je ne répondisse à la question de mon oncle.

« Ah ça ! répéta-t-il, tu ne veux pas dire si tu as bien dormi ?

– Très bien, répondis-je, je suis encore brisé, mais cela ne sera rien.

– Absolument rien, un peu de fatigue, et voilà tout.

– Mais vous me paraissez bien gai ce matin, mon oncle.

– Enchanté, mon garçon ! enchanté ! Nous sommes arrivés !

– Au terme de notre expédition ?

– Non, mais au bout de cette mer qui n'en finissait pas. Nous allons reprendre maintenant la voie de terre et nous enfoncer véritablement dans les entrailles du globe.

– Mon oncle, permettez-moi de vous faire une question.

– Je te le permets, Axel.

– Et le retour ?

– Le retour ! Ah ! tu penses à revenir quand on n'est pas même arrivé ?

– Non, je veux seulement demander comment il s'effectuera.

– De la manière la plus simple du monde. Une fois arrivés au centre du sphéroïde, ou nous trouverons une route nouvelle pour remonter à sa surface, ou nous reviendrons tout bourgeoisement par le chemin déjà parcouru. J'aime à penser qu'il ne se fermera pas derrière nous.

– Alors il faudra remettre le radeau en bon état.

– Nécessairement.

– Mais les provisions, en reste-t-il assez pour accomplir toutes ces grandes choses ?

– Oui, certes. Hans est un garçon habile, et je suis sûr qu'il a sauvé la plus grande partie de la cargaison. Allons nous en assurer, d'ailleurs. »

Nous quittâmes cette grotte ouverte à toutes les brises. J'avais un espoir qui était en même temps une crainte ; il me semblait impossible que le terrible abordage du radeau n'eût pas anéanti tout ce qu'il portait. Je me trompais. A mon arrivée sur le rivage, j'aperçus Hans au milieu d'une foule d'objets rangés avec ordre. Mon oncle lui serra la main avec un vif sentiment de reconnaissance. Cet homme, d'un dévouement surhumain dont on ne trouverait peut-être pas d'autre exemple, avait travaillé pendant que nous dormions et sauvé les objets les plus précieux au péril de sa vie.

Ce n'est pas que nous n'eussions fait des pertes assez sensibles ; nos armes, par exemple ; mais enfin on pouvait s'en passer. La provision de poudre était demeurée intacte, après avoir failli sauter pendant la tempête.

« Eh bien, s'écria le professeur, puisque les fusils manquent, nous en serons quittes pour ne pas chasser.

– Bon ; mais les instruments ?

– Voici le manomètre, le plus utile de tous, et pour lequel j'aurais donné les autres ! Avec lui je puis calculer la profondeur et savoir quand nous aurons atteint le centre. Sans lui, nous risquerions d'aller au-delà et de ressortir par les antipodes ! »

Cette gaieté était féroce.

« Mais la boussole ? demandai-je.

– La voici, sur ce rocher, en parfait état, ainsi que le chronomètre et les thermomètres. Ah ! le chasseur est un homme précieux ! »

Il fallait bien le reconnaître ; en fait d'instruments, rien ne manquait. Quant aux outils et aux engins, j'aperçus, épars sur le sable, échelles, cordes, pics, pioches, etc.

Cependant il y avait encore la question des vivres à élucider.

« Et les provisions ? dis-je.

– Voyons les provisions », répondit mon oncle.

Les caisses qui les contenaient étaient alignées sur la grève dans un parfait état de conservation ; la mer les avait respectées pour la plupart, et, somme toute, en biscuits, viande salée, genièvre et poissons secs, on pouvait compter encore sur quatre mois de vivres.

« Quatre mois ! s'écria le professeur. Nous avons le temps d'aller et de revenir, et, avec ce qui restera, je veux donner un grand dîner à tous mes collègues du Johannæum ! »

J'aurais dû être habitué, depuis longtemps, au tempérament de mon oncle, et pourtant cet homme-là m'étonnait toujours.

« Maintenant, dit-il, nous allons refaire notre provision d'eau douce avec la pluie que l'orage a versée dans tous ces bassins de granit ; par conséquent, nous n'avons pas à craindre d'être pris par la soif. Quant au radeau, je vais recommander à Hans de le réparer de son mieux, quoiqu'il ne doive plus nous servir, j'imagine !

– Comment cela ? m'écriai-je.

– Une idée à moi, mon garçon. Je crois que nous ne sortirons pas par où nous sommes entrés. »

Je regardai le professeur avec une certaine défiance. Je me demandai s'il n'était pas devenu fou. Et cependant « il ne savait pas si bien dire ».

« Allons déjeuner », reprit-il.

Je le suivis sur un cap élevé, après qu'il eut donné ses instructions au chasseur. Là, de la viande sèche, du biscuit et du thé composèrent un repas excellent, et, je dois l'avouer, un des meilleurs que j'eusse fait de ma vie. Le besoin, le grand air, le calme après les agitations, tout contribuait à me mettre en appétit.

Pendant le déjeuner, je posai à mon oncle la question de savoir où nous étions en ce moment.

« Cela, dis-je, me paraît difficile à calculer.

– A calculer exactement, oui, répondit-il ; c'est même impossible, puisque, pendant ces trois jours de tempête, je n'ai pu tenir note de la vitesse et de la direction du radeau ; mais cependant nous pouvons relever notre situation à l'estime.

– En effet, la dernière observation a été faite à l'îlot du geyser...

– A l'îlot Axel, mon garçon. Ne décline pas cet honneur d'avoir baptisé de ton nom la première île découverte au centre du massif terrestre.

– Soit ! A l'îlot Axel, nous avions franchi environ deux cent soixante-dix lieues de mer, et nous nous trouvions à plus de six cents lieues de l'Islande.

– Bien ! partons de ce point alors, et comptons quatre jours d'orage, pendant lesquels notre vitesse n'a pas dû être inférieure à quatre-vingts lieues par vingt-quatre heures.

– Je le crois. Ce serait donc trois cents lieues à ajouter.

– Oui, et la mer Lidenbrock aurait à peu près six cents lieues d'un rivage à l'autre ! Sais-tu bien, Axel, qu'elle peut lutter de grandeur avec la Méditerranée ?

– Oui, surtout si nous ne l'avons traversée que dans sa largeur !

– Ce qui est fort possible !

– Et, chose curieuse, ajoutai-je, si nos calculs sont exacts, nous avons maintenant cette Méditerranée sur notre tête.

– Vraiment !

– Vraiment, car nous sommes à neuf cents lieues de Reykjawik !

– Voilà un joli bout de chemin, mon garçon ; mais que nous soyons plutôt sous la Méditerranée que sous la Turquie ou sous l'Atlantique, cela ne peut s'affirmer que si notre direction n'a pas dévié.

– Non, le vent paraissait constant ; je pense donc que ce rivage doit être situé au sud-est de Port-Graüben.

– Bon, il est facile de s'en assurer en consultant la boussole. Allons consulter la boussole ! »

Le professeur se dirigea vers le rocher sur lequel Hans avait déposé les instruments. Il était gai, allègre, il se frottait les mains, il prenait des poses ! Un vrai jeune homme ! Je le suivis, assez curieux de savoir si je ne me trompais pas dans mon estime.

Arrivé au rocher, mon oncle prit le compas, le posa horizontalement et observa l'aiguille, qui, après avoir oscillé, s'arrêta dans une position fixe sous l'influence magnétique.

Mon oncle regarda, puis il se frotta les yeux et regarda de nouveau. Enfin il se retourna de mon côté, stupéfait.

« Qu'y a-t-il ? » demandai-je.

Il me fit signe d'examiner l'instrument. Une exclamation de surprise m'échappa. La fleur de l'aiguille marquait le nord là où nous supposions le midi ! Elle se tournait vers la grève au lieu de montrer la pleine mer !

Je remuai la boussole, je l'examinai ; elle était en parfait état. Quelque position que l'on fît prendre à l'aiguille, celle-ci reprenait obstinément cette direction inattendue.

Ainsi donc, il ne fallait plus en douter, pendant la tempête, une saute de vent s'était produite dont nous ne nous étions pas aperçus, et avait ramené le radeau vers les rivages que mon oncle croyait laisser derrière lui.

XXXVII

Il me serait impossible de peindre la succession des sentiments qui agitèrent le professeur Lidenbrock, la stupéfaction, l'incrédulité et enfin la colère. Jamais je ne vis un homme si décontenancé d'abord, si irrité ensuite. Les fatigues de la traversée, les dangers courus, tout était à recommencer ! Nous avions reculé au lieu de marcher en avant !

Mais mon oncle reprit rapidement le dessus.

« Ah ! la fatalité me joue de pareils tours ! s'écria-t-il. Les éléments conspirent contre moi ! L'air, le feu et l'eau combinent leurs efforts pour s'opposer à mon passage ! Eh bien ! l'on saura ce que peut ma volonté. Je ne céderai pas, je ne reculerai pas d'une ligne, et nous verrons qui l'emportera de l'homme ou de la nature ! »

Debout sur le rocher, irrité, menaçant, Otto Lidenbrock, pareil au farouche Ajax, semblait défier les dieux. Mais je jugeai à propos d'intervenir et de mettre un frein à cette fougue insensée.

« Écoutez-moi, lui dis-je d'un ton ferme. Il y a une limite à toute ambition ici-bas ; il ne faut pas lutter contre l'impossible ; nous sommes mal équipés pour un voyage sur mer ; cinq cents lieues ne se font pas sur un mauvais assemblage de poutres avec une couverture pour voile, un bâton en guise de mât, et contre les vents déchaînés. Nous ne pouvons gouverner, nous sommes le jouet des tempêtes, et c'est agir en fous que de tenter une seconde fois cette impossible traversée ! »

De ces raisons toutes irréfutables je pus dérouler la série pendant dix minutes sans être interrompu, mais cela vint uniquement de l'inattention du professeur, qui n'entendit pas un mot de mon argumentation.

« Au radeau ! » s'écria-t-il.

Telle fut sa réponse. J'eus beau faire, supplier, m'emporter, je me heurtai à une volonté plus dure que le granit.

Hans achevait en ce moment de réparer le radeau. On eût dit que cet être bizarre devinait les projets de mon oncle. Avec quelques morceaux de surtarbrandur il avait consolidé l'embarcation. Une voile s'y élevait déjà et le vent jouait dans ses plis flottants.

Le professeur dit quelques mots au guide, et aussitôt celui-ci d'embarquer les bagages et de tout disposer pour le départ. L'atmosphère était assez pure et le vent nord-ouest tenait bon.

Que pouvais-je faire ? Résister seul contre deux ? Impossible. Si encore Hans se fût joint à moi. Mais non ! Il semblait que l'Islandais eût mis de côté toute volonté personnelle et fait vœu d'abnégation. Je ne pouvais rien obtenir d'un serviteur aussi inféodé à son maître. Il fallait marcher en avant.

J'allai donc prendre sur le radeau ma place accoutumée, quand mon oncle m'arrêta de la main.

« Nous ne partirons que demain », dit-il.

Je fis le geste d'un homme résigné à tout.

« Je ne dois rien négliger, reprit-il, et puisque la fatalité m'a poussé sur cette partie de la côte, je ne la quitterai pas sans l'avoir reconnue. »

Cette remarque sera comprise, quand on saura que nous étions revenus aux rivages du nord, mais non pas à l'endroit même de notre premier départ. Port-Graüben devait être situé plus à l'ouest. Rien de plus raisonnable dès lors que d'examiner avec soin les environs de ce nouvel atterrissage.

« Allons à la découverte ! » dis-je.

Et, laissant Hans à ses occupations, nous voilà partis. L'espace compris entre les relais de la mer et le pied des contreforts était fort large. On pouvait marcher une demi-heure avant d'arriver à la paroi de rochers. Nos pieds écrasaient d'innombrables coquillages de toutes formes et de toutes grandeurs, où vécurent les animaux des premières époques. J'apercevais aussi d'énormes carapaces dont le diamètre dépassait souvent quinze pieds. Elles avaient appartenu à ces gigantesques glyptodons de la période pliocène dont la tortue moderne n'est plus qu'une petite réduction. En outre le sol était semé d'une grande quantité de débris pierreux, sortes de galets arrondis par la lame et rangés en lignes successives. Je fus donc conduit à faire cette remarque, que la mer devait autrefois occuper cet espace. Sur les rocs épars et maintenant hors de ses atteintes, les flots avaient laissé des traces évidentes de leur passage.

Ceci pouvait expliquer jusqu'à un certain point l'existence de cet océan, à quarante lieues au-dessous de la surface du globe. Mais, suivant moi, cette masse liquide devait se perdre peu à peu dans les entrailles de la terre, et elle provenait évidemment des eaux de l'Océan qui se firent jour à travers quelque fissure. Cependant, il fallait admettre que cette fissure était actuellement bouchée, car toute cette caverne, ou mieux, cet immense réservoir, se fût rempli dans un temps assez court. Peut-être même cette eau, ayant eu à lutter contre des feux souterrains, s'était-elle vaporisée en partie. De là l'explication des nuages suspendus sur notre tête et le dégagement de cette électricité qui créait des tempêtes à l'intérieur du massif terrestre.

Cette théorie des phénomènes dont nous avions été témoins me paraissait satisfaisante, car, pour grandes que soient les merveilles de la nature, elles sont toujours explicables par des raisons physiques.

Nous marchions donc sur une sorte de terrain sédimentaire, formé par les eaux comme tous les terrains de cette période, si largement distribués à la surface du globe. Le professeur examinait attentivement chaque interstice de roche. Qu'une ouverture existât, et il devenait important pour lui d'en sonder la profondeur.

Pendant un mille, nous avons côtoyé les rivages de la mer Lidenbrock, quand le sol changea subitement d'aspect. Il paraissait bouleversé, convulsionné par un exhaussement violent des couches inférieures. En maint endroit, des enfoncements ou des soulèvements attestaient une dislocation puissante du massif terrestre.

Nous avancions difficilement sur ces cassures de granit, mélangées de silex, de quartz et de dépôts alluvionnaires, lorsqu'un champ, plus qu'un champ, une plaine d'ossements apparut à nos regards. On eût dit un cimetière immense, où les générations de vingt siècles confondaient leur éternelle poussière. De hautes extumescences de débris s'étageaient au loin. Elles ondulaient jusqu'aux limites de l'horizon et s'y perdaient dans une brume fondante. Là, sur trois milles carrés, peut-être, s'accumulait toute l'histoire de la vie animale, à peine écrite dans les terrains trop récents du monde habité.

Cependant, une impatiente curiosité nous entraînait. Nos pieds écrasaient avec un bruit sec les restes de ces animaux anté-historiques, et ces fossiles dont les muséums des grandes cités se disputent les rares et intéressants débris. L'existence de mille Cuvier n'aurait pas suffi à recomposer les squelettes des êtres organiques couchés dans ce magnifique ossuaire.

J'étais stupéfait. Mon oncle avait levé ses grands bras vers l'épaisse voûte qui nous servait de ciel. Sa bouche ouverte démesurément, ses yeux fulgurants sous la lentille de ses lunettes, sa tête remuant de haut en bas, de gauche à droite, toute sa posture enfin dénotait un étonnement sans borne. Il se trouvait devant une inappréciable collection de Leptotherium, de Mericotherium, de Lophodions, d'Anoplotherium, de Megatherium, de Mastodontes, de Protopithèques, de Ptérodactyles, de tous les monstres antédiluviens entassés pour sa satisfaction personnelle. Qu'on se figure un bibliomane passionné transporté tout à coup dans cette fameuse bibliothèque d'Alexandrie brûlée par Omar et qu'un miracle aurait fait renaître de ses cendres ! Tel était mon oncle le professeur Lidenbrock.

Mais ce fut un bien autre émerveillement, quand, courant à travers cette poussière organique, il saisit un crâne dénudé, et s'écria d'une voix frémissante :

« Axel ! Axel ! une tête humaine !

– Une tête humaine ! mon oncle, répondis-je, non moins stupéfait.

– Oui, neveu ! Ah ! M. Milne-Edwards ! Ah ! M. de Quatrefages ! que n'êtes-vous là où je suis moi, Otto Lidenbrock ! »

XXXVIII

Pour comprendre cette évocation faite par mon oncle à ces illustres savants français, il faut savoir qu'un fait d'une haute importance en paléontologie s'était produit quelque temps avant notre départ.

Le 28 mars 1863, des terrassiers fouillant sous la direction de M. Boucher de Perthes les carrières de Moulin-Quignon, près d'Abbeville, dans le département de la Somme, en France, trouvèrent une mâchoire humaine à quatorze pieds au-dessous de la superficie du sol. C'était le premier fossile de cette espèce ramené à la lumière du grand jour. Près de lui se rencontrèrent des haches de pierre et des silex taillés, colorés et revêtus par le temps d'une patine uniforme.

Le bruit de cette découverte fut grand, non seulement en France, mais en Angleterre et en Allemagne. Plusieurs savants de l'Institut français, entre autres MM. Milne-

Edwards et de Quatrefages, prirent l'affaire à cœur, démontrèrent l'incontestable authenticité de l'ossement en question, et se firent les plus ardents défenseurs de ce « procès de la mâchoire, » suivant l'expression anglaise.

Aux géologues du Royaume-Uni qui tinrent le fait pour certain, MM. Falconer, Busk, Carpenter, etc., se joignirent des savants de l'Allemagne, et parmi eux, au premier rang, le plus fougueux, le plus enthousiaste, mon oncle Lidenbrock.

L'authenticité d'un fossile humain de l'époque quaternaire semblait donc incontestablement démontrée et admise.

Ce système, il est vrai, avait eu un adversaire acharné dans M. Élie de Beaumont. Ce savant de si haute autorité soutenait que le terrain de Moulin-Quignon n'appartenait pas au « diluvium », mais à une couche moins ancienne, et, d'accord en cela avec Cuvier, il n'admettait pas que l'espèce humaine eût été contemporaine des animaux de l'époque quaternaire. Mon oncle Lidenbrock, de concert avec la grande majorité des géologues, avait tenu bon, disputé, discuté, et M. Élie de Beaumont était resté à peu près seul de son parti.

Nous connaissions tous ces détails de l'affaire, mais nous ignorions que, depuis notre départ, la question avait fait des progrès nouveaux. D'autres mâchoires identiques, quoique appartenant à des individus de types divers et de nations différentes, furent trouvées dans les terres meubles et grises de certaines grottes, en France, en Suisse, en Belgique, ainsi que des armes, des ustensiles, des outils, des ossements d'enfants, d'adolescents, d'hommes, de vieillards. L'existence de l'homme quaternaire s'affirmait donc chaque jour davantage.

Et ce n'était pas tout. Des débris nouveaux exhumés du terrain tertiaire pliocène avaient permis à des savants plus audacieux encore d'assigner une plus haute antiquité à la race humaine. Ces débris, il est vrai, n'étaient point des ossements de l'homme, mais seulement des objets de son industrie, des tibias, des fémurs d'animaux fossiles, striés régulièrement, sculptés pour ainsi dire, et qui portaient la marque d'un travail humain.

Ainsi, d'un bond, l'homme remontait l'échelle des temps d'un grand nombre de siècles ; il précédait le mastodonte ; il devenait le contemporain de l'« elephas meridionalis » ; il avait cent mille ans d'existence, puisque c'est la date

C'était un corps humain absolument reconnaissable.

assignée par les géologues les plus renommés à la formation du terrain pliocène !

Tel était alors l'état de la science paléontologique, et ce que nous en connaissions suffisait à expliquer notre attitude devant cet ossuaire de la mer Lidenbrock. On comprendra donc les stupéfactions et les joies de mon oncle, surtout quand, vingt pas plus loin, il se trouva en présence, on peut dire face à face, avec un des spécimens de l'homme quaternaire.

C'était un corps humain absolument reconnaissable. Un sol d'une nature particulière, comme celui du cimetière Saint-Michel, à Bordeaux, l'avait-il ainsi conservé pendant des siècles ? je ne saurais le dire. Mais ce cadavre, la peau tendue et parcheminée, les membres encore moelleux – à la vue du moins –, les dents intactes, la chevelure abondante, les ongles des mains et des orteils d'une grandeur effrayante, se montrait à nos yeux tel qu'il avait vécu.

J'étais muet devant cette apparition d'un autre âge. Mon oncle, si loquace, si impétueusement discoureur d'habitude, se taisait aussi. Nous avions soulevé ce corps. Nous l'avions redressé. Il nous regardait avec ses orbites caves. Nous palpions son torse sonore.

Après quelques instants de silence, l'oncle fut vaincu par le professeur Otto Lidenbrock, emporté par son tempérament, oublia les circonstances de notre voyage, le milieu où nous étions, l'immense caverne qui nous contenait. Sans doute il se crut au Johannæum, professant devant ses élèves, car il prit un ton doctoral, et s'adressant à un auditoire imaginaire :

« Messieurs, dit-il, j'ai l'honneur de vous présenter un homme de l'époque quaternaire. De grands savants ont nié son existence, d'autres non moins grands l'ont affirmée. Les saint Thomas de la paléontologie, s'ils étaient là, le toucheraient du doigt, et seraient bien forcés de reconnaître leur erreur. Je sais bien que la science doit se mettre en garde contre les découvertes de ce genre ! Je n'ignore pas quelle exploitation des hommes fossiles ont fait les Barnum et autres charlatans de même farine. Je connais l'histoire de la rotule d'Ajax, du prétendu corps d'Oreste retrouvé par les Spartiates, et du corps d'Astérius, long de dix coudées, dont parle Pausanias. J'ai lu les rapports sur le squelette de Trapani découvert au XIVe siècle, et dans lequel on voulait reconnaître Polyphème, et l'histoire du géant déterré pendant le XVIe siècle aux environs de Palerme. Vous n'ignorez pas plus que moi, messieurs, l'analyse faite auprès de Lucerne, en 1577, de ces grands ossements que le célèbre médecin Félix Plater déclarait appartenir à un géant de dix-neuf pieds ! J'ai dévoré les traités de Cassanion, et tous ces mémoires, brochures, discours et contre-discours publiés à propos du squelette du roi des Cimbres, Teutobochus, l'envahisseur de la Gaule, exhumé d'une sablonnière du Dauphiné en 1613 ! Au XVIIIe siècle, j'aurais combattu avec Pierre Campet l'existence des préadamites de Scheuchzer ! J'ai eu entre les mains l'écrit nommé *Gigans...* »

Ici reparut l'infirmité naturelle de mon oncle, qui en public ne pouvait pas prononcer les mots difficiles.

« L'écrit nommé *Gigans...* » reprit-il.

Il ne pouvait aller plus loin.

« Gigantéo... »

Impossible ! Le mot malencontreux ne voulait pas sortir !

On aurait bien ri au Johannæum !

« Gigantostéologie », acheva de dire le professeur Lidenbrock entre deux jurons.

Puis, continuant de plus belle, et s'animant :

« Oui, messieurs, je sais toutes ces choses ! Je sais aussi que Cuvier et Blumenbach ont reconnu dans ces ossements de simples os de mammouth et autres animaux de l'époque quaternaire. Mais ici le doute seul sera une injure à la science ! Le cadavre est là ! Vous pouvez le voir, le toucher. Ce n'est pas un squelette, c'est un corps intact, conservé dans un but uniquement anthropologique ! »

Je voulus bien ne pas contredire cette assertion.

« Si je pouvais le laver dans une solution d'acide sulfurique, dit encore mon oncle, j'en ferais disparaître toutes les parties terreuses et ces coquillages resplendissants qui sont incrustés en lui. Mais le précieux dissolvant me manque. Cependant, tel il est, tel ce corps nous racontera sa propre histoire. »

Ici, le professeur prit le cadavre fossile et le manœuvra avec la dextérité d'un montreur de curiosités.

« Vous le voyez, reprit-il, il n'a pas six pieds de long, et nous sommes loin des prétendus géants. Quant à la race à laquelle il appartient, elle est incontestablement caucasique. C'est la race blanche, c'est la nôtre ! Le crâne de ce fossile est régulièrement ovoïde, sans développement des pommettes, sans projection de la mâchoire. Il ne présente aucun caractère de ce prognathisme qui modifie l'angle facial[1]. Mesurez cet angle, il est presque de quatre-vingt-dix degrés. Mais j'irai plus loin encore dans le chemin des déductions, et j'oserai dire que cet échantillon humain appartient à la famille japétique, répandue depuis les Indes jusqu'aux limites de l'Europe occidentale. Ne souriez pas, messieurs ! »

Personne ne souriait, mais le professeur avait une telle habitude de voir les visages s'épanouir pendant ses savantes dissertations !

« Oui, reprit-il avec une animation nouvelle, c'est là un homme fossile, et contemporain des mastodontes dont les ossements emplissent cet amphithéâtre. Mais de vous dire par quelle route il est arrivé là, comment ces couches où il était enfoui ont glissé jusque dans cette énorme cavité du globe, c'est ce que je ne me permettrai pas. Sans doute, à l'époque quaternaire, des troubles considérables se manifestaient encore dans l'écorce terrestre ; le refroidissement continu du globe produisait des cassures, des fentes, des failles, où dévalait vraisemblablement une partie du terrain supérieur. Je ne me prononce pas, mais enfin l'homme est là, entouré des ouvrages de sa main, de ces haches, de ces silex taillés qui ont constitué l'âge de pierre, et à moins qu'il n'y soit venu comme moi en touriste, en pionnier de la science, je ne puis mettre en doute l'authenticité de son antique origine. »

Le professeur se tut, et j'éclatai en applaudissements unanimes. D'ailleurs mon oncle avait raison, et de plus savants que son neveu eussent été fort empêchés de le combattre.

Autre indice. Ce corps fossilisé n'était pas le seul de l'immense ossuaire. D'autres corps se rencontraient à chaque pas que nous faisions dans cette poussière, et mon oncle pouvait choisir le plus merveilleux de ces échantillons pour convaincre les incrédules.

1. L'angle facial est formé par deux plans, l'un plus ou moins vertical qui est tangent au front et aux incisives, l'autre horizontal, qui passe par l'ouverture des conduits auditifs et l'épine nasale inférieure. On appelle *prognathisme*, en langue anthropologique, cette projection de la mâchoire qui modifie l'angle facial.

En vérité, c'était un étonnant spectacle que celui de ces générations d'hommes et d'animaux confondus dans ce cimetière. Mais une question grave se présentait, que nous n'osions résoudre. Ces êtres animés avaient-ils glissé par une convulsion du sol vers les rivages de la mer Lidenbrock, alors qu'ils étaient déjà réduits en poussière ? Ou plutôt vécurent-ils ici, dans ce monde souterrain, sous ce ciel factice, naissant et mourant comme les habitants de la terre ? Jusqu'ici, les monstres marins, les poissons seuls, nous étaient apparus vivants ! Quelque homme de l'abîme errait-il encore sur ces grèves désertes ?

XXXIX

Pendant une demi-heure encore, nos pieds foulèrent ces couches d'ossements. Nous allions en avant, poussés par une ardente curiosité. Quelles autres merveilles renfermait cette caverne, quels trésors pour la science ? Mon regard s'attendait à toutes les surprises, mon imagination à tous les étonnements.

Les rivages de la mer avaient depuis longtemps disparu derrière les collines de l'ossuaire. L'imprudent professeur, s'inquiétant peu de s'égarer, m'entraînait au loin. Nous avancions silencieusement, baignés dans les ondes électriques. Par un phénomène que je ne puis expliquer, et grâce à sa diffusion, complète alors, la lumière éclairait uniformément les diverses faces des objets. Son foyer n'existait plus en un point déterminé de l'espace et elle ne produisait aucun effet d'ombre. On aurait pu se croire en plein midi et en plein été, au milieu des régions équatoriales, sous les rayons verticaux du soleil. Toute vapeur avait disparu. Les rochers, les montagnes lointaines, quelques masses confuses de forêts éloignées, prenaient un étrange aspect sous l'égale distribution du fluide lumineux. Nous ressemblions à ce fantastique personnage d'Hoffmann qui a perdu son ombre.

Après une marche d'un mille, apparut la lisière d'une forêt immense, mais non plus un de ces bois de champignons qui avoisinaient Port-Graüben.

C'était la végétation de l'époque tertiaire dans toute sa

magnificence. De grands palmiers, d'espèces aujourd'hui disparues, de superbes palmacites, des pins, des ifs, des cyprès, des thuyas, représentaient la famille des conifères, et se reliaient entre eux par un réseau de lianes inextricables. Un tapis de mousses et d'hépathiques revêtait moelleusement le sol. Quelques ruisseaux murmuraient sous ces ombrages, peu dignes de ce nom, puisqu'ils ne produisaient pas d'ombre. Sur leurs bords croissaient des fougères arborescentes semblables à celles des serres chaudes du globe habité. Seulement, la couleur manquait à ces arbres, à ces arbustes, à ces plantes, privés de la vivifiante chaleur du soleil. Tout se confondait dans une teinte uniforme, brunâtre et comme passée. Les feuilles étaient dépourvues de leur verdeur, et les fleurs elles-mêmes, si nombreuses à cette époque tertiaire qui les vit naître, alors sans couleurs et sans parfums, semblaient faites d'un papier décoloré sous l'action de l'atmosphère.

Mon oncle Lidenbrock s'aventura sous ces gigantesques taillis. Je le suivis, non sans une certaine appréhension. Puisque la nature avait fait là les frais d'une alimentation végétale, pourquoi les redoutables mammifères ne s'y rencontreraient-ils pas ? J'apercevais dans ces larges clairières que laissaient les arbres abattus et rongés par le temps, des légumineuses, des acérines, des rubiacées, et mille arbrisseaux comestibles, chers aux ruminants de toutes les périodes. Puis apparaissaient, confondus et entremêlés, les arbres des contrées si différentes de la surface du globe, le chêne croissant près du palmier, l'eucalyptus australien s'appuyant au sapin de la Norvège, le bouleau du Nord confondant ses branches avec les branches du kauris zélandais. C'était à confondre la raison des classificateurs les plus ingénieux de la botanique terrestre.

Soudain, je m'arrêtai. De la main, je retins mon oncle.

La lumière diffuse permettait d'apercevoir les moindres objets dans la profondeur des taillis. J'avais cru voir... Non ! réellement, de mes yeux, je voyais des formes immenses s'agiter sous les arbres ! En effet, c'étaient des animaux gigantesques, tout un troupeau de mastodontes, non plus fossiles, mais vivants, et semblables à ceux dont les restes furent découverts en 1801 dans les marais de l'Ohio ! J'apercevais ces grands éléphants dont les trompes grouillaient sous les arbres comme une légion de serpents.

J'entendais le bruit de leurs longues défenses dont l'ivoire taraudait les vieux troncs. Les branches craquaient, et les feuilles arrachées par masses considérables s'engouffraient dans la vaste gueule de ces monstres.

Ce rêve où j'avais vu renaître tout ce monde des temps anté-historiques, des époques ternaire et quaternaire, se réalisait donc enfin ! Et nous étions là, seuls, dans les entrailles du globe, à la merci de ses farouches habitants !

Mon oncle regardait.

« Allons, dit-il tout d'un coup en me saisissant le bras, en avant, en avant !

– Non ! m'écriai-je, non ! Nous sommes sans armes ! Que ferions-nous au milieu de ce troupeau de quadrupèdes géants ? Venez, mon oncle, venez ! Nulle créature humaine ne peut braver impunément la colère de ces monstres.

– Nulle créature humaine ! répondit mon oncle, en baissant la voix. Tu te trompes, Axel ! Regarde, regarde là-bas ! Il me semble que j'aperçois un être vivant ! un être semblable à nous ! un homme ! »

Je regardai, haussant les épaules, et décidé à pousser l'incrédulité jusqu'à ses dernières limites. Mais, quoique j'en eus, il fallut bien me rendre à l'évidence.

En effet, à moins d'un quart de mille, appuyé au tronc d'un kauris énorme, un être humain, un Protée de ces contrées souterraines, un nouveau fils de Neptune, gardait cet innombrable troupeau de mastodontes !

Immanis pecoris custos, immanior ipse !

Oui ! *immanior ipse !* Ce n'était plus l'être fossile dont nous avions relevé le cadavre dans l'ossuaire, c'était un géant, capable de commander à ces monstres. Sa taille dépassait douze pieds. Sa tête, grosse comme la tête d'un buffle, disparaissait dans les broussailles d'une chevelure inculte. On eût dit une véritable crinière, semblable à celle de l'éléphant des premiers âges. Il brandissait de la main une branche énorme, digne houlette de ce berger antédiluvien.

Nous étions restés immobiles, stupéfaits. Mais nous pouvions être aperçus. Il fallait fuir.

« Venez, venez », m'écriai-je, en entraînant mon oncle, qui pour la première fois se laissa faire !

Un protée de ces contrées souterraines.

Un quart d'heure plus tard, nous étions hors de la vue de ce redoutable ennemi.

Et maintenant que j'y songe tranquillement, maintenant que le calme s'est refait dans mon esprit, que des mois se sont écoulés depuis cette étrange et surnaturelle rencontre, que penser, que croire ? Non ! c'est impossible ! Nos sens ont été abusés, nos yeux n'ont pas vu ce qu'ils voyaient ! Nulle créature humaine n'existe dans ce monde subterrestre ! Nulle génération d'hommes n'habite ces cavernes inférieures du globe, sans se soucier des habitants de sa surface, sans communication avec eux ! C'est insensé, profondément insensé !

J'aime mieux admettre l'existence de quelque animal dont la structure se rapproche de la structure humaine, de quelque singe des premières époques géologiques, de quelque protopithèque, de quelque mésopithèque semblable à celui que découvrit M. Lartet dans le gîte ossifère de Sansan ! Mais celui-ci dépassait par sa taille toutes les mesures données par la paléontologie moderne ! N'importe ! Un singe, oui, un singe, si invraisemblable qu'il soit ! Mais un homme, un homme vivant, et avec lui toute une génération enfouie dans les entrailles de la terre ! Jamais !

Cependant, nous avions quitté la forêt claire et lumineuse, muets d'étonnement, accablés sous une stupéfaction qui touchait à l'abrutissement. Nous courions malgré nous. C'était une vraie fuite, semblable à ces entraînements effroyables que l'on subit dans certains cauchemars. Instinctivement, nous revenions vers la mer Lidenbrock, et je ne sais dans quelles divagations mon esprit se fût emporté, sans une préoccupation qui me ramena à des observations plus pratiques.

Bien que je fusse certain de fouler un sol entièrement vierge de nos pas, j'apercevais souvent des agrégations de rochers dont la forme rappelait ceux de Port-Graüben. Cela confirmait, d'ailleurs, l'indication de la boussole et notre retour involontaire au nord de la mer Lidenbrock. C'était parfois à s'y méprendre. Des ruisseaux et des cascades tombaient par centaines des saillies de rocs. Je croyais revoir la couche de surtarbrandur, notre fidèle Hans-bach et la grotte où j'étais revenu à la vie. Puis, quelques pas plus loin, la disposition des contreforts, l'apparition d'un ruisseau, le profil surprenant d'un rocher venait me rejeter dans le doute.

Je fis part à mon oncle de mon indécision. Il hésita comme moi. Il ne pouvait s'y reconnaître au milieu de ce panorama uniforme.

« Évidemment, lui dis-je, nous n'avons pas abordé à notre point de départ, mais la tempête nous a ramenés un peu au-dessous, et en suivant le rivage, nous retrouverons Port-Graüben.

– Dans ce cas, répondit mon oncle, il est inutile de continuer cette exploration, et le mieux est de retourner au radeau. Mais ne te trompes-tu pas, Axel ?

– Il est difficile de se prononcer, mon oncle, car tous ces rochers se ressemblent. Je crois pourtant reconnaître le promontoire au pied duquel Hans a construit l'embarcation. Nous devons être près du petit port, si même ce n'est pas ici, ajoutai-je, en examinant une crique que je crus reconnaître.

– Non, Axel, nous retrouverions au moins nos propres traces, et je ne vois rien...

– Mais je vois, moi, m'écriai-je, en m'élançant vers un objet qui brillait sur le sable.

– Qu'est-ce donc ?

– Ceci », répondis-je.

Et je montrai à mon oncle un poignard couvert de rouille, que je venais de ramasser.

« Tiens ! dit-il, tu avais donc emporté cette arme avec toi ?

– Moi ? Aucunement ! Mais vous...

– Non, pas que je sache, répondit le professeur. Je n'ai jamais eu cet objet en ma possession.

– Voilà qui est particulier !

– Mais non, c'est très simple, Axel. Les Islandais ont souvent des armes de cette espèce, et Hans, à qui celle-ci appartient, l'aura perdue... »

Je secouai la tête. Hans n'avait jamais eu ce poignard en sa possession.

« Est-ce donc l'arme de quelque guerrier antédiluvien, m'écriai-je, d'un homme vivant, d'un contemporain de ce gigantesque berger ? Mais non ! Ce n'est pas un outil de l'âge de pierre ! Pas même de l'âge de bronze ! Cette lame est d'acier... »

Mon oncle m'arrêta net dans cette route où m'entraînait une divagation nouvelle, et de son ton froid il me dit :

« Calme-toi, Axel, et reviens à la raison. Ce poignard est une arme du XVIe siècle, une véritable dague, de celles que les gentilshommes portaient à leur ceinture pour donner le coup de grâce. Elle est d'origine espagnole. Elle n'appartient ni à toi, ni à moi, ni au chasseur, ni même aux êtres humains qui vivent peut-être dans les entrailles du globe !

– Oserez-vous dire ?...

– Vois, elle ne s'est pas ébréchée ainsi à s'enfoncer dans la gorge des gens ; sa lame est couverte d'une couche de rouille qui ne date ni d'un jour, ni d'un an, ni d'un siècle ! »

Le professeur s'animait, suivant son habitude, en se laissant emporter par son imagination.

« Axel, reprit-il, nous sommes sur la voie de la grande découverte ! Cette lame est restée abandonnée sur le sable depuis cent, deux cents, trois cents ans, et s'est ébréchée sur les rocs de cette mer souterraine !

– Mais elle n'est pas venue seule, m'écriai-je ; elle n'a pas été se tordre d'elle-même ! quelqu'un nous a précédés !...

– Oui ! un homme.

– Et cet homme ?

– Cet homme a gravé son nom avec ce poignard ! Cet homme a voulu encore une fois marquer de sa main la route du centre ! Cherchons, cherchons ! »

Et, prodigieusement intéressés, nous voilà longeant la haute muraille, interrogeant les moindres fissures qui pouvaient se changer en galerie.

Nous arrivâmes ainsi à un endroit où le rivage se resserrait. La mer venait presque baigner le pied des contreforts, laissant un passage large d'une toise au plus. Entre deux avancées de roc, on apercevait l'entrée d'un tunnel obscur.

Là, sur une plaque de granit, apparaissaient deux lettres mystérieuses à demi rongées, les deux initiales du hardi et fantastique voyageur :

« A. S. ! s'écria mon oncle. Arne Saknussemm ! Toujours Arne Saknussemm ! »

XL

Depuis le commencement du voyage, j'avais passé par bien des étonnements : je devais me croire à l'abri des surprises et blasé sur tout émerveillement. Cependant, à la vue de ces deux lettres gravées là depuis trois cents ans, je demeurai dans un ébahissement voisin de la stupidité. Non seulement la signature du savant alchimiste se lisait sur le roc, mais encore le stylet qui l'avait tracée était entre mes mains. A moins d'être d'une insigne mauvaise foi, je ne pouvais plus mettre en doute l'existence du voyageur et la réalité de son voyage.

Pendant que ces réflexions tourbillonnaient dans ma tête, le professeur Lidenbrock se laissait aller à un accès un peu dithyrambique à l'endroit d'Arne Saknussemm.

« Merveilleux génie ! s'écriait-il, tu n'as rien oublié de ce qui devait ouvrir à d'autres mortels les routes de l'écorce terrestre, et tes semblables peuvent retrouver les traces que tes pieds ont laissées, il y a trois siècles, au fond de ces souterrains obscurs ! A d'autres regards que les tiens, tu as réservé la contemplation de ces merveilles ! Ton nom, gravé d'étapes en étapes, conduit droit à son but le voyageur assez audacieux pour te suivre, et, au centre même de notre planète, il se trouvera encore inscrit de ta propre main. Eh bien ! moi aussi, j'irai signer de mon nom cette dernière page de granit ! Mais que, dès maintenant, ce cap vu par toi près de cette mer découverte par toi soit à jamais appelé le cap Saknussemm ! »

Voilà ce que j'entendis, ou à peu près, et je me sentis gagner par l'enthousiasme que respiraient ces paroles. Un feu intérieur se ranima dans ma poitrine ! J'oubliais tout, et les dangers du voyage, et les périls du retour. Ce qu'un autre avait fait, je voulais le faire aussi, et rien de ce qui était humain ne me paraissait impossible !

« En avant, en avant ! » m'écriai-je.

Je m'élançais déjà vers la sombre galerie, quand le professeur m'arrêta, et lui, l'homme des emportements, il me conseilla la patience et le sang-froid.

« Retournons d'abord vers Hans, dit-il, et ramenons le radeau à cette place. »

J'obéis à cet ordre, non sans déplaisir, et je me glissai rapidement au milieu des roches du rivage.

« Savez-vous, mon oncle, disais-je en marchant, que nous avons été singulièrement servis par les circonstances jusqu'ici !

– Ah ! tu trouves, Axel ?

– Sans doute, et il n'est pas jusqu'à la tempête qui nous ait remis dans le droit chemin. Béni soit l'orage ! Il nous a ramenés à cette côte d'où le beau temps nous eût éloignés ! Supposez un instant que nous eussions touché de notre proue (la proue d'un radeau !) les rivages méridionaux de la mer Lidenbrock, que serions-nous devenus ? Le nom de Saknussemm n'aurait pas apparu à nos yeux, et maintenant nous serions abandonnés sur une plage sans issue.

– Oui, Axel, il y a quelque chose de providentiel à ce que, voguant vers le sud, nous soyons précisément revenus au nord et au cap Saknussemm. Je dois dire que c'est plus qu'étonnant, et il y a là un fait dont l'explication m'échappe absolument.

– Eh ! qu'importe ! il n'y a pas à expliquer les faits, mais à en profiter !

– Sans doute, mon garçon, mais...

– Mais nous allons reprendre la route du nord, passer sous les contrées septentrionales de l'Europe, la Suède, la Sibérie, que sais-je ! au lieu de nous enfoncer sous les déserts de l'Afrique ou les flots de l'Océan, et je ne veux pas en savoir davantage !

– Oui, Axel, tu as raison, et tout est pour le mieux, puisque nous abandonnons cette mer horizontale qui ne pouvait mener à rien. Nous allons descendre, encore descendre, et toujours descendre ! Sais-tu bien que, pour arriver au centre du globe, il n'y a plus que quinze cents lieues à franchir !

– Bah ! m'écriai-je, ce n'est vraiment pas la peine d'en parler ! En route ! en route ! »

Ces discours insensés duraient encore quand nous rejoignîmes le chasseur. Tout était préparé pour un départ immédiat. Pas un colis qui ne fût embarqué. Nous prîmes place sur le radeau, et la voile hissée, Hans se dirigea en suivant la côte vers le cap Saknussemm.

Le vent n'était pas favorable à un genre d'embarcation qui ne pouvait tenir le plus près. Aussi, en maint endroit, il fallut avancer à l'aide des bâtons ferrés. Souvent les rochers, allongés à fleur d'eau, nous forcèrent à faire des détours assez longs. Enfin, après trois heures de navigation, c'est-à-dire vers six heures du soir, on atteignait un endroit propice au débarquement.

Je sautai à terre, suivi de mon oncle et de l'Islandais. Cette traversée ne m'avait pas calmé. Au contraire. Je proposai même de brûler « nos vaisseaux », afin de nous couper toute retraite. Mais mon oncle s'y opposa. Je le trouvai singulièrement tiède.

« Au moins, dis-je, partons sans perdre un instant.

– Oui, mon garçon ; mais auparavant, examinons cette nouvelle galerie afin de savoir s'il faut préparer nos échelles. »

Mon oncle mit son appareil de Ruhmkorff en activité ; le radeau, attaché au rivage, fut laissé seul ; d'ailleurs, l'ouverture de la galerie n'était pas à vingt pas de là, et notre petite troupe, moi en tête, s'y rendit sans retard.

L'orifice, à peu près circulaire, présentait un diamètre de cinq pieds environ ; le sombre tunnel était taillé dans le roc vif et soigneusement alésé par les matières éruptives auxquelles il donnait autrefois passage ; sa partie inférieure effleurait le sol, de telle façon que l'on put y pénétrer sans aucune difficulté.

Nous suivions un plan presque horizontal, quand, au bout de six pas, notre marche fut interrompue par l'interposition d'un bloc énorme.

« Maudit roc ! » m'écriai-je avec colère, en me voyant subitement arrêté par un obstacle infranchissable.

Nous eûmes beau chercher à droite et à gauche, en bas et en haut, il n'existait aucun passage, aucune bifurcation. J'éprouvai un vif désappointement, et je ne voulais pas admettre la réalité de l'obstacle. Je me baissai. Je regardai au-dessous du bloc. Nul interstice. Au-dessus. Même barrière de granit. Hans porta la lumière de la lampe sur tous les points de la paroi ; mais celle-ci n'offrait aucune solution de continuité. Il fallait renoncer à tout espoir de passer.

Je m'étais assis sur le sol ; mon oncle arpentait le couloir à grands pas.

« Mais alors Saknussemm ? m'écriai-je.

– Oui, fit mon oncle, a-t-il donc été arrêté par cette porte de pierre ?

– Non ! non ! repris-je avec vivacité. Ce quartier de roc, par suite d'une secousse quelconque, ou l'un de ces phénomènes magnétiques qui agitent l'écorce terrestre, a brusquement fermé ce passage. Bien des années se sont écoulées entre le retour de Saknussemm et la chute de ce bloc. N'est-il pas évident que cette galerie a été autrefois le chemin des laves, et qu'alors les matières éruptives y circulaient librement ? Voyez, il y a des fissures récentes qui sillonnent ce plafond de granit ; il est fait de morceaux rapportés, de pierres énormes, comme si la main de quelque géant eût travaillé à cette substruction ; mais, un jour, la poussée a été plus forte, et ce bloc, semblable à une clef de voûte qui manque, a glissé jusqu'au sol en obstruant tout passage. C'est un obstacle accidentel que Saknussemm n'a pas rencontré, et si nous ne le renversons pas, nous sommes indignes d'arriver au centre du monde ! »

Voilà comment je parlais ! L'âme du professeur avait passé tout entière en moi. Le génie des découvertes m'inspirait. J'oubliais le passé, je dédaignais l'avenir. Rien n'existait plus pour moi à la surface de ce sphéroïde au sein duquel je m'étais engouffré, ni les villes, ni les campagnes, ni Hambourg, ni Königstrasse, ni ma pauvre Graüben, qui devait me croire à jamais perdu dans les entrailles de la terre !

« Eh bien ! reprit mon oncle, à coups de pioche, à coups de pic, faisons notre route ! renversons ces murailles !

– C'est trop dur pour le pic, m'écriai-je.

– Alors la pioche !

– C'est trop long pour la pioche !

– Mais !...

– Eh bien ! la poudre ! la mine ! minons, et faisons sauter l'obstacle !

– La poudre !

– Oui, il ne s'agit que d'un bout de roc à briser !

– Hans, à l'ouvrage ! » s'écria mon oncle.

L'Islandais retourna au radeau, et revint bientôt avec un pic dont il se servit pour creuser un fourneau de mine. Ce n'était pas un mince travail. Il s'agissait de faire un trou assez considérable pour contenir cinquante livres de fulmicoton, dont la puissance expansive est quatre fois plus grande que celle de la poudre à canon.

J'étais dans une prodigieuse surexcitation d'esprit. Pendant que Hans travaillait, j'aidai activement mon oncle à préparer une longue mèche faite avec de la poudre mouillée et renfermée dans un boyau de toile.

« Nous passerons ! disais-je.

– Nous passerons », répétait mon oncle.

A minuit, notre travail de mineurs fut entièrement terminé ; la charge de fulmicoton se trouvait enfouie dans le fourneau, et la mèche, se déroulant à travers la galerie, venait aboutir au-dehors.

Une étincelle suffisait maintenant pour mettre ce formidable engin en activité.

« A demain », dit le professeur.

Il fallut bien me résigner et attendre encore pendant six grandes heures !

XLI

Le lendemain, jeudi, 27 août, fut une date célèbre de ce voyage subterrestre. Elle ne me revient pas à l'esprit sans que l'épouvante ne fasse encore battre mon cœur. A partir de ce moment, notre raison, notre jugement, notre ingéniosité n'ont plus voix au chapitre, et nous allons devenir le jouet des phénomènes de la terre.

A six heures, nous étions sur pied. Le moment approchait de frayer par la poudre un passage à travers l'écorce de granit.

Je sollicitai l'honneur de mettre le feu à la mine. Cela fait, je devais rejoindre mes compagnons sur le radeau qui n'avait point été déchargé ; puis nous prendrions du large, afin de parer aux dangers de l'explosion, dont les effets pouvaient ne pas se concentrer à l'intérieur du massif.

La mèche devait brûler pendant dix minutes, selon nos calculs, avant de porter le feu à la chambre des poudres. J'avais donc le temps nécessaire pour regagner le radeau.

Je me préparai à remplir mon rôle, non sans une certaine émotion.

Après un repas rapide, mon oncle et le chasseur s'embarquèrent, tandis que je restais sur le rivage. J'étais muni d'une lanterne allumée qui devait me servir à mettre le feu à la mèche.

« Va, mon garçon, me dit mon oncle, et reviens immédiatement nous rejoindre.

« Croulez, montagnes de granit ! ».

– Soyez tranquille, répondis-je, je ne m'amuserai point en route. »

Aussitôt je me dirigeai vers l'orifice de la galerie. J'ouvris ma lanterne, et je saisis l'extrémité de la mèche.

Le professeur tenait son chronomètre à la main.

« Es-tu prêt ? me cria-t-il.

– Je suis prêt.

– Eh bien ! feu, mon garçon ! »

Je plongeai rapidement dans la flamme la mèche, qui pétilla à son contact, et, tout courant, je revins au rivage.

« Embarque, fit mon oncle, et débordons. »

Hans, d'une vigoureuse poussée, nous rejeta en mer. Le radeau s'éloigna d'une vingtaine de toises.

C'était un moment palpitant. Le professeur suivait de l'œil l'aiguille du chronomètre.

« Encore cinq minutes, disait-il. Encore quatre ! Encore trois ! »

Mon pouls battait des demi-secondes.

« Encore deux ! Une !... Croulez, montagnes de granit ! »

Que se passa-t-il alors ? Le bruit de la détonation, je crois que je ne l'entendis pas. Mais la forme des rochers se modifia subitement à mes regards ; ils s'ouvrirent comme un rideau. J'aperçus un insondable abîme qui se creusait en plein rivage. La mer, prise de vertige, ne fut plus qu'une vague énorme, sur le dos de laquelle le radeau s'éleva perpendiculairement.

Nous fûmes renversés tous les trois. En moins d'une seconde, la lumière fit place à la plus profonde obscurité. Puis je sentis l'appui solide manquer, non à mes pieds, mais au radeau. Je crus qu'il coulait à pic. Il n'en était rien. J'aurais voulu adresser la parole à mon oncle ; mais le mugissement des eaux l'eût empêché de m'entendre.

Malgré les ténèbres, le bruit, la surprise, l'émotion, je compris ce qui venait de se passer.

Au-delà du roc qui venait de sauter, il existait un abîme. L'explosion avait déterminé une sorte de tremblement de terre dans ce sol coupé de fissures, le gouffre s'était ouvert, et la mer, changée en torrent, nous y entraînait avec elle.

Je me sentis perdu.

Une heure, deux heures, que sais-je ! se passèrent ainsi. Nous nous serrions les coudes, nous nous tenions les mains afin de n'être pas précipités hors du radeau. Des chocs d'une extrême violence se produisaient, quand il heurtait la muraille. Cependant ces heurts étaient rares, d'où je conclus que la galerie s'élargissait considérablement. C'était, à n'en pas douter, le chemin de Saknussemm ; mais, au lieu de le descendre seuls, nous avions, par notre imprudence, entraîné toute une mer avec nous.

Ces idées, on le comprend, se présentèrent à mon esprit sous une forme vague et obscure. Je les associais difficilement pendant cette course vertigineuse qui ressemblait à une chute. A en juger par l'air qui me fouettait le visage, elle devait surpasser celle des trains les plus rapides. Allumer une torche dans ces conditions était donc impossible, et notre dernier appareil électrique avait été brisé au moment de l'explosion.

Je fus donc fort surpris de voir une lumière briller tout à coup près de moi. La figure calme de Hans s'éclaira. L'adroit chasseur était parvenu à allumer la lanterne, et, bien que sa flamme vacillât à s'éteindre, elle jeta quelques lueurs dans l'épouvantable obscurité.

La galerie était large. J'avais eu raison de la juger telle. L'insuffisante lumière ne nous permettait pas d'apercevoir ses deux murailles à la fois. La pente des eaux qui nous emportaient dépassait celle des plus insurmontables rapides de l'Amérique. Leur surface semblait faite d'un faisceau de flèches liquides décochées avec une extrême puissance. Je ne puis rendre mon impression par une comparaison plus juste. Le radeau, pris par certains remous, filait parfois en tournoyant. Lorsqu'il s'approchait des parois de la galerie, j'y projetais la lumière de la lanterne, et je pouvais juger de sa vitesse à voir les saillies du roc se changer en traits continus, de telle sorte que nous étions enserrés dans un réseau de lignes mouvantes. J'estimai que notre vitesse devait atteindre trente lieues à l'heure.

Mon oncle et moi, nous regardions d'un œil hagard, accotés au tronçon du mât, qui, au moment de la catastrophe, s'était rompu net. Nous tournions le dos à l'air, afin de ne pas être étouffés par la rapidité d'un mouvement que nulle puissance humaine ne pouvait enrayer.

Cependant les heures s'écoulaient. La situation ne changeait pas, mais un incident vint la compliquer.

En cherchant à mettre un peu d'ordre dans la cargaison, je vis que la plus grande partie des objets embarqués avaient disparu au moment de l'explosion, lorsque la mer nous assaillit si violemment ! Je voulus savoir exactement à quoi m'en tenir sur nos ressources, et, la lanterne à la main, je commençai mes recherches. De nos instruments, il ne restait plus que la boussole et le chronomètre. Les échelles et les cordes se réduisaient à un bout de câble enroulé autour du tronçon de mât. Pas une pioche, pas un pic, pas un marteau, et, malheur irréparable, nous n'avions de vivres que pour un jour !

Je fouillai les interstices du radeau, les moindres coins formés par les poutres et la jointure des planches ! Rien ! Nos provisions consistaient uniquement en un morceau de viande sèche et quelques biscuits.

Je regardais d'un air stupide ! Je ne voulais pas comprendre ! Et cependant de quel danger me préoccupais-je ? Quand les vivres eussent été suffisants pour des mois, pour des années, comment sortir des abîmes où nous entraînait cet irrésistible torrent ? A quoi bon craindre les tortures de la faim, quand la mort s'offrait déjà sous tant d'autres formes ? Mourir d'inanition, est-ce que nous en aurions le temps ?

Pourtant, par une inexplicable bizarrerie de l'imagination, j'oubliai le péril immédiat pour les menaces de l'avenir qui m'apparurent dans toute leur horreur. D'ailleurs, peut-être pourrions-nous échapper aux fureurs du torrent et revenir à la surface du globe. Comment ? Je l'ignore. Où ? Qu'importe ? Une chance sur mille est toujours une chance, tandis que la mort par la faim ne nous laissait d'espoir dans aucune proportion, si petite qu'elle fût.

La pensée me vint de tout dire à mon oncle, de lui montrer à quel dénuement nous étions réduits, et de faire l'exact calcul du temps qui nous restait à vivre. Mais j'eus le courage de me taire. Je voulais lui laisser tout son sang-froid.

En ce moment, la lumière de la lanterne baissa peu à peu et s'éteignit entièrement. La mèche avait brûlé jusqu'au bout. L'obscurité redevint absolue. Il ne fallait plus songer à dissiper ces impénétrables ténèbres. Il restait encore une torche, mais elle n'aurait pu se maintenir allumée. Alors, comme un enfant, je fermai les yeux pour ne pas voir toute cette obscurité.

Après un laps de temps assez long, la vitesse de notre

course redoubla. Je m'en aperçus à la réverbération de l'air sur mon visage. La pente des eaux devenait excessive. Je crois véritablement que nous ne glissions plus. Nous tombions. J'avais en moi l'impression d'une chute presque verticale. La main de mon oncle et celle de Hans, cramponnées à mes bras, me retenaient avec vigueur.

Tout à coup, après un temps inappréciable, je ressentis comme un choc ; le radeau n'avait pas heurté un corps dur, mais il s'était subitement arrêté dans sa chute. Une trombe d'eau, une immense colonne liquide s'abattit à sa surface. Je fus suffoqué. Je me noyais...

Cependant cette inondation soudaine ne dura pas. En quelques secondes je me retrouvai à l'air libre que j'aspirai à pleins poumons. Mon oncle et Hans me serraient le bras à le briser, et le radeau nous portait encore tous les trois.

XLII

Je suppose qu'il devait être alors dix heures du soir. Le premier de mes sens qui fonctionna, après ce dernier assaut, fut le sens de l'ouïe. J'entendis presque aussitôt, car ce fut acte d'audition véritable, j'entendis le silence se faire dans la galerie et succéder à ces mugissements qui, depuis de longues heures, remplissaient mon oreille. Enfin ces paroles de mon oncle m'arrivèrent comme un murmure :

« Nous montons !

– Que voulez-vous dire ? m'écriai-je.

– Oui, nous montons ! nous montons ! »

J'étendis le bras ; je touchai la muraille ; ma main fut mise en sang. Nous remontions avec une extrême rapidité.

« La torche ! la torche ! » s'écria le professeur.

Hans, non sans difficultés, parvint à l'allumer, et la flamme, se maintenant de bas en haut, malgré le mouvement ascensionnel, jeta assez de clarté pour éclairer toute la scène.

« C'est bien ce que je pensais, dit mon oncle. Nous sommes dans un puits étroit, qui n'a pas quatre toises de diamètre. L'eau, arrivée au fond du gouffre, reprend son niveau et nous remonte avec elle.

La torche jeta assez de clarté pour éclairer toute la scène.

– Où ?

– Je l'ignore, mais il faut se tenir prêts à tout événement. Nous montons avec une vitesse que j'évalue à deux toises par seconde, soit cent vingt toises par minute, ou plus de trois lieues et demie à l'heure. De ce train-là, on fait du chemin.

– Oui, si rien ne nous arrête, si ce puits a une issue ! Mais s'il est bouché, si l'air se comprime peu à peu sous la pression de la colonne d'eau, si nous allons être écrasés !

– Axel, répondit le professeur avec un grand calme, la situation est presque désespérée, mais il y a quelques chances de salut, et ce sont celles-là que j'examine. Si à chaque instant nous pouvons périr, à chaque instant aussi nous pouvons être sauvés. Soyons donc en mesure de profiter des moindres circonstances.

– Mais que faire ?

– Réparer nos forces en mangeant. »

A ces mots, je regardai mon oncle d'un œil hagard. Ce que je n'avais pas voulu avouer, il fallait enfin le dire :

« Manger ? répétai-je.

– Oui, sans retard. »

Le professeur ajouta quelques mots en danois. Hans secoua la tête.

« Quoi ! s'écria mon oncle, nos provisions sont perdues ?

– Oui, voilà ce qui reste de vivres ! un morceau de viande sèche pour nous trois ! »

Mon oncle me regardait sans vouloir comprendre mes paroles.

« Eh bien ! dis-je, croyez-vous encore que nous puissions être sauvés ? »

Ma demande n'obtint aucune réponse.

Une heure se passa. Je commençais à éprouver une faim violente. Mes compagnons souffraient aussi, et pas un de nous n'osait toucher à ce misérable reste d'aliments.

Cependant, nous montions toujours avec une extrême rapidité. Parfois l'air nous coupait la respiration comme aux aéronautes dont l'ascension est trop rapide. Mais si ceux-ci éprouvent un froid proportionnel à mesure qu'ils s'élèvent dans les couches atmosphériques, nous subissions un effet absolument contraire. La chaleur s'accroissait d'une inquiétante façon et devait certainement atteindre en ce moment quarante degrés.

Que signifiait un pareil changement ? Jusqu'alors les faits avaient donné raison aux théories de Davy et de Lidenbrock ; jusqu'alors des conditions particulières de roches réfractaires, d'électricité, de magnétisme avaient modifié les lois générales de la nature, en nous faisant une température modérée, car la théorie du feu central restait, à mes yeux, la seule vraie, la seule explicable. Allions-nous revenir à un milieu où ces phénomènes s'accomplissaient dans toute leur rigueur et dans lequel la chaleur réduisait les roches à un complet état de fusion ? Je le craignais, et je dis au professeur :

« Si nous ne sommes pas noyés ou brisés, si nous ne mourons pas de faim, il nous reste toujours la chance d'être brûlés vifs. »

Il se contenta de hausser les épaules et retomba dans ses réflexions.

Une heure s'écoula, et, sauf un léger accroissement dans la température, aucun incident ne modifia la situation. Enfin mon oncle rompit le silence.

« Voyons, dit-il, il faut prendre un parti.

– Prendre un parti ? répliquai-je.

– Oui. Il faut réparer nos forces. Si nous essayons, en ménageant ce reste de nourriture, de prolonger notre existence de quelques heures, nous serons faibles jusqu'à la fin.

– Oui, jusqu'à la fin, qui ne se fera pas attendre.

– Eh bien ! qu'une chance de salut se présente, qu'un moment d'action soit nécessaire, où trouverons-nous la force d'agir, si nous nous laissons affaiblir par l'inanition ?

– Eh ! mon oncle, ce morceau de viande dévoré, que nous restera-t-il ?

– Rien, Axel, rien. Mais te nourrira-t-il davantage à le manger des yeux ? Tu fais là les raisonnements d'un homme sans volonté, d'un être sans énergie !

– Ne désespérez-vous donc pas ? m'écriai-je avec irritation.

– Non ! répliqua fermement le professeur.

– Quoi ! vous croyez encore à quelque chance de salut ?

– Oui ! certes, oui ! et tant que son cœur bat, tant que sa chair palpite, je n'admets pas qu'un être doué de volonté laisse en lui place au désespoir. »

Quelles paroles ! L'homme qui les prononçait en de

pareilles circonstances était certainement d'une trempe peu commune.

« Enfin, dis-je, que prétendez-vous faire ?

– Manger ce qui reste de nourriture jusqu'à la dernière miette et réparer nos forces perdues. Ce repas sera notre dernier, soit ! mais au moins, au lieu d'être épuisés, nous serons redevenus des hommes.

– Eh bien ! dévorons ! » m'écriai-je.

Mon oncle prit le morceau de viande et les quelques biscuits échappés au naufrage ; il fit trois portions égales et les distribua. Cela donnait environ une livre d'aliment pour chacun. Le professeur mangea avidement, avec une sorte d'emportement fébrile ; moi, sans plaisir, malgré ma faim, presque avec dégoût ; Hans, tranquillement, modérément, mâchant sans bruit de petites bouchées, les savourant avec le calme d'un homme que les soucis de l'avenir ne pouvaient inquiéter. Il avait, en furetant bien, retrouvé une gourde à demi pleine de genièvre ; il nous l'offrit, et cette bienfaisante liqueur eut le pouvoir de me ranimer un peu.

« Förtrafflig ! dit Hans en buvant à son tour.

– Excellente ! » riposta mon oncle.

J'avais repris quelque espoir. Mais notre dernier repas venait d'être achevé. Il était alors cinq heures du matin.

L'homme est ainsi fait, que sa santé est un effet purement négatif ; une fois le besoin de manger satisfait, on se figure difficilement les horreurs de la faim ; il faut les éprouver pour les comprendre. Aussi, au sortir d'un long jeûne, quelques bouchées de biscuit et de viande triomphèrent de nos douleurs passées.

Cependant, après ce repas, chacun se laissa aller à ses réflexions. A quoi songeait Hans, cet homme de l'extrême occident, que dominait la résignation fataliste des Orientaux ? Pour mon compte, mes pensées n'étaient faites que de souvenirs, et ceux-ci me ramenaient à la surface de ce globe que je n'aurais jamais dû quitter. La maison de Königstrasse, ma pauvre Graüben, la bonne Marthe, passèrent comme des visions devant mes yeux, et, dans les grondements lugubres qui couraient à travers le massif, je croyais surprendre le bruit des cités de la terre.

Pour mon oncle, « toujours à son affaire », la torche à la main, il examinait avec attention la nature des terrains ; il cherchait à reconnaître sa situation par l'observation des couches superposées. Ce calcul, ou mieux cette estime, ne pouvait être que fort approximative ; mais un savant est toujours un savant, quand il parvient à conserver son sang-froid, et certes le professeur Lidenbrock possédait cette qualité à un degré peu ordinaire.

Je l'entendais murmurer des mots de la science géologique ; je les comprenais, et je m'intéressais malgré moi à cette étude suprême.

« Granit éruptif, disait-il. Nous sommes encore à l'époque primitive ; mais nous montons ! nous montons ! Qui sait ? »

Qui sait ? Il espérait toujours. De sa main il tâtait la paroi verticale, et, quelques instants plus tard, il reprenait ainsi :

« Voilà les gneiss ! voilà les micaschistes ! Bon ! à bientôt les terrains de l'époque de transition, et alors... »

Que voulait dire le professeur ? Pouvait-il mesurer l'épaisseur de l'écorce terrestre suspendue sur notre tête ? Possédait-il un moyen quelconque de faire ce calcul ? Non. Le manomètre lui manquait, et nulle estime ne pouvait le suppléer.

Cependant la température s'accroissait dans une forte proportion et je me sentais baigné au milieu d'une atmosphère brûlante. Je ne pouvais la comparer qu'à la chaleur renvoyée par les fourneaux d'une fonderie à l'heure des coulées. Peu à peu, Hans, mon oncle et moi, nous avions dû quitter nos vestes et nos gilets ; le moindre vêtement devenait une cause de malaise, pour ne pas dire de souffrance.

« Montons-nous donc vers un foyer incandescent ? m'écriai-je, à un moment où la chaleur redoublait.

– Non, répondit mon oncle, c'est impossible ! c'est impossible !

– Cependant, dis-je en tâtant la paroi, cette muraille est brûlante ! »

Au moment où je prononçai ces paroles, ma main ayant effleuré l'eau, je dus la retirer au plus vite.

« L'eau est brûlante ! » m'écriai-je.

Le professeur, cette fois, ne répondit que par un geste de colère.

Alors une invincible épouvante s'empara de mon cerveau et ne le quitta plus. J'avais le sentiment d'une catastrophe prochaine, et telle que la plus audacieuse imagination n'aurait pu la concevoir. Une idée, d'abord vague, incertaine, se changeait en certitude dans mon esprit. Je la repoussai, mais elle revint avec obstination. Je n'osais la formuler. Cependant quelques observations involontaires déterminèrent ma conviction. A la lueur douteuse de la torche, je remarquai des mouvements désordonnés dans les couches granitiques ; un phénomène allait évidemment se produire, dans lequel l'électricité jouait un rôle ; puis cette chaleur excessive, cette eau bouillante !... Je voulus observer la boussole.

Elle était affolée !

XLIII

Oui, affolée ! L'aiguille sautait d'un pôle à l'autre avec de brusques secousses, parcourait tous les points du cadran, et tournait, comme si elle eût été prise de vertige.

Je savais bien que, d'après les théories les plus acceptées, l'écorce minérale du globe n'est jamais dans un état de repos absolu ; les modifications amenées par la décomposition des matières internes, l'agitation provenant des grands courants liquides, l'action du magnétisme, tendent à l'ébranler incessamment, alors même que les êtres disséminés à sa surface ne soupçonnent pas son agitation. Ce phénomène ne m'aurait donc pas autrement effrayé, ou du moins, il n'eût pas fait naître dans mon esprit une idée terrible.

Mais d'autres faits, certains détails *sui generis,* ne purent me tromper plus longtemps. Les détonations se multipliaient avec une effrayante intensité. Je ne pouvais les comparer qu'au bruit que feraient un grand nombre de chariots entraînés rapidement sur le pavé. C'était un tonnerre continu.

Puis la boussole affolée, secouée par les phénomènes électriques, me confirmait dans mon opinion. L'écorce minérale menaçait de se rompre, les massifs granitiques de se rejoindre, la fissure de se combler, le vide de se remplir, et nous, pauvres atomes, nous allions être écrasés dans cette formidable étreinte.

« Mon oncle, mon oncle ! m'écriai-je, nous sommes perdus.

– Quelle est cette nouvelle terreur ? me répondit-il avec un calme surprenant. Qu'as-tu donc ?

– Ce que j'ai ! Observez ces murailles qui s'agitent, ce massif qui se disloque, cette chaleur torride, cette eau qui bouillonne, ces vapeurs qui s'épaississent, cette aiguille folle, tous les indices d'un tremblement de terre ! »

Mon oncle secoua doucement la tête.

« Un tremblement de terre ? dit-il.

– Oui !

– Mon garçon, je crois que tu te trompes !

– Quoi ! vous ne reconnaissez pas les symptômes ?...

– D'un tremblement de terre ? non ! J'attends mieux que cela !

– Que voulez-vous dire ?

– Une éruption, Axel.

– Une éruption ! dis-je. Nous sommes dans la cheminée d'un volcan en activité !

– Je le pense, dit le professeur en souriant, et c'est ce qui peut nous arriver de plus heureux ! »

De plus heureux ! Mon oncle était-il devenu fou ? Que signifiaient ces paroles ? Pourquoi ce calme et ce sourire ?

« Comment ! m'écriai-je, nous sommes pris dans une éruption ! la fatalité nous a jetés sur le chemin des laves incandescentes, des roches en feu, des eaux bouillonnantes, de toutes les matières éruptives ! nous allons être repoussés, expulsés, rejetés, vomis, expectorés dans les airs avec les quartiers de rocs, les pluies de cendres et de scories, dans un tourbillon de flammes, et c'est ce qui peut nous arriver de plus heureux !

– Oui, répondit le professeur en me regardant par-dessus ses lunettes, car c'est la seule chance que nous ayons de revenir à la surface de la terre ! »

Je passe rapidement sur les mille idées qui se croisèrent dans mon cerveau. Mon oncle avait raison, absolument raison, et jamais il ne me parut ni plus audacieux ni plus convaincu qu'en ce moment où il attendait et supputait avec calme les chances d'une éruption.

Cependant nous montions toujours ; la nuit se passa dans ce mouvement ascensionnel ; les fracas environnants redoublaient ; j'étais presque suffoqué, je croyais toucher à ma dernière heure, et, pourtant, l'imagination est si bizarre, que je me livrai à une recherche véritablement enfantine. Mais je subissais mes pensées, je ne les dominais pas !

Il était évident que nous étions rejetés par une poussée éruptive ; sous le radeau, il y avait des eaux bouillonnantes, et sous ces eaux toute une pâte de lave, un agrégat de roches qui, au sommet du cratère, se disperseraient en tous sens. Nous étions donc dans la cheminée d'un volcan. Pas de doute à cet égard.

Mais cette fois, au lieu du Sneffels, volcan éteint, il s'agissait d'un volcan en pleine activité. Je me demandai donc quelle pouvait être cette montagne et sur quelle partie du monde nous allions être expulsés.

Dans les régions septentrionales, cela ne faisait aucun doute. Avant ses affolements, la boussole n'avait jamais varié à cet égard. Depuis le cap Saknussemm, nous avions été entraînés directement au nord pendant des centaines de lieues. Or, étions-nous revenus sous l'Islande ? Devions-nous être rejetés par le cratère de l'Hécla ou par ceux des sept autres monts ignivomes de l'île ? Dans un rayon de cinq cents lieues, à l'ouest, je ne voyais sous ce parallèle que les volcans mal connus de la côte nord-ouest de l'Amérique. Dans l'est, un seul existait sous le quatre-vingtième degré de latitude, l'Esk, dans l'île de Jean Mayen, non loin du Spitzberg ! Certes, les cratères ne manquaient pas, et ils se trouvaient assez spacieux pour vomir une armée tout entière ! Mais lequel nous servirait d'issue, c'est ce que je cherchais à deviner.

Vers le matin, le mouvement d'ascension s'accéléra. Si la chaleur s'accrut, au lieu de diminuer, aux approches de la surface du globe, c'est qu'elle était toute locale et due à une influence volcanique. Notre genre de locomotion ne pouvait plus me laisser aucun doute dans l'esprit. Une force énorme, une force de plusieurs centaines d'atmosphères produite par les vapeurs accumulées dans le sein de la terre, nous poussait irrésistiblement. Mais à quels dangers innombrables elle nous exposait !

Bientôt des reflets fauves pénétrèrent dans la galerie verticale qui s'élargissait ; j'apercevais à droite et à gauche des couloirs profonds semblables à d'immenses tunnels d'où s'échappaient des vapeurs épaisses ; des langues de flammes en léchaient les parois en pétillant.

« Voyez ! voyez, mon oncle ! m'écriai-je.

– Eh bien ! ce sont des flammes sulfureuses. Rien de plus naturel dans une éruption.

– Mais si elles nous enveloppent ?

– Elles ne nous envelopperont pas.

– Mais si nous étouffons ?

– Nous n'étoufferons pas. La galerie s'élargit, et, s'il le faut, nous abandonnerons le radeau pour nous abriter dans quelque crevasse.

– Et l'eau ! l'eau montante ?

– Il n'y a plus d'eau, Axel, mais une sorte de pâte lavique qui nous soulève avec elle jusqu'à l'orifice du cratère. »

La colonne liquide avait effectivement disparu pour faire place à des matières éruptives assez denses, quoique bouillonnantes. La température devenait insoutenable, et un thermomètre exposé dans cette atmosphère eût marqué plus de soixante-dix degrés ! La sueur m'inondait. Sans la rapidité de l'ascension, nous aurions été certainement étouffés.

Cependant le professeur ne donna pas suite à sa proposition d'abandonner le radeau, et il fit bien. Ces quelques poutres mal jointes offraient une surface solide, un point d'appui qui nous eût manqué partout ailleurs.

Vers huit heures du matin, un nouvel incident se produisit pour la première fois. Le mouvement ascensionnel cessa tout à coup. Le radeau demeura absolument immobile.

« Qu'est-ce donc ? demandai-je, ébranlé par cet arrêt subit comme par un choc.

– Une halte, répondit mon oncle.

– Est-ce l'éruption qui se calme ?

– J'espère bien que non. »

Je me levai. J'essayai de voir autour de moi. Peut-être le radeau, arrêté par une saillie de roc, opposait-il une résistance momentanée à la masse éruptive. Dans ce cas, il fallait se hâter de le dégager au plus vite.

Il n'en était rien. La colonne de cendres, de scories et de débris pierreux avait elle-même cessé de monter.

« Est-ce que l'éruption s'arrêterait ? m'écriai-je.

– Ah ! fit mon oncle les dents serrées, tu le crains, mon garçon ; mais rassure-toi, ce moment de calme ne saurait se prolonger ; voilà déjà cinq minutes qu'il dure, et avant peu nous reprendrons notre ascension vers l'orifice du cratère. »

Le radeau ondula sur des flots de laves.

Le professeur, en parlant ainsi, ne cessait de consulter son chronomètre, et il devait avoir encore raison dans ses pronostics. Bientôt le radeau fut repris d'un mouvement rapide et désordonné qui dura deux minutes à peu près, et il s'arrêta de nouveau.

« Bon, fit mon oncle en observant l'heure, dans dix minutes il se remettra en route.

– Dix minutes ?

– Oui. Nous avons affaire à un volcan dont l'éruption est intermittente. Il nous laisse respirer avec lui. »

Rien n'était plus vrai. A la minute assignée, nous fûmes lancés de nouveau avec une extrême rapidité. Il fallait se cramponner aux poutres pour ne pas être rejeté hors du radeau. Puis la poussée s'arrêta.

Depuis, j'ai réfléchi à ce singulier phénomène sans en trouver une explication satisfaisante. Toutefois, il me paraît évident que nous n'occupions pas la cheminée principale du volcan, mais bien un conduit accessoire, où se faisait sentir un effet de contrecoup.

Combien de fois se reproduisit cette manœuvre, je ne saurais le dire. Tout ce que je puis affirmer, c'est qu'à chaque reprise du mouvement, nous étions lancés avec une force croissante et comme emportés par un véritable projectile. Pendant les instants de halte, on étouffait ; pendant les moments de projection, l'air brûlant me coupait la respiration. Je pensai un instant à cette volupté de me retrouver subitement dans les régions hyperboréennes par un froid de trente degrés au-dessous de zéro. Mon imagination surexcitée se promenait sur les plaines de neige des contrées arctiques, et j'aspirais au moment où je me roulerais sur les tapis glacés du pôle ! Peu à peu, d'ailleurs, ma tête, brisée par ces secousses réitérées, se perdit. Sans les bras de Hans, plus d'une fois je me serais brisé le crâne contre la paroi de granit.

Je n'ai donc conservé aucun souvenir précis de ce qui se passa pendant les heures suivantes. J'ai le sentiment confus de détonations continues, de l'agitation du massif, d'un mouvement giratoire dont fut pris le radeau. Il ondula sur des flots de laves, au milieu d'une pluie de cendres. Les flammes ronflantes l'enveloppèrent. Un ouragan qu'on eût dit chassé d'un ventilateur immense activait les feux souterrains. Une dernière fois, la figure de Hans m'apparut dans un reflet d'incendie, et je n'eus plus d'autre sentiment que cette épouvante sinistre des condamnés attachés à la bouche d'un canon, au moment où le coup part et disperse leurs membres dans les airs.

XLIV

Quand je rouvris les yeux, je me sentis serré à la ceinture par la main vigoureuse du guide. De l'autre main il soutenait mon oncle. Je n'étais pas blessé grièvement, mais brisé plutôt par une courbature générale. Je me vis couché sur le versant d'une montagne, à deux pas d'un gouffre dans lequel le moindre mouvement m'eût précipité. Hans m'avait sauvé de la mort, pendant que je roulais sur les flancs du cratère.

« Où sommes-nous ? » demanda mon oncle, qui me parut fort irrité d'être revenu sur terre.

Le chasseur leva les épaules en signe d'ignorance.

« En Islande, dis-je.

– « Nej », répondit Hans.

– Comment ! non ! s'écria le professeur.

– Hans se trompe », dis-je en me soulevant.

Après les surprises innombrables de ce voyage, une stupéfaction nous était encore réservée. Je m'attendais à voir un cône couvert de neiges éternelles, au milieu des arides déserts des régions septentrionales, sous les pâles rayons d'un ciel polaire, au-delà des latitudes les plus élevées ; et, contrairement à toutes ces prévisions, mon oncle, l'Islandais et moi, nous étions étendus à mi-flanc d'une montagne calcinée par les ardeurs du soleil qui nous dévorait de ses feux.

Je ne voulais pas en croire mes regards ; mais la réelle cuisson dont mon corps était l'objet ne permettait aucun doute. Nous étions sortis à demi nus du cratère, et l'astre radieux, auquel nous n'avions rien demandé depuis deux mois, se montrant à notre égard prodigue de lumière et de chaleur, nous versait à flots une splendide irradiation.

Quand mes yeux furent accoutumés à cet éclat dont ils avaient perdu l'habitude, je les employai à rectifier les erreurs de mon imagination. Pour le moins, je voulais être au Spitzberg, et je n'étais pas d'humeur à en démordre aisément.

Le professeur avait le premier pris la parole et dit :

« En effet, voilà qui ne ressemble pas à l'Islande.

– Mais l'île de Jean Mayen ? répondis-je.

– Pas davantage, mon garçon. Ceci n'est point un volcan du nord avec ses collines de granit et sa calotte de neige.

– Cependant...

– Regarde, Axel, regarde ! »

Au-dessus de notre tête, à cinq cents pieds au plus, s'ouvrait le cratère d'un volcan par lequel s'échappait, de quart d'heure en quart d'heure, avec une très forte détonation, une haute colonne de flammes, mêlée de pierres ponces, de cendres et de laves. Je sentais les convulsions de la montagne qui respirait à la façon des baleines, et rejetait de temps à autre le feu et l'air par ses énormes évents. Au-dessous et par une pente assez roide, les nappes de matières éruptives s'étendaient à une profondeur de sept à huit cents pieds, ce qui ne donnait pas au volcan une hauteur totale de trois cents toises. Sa base disparaissait dans une véritable corbeille d'arbres verts, parmi lesquels je distinguai des oliviers, des figuiers et des vignes chargées de grappes vermeilles.

Ce n'était point l'aspect des régions arctiques, il fallait bien en convenir.

Lorsque le regard franchissait cette verdoyante enceinte, il arrivait rapidement à se perdre dans les eaux d'une mer admirable ou d'un lac, qui faisait de cette terre enchantée une île large de quelques lieues à peine. Au levant, se voyait un petit port, précédé de quelques maisons, et dans lequel des navires d'une forme particulière se balançaient aux ondulations des flots azurés. Au-delà, des groupes d'îlots sortaient de la plaine liquide, et si nombreux, qu'ils ressemblaient à une vaste fourmilière. Vers le couchant, des côtes éloignées s'arrondissaient à l'horizon ; sur les unes se profilaient des montagnes bleues d'une harmonieuse conformation ; sur les autres, plus lointaines, apparaissait un cône prodigieusement élevé, au sommet duquel s'agitait un panache de fumée. Dans le nord, une immense étendue d'eau étincelait sous les rayons solaires, laissant poindre çà et là l'extrémité d'une mâture ou la convexité d'une voile gonflée au vent.

L'imprévu d'un pareil spectacle en centuplait encore les merveilleuses beautés.

« Où sommes-nous ? où sommes-nous ? » répétais-je à mi-voix.

Hans fermait les yeux avec indifférence, et mon oncle regardait sans comprendre.

« Quelle que soit cette montagne, dit-il enfin, il y fait un peu chaud ; les explosions ne discontinuent pas, et ce ne serait vraiment pas la peine d'être sortis d'une éruption pour recevoir un morceau de roc sur la tête. Descendons, et nous saurons à quoi nous en tenir. D'ailleurs, je meurs de faim et de soif. »

Décidément le professeur n'était point un esprit contemplatif. Pour mon compte, oubliant le besoin et les fatigues, je serais resté à cette place pendant de longues heures encore, mais il fallut suivre mes compagnons.

Le talus du volcan offrait des pentes très roides ; nous glissions dans de véritables fondrières de cendres, évitant les ruisseaux de lave qui s'allongeaient comme des serpents de feu. Tout en descendant, je causais avec volubilité, car mon imagination était trop remplie pour ne point s'en aller en paroles.

« Nous sommes en Asie, m'écriais-je, sur les côtes de l'Inde, dans les îles Malaises, en pleine Océanie ! Nous avons traversé la moitié du globe pour aboutir aux antipodes de l'Europe.

– Mais la boussole ? répondait mon oncle.

– Oui ! la boussole ! disais-je d'un air embarrassé. A l'en croire, nous avons toujours marché au nord.

– Elle a donc menti ?

– Oh ! menti !

– A moins que ceci ne soit le pôle nord !

– Le pôle ! non ; mais... »

Il y avait là un fait inexplicable. Je ne savais qu'imaginer.

Cependant nous nous rapprochions de cette verdure qui faisait plaisir à voir. La faim me tourmentait et la soif aussi. Heureusement, après deux heures de marche, une jolie campagne s'offrit à nos regards, entièrement couverte d'oliviers, de grenadiers et de vignes qui avaient l'air d'appartenir à tout le monde. D'ailleurs, dans notre dénuement, nous n'étions point gens à y regarder de si près. Quelle jouissance ce fut de presser ces fruits savoureux sur nos lèvres et de mordre à pleines grappes dans ces vignes vermeilles ! Non loin, dans l'herbe, à l'ombre délicieuse des arbres, je découvris une source d'eau fraîche, où notre figure et nos mains se plongèrent voluptueusement.

Pendant que chacun s'abandonnait ainsi à toutes les douceurs du repos, un enfant apparut entre deux touffes d'oliviers.

« Ah ! m'écriai-je, un habitant de cette heureuse contrée ! »

C'était une espèce de petit pauvre, très misérablement vêtu, assez souffreteux, et que notre aspect parut effrayer beaucoup ; en effet, demi-nus, avec nos barbes incultes, nous avions fort mauvaise mine, et, à moins que ce pays ne fût un pays de voleurs, nous étions faits de manière à effrayer ses habitants.

Au moment où le gamin allait prendre la fuite, Hans courut après lui et le ramena, malgré ses cris et ses coups de pied.

Mon oncle commença par le rassurer de son mieux et lui dit en bon allemand :

« Quel est le nom de cette montagne, mon petit ami ? »

L'enfant ne répondit pas.

« Bon, dit mon oncle, nous ne sommes point en Allemagne. »

Et il refit la même demande en anglais.

L'enfant ne répondit pas davantage. J'étais très intrigué.

« Est-il donc muet ? » s'écria le professeur, qui, très fier de son polyglottisme, recommença la même question en français.

Même silence de l'enfant.

« Alors essayons de l'italien », reprit mon oncle, et il dit en cette langue :

« Dove noi siamo ?

– Oui ! où sommes-nous ? » répétai-je avec impatience.

L'enfant de ne point répondre.

« Ah çà ! parleras-tu ? s'écria mon oncle, que la colère commençait à gagner, et qui secoua l'enfant par les oreilles. *Come si noma questa isola ?*

– *Stromboli »,* répondit le petit pâtre, qui s'échappa des mains de Hans et gagna la plaine à travers les oliviers.

Nous ne pensions guère à lui ! Le Stromboli ! Quel effet produisit sur mon imagination ce nom inattendu ! Nous étions en pleine Méditerranée, au milieu de l'archipel éolien de mythologique mémoire, dans l'ancienne Strongyle, où Éole tenait à la chaîne les vents et les tempêtes. Et ces montagnes bleues qui s'arrondissaient au levant, c'étaient les montagnes de la Calabre ! Et ce volcan dressé à l'horizon du sud, l'Etna, le farouche Etna lui-même.

« Stromboli ! Stromboli ! » répétai-je.

Mon oncle m'accompagnait de ses gestes et de ses paroles. Nous avions l'air de chanter un chœur !

Ah ! quel voyage ! quel merveilleux voyage ! Entrés par un volcan, nous étions sortis par un autre, et cet autre était situé à plus de douze cents lieues du Sneffels, de cet aride pays de l'Islande jeté aux confins du monde ! Les hasards de cette expédition nous avaient transportés au sein des plus harmonieuses contrées de la terre. Nous avions abandonné la région des neiges éternelles pour celles de la verdure infinie, et laissé au-dessus de nos têtes le brouillard grisâtre des zones glacées pour revenir au ciel azuré de la Sicile !

Après un délicieux repas composé de fruits et d'eau fraîche, nous nous remîmes en route pour gagner le port de Stromboli. Dire comment nous étions arrivés dans l'île ne nous parut pas prudent : l'esprit superstitieux des Italiens n'eût pas manqué de voir en nous des démons vomis du sein des enfers ; il fallut donc se résigner à passer pour d'humbles naufragés. C'était moins glorieux, mais plus sûr.

Chemin faisant, j'entendais mon oncle murmurer :

« Mais la boussole ! la boussole, qui marquait le nord ! Comment expliquer ce fait ?

– Ma foi ! dis-je avec un grand air de dédain, il ne faut pas l'expliquer, c'est plus facile !

– Par exemple ! un professeur au Johannæum qui ne trouverait pas la raison d'un phénomène cosmique, ce serait une honte ! »

En parlant ainsi, mon oncle, demi-nu, sa bourse de cuir autour des reins et dressant ses lunettes sur son nez, redevint le terrible professeur de minéralogie.

Une heure après avoir quitté le bois d'oliviers, nous arrivions au port de San-Vicenzo, où Hans réclamait le prix de sa treizième semaine de service, qui lui fut compté avec de chaleureuses poignées de main.

En cet instant, s'il ne partagea pas notre émotion bien naturelle, il se laissa aller du moins à un mouvement d'expansion extraordinaire.

Du bout de ses doigts il pressa légèrement nos deux mains et se mit à sourire.

XLV

Voici la conclusion d'un récit auquel refuseront d'ajouter foi les gens les plus habitués à ne s'étonner de rien. Mais je suis cuirassé d'avance contre l'incrédulité humaine.

Nous fûmes reçus par les pêcheurs stromboliotes avec les égards dus à des naufragés. Ils nous donnèrent des vêtements et des vivres. Après quarante-huit heures d'attente, le 31 août, un petit speronare nous conduisit à Messine, où quelques jours de repos nous remirent de toutes nos fatigues.

Le vendredi 4 septembre, nous nous embarquions à bord du *Volturne,* l'un des paquebots-poste des messageries impériales de France, et, trois jours plus tard, nous prenions terre à Marseille, n'ayant plus qu'une seule préoccupation dans l'esprit, celle de notre maudite boussole. Ce fait inexplicable ne laissait pas de me tracasser très sérieusement. Le 9 septembre au soir, nous arrivions à Hambourg.

Quelle fut la stupéfaction de Marthe, quelle fut la joie de Graüben, je renonce à le décrire.

« Maintenant que tu es un héros, me dit ma chère fiancée, tu n'auras plus besoin de me quitter, Axel ! »

Je la regardai. Elle pleurait en souriant.

Je laisse à penser si le retour du professeur Lidenbrock fit sensation à Hambourg. Grâce aux indiscrétions de Marthe, la nouvelle de son départ pour le centre de la terre s'était répandue dans le monde entier. On ne voulut pas y croire, et, en le revoyant, on n'y crut pas davantage.

Cependant la présence de Hans, et diverses informations venues d'Islande modifièrent peu à peu l'opinion publique.

Alors mon oncle devint un grand homme, et moi, le neveu d'un grand homme, ce qui est déjà quelque chose. Hambourg donna une fête en notre honneur. Une séance publique eut lieu au Johannæum, où le professeur fit le récit de son expédition et n'omit que les faits relatifs à la boussole. Le jour même, il déposa aux archives de la ville le document de Saknussemm, et il exprima son vif regret de ce que les circonstances, plus fortes que sa volonté, ne lui eussent pas permis de suivre jusqu'au centre de la terre les traces du voyageur islandais. Il fut modeste dans sa gloire, et sa réputation s'en accrut.

Tant d'honneur devait nécessairement lui susciter des envieux. Il en eut, et comme ses théories, appuyées sur des faits certains, contredisaient les systèmes de la science sur la question du feu central, il soutint par la plume et par la parole de remarquables discussions avec les savants de tous pays.

Pour mon compte, je ne puis admettre sa théorie du refroidissement : en dépit de ce que j'ai vu, je crois et je croirai toujours à la chaleur centrale ; mais j'avoue que certaines circonstances encore mal définies peuvent modifier cette loi sous l'action de phénomènes naturels.

Au moment où ces questions étaient palpitantes, mon oncle éprouva un vrai chagrin. Hans, malgré ses instances, avait quitté Hambourg ; l'homme auquel nous devions tout ne voulut pas nous laisser lui payer notre dette. Il fut pris de la nostalgie de l'Islande.

« Farval », dit-il un jour, et sur ce simple mot d'adieu, il partit pour Reykjawik, où il arriva heureusement.

Nous étions singulièrement attachés à notre brave chasseur d'eider ; son absence ne le fera jamais oublier de ceux auxquels il a sauvé la vie, et certainement je ne mourrai pas sans l'avoir revu une dernière fois.

Pour conclure, je dois ajouter que ce *Voyage au centre de la terre* fit une énorme sensation dans le monde. Il fut imprimé et traduit dans toutes les langues ; les journaux les plus accrédités s'en arrachèrent les principaux épisodes, qui furent commentés, discutés, attaqués, soutenus avec une égale conviction dans le camp des croyants et des incrédules. Chose rare ! mon oncle jouissait de son vivant de toute la gloire qu'il avait acquise, et il n'y eut pas jusqu'à M. Barnum qui ne lui proposât de « l'exhiber » à un très haut prix dans les États de l'Union.

Mais un ennui, disons même un tourment, se glissait au milieu de cette gloire. Un fait demeurait inexplicable, celui de la boussole ; or pour un savant, pareil phénomène inexpliqué devient un supplice de l'intelligence. Eh bien ! le Ciel réservait à mon oncle d'être complètement heureux.

Un jour, en rangeant une collection de minéraux dans son cabinet, j'aperçus cette fameuse boussole et je me mis à l'observer.

Depuis six mois elle était là, dans son coin, sans se douter des tracas qu'elle causait.

Tout à coup, quelle fut ma stupéfaction ! Je poussai un cri. Le professeur accourut.

« Qu'est-ce donc ? demanda-t-il.

– Cette boussole !...

– Eh bien ?

– Mais son aiguille indique le sud et non le nord !

– Que dis-tu ?

– Voyez ! ses pôles sont changés.

– Changés ! »

Mon oncle regarda, compara, et fit trembler la maison par un bond superbe.

Quelle lumière éclairait à la fois son esprit et le mien !

« Ainsi donc, s'écria-t-il, dès qu'il recouvra la parole, après notre arrivée au cap Saknussemm, l'aiguille de cette damnée boussole marquait le sud au lieu du nord ?

– Évidemment.

– Notre erreur s'explique alors. Mais quel phénomène a pu produire ce renversement des pôles ?

– Rien de plus simple.

– Explique-toi, mon garçon.

– Pendant l'orage, sur la mer Lidenbrock, cette boule de feu qui aimantait le fer du radeau avait tout simplement désorienté notre boussole !

– Ah ! s'écria le professeur en éclatant de rire, c'était donc un tour de l'électricité ? »

A partir de ce jour, mon oncle fut le plus heureux des savants, et moi le plus heureux des hommes, car ma jolie Virlandaise, abdiquant sa position de pupille, prit rang dans la maison de Königstrasse en la double qualité de nièce et d'épouse. Inutile d'ajouter que son oncle fut l'illustre professeur Otto Lidenbrock, membre correspondant de toutes les sociétés scientifiques, géographiques et minéralogiques des cinq parties du monde.

— LES VOYAGES EXTRAORDINAIRES —

— J. HETZEL, ÉDITEUR —

LES VOYAGES EXTRAORDINAIRES

LES INDES-NOIRES

PAR

JULES VERNE

DESSINS PAR J. FÉRAT, GRAVURES PAR CHARLES BARBANT

COLLECTION HETZEL

LES INDES-NOIRES

I

DEUX LETTRES CONTRADICTOIRES

« Mr. J. R. Starr, ingénieur,
« 30, Canongate.
« Édimbourg.

« Si monsieur James Starr veut se rendre demain aux houillères d'Aberfoyle, fosse Dochart, puits Yarow, il lui sera fait une communication de nature à l'intéresser.

« Monsieur James Starr sera attendu, toute la journée, à la gare de Callander, par Harry Ford, fils de l'ancien overman Simon Ford.

« Il est prié de tenir cette invitation secrète. »

Telle fut la lettre que James Starr reçut par le premier courrier à la date du 3 décembre 18.., – lettre qui portait le timbre du bureau de poste d'Aberfoyle, comté de Stirling, Écosse.

La curiosité de l'ingénieur fut piquée au vif. Il ne lui vint même pas à la pensée que cette lettre pût renfermer une mystification. Il connaissait, de longue date, Simon Ford, l'un des anciens contremaîtres des mines d'Aberfoyle, dont lui, James Starr, avait été, pendant vingt ans, le directeur, – ce que, dans les houillères anglaises, on appelle le « viewer ».

James Starr était un homme solidement constitué, auquel ses cinquante-cinq ans ne pesaient pas plus que s'il n'en eût porté que quarante. Il appartenait à une vieille famille d'Édimbourg, dont il était l'un des membres les plus distingués. Ses travaux honoraient la respectable corporation de ces ingénieurs qui dévorent peu à peu le sous-sol carbonifère du Royaume-Uni, aussi bien à Cardiff, à Newcastle que dans les bas comtés de l'Écosse. Toutefois, c'était plus particulièrement au fond de ces mystérieuses houillères d'Aberfoyle, qui confinent aux mines d'Alloa et occupent une partie du comté de Stirling, que le nom de Starr avait conquis l'estime générale. Là s'était écoulée presque toute son existence. En outre, James Starr faisait partie de la Société des antiquaires écossais, dont il avait été nommé président. Il comptait aussi parmi les membres les plus actifs de « Royal Institution », et la *Revue d'Édimbourg* publiait fréquemment de remarquables articles signés de lui. C'était, on le voit, un de ces savants pratiques auxquels est due la prospérité de l'Angleterre. Il tenait un haut rang dans cette vieille capitale de l'Écosse, qui, non seulement au point de vue physique, mais encore au point de vue moral, a pu mériter le nom d'« Athènes du Nord ».

On sait que les Anglais ont donné à l'ensemble de leurs vastes houillères un nom très significatif. Ils les appellent très justement les « Indes noires » et ces Indes ont peut-être plus contribué que les Indes orientales à accroître la surprenante richesse du Royaume-Uni. Là, en effet, tout un peuple de mineurs travaille, nuit et jour, à extraire du sous-sol britannique le charbon, ce précieux combustible, indispensable élément de la vie industrielle.

A cette époque, la limite de temps, assignée par les hommes spéciaux à l'épuisement des houillères, était fort reculée, et la disette n'était pas à craindre à court délai. Il y avait encore à exploiter largement les gisements carbonifères des deux mondes. Les fabriques, appropriées à tant d'usages divers, les locomotives, les locomobiles, les steamers, les usines à gaz, etc., n'étaient pas près de manquer du combustible minéral. Seulement, la consommation s'était tellement accrue pendant ces dernières années, que certaines couches avaient été épuisées jusque dans leurs plus maigres filons. Abandonnées maintenant, ces mines trouaient et sillonnaient inutilement le sol de leurs puits délaissés et de leurs galeries désertes.

Tel était, précisément, le cas des houillères d'Aberfoyle.

Dix ans auparavant, la dernière benne avait enlevé la dernière tonne de houille de ce gisement. Le matériel du « fond[1] », machines destinées à la traction mécanique sur les rails des galeries, berlines formant les trains subterranés, tramways souterrains, cages desservant les puits d'extraction, tuyaux dont l'air comprimé actionnait des perforatrices, – en un mot, tout ce qui constituait l'outillage d'exploitation avait été retiré des profondeurs des fosses et abandonné à la surface du sol. La houillère, épuisée, était comme le cadavre d'un mastodonte de grandeur fantastique, auquel on a enlevé les divers organes de la vie et laissé seulement l'ossature.

De ce matériel, il n'était resté que de longues échelles de bois, desservant les profondeurs de la houillère par le puits Yarow – le seul qui donnât maintenant accès aux galeries inférieures de la fosse Dochart, depuis la cessation des travaux.

A l'extérieur, les bâtiments, abritant autrefois aux travaux du « jour », indiquaient encore la place où avaient été foncés les puits de ladite fosse, complètement abandonnée, comme l'étaient les autres fosses, dont l'ensemble constituait les houillères d'Aberfoyle.

Ce fut un triste jour, lorsque, pour la dernière fois, les

1. L'exploitation d'une mine se divise en travaux du « fond » et travaux du « jour » ; les uns s'accomplissant à l'intérieur, les autres à l'extérieur.

mineurs quittèrent la mine, dans laquelle ils avaient vécu tant d'années.

L'ingénieur James Starr avait réuni ces quelques milliers de travailleurs, qui composaient l'active et courageuse population de la houillère. Piqueurs, rouleurs, conducteurs, remblayeurs, boiseurs, cantonniers, receveurs, basculeurs, forgerons, charpentiers, tous, femmes, enfants, vieillards, ouvriers du fond et du jour, étaient rassemblés dans l'immense cour de la fosse Dochart, autrefois encombrée du trop-plein de la houillère.

Ces braves gens, que les nécessités de l'existence allaient disperser – eux, qui pendant de longues années, s'étaient succédé de père en fils dans la vieille Aberfoyle –, attendaient, avant de la quitter pour jamais, les derniers adieux de l'ingénieur. La Compagnie leur avait fait distribuer, à titre de gratification, les bénéfices de l'année courante. Peu de chose, en vérité, car le rendement des filons avait dépassé de bien peu les frais d'exploitation ; mais cela devait leur permettre d'attendre qu'ils fussent embauchés, soit dans les houillères voisines, soit dans les fermes ou les usines du comté.

James Starr se tenait debout, devant la porte du vaste appentis, sous lequel avaient si longtemps fonctionné les puissantes machines à vapeur du puits d'extraction.

Simon Ford, l'overman de la fosse Dochart, alors âgé de cinquante-cinq ans, et quelques autres conducteurs de travaux l'entouraient.

James Starr se découvrit. Les mineurs, chapeau bas, gardaient un profond silence.

Cette scène d'adieux avait un caractère touchant, qui ne manquait pas de grandeur.

« Mes amis, dit l'ingénieur, le moment de nous séparer est venu. Les houillères d'Aberfoyle, qui, depuis tant d'années, nous réunissaient dans un travail commun, sont maintenant épuisées. Nos recherches n'ont pu amener la découverte d'un nouveau filon, et le dernier morceau de houille vient d'être extrait de la fosse Dochart ! »

Et, à l'appui de sa parole, James Starr montrait aux mineurs un bloc de charbon qui avait été gardé au fond d'une benne.

« Ce morceau de houille, mes amis, reprit James Starr, c'est comme le dernier globule du sang qui circulait à travers les veines de la houillère ! Nous le conserverons, comme nous avons conservé le premier fragment de charbon extrait, il y a cent cinquante ans, des gisements d'Aberfoyle. Entre ces deux morceaux, bien des générations de travailleurs se sont succédé dans nos fosses ! Maintenant, c'est fini ! Les dernières paroles que vous adresse votre ingénieur sont des paroles d'adieu. Vous avez vécu de la mine, qui s'est vidée sous votre main. Le travail a été dur, mais non sans profit pour vous. Notre grande famille va se disperser, et il n'est pas probable que l'avenir en réunisse jamais les membres épars. Mais n'oubliez pas que nous avons longtemps vécu ensemble, et que, chez les mineurs d'Aberfoyle, c'est un devoir de s'entraider. Vos anciens chefs ne l'oublieront pas, non plus. Quand on a travaillé ensemble, on ne saurait être des étrangers les uns pour les autres. Nous veillerons sur vous, et, partout où vous irez en honnêtes gens, nos recommandations vous suivront. Adieu donc, mes amis, et que le Ciel vous assiste ! »

Cela dit, James Starr pressa dans ses bras le plus vieil ouvrier de la houillère, dont les yeux s'étaient mouillés de larmes. Puis, les overmen des différentes fosses vinrent serrer la main de l'ingénieur, pendant que les mineurs agitaient leur chapeau et criaient :

« Adieu, James Starr, notre chef et notre ami ! »

Ces adieux devaient laisser un impérissable souvenir dans tous ces braves cœurs. Mais, peu à peu, il le fallut, cette population quitta tristement la vaste cour. Le vide se fit autour de James Starr. Le sol noir des chemins, conduisant à la fosse Dochart, retentit une dernière fois sous le pied des mineurs, et le silence succéda à cette bruyante animation, qui avait empli jusqu'alors la houillère d'Aberfoyle.

Un homme était resté seul près de James Starr.

C'était l'overman Simon Ford. Près de lui se tenait un jeune garçon, âgé de quinze ans, son fils Harry, qui, depuis quelques années déjà, était employé aux travaux du fond.

James Starr et Simon Ford se connaissaient, et, se connaissant, s'estimaient l'un l'autre.

« Adieu, Simon, dit l'ingénieur.

– Adieu, monsieur James, répondit l'overman, ou plutôt, laissez-moi ajouter : Au revoir !

– Oui, au revoir, Simon ! reprit James Starr. Vous savez que je serai toujours heureux de vous retrouver et de pouvoir parler avec vous du passé de notre vieille Aberfoyle !

– Je le sais, monsieur James.

– Ma maison d'Édimbourg vous est ouverte !

– C'est loin, Édimbourg ! répondit l'overman en secouant la tête. Oui ! loin de la fosse Dochart !

– Loin, Simon ! Où comptez-vous donc demeurer ?

– Ici même, monsieur James ! Nous n'abandonnerons pas la mine, notre vieille nourrice, parce que son lait s'est tari ! Ma femme, mon fils et moi, nous nous arrangerons pour lui rester fidèles !

– Adieu donc, Simon, répondit l'ingénieur, dont la voix, malgré lui, trahissait l'émotion.

– Non, je vous répète : au revoir, monsieur James ! répondit l'overman, et non adieu ! Foi de Simon Ford, Aberfoyle vous reverra ! »

L'ingénieur ne voulut pas enlever cette dernière illusion à l'overman. Il embrassa le jeune Harry, qui le regardait de ses grands yeux émus. Il serra une dernière fois la main de Simon Ford et quitta définitivement la houillère.

Voilà ce qui s'était passé dix ans auparavant ; mais, malgré le désir que venait d'exprimer l'overman de le revoir quelque jour, James Starr n'avait plus entendu parler de lui.

Et c'était après dix ans de séparation, que lui arrivait cette lettre de Simon Ford, qui le conviait à reprendre sans délai lc chemin des anciennes houillères d'Aberfoyle.

Une communication de nature à l'intéresser, qu'était-ce donc ? La fosse Dochart, le puits Yarow ! Quels souvenirs du passé ces noms rappelaient à son esprit ! Oui ! c'était le bon temps, celui du travail, de la lutte, – le meilleur temps de sa vie d'ingénieur !

James Starr relisait la lettre. Il la retournait dans tous les sens. Il regrettait, en vérité, qu'une ligne de plus n'eût pas été ajoutée par Simon Ford. Il lui en voulait d'avoir été si laconique.

Était-il donc possible que le vieil overman eût découvert quelque nouveau filon à exploiter ? Non !

James Starr se rappelait avec quel soin minutieux les houillères d'Aberfoyle avaient été explorées avant la cessation définitive des travaux. Il avait lui-même procédé aux derniers sondages, sans trouver aucun nouveau gisement dans ce sol ruiné par une exploitation poussée à l'excès. On avait même tenté de reprendre le terrain houiller sous les couches qui lui sont ordinairement inférieures, telles que le grès rouge dévonien, mais sans résultat. James Starr avait donc abandonné la mine avec l'absolue conviction qu'elle ne possédait plus un morceau de combustible.

« Non, se répétait-il, non ! Comment admettre que ce qui aurait échappé à mes recherches se serait révélé à celles de Simon Ford ? Pourtant, le vieil overman doit bien savoir qu'une seule chose au monde peut m'intéresser, et cette invitation, que je dois tenir secrète, de me rendre à la fosse Dochart !... »

James Starr en revenait toujours là.

D'autre part, l'ingénieur connaissait Simon Ford pour un habile mineur, particulièrement doué de l'instinct du métier. Il ne l'avait pas revu depuis l'époque où les exploitations d'Aberfoyle avaient été abandonnées. Il ignorait même ce qu'était devenu le vieil overman. Il n'aurait pu dire à quoi il s'occupait, ni même où il demeurait, avec sa femme et son fils. Tout ce qu'il savait, c'est que rendez-vous lui était donné au puits Yarow, et qu'Harry, le fils de Simon Ford, l'attendrait à la gare de Callander pendant toute la journée du lendemain. Il s'agissait donc évidemment de visiter la fosse Dochart.

« J'irai, j'irai ! » dit James Starr, qui sentait sa surexcitation s'accroître à mesure que s'avançait l'heure.

C'est qu'il appartenait, ce digne ingénieur, à cette catégorie de gens passionnés, dont le cerveau est toujours en ébullition, comme une bouilloire placée sur une flamme ardente. Il est de ces bouilloires dans lesquelles les idées cuisent à gros bouillons, d'autres où elles mijotent paisiblement. Or, ce jour-là, les idées de James Starr bouillaient à plein feu.

Mais, alors, un incident très inattendu se produisit. Ce fut la goutte d'eau froide, qui allait momentanément condenser toutes les vapeurs de ce cerveau.

En effet, vers six heures du soir, par le troisième courrier, le domestique de James Starr apporta une seconde lettre.

Cette lettre était renfermée dans une enveloppe grossière, dont la suscription indiquait une main peu exercée au maniement de la plume.

James Starr déchira cette enveloppe. Elle ne contenait qu'un morceau de papier, jauni par le temps, et qui semblait avoir été arraché à quelque vieux cahier hors d'usage.

Sur ce papier il n'y avait qu'une seule phrase, ainsi conçue :

« Inutile à l'ingénieur James Starr de se déranger, – la lettre de Simon Ford étant maintenant sans objet. »

Et pas de signature.

James Starr.

II

CHEMIN FAISANT

Le cours des idées de James Starr fut brusquement arrêté, lorsqu'il eut lu cette seconde lettre, contradictoire de la première.

« Qu'est-ce que cela veut dire ? » se demanda-t-il.

James Starr reprit l'enveloppe à demi déchirée. Elle portait, ainsi que l'autre, le timbre du bureau de poste d'Aberfoyle. Elle était donc partie de ce même point du comté de Stirling. Ce n'était pas le vieux mineur qui l'avait écrite, – évidemment. Mais, non moins évidemment, l'auteur de cette seconde lettre connaissait le secret de l'overman, puisqu'il contremandait formellement l'invitation faite à l'ingénieur de se rendre au puits Yarow.

Était-il donc vrai que cette première communication fût maintenant sans objet ? Voulait-on empêcher James Starr de se déranger, soit inutilement, soit utilement ? N'y avait-il pas là plutôt une intention malveillante de contrecarrer les projets de Simon Ford ?

C'est ce que pensa James Starr, après mûre réflexion. Cette contradiction, qui existait entre les deux lettres, ne fit naître en lui qu'un plus vif désir de se rendre à la fosse Dochart. D'ailleurs, si, dans tout cela, il n'y avait qu'une mystification, mieux valait s'en assurer. Mais il semblait bien à James Starr qu'il convenait d'accorder plus de créance à la première lettre qu'à la seconde, – c'est-à-dire à la demande d'un homme tel que Simon Ford, plutôt qu'à cet avis de son contradicteur anonyme.

« En vérité, puisqu'on prétend influencer ma résolution, se dit-il, c'est que la communication de Simon Ford doit avoir une extrême importance ! Demain, je serai au rendez-vous indiqué et à l'heure convenue ! »

Le soir venu, James Starr fit ses préparatifs de départ. Comme il pouvait arriver que son absence se prolongeât pendant quelques jours, il prévint, par lettre, Sir W. Elphiston, le président de « Royal Institution », qu'il ne pourrait assister à la prochaine séance de la Société. Il se dégagea également de deux ou trois affaires, qui devaient l'occuper pendant la semaine. Puis, après avoir donné l'ordre à son domestique de préparer un sac de voyage, il se coucha, plus impressionné que l'affaire ne le comportait peut-être.

Le lendemain, à cinq heures, James Starr sautait hors de son lit, s'habillait chaudement – car il tombait une pluie froide –, et il quittait sa maison de la Canongate, pour aller prendre à Granton-pier le steam-boat qui, en trois heures, remonte le Forth jusqu'à Stirling.

Pour la première fois, peut-être, James Starr, en traversant la Canongate[1] ne se retourna pas pour regarder Holyrood, ce palais des anciens souverains de l'Écosse. Il n'aperçut pas, devant sa poterne, les sentinelles revêtues de l'antique costume écossais, jupon d'étoffe verte, plaid quadrillé et sac de peau de chèvre à longs poils pendant sur la cuisse. Bien qu'il fût fanatique de Walter Scott, comme l'est tout vrai fils de la vieille Calédonie, l'ingénieur, ainsi qu'il ne manquait jamais de le faire, ne donna même pas un coup d'œil à l'auberge où Waverley descendit, et dans laquelle le tailleur lui apporta ce fameux costume en tartan de guerre qu'admirait si naïvement la veuve Flockhart. Il ne salua pas, non plus, la petite place où les montagnards déchargèrent leurs fusils, après la victoire du Prétendant, au risque de tuer Flora Mac Ivor. L'horloge de la prison tendait au milieu de la rue son cadran désolé : il n'y regarda que pour s'assurer qu'il ne manquerait point l'heure du départ. On doit avouer aussi qu'il n'entrevit pas dans Nelher-Bow la maison du grand réformateur John Knox, le seul homme que ne purent séduire les sourires de Marie Stuart. Mais, prenant par High-street, la rue populaire, si minutieusement décrite dans le roman de *L'Abbé*, il s'élança vers le pont gigantesque de Bridge-street, qui relie les trois collines d'Édimbourg.

Quelques minutes après, James Starr arrivait à la gare du « General railway », et le train le débarquait, une demi-

1. Principale et célèbre rue du viel Édimbourg.

Harry.

heure après, à Newhaven, joli village de pêcheurs, situé à un mille de Leith, qui forme le port d'Édimbourg. La marée montante recouvrait alors la plage noirâtre et rocailleuse du littoral. Les premiers flots baignaient une estacade, sorte de jetée supportée par des chaînes. A gauche, un de ces bateaux qui font le service du Forth, entre Édimbourg et Stirling, était amarré au « pier » de Granton.

En ce moment, la cheminée du *Prince de Galles* vomissait des tourbillons de fumée noire, et sa chaudière ronflait sourdement. Au son de la cloche, qui ne tinta que quelques coups, les voyageurs en retard se hâtèrent d'accourir. Il y avait là une foule de marchands, de fermiers, de ministres, ces derniers reconnaissables à leurs culottes courtes, à leurs longues redingotes, au mince liséré blanc qui cerclait leur cou.

James Starr ne fut pas le dernier à s'embarquer. Il sauta lestement sur le pont du *Prince de Galles*. Bien que la pluie tombât avec violence, pas un de ces passagers ne songeait à chercher un abri dans le salon du steam-boat. Tous restaient immobiles, enveloppés de leurs couvertures de voyage, quelques-uns se ranimant de temps à autre avec le gin ou le whisky de leur bouteille, – ce qu'ils appellent « se vêtir à l'intérieur ». Un dernier coup de cloche se fit entendre, les amarres furent larguées, et le *Prince de Galles* évolua pour sortir du petit bassin, qui l'abritait contre les lames de la mer du Nord.

Le Firth of Forth, tel est le nom que l'on donne au golfe creusé entre les rives du comté de Fife, au nord, et celles des comtés de Linlilhgow, d'Édimbourgh et Haddington, au sud. Il forme l'estuaire du Forth, fleuve peu important, sorte de Tamise ou de Mersey aux eaux profondes, qui, descendu des flancs ouest du Ben Lomond, se jette dans la mer à Kincardine.

Ce ne serait qu'une courte traversée que celle de Granton-pier à l'extrémité de ce golfe, si la nécessité de faire escale aux diverses stations des deux rives n'obligeait à de nombreux détours. Les villes, les villages, les cottages s'étalent sur les bords du Forth entre les arbres d'une campagne fertile. James Starr, abrité sous la large passerelle jetée entre les tambours, ne cherchait pas à rien voir de ce paysage, alors rayé par les fines hachures de la pluie. Il s'inquiétait plutôt d'observer s'il n'attirait pas spécialement l'attention de quelque passager. Peut-être, en effet, l'auteur anonyme de la seconde lettre était-il sur le bateau. Cependant, l'ingénieur ne put surprendre aucun regard suspect.

Le *Prince de Galles,* en quittant Granton-pier, se dirigea vers l'étroit pertuis qui se glisse entre les deux pointes de South-Queensferry et North-Queensferry, au-delà duquel le Forth forme une sorte de lac, praticable pour les navires de cent tonneaux. Entre les brumes du fond apparaissaient, dans de courtes éclaircies, les sommets neigeux des monts Grampian.

Bientôt, le steam-boat eut perdu de vue le village d'Aberdour, l'île de Colm, couronnée par les ruines d'un monastère du XIIe siècle, les restes du château de Barnbougle, puis Donibristle, où fut assassiné le gendre du régent Murray, puis l'îlot fortifié de Garvie. Il franchit le détroit de Queensferry, laissa à gauche le château de Rosyth, où résidait autrefois une branche des Stuarts à laquelle était alliée la mère de Cromwell, dépassa Blackness-castle, toujours fortifié, conformément à l'un des articles du traité de l'Union, et longea les quais du petit port de Charleston, d'où s'exporte la chaux des carrières de Lord Elgin. Enfin, la cloche du *Prince de Galles* signala la station de Crombie-Point.

Le temps était alors très mauvais. La pluie, fouettée par une brise violente, se pulvérisait au milieu de ces mugissantes rafales, qui passaient comme des trombes.

James Starr n'était pas sans quelque inquiétude. Le fils d'Harry Ford se trouverait-il au rendez-vous ? Il le savait par expérience : les mineurs, habitués au calme profond des houillères, affrontent moins volontiers que les ouvriers ou les laboureurs ces grands troubles de l'atmosphère. De Callander à la fosse Dochart et au puits Yarow, il fallait compter une distance de quatre milles. C'étaient là des raisons qui pouvaient, dans une certaine mesure, retarder le fils du vieil overman. Toutefois, l'ingénieur se préoccupait davantage de l'idée que le rendez-vous donné dans la première lettre eût été contremandé dans la seconde. – C'était, à vrai dire, son plus gros souci.

En tout cas, si Harry Ford ne se trouvait pas à l'arrivée du train à Callander, James Starr était bien décidé à se rendre seul à la fosse Dochart, et même, s'il le fallait, jusqu'au village d'Aberfoyle. Là, il aurait sans doute des nouvelles de Simon Ford, et il apprendrait en quel lieu résidait actuellement le vieil overman.

Cependant, le *Prince de Galles* continuait à soulever de grosses lames sous la poussée de ses aubes. On ne voyait rien des deux rives du fleuve, ni du village de Crombie, ni Torryburn, ni Torry-house, ni Newmills, ni Carriden-house, ni Kirkgrange, ni Salt-Pans, sur la droite. Le petit port de Bowness, le port de Grangemouth, creusé à l'embouchure du canal de la Clyde, disparaissaient dans l'humide brouillard. Culross, le vieux bourg et les ruines de son abbaye de Cîteaux, Kinkardine et ses chantiers de construction, auxquels le steam-boat fit escale, Ayrth-Castle et sa tour carrée du XIIIe siècle, Clackmannan et son château, bâti par Robert Bruce, n'étaient même pas visibles à travers les rayures obliques de la pluie.

Le *Prince de Galles* s'arrêta à l'embarcadère d'Alloa pour déposer quelques voyageurs. James Starr eut le cœur serré en passant, après dix ans d'absence, près de cette petite ville, siège d'exploitation d'importantes houillères qui nourrissaient toujours une nombreuse population de travailleurs. Son imagination l'entraînait dans ce sous-sol, que le pic des mineurs creusait encore à grand profit. Ces mines d'Alloa, presque contiguës à celles d'Aberfoyle, continuaient à enrichir le comté, tandis que les gisements voisins, épuisés depuis tant d'années, ne comptaient plus un seul ouvrier !

Le steam-boat, en quittant Alloa, s'enfonça dans les nombreux détours que fait le Forth sur un parcours de dix-neuf milles. Il circulait rapidement entre les grands arbres des deux rives. Un instant, dans une éclaircie, apparurent les ruines de l'abbaye de Cambuskenneth, qui date du XIIe siècle. Puis, ce furent le château de Stirling et le bourg royal de ce nom, où le Forth, traversé par deux ponts, n'est plus navigable aux navires de hautes mâtures.

A peine le *Prince de Galles* avait-il accosté, que l'ingénieur sautait lestement sur le quai. Cinq minutes après, il arrivait à la gare de Stirling. Une heure plus tard, il descendait du train à Callander, gros village situé sur la rive gauche du Teith.

Là, devant la gare, attendait un jeune homme, qui s'avança aussitôt vers l'ingénieur.

C'était Harry, le fils de Simon Ford.

III

LE SOUS-SOL DU ROYAUME-UNI

Il est convenable, pour l'intelligence de ce récit, de rappeler en quelques mots quelle est l'origine de la houille.

Pendant les époques géologiques, lorsque le sphéroïde terrestre était encore en voie de formation, une épaisse atmosphère l'entourait, toute saturée de vapeurs d'eau et largement imprégnée d'acide carbonique. Peu à peu, ces vapeurs se condensèrent en pluies diluviennes, qui tombèrent comme si elles eussent été projetées du goulot de quelques millions de milliards de bouteilles d'eau de Seltz. C'était, en effet, un liquide chargé d'acide carbonique qui se déversait torrentiellement sur un sol pâteux, mal consolidé, sujet aux déformations brusques ou lentes, à la fois maintenu dans cet état semi-fluide autant par les feux du soleil que par les feux de la masse intérieure. C'est que la chaleur interne n'était pas encore emmagasinée au centre du globe. La croûte terrestre, peu épaisse et incomplètement durcie, la laissait s'épancher à travers ses pores. De là, une phénoménale végétation, – telle, sans doute, qu'elle se produit peut-être à la surface des planètes inférieures, Vénus ou Mercure, plus rapprochées que la terre de l'astre radieux.

Le sol des continents, encore mal fixé, se couvrit donc de forêts immenses ; l'acide carbonique, si propre au développement du règne végétal, abondait. Aussi les végétaux se développaient-ils sous la forme arborescente. Il n'y avait pas une seule plante herbacée. C'étaient partout d'énormes massifs d'arbres, sans fleurs, sans fruits, d'un aspect monotone, qui n'auraient pu suffire à la nourriture d'aucun être vivant. La terre n'était pas prête encore pour l'apparition du règne animal.

Voici quelle était la composition de ces forêts antédiluviennes. La classe des cryptogames vasculaires y dominait. Les calamites, variétés de prêles arborescentes, les lépidodendrons, sortes de lycopodes géants, hauts de vingt-cinq ou trente mètres, larges d'un mètre à leur base, des astérophylles, des fougères, des sigillaires de proportions gigantesques, dont on a retrouvé des empreintes dans les mines de Saint-Étienne – toutes plantes grandioses alors, auxquelles on ne reconnaîtrait d'analogues que parmi les plus humbles spécimens de la terre habitable –, tels étaient, peu variés dans leur espèce, mais énormes dans leur développement, les végétaux qui composaient exclusivement les forêts de cette époque.

Ces arbres noyaient alors leur pied dans une sorte d'immense lagune, rendue profondément humide par le mélange des eaux douces et des eaux marines. Ils s'assimilaient avidement le carbone qu'ils soutiraient peu à peu de l'atmosphère, encore impropre au fonctionnement de la vie, et on peut dire qu'ils étaient destinés à l'emmagasiner, sous forme de houille, dans les entrailles mêmes du globe.

En effet, c'était l'époque des tremblements de terre, de ces secouements du sol, dus aux révolutions intérieures et au travail plutonique, qui modifiaient subitement les linéaments encore incertains de la surface terrestre. Ici, des intumescences qui devenaient montagnes ; là, des gouffres que devaient emplir des océans ou des mers. Et alors, des forêts entières s'enfonçaient dans la croûte terrestre, à travers les couches mouvantes, jusqu'à ce qu'elles eussent trouvé un point d'appui, tel que le sol primitif des roches granitoïdes, ou que, par le tassement, elles formassent un tout résistant.

En effet, l'édifice géologique se présente suivant cet ordre dans les entrailles du globe : le sol primitif, que surmonte le sol de remblai, composé des terrains primaires, puis les terrains secondaires dont les gisements houillers occupent l'étage inférieur, puis les terrains tertiaires, et au-dessus, le terrain des alluvions anciennes et modernes.

A cette époque, les eaux, qu'aucun lit ne retenait encore et que la condensation engendrait sur tous les points du globe, se précipitaient en arrachant aux roches, à peine formées, de quoi composer les schistes, les grès, les calcaires. Elles arrivaient au-dessus des forêts tourbeuses et déposaient les éléments de ces terrains qui allaient se superposer au terrain houiller. Avec le temps – des périodes qui se chiffrent par millions d'années –, ces terrains se durcirent, s'étagèrent et enfermèrent sous une épaisse carapace de poudingues, de schistes, de grès compacts ou friables, de gravier, de cailloux, toute la masse des forêts enlisées.

Que se passa-t-il dans ce creuset gigantesque, où s'accumulait la matière végétale, enfoncée à des profondeurs variables ? Une véritable opération chimique, une sorte de distillation. Tout le carbone que contenaient ces végétaux s'agglomérait, et peu à peu la houille se formait sous la double influence d'une pression énorme et de la haute température que lui fournissaient les feux internes, si voisins d'elle à cette époque.

Ainsi donc un règne se substituait à l'autre dans cette lente, mais irrésistible réaction. Le végétal se transformait en minéral. Toutes ces plantes, qui avaient vécu de la vie végétative sous l'active sève des premiers jours, se pétrifiaient. Quelques-unes des substances enfermées dans ce vaste herbier, incomplètement déformées, laissaient leur empreinte aux autres produits plus rapidement minéralisés, qui les pressaient comme eût fait une presse hydraulique d'une puissance incalculable. En même temps, des coquilles, des zoophytes, tels qu'étoiles de mer, polypiers, spirifères, jusqu'à des poissons, jusqu'à des lézards, entraînés par les eaux, laissaient sur la houille, tendre encore, leur impression nette et comme « admirablement tirée[1] ».

La pression semble avoir joué un rôle considérable dans la formation des gisements carbonifères. En effet, c'est à son degré de puissance que sont dues les diverses sortes de houilles dont l'industrie fait usage. Ainsi, aux plus basses couches du terrain houiller apparaît l'anthracite, qui, presque entièrement dépourvue de matière volatile, contient la plus grande quantité de carbone. Aux plus hautes couches se montrent, au contraire, le lignite et le bois fossile, substances dans lesquelles la quantité de carbone est infiniment moindre. Entre ces deux couches, suivant le degré de pression

1. Il faut, d'ailleurs, remarquer que toutes ces plantes, dont les empreintes ont été retrouvées, appartiennent aux espèces aujourd'hui réservées aux zones équatoriales du globe. On peut donc en conclure que, à cette époque, la chaleur était égale sur toute la terre, soit qu'elle y fût apportée par des courants d'eaux chaudes, soit que les feux intérieurs se fissent sentir à sa surface à travers la croûte poreuse. Ainsi s'explique la formation de gisements carbonifères sous toutes les latitudes terrestres.

Des sigillaires de proportions gigantesques.

qu'elles ont subie, se rencontrent les filons de graphites, les houilles grasses ou maigres. On peut même affirmer que c'est faute d'une pression suffisante que la couche des marais tourbeux n'a pas été complètement modifiée.

Ainsi donc, l'origine des houillères, en quelque point du globe qu'on les ait découvertes, est celle-ci : engloutissement dans la croûte terrestre des grandes forêts de l'époque géologique, puis, minéralisation des végétaux obtenue avec le temps, sous l'influence de la pression et de la chaleur, et sous l'action de l'acide carbonique.

Cependant, la nature, si prodigue d'ordinaire, n'a pas enfoui assez de forêts pour une consommation qui comprendrait quelques milliers d'années. La houille manquera un jour, - cela est certain. Un chômage forcé s'imposera donc aux machines du monde entier, si quelque nouveau combustible ne remplace pas le charbon. A une époque plus ou moins reculée, il n'y aura plus de gisements carbonifères, si ce n'est ceux qu'une éternelle couche de glace recouvre au Groënland, aux environs de la mer de Baffin, et dont l'exploitation est à peu près impossible. C'est le sort inévitable. Les bassins houillers de l'Amérique, prodigieusement riches encore, ceux du lac Salé, de l'Oregon, de la Californie, n'auront plus, un jour, qu'un rendement insuffisant. Il en sera ainsi des houillères du cap Breton et du Saint-Laurent, des gisements des Alleghanis, de la Pennsylvanie, de la Virginie, de l'Illinois, de l'Indiana, du Missouri. Bien que les gîtes carbonifères du Nord-Amérique soient dix fois plus considérables que tous les gisements du monde entier, cent siècles ne s'écouleront pas sans que le monstre à millions de gueules de l'industrie n'ait dévoré le dernier morceau de houille du globe.

La disette, on le comprend, se fera plus promptement sentir dans l'ancien monde. Il existe bien des couches de combustible minéral en Abyssinie, à Natal, au Zambèze, à Mozambique, à Madagascar, mais leur exploitation régulière offre les plus grandes difficultés. Celles de la Birmanie, de la Chine, de la Cochinchine, du Japon, de l'Asie centrale, seront assez vite épuisées. Les Anglais auront certainement vidé l'Australie des produits houillers, assez abondamment enfouis dans son sol, avant le jour où le charbon manquera au Royaume-Uni. A cette époque, déjà, les filons carbonifères de l'Europe, atteints jusque dans leurs dernières veines, auront été abandonnés.

Que l'on juge par les chiffres suivants des quantités de houille qui ont été consommées depuis la découverte des premiers gisements. Les bassins houillers de la Russie, de la Saxe et de la Bavière comprennent six cent mille hectares ; ceux de l'Espagne, cent cinquante mille ; ceux de la Bohême et de l'Autriche, cent cinquante mille. Les bassins de la Belgique, longs de quarante lieues, larges de trois, comptent également cent cinquante mille hectares, qui s'étendent sous les territoires de Liège, de Namur, de Mons et de Charleroi. En France, le bassin situé entre la Loire et le Rhône, Rive-de-Gier, Saint-Étienne, Givors, Épinac, Blanzy, le Creuzot – les exploitations du Gard, Alais, La Grand-Combe, – celles de l'Aveyron à Aubin – les gisements de Carmaux, de Bassac, de Graissessac –, dans le Nord, Anzin, Valenciennes, Lens, Béthune, recouvrent environ trois cent cinquante mille hectares.

Le pays le plus riche en charbon, c'est incontestablement le Royaume-Uni. Celui-ci, en exceptant l'Irlande, à laquelle manque presque absolument le combustible minéral, possède d'énormes richesses carbonifères, – mais épuisables comme toutes richesses. Le plus important de ces divers bassins, celui de Newcastle, qui occupe le sous-sol du comté de Northumberland, produit par an jusqu'à trente millions de tonnes, c'est-à-dire près du tiers de la consommation anglaise et plus du double de la production française. Le bassin du pays de Galles, qui a concentré toute une population de mineurs à Cardiff, à Swansea, à Newport, rend annuellement dix millions de tonnes de cette houille si recherchée qui porte son nom. Au centre, s'exploitent les bassins des comtés d'York, de Lancastre, de Derby, de Stafford, moins productifs, mais d'un rendement considérable encore. Enfin, dans cette portion de l'Écosse située entre Édimbourg et Glasgow, entre ces deux mers qui l'échancrent si profondément, se développe l'un des plus vastes gisements houillers du Royaume-Uni. L'ensemble de ces divers bassins ne comprend pas moins de seize cent mille hectares, et produit annuellement jusqu'à cent millions de tonnes du noir combustible.

Mais qu'importe ! La consommation deviendra telle, pour les besoins de l'industrie et du commerce, que ces richesses s'épuiseront. Le troisième millénaire de l'ère chrétienne ne sera pas achevé, que la main du mineur aura vidé, en Europe, ces magasins dans lesquels, suivant une juste image, s'est concentrée la chaleur solaire des premiers jours[1].

Or, précisément à l'époque où se passe cette histoire, l'une des plus importantes houillères du bassin écossais avait été épuisée par une exploitation trop rapide. En effet, c'était dans ce territoire, qui se développe entre Édimbourg et Glasgow, sur une largeur moyenne de dix à douze milles, que se creusait la houillère d'Aberfoyle, dont l'ingénieur James Starr avait si longtemps dirigé les travaux.

Or, depuis dix ans, ces mines avaient dû être abandonnées. On n'avait pu découvrir de nouveaux gisements, bien que les sondages eussent été portés jusqu'à la profondeur de quinze cents et même de deux mille pieds, et lorsque James Starr s'était retiré, c'était avec la certitude que le plus mince filon avait été exploité jusqu'à complet épuisement.

Il était donc plus qu'évident que, en de telles conditions, la découverte d'un nouveau bassin houiller dans les profondeurs du sous-sol anglais aurait été un événement considérable. La communication annoncée par Simon Ford se rapportait-elle à un fait de cette nature ? C'est ce que se demandait James Starr, c'est ce qu'il voulait espérer.

En un mot, était-ce un autre coin de ces riches Indes noires dont on l'appelait à faire de nouveau la conquête ? Il voulait le croire.

La seconde lettre avait un instant dérouté ses idées à ce sujet, mais maintenant il n'en tenait plus compte. D'ailleurs, le fils du vieil overman était là, l'attendant au rendez-vous indiqué. La lettre anonyme n'avait donc plus aucune valeur.

A l'instant où l'ingénieur prenait pied sur le quai, le jeune homme s'avança vers lui.

« Tu es Harry Ford ? lui demanda vivement James Starr, sans autre entrée en matière.

1. Voici, en tenant compte de la progression de la consommation de la houille, ce que les derniers calculs assignent, en Europe, à l'épuisement des combustibles minéraux :

France . . .	dans	1 140 ans.
Angleterre	–	800 –
Belgique . .	–	750 –
Allemagne	–	300 –

En Amérique, à raison de 500 millions de tonnes annuellement, les gîtes pourraient produire du charbon pendant 6 000 ans.

– Oui, monsieur Starr.

– Je ne t'aurais pas reconnu, mon garçon ! Ah ! c'est que, depuis dix ans, tu es devenu un homme !

– Moi, je vous ai reconnu, répondit le jeune mineur, qui tenait son chapeau à la main. Vous n'avez pas changé, monsieur. Vous êtes celui qui m'a embrassé le jour des adieux à la fosse Dochart ! Ça ne s'oublie pas, ces choses-là !

– Couvre-toi donc, Harry, dit l'ingénieur. Il pleut à torrents, et la politesse ne doit pas aller jusqu'au rhume.

– Voulez-vous que nous nous mettions à l'abri, monsieur Starr ? demanda Harry Ford.

– Non, Harry. Le temps est pris. Il pleuvra toute la journée, et je suis pressé. Partons.

– A vos ordres, répondit le jeune homme.

– Dis-moi, Harry, le père se porte bien ?

– Très bien, monsieur Starr.

– Et la mère ?...

– La mère aussi.

– C'est ton père qui m'a écrit, pour me donner rendez-vous au puits de Yarow ?

– Non, c'est moi.

– Mais Simon Ford m'a-t-il donc adressé une seconde lettre pour contremander ce rendez-vous ? demanda vivement l'ingénieur.

– Non, monsieur Starr, répondit le jeune mineur.

– Bien ! » répondit James Starr, sans parler davantage de la lettre anonyme.

Puis, reprenant :

« Et peux-tu m'apprendre ce que me veut le vieux Simon ? demanda-t-il au jeune homme.

– Monsieur Starr, mon père s'est réservé le soin de vous le dire lui-même.

– Mais tu le sais ?...

– Je le sais.

– Eh bien, Harry, je ne t'en demande pas plus. En route donc, car j'ai hâte de causer avec Simon Ford. – A propos, où demeure-t-il ?

– Dans la mine.

– Quoi ? Dans la fosse Dochart ?

– Oui, monsieur Starr, répondit Harry Ford.

– Comment ! ta famille n'a pas quitté la vieille mine depuis la cessation des travaux ?

– Pas un jour, monsieur Starr. Vous connaissez le père. C'est là qu'il est né, c'est là qu'il veut mourir !

– Je comprends cela, Harry... Je comprends cela ! Sa houillère natale ! Il n'a pas voulu l'abandonner ! Et vous vous plaisez là ?...

– Oui, monsieur Starr, répondit le jeune mineur, car nous nous aimons cordialement, et nous n'avons que peu de besoins !

– Bien, Harry, dit l'ingénieur. En route ! »

Et James Starr, suivant le jeune homme, se dirigea à travers les rues de Callander.

Dix minutes après, tous deux avaient quitté la ville.

IV

LA FOSSE DOCHART

Harry Ford était un grand garçon de vingt-cinq ans, vigoureux, bien découplé. Sa physionomie un peu sérieuse, son attitude habituellement pensive, l'avaient, dès son enfance, fait remarquer entre ses camarades de la mine. Ses traits réguliers, ses yeux profonds et doux, ses cheveux assez rudes, plutôt châtains que blonds, le charme naturel de sa personne, tout concordait à en faire le type accompli du Lowlander, c'est-à-dire un superbe spécimen de l'Écossais de la plaine. Endurci presque dès son bas âge au travail de la houillère, c'était, en même temps qu'un solide compagnon, une brave et bonne nature. Guidé par son père, poussé par ses propres instincts, il avait travaillé, il s'était instruit de bonne heure, et, à un âge où l'on n'est guère qu'un apprenti, il était arrivé à se faire quelqu'un – l'un des premiers de sa condition –, dans un pays qui compte peu d'ignorants, car il fait tout pour supprimer l'ignorance. Si, pendant les premières années de son adolescence, le pic ne quitta pas la main d'Harry Ford, néanmoins le jeune mineur ne tarda pas à acquérir les connaissances suffisantes pour s'élever dans la hiérarchie de la houillère, et il aurait certainement succédé à son père en qualité d'overman de la fosse Dochart, si la mine n'eût pas été abandonnée.

James Starr était un bon marcheur encore, et, cependant, il n'aurait pas suivi facilement son guide, si celui-ci n'eût modéré son pas.

La pluie tombait alors avec moins de violence. Les larges gouttes se pulvérisaient avant d'atteindre le sol. C'étaient plutôt des rafales humides, qui couraient dans l'air, soulevées par une fraîche brise.

Harry Ford et James Starr – le jeune homme portant le

Le jeune homme, portant le léger bagage de l'ingénieur...

léger bagage de l'ingénieur – suivirent la rive gauche du fleuve pendant un mille environ. Après avoir longé sa plage sinueuse, ils prirent une route qui s'enfonçait dans les terres sous les grands arbres ruisselants. De vastes pâturages se développaient d'un côté et de l'autre, autour de fermes isolées. Quelques troupeaux paissaient tranquillement l'herbe toujours verte de ces prairies de la basse Écosse. C'étaient des vaches sans cornes, ou de petits moutons à laine soyeuse, qui ressemblaient aux moutons des bergeries d'enfants. Aucun berger ne se laissait voir, abrité qu'il était sans doute dans quelque creux d'arbre ; mais le « colley », chien particulier à cette contrée du Royaume-Uni et renommé pour sa vigilance, rôdait autour du pâturage.

Le puits Yarow était situé à quatre milles environ de Callander. James Starr, tout en marchant, ne laissait pas d'être impressionné. Il n'avait pas revu le pays depuis le jour où la dernière tonne des houillères d'Aberfoyle avait été versée dans les wagons du railway de Glasgow. La vie agricole remplaçait, maintenant, la vie industrielle, toujours plus bruyante, plus active. Le contraste était d'autant plus frappant que, pendant l'hiver, les travaux des champs subissent une sorte de chômage. Mais autrefois, en toute saison, la population des mineurs, au-dessus comme au-dessous, animait ce territoire. Les grands charrois de charbon passaient nuit et jour. Les rails, maintenant enterrés sur leurs traverses pourries, grinçaient sous le poids des wagons. A présent, le chemin de pierre et de terre se substituait peu à peu aux anciens tramways de l'exploitation. James Starr croyait traverser un désert.

L'ingénieur regardait donc autour de lui d'un œil attristé. Il s'arrêtait par instants pour reprendre haleine. Il écoutait. L'air ne s'emplissait plus à présent des sifflements lointains et du fracas haletant des machines. A l'horizon, pas une de ces vapeurs noirâtres, que l'industriel aime à retrouver, mêlées aux grands nuages. Nulle haute cheminée cylindrique ou prismatique vomissant des fumées, après s'être alimentée au gisement même, nul tuyau d'échappement s'époumonant à souffler sa vapeur blanche. Le sol, autrefois sali par la poussière de la houille, avait un aspect propre, auquel les yeux de James Starr n'étaient plus habitués.

Lorsque l'ingénieur s'arrêtait, Harry Ford s'arrêtait aussi. Le jeune mineur attendait en silence. Il sentait bien ce qui se passait dans l'esprit de son compagnon, et il partageait vivement cette impression, – lui, un enfant de la houillère, dont toute la vie s'était écoulée dans les profondeurs de ce sol.

« Oui, Harry, tout cela est changé, dit James Starr. Mais, à force d'y prendre, il fallait bien que les trésors de houille s'épuisassent un jour ! Tu regrettes ce temps !

– Je le regrette, monsieur Starr, répondit Harry. Le travail était dur, mais il intéressait, comme toute lutte.

– Sans doute, mon garçon ! La lutte de tous les instants, le danger des éboulements, des incendies, des inondations, des coups de grisou qui frappent comme la foudre ! Il fallait parer à ces périls ! Tu dis bien ! C'était la lutte, et, par conséquent, la vie émouvante !

– Les mineurs d'Alloa ont été plus favorisés que les mineurs d'Aberfoyle, monsieur Starr !

– Oui, Harry, répondit l'ingénieur.

– En vérité, s'écria le jeune homme, il est à regretter que tout le globe terrestre n'ait pas été uniquement composé de charbon ! Il y en aurait eu pour quelques millions d'années !

– Sans doute, Harry, mais il faut avouer, cependant, que la nature s'est montrée prévoyante en formant notre sphéroïde plus principalement de grès, de calcaire, de granit, que le feu ne peut consumer !

– Voulez-vous dire, monsieur Starr, que les humains auraient fini par brûler leur globe ?...

– Oui ! Tout entier, mon garçon, répondit l'ingénieur. La terre aurait passé jusqu'au dernier morceau dans les fourneaux des locomotives, des locomobiles, des steamers, des usines à gaz, et, certainement, c'est ainsi que notre monde eût fini un beau jour !

– Cela n'est plus à craindre, monsieur Starr. Mais aussi, les houillères s'épuiseront, sans doute, plus rapidement que ne l'établissent les statistiques !

– Cela arrivera, Harry, et, suivant moi, l'Angleterre a peut-être tort d'échanger son combustible contre l'or des autres nations !

– En effet, répondit Harry.

– Je sais bien, ajouta l'ingénieur, que ni l'hydraulique, ni l'électricité n'ont encore dit leur dernier mot, et qu'on utilisera plus complètement un jour ces deux forces. Mais n'importe ! La houille est d'un emploi très pratique et se prête facilement aux divers besoins de l'industrie ! Malheureusement, les hommes ne peuvent la produire à volonté ! Si les forêts extérieures repoussent incessamment sous l'influence de la chaleur et de l'eau, les forêts intérieures, elles, ne se reproduisent pas, et le globe ne se retrouvera jamais dans les conditions voulues pour les refaire ! »

James Starr et son guide, tout en causant, avaient repris leur marche d'un pas rapide. Une heure après avoir quitté Callander, ils arrivaient à la fosse Dochart.

Un indifférent lui-même eût été touché du triste aspect que présentait l'établissement abandonné. C'était comme le squelette de ce qui avait été si vivant autrefois.

Dans un vaste cadre, bordé de quelques maigres arbres, le sol disparaissait encore sous la noire poussière du combustible minéral, mais on n'y voyait plus ni escarbilles, ni gailleteries, ni aucun fragment de houille. Tout avait été enlevé et consommé depuis longtemps.

Sur une colline peu élevée, se découpait la silhouette d'une énorme charpente que le soleil et la pluie rongeaient lentement. Au sommet de cette charpente apparaissait une vaste molette ou roue de fonte, et plus bas s'arrondissaient ces gros tambours, sur lesquels s'enroulaient autrefois les câbles qui ramenaient les cages à la surface du sol.

A l'étage inférieur, on reconnaissait la chambre délabrée des machines, autrefois si luisantes dans les parties du mécanisme faites d'acier ou de cuivre. Quelques pans de murs gisaient à terre au milieu de solives brisées et verdies par l'humidité. Des restes de balanciers auxquels s'articulait la tige des pompes d'épuisement, des coussinets cassés ou encrassés, des pignons édentés, des engins de basculage renversés, quelques échelons fixés aux chevalets et figurant de grandes arêtes d'ichthyosaures, des rails portés sur quelque traverse rompue que soutenaient encore deux ou trois pilotis branlants, des tramways qui n'auraient pas résisté au poids d'un wagonnet vide, – tel était l'aspect désolé de la fosse Dochart.

La margelle des puits, aux pierres éraillées, disparaissait sous les mousses épaisses. Ici, on reconnaissait les vestiges d'une cage, là les restes d'un parc où s'emmagasinait le charbon, qui devait être trié suivant sa qualité ou sa grosseur. Enfin, débris de tonnes auxquelles pendait un bout de chaîne, fragments de chevalets gigantesques, tôles d'une chaudière éventrée, pistons tordus, longs balanciers qui se penchaient sur l'orifice des puits de pompes, passerelles tremblant au vent, ponceaux frémissant au pied, murailles lézardées, toits à demi effondrés qui dominaient des cheminées aux briques disjointes, ressemblant à ces canons modernes dont la culasse est frettée d'anneaux cylindriques, de tout cela il sortait une vive impression d'abandon, de misère, de tristesse, que n'offrent pas les ruines du vieux château de pierre, ni les restes d'une forteresse démantelée.

« C'est une désolation ! » dit James Starr, en regardant le jeune homme qui ne répondit pas.

Tous deux pénétrèrent alors sous l'appentis qui recouvrait l'orifice du puits Yarow, dont les échelles donnaient encore accès jusqu'aux galeries inférieures de la fosse.

L'ingénieur se pencha sur l'orifice.

De là s'épanchait autrefois le souffle puissant de l'air aspiré par les ventilateurs. C'était maintenant un abîme silencieux. Il semblait qu'on fût à la bouche de quelque volcan éteint.

James Starr et Harry mirent pied sur le premier palier.

A l'époque de l'exploitation, d'ingénieux engins desservaient certains puits des houillères d'Aberfoyle, qui, sous ce rapport, étaient parfaitement outillées : cages munies de parachutes automatiques, mordant sur des glissières en bois, échelles oscillantes, nommées « engine-men », qui, par un simple mouvement d'oscillation, permettaient aux mineurs de descendre sans danger ou de remonter sans fatigue.

Mais ces appareils perfectionnés avaient été enlevés, depuis la cessation des travaux. Il ne restait au puits Yarow qu'une longue succession d'échelles, séparées par des paliers étroits de cinquante en cinquante pieds. Trente de ces échelles, ainsi placées bout à bout, permettaient de descendre jusqu'à la semelle de la galerie inférieure, à une profondeur de quinze cents pieds. C'était la seule voie de communication qui existât entre le fond de la fosse Dochart et le sol. Quant à l'aération, elle s'opérait par le puits Yarow, que les galeries faisaient communiquer avec un autre puits dont l'orifice s'ouvrait à un niveau supérieur, – l'air chaud se dégageant naturellement par cette espèce de siphon renversé.

« Je te suis, mon garçon, dit l'ingénieur, en faisant signe au jeune homme de le précéder.

– A vos ordres, monsieur Starr.

De tout cela il sortait une vive impression d'abandon.

– Tu as ta lampe ?

– Oui, et plût au Ciel que ce fût encore la lampe de sûreté dont nous nous servions autrefois !

– En effet, répondit James Starr, les coups de grisou ne sont plus à craindre maintenant ! »

Harry n'était muni que d'une simple lampe à huile, dont il alluma la mèche. Dans la houillère, vide de charbon, les fuites du gaz hydrogène protocarboné ne pouvaient plus se produire. Donc, aucune explosion à redouter, et nulle nécessité d'interposer entre la flamme et l'air ambiant cette toile métallique qui empêche le gaz de prendre feu à l'extérieur. La lampe de Davy, si perfectionnée alors, ne trouvait plus ici son emploi. Mais si le danger n'existait pas, c'est que la cause en avait disparu, et, avec cette cause, le combustible qui faisait autrefois la richesse de la fosse Dochart.

Harry descendit les premiers échelons de l'échelle supérieure. James Starr le suivit. Tous deux se trouvèrent bientôt dans une obscurité profonde que rompait seul l'éclat de la lampe. Le jeune homme l'élevait au-dessus de sa tête, afin de mieux éclairer son compagnon.

Une dizaine d'échelles furent descendues par l'ingénieur et son guide de ce pas mesuré habituel au mineur. Elles étaient encore en bon état.

James Starr observait curieusement ce que l'insuffisante lueur lui laissait apercevoir des parois du sombre puits, qu'un cuvelage en bois, à demi pourri, revêtait encore.

Arrivés au quinzième palier, c'est-à-dire à mi-chemin, ils firent halte pour quelques instants.

« Décidément, je n'ai pas tes jambes, mon garçon, dit l'ingénieur en respirant longuement, mais enfin, cela va encore !

– Vous êtes solide, monsieur Starr, répondit Harry, et c'est quelque chose, voyez-vous, que d'avoir longtemps vécu dans la mine.

– Tu as raison, Harry. Autrefois, lorsque j'avais vingt ans, j'aurais descendu tout d'une haleine. Allons, en route ! »

Mais, au moment où tous deux allaient quitter le palier, une voix, encore éloignée, se fit entendre dans les profondeurs du puits. Elle arrivait comme une onde sonore qui se gonfle progressivement, et elle devenait de plus en plus distincte.

« Eh ! qui vient là ? demanda l'ingénieur en arrêtant Harry.

– Je ne pourrais le dire, répondit le jeune mineur.

– Ce n'est pas le vieux père ?...

– Lui ! monsieur Starr, non.

– Quelque voisin, alors ?...

– Nous n'avons pas de voisins au fond de la fosse, répondit Harry. Nous sommes seuls, bien seuls.

– Bon ! laissons passer cet intrus, dit James Starr. C'est à ceux qui descendent de céder le pas à ceux qui montent. »

Tous deux attendirent.

La voix résonnait en ce moment avec un magnifique éclat, comme si elle eût été portée par un vaste pavillon acoustique, et bientôt quelques paroles d'une chanson écossaise arrivèrent assez nettement aux oreilles du jeune mineur.

« La chanson des lacs ! s'écria Harry. Ah ! je serais bien surpris si elle s'échappait d'une autre bouche que de celle de Jack Ryan.

– Et qu'est-ce, ce Jack Ryan, qui chante d'une si superbe façon ? demanda James Starr.

– Un ancien camarade de la houillère », répondit Harry.

Puis, se pendant au-dessus du palier :

« Eh ! Jack ! cria-t-il.

– C'est toi, Harry ? fut-il répondu. Attends-moi, j'arrive. »

Et la chanson reprit de plus belle.

Quelques instants après, un grand garçon de vingt-cinq ans, la figure gaie, les yeux souriants, la bouche joyeuse, la chevelure d'un blond ardent, apparaissait au fond du cône lumineux que projetait sa lanterne, et il prenait pied sur le palier de la quinzième échelle.

Son premier acte fut de serrer vigoureusement la main que venait de lui tendre Harry.

« Enchanté de te rencontrer ! s'écria-t-il. Mais, saint Mungo me protège ! si j'avais su que tu revenais à terre aujourd'hui, je me serais bien épargné cette descente au puits Yarow !

– Monsieur James Starr, dit alors Harry, en tournant sa lampe vers l'ingénieur, qui était resté dans l'ombre.

– Monsieur Starr ! répondit Jack Ryan. Ah ! monsieur l'ingénieur, je ne vous aurais pas reconnu. Depuis que j'ai quitté la fosse, mes yeux ne sont plus habitués, comme autrefois, à voir dans l'obscurité.

Jack Ryan.

– Et moi, je me rappelle maintenant un gamin qui chantait toujours. Voilà bien dix ans de cela, mon garçon ! C'était toi, sans doute ?

– Moi-même, monsieur Starr, et, en changeant de métier, je n'ai pas changé d'humeur, voyez-vous ? Bah ! rire et chanter, cela vaut mieux, j'imagine, que pleurer et geindre !

– Sans doute, Jack Ryan. – Et que fais-tu depuis que tu as quitté la mine ?

– Je travaille à la ferme de Melrose, près d'Irvine, dans le comté de Renfrew, à quarante milles d'ici. Ah ! ça ne vaut pas nos houillères d'Aberfoyle ! Le pic allait mieux à ma main que la bêche ou l'aiguillon ! Et puis, dans la vieille fosse, il y avait des coins sonores, des échos joyeux qui vous renvoyaient gaillardement vos chansons, tandis que là-haut !... Mais vous allez donc rendre visite au vieux Simon, monsieur Starr ?

– Oui, Jack, répondit l'ingénieur.

– Que je ne vous retarde pas...

– Dis-moi, Jack, demanda Harry, quel motif t'a amené au cottage aujourd'hui ?

– Je voulais te voir, camarade, répondit Jack Ryan, et t'inviter à la fête du clan d'Irvine. Tu sais, je suis le « piper[1] » de l'endroit ! On chantera, on dansera !

– Merci, Jack, mais cela m'est impossible.

– Impossible ?

– Oui, la visite de M. Starr peut se prolonger, et je dois le reconduire à Callander.

– Eh, Harry, la fête du clan d'Irvine n'arrive que dans huit jours. D'ici là, la visite de M. Starr sera terminée, je suppose, et rien ne te retiendra plus au cottage !

– En effet, Harry, répondit James Starr. Il faut profiter de l'invitation que te fait ton camarade Jack !

– Eh bien, j'accepte, Jack, dit Harry. Dans huit jours, nous nous retrouverons à la fête d'Irvine.

– Dans huit jours, c'est bien convenu, répondit Jack Ryan. Adieu, Harry ! Votre serviteur, monsieur Starr ! Je suis très content de vous avoir revu ! Je pourrai donner de vos nouvelles aux amis. Personne ne vous a oublié, monsieur l'ingénieur.

– Et je n'ai oublié personne, dit James Starr.

1. Le *piper* est le joueur de cornemuse en Écosse.

– Merci pour tous, monsieur, répondit Jack Ryan.

– Adieu, Jack ! » dit Harry, en serrant une dernière fois la main de son camarade.

Et Jack Ryan, reprenant sa chanson, disparut bientôt dans les hauteurs du puits, vaguement éclairées par sa lampe.

Un quart d'heure après, James Starr et Harry descendaient la dernière échelle, et mettaient le pied sur le sol du dernier étage de la fosse.

Autour du rond-point que formait le fond du puits Yarow rayonnaient diverses galeries qui avaient servi à l'exploitation du dernier filon carbonifère de la mine. Elles s'enfonçaient dans le massif de schistes et de grès, les unes étançonnées par des trapèzes de grosses poutres à peine équarries, les autres doublées d'un épais revêtement de pierre. Partout des remblais remplaçaient les veines dévorées par l'exploitation. Les piliers artificiels étaient faits de pierres arrachées aux carrières voisines, et maintenant ils supportaient le sol, c'est-à-dire le double étage des terrains tertiaires et quaternaires, qui reposaient autrefois sur le gisement même. L'obscurité emplissait alors ces galeries, jadis éclairées soit par la lampe du mineur soit par la lumière électrique, dont, pendant les dernières années, l'emploi avait été introduit dans les fosses. Mais les sombres tunnels ne résonnaient plus du grincement des wagonnets roulant sur leurs rails, ni du bruit des portes d'air qui se refermaient brusquement, ni des éclats de voix des rouleurs, ni du hennissement des chevaux et des mules, ni des coups de pic de l'ouvrier, ni des fracas du foudroyage qui faisait éclater le massif.

« Voulez-vous vous reposer un instant, monsieur Starr ? demanda le jeune homme.

– Non, mon garçon, répondit l'ingénieur, car j'ai hâte d'arriver au cottage du vieux Simon.

– Suivez-moi donc, monsieur Starr. Je vais vous guider, et, cependant, je suis sûr que vous reconnaîtriez parfaitement votre route dans cet obscur dédale des galeries.

– Oui, certes ! J'ai encore dans la tête tout le plan de la vieille fosse. »

Harry, suivi de l'ingénieur et levant sa lampe pour le mieux éclairer, s'enfonça dans une haute galerie, semblable à une contre-nef de cathédrale. Leur pied, à tous deux,

Simon Ford.

heurtait encore les traverses de bois qui supportaient les rails à l'époque de l'exploitation.

Mais à peine avaient-ils fait cinquante pas, qu'une énorme pierre vint tomber aux pieds de James Starr.

« Prenez garde, monsieur Starr ! s'écria Harry, en saisissant le bras de l'ingénieur.

– Une pierre, Harry ! Ah ! ces vieilles voûtes ne sont plus assez solides, sans doute, et...

– Monsieur Starr, répondit Harry Ford, il me semble que la pierre a été jetée... et jetée par une main d'homme !...

– Jetée ! s'écria James Starr. Que veux-tu dire, mon garçon ?

– Rien, rien... monsieur Starr, répondit évasivement Harry, dont le regard, devenu sérieux, aurait voulu percer ces épaisses murailles. Continuons notre route. Prenez mon bras, je vous prie, et n'ayez aucune crainte de faire un faux pas.

– Me voilà, Harry ! »

Et tous deux s'avancèrent, pendant qu'Harry regardait en arrière, en projetant l'éclat de sa lampe dans les profondeurs de la galerie.

« Serons-nous bientôt arrivés ? demanda l'ingénieur.

– Dans dix minutes au plus.

– Bien.

– Mais, murmurait Harry, cela n'en est pas moins singulier. C'est la première fois que pareille chose m'arrive. Il a fallu que cette pierre vînt tomber juste au moment où nous passions !...

– Harry, il n'y a eu là qu'un hasard !

– Un hasard... répondit le jeune homme en secouant la tête. Oui... un hasard... »

Harry s'était arrêté. Il écoutait.

« Qu'y a-t-il, Harry ? demanda l'ingénieur.

– J'ai cru entendre marcher derrière nous », répondit le jeune mineur, qui prêta plus attentivement l'oreille.

Puis :

« Non ! je me serai trompé, dit-il. Appuyez-vous bien sur mon bras, monsieur Starr. Servez-vous de moi comme d'un bâton...

– Un bâton solide, Harry, répondit James Starr. Il n'en est pas de meilleur qu'un brave garçon tel que toi ! »

Tous deux continuèrent à marcher silencieusement à travers la sombre nef.

Souvent, Harry, évidemment préoccupé, se retournait, essayant de surprendre, soit un bruit éloigné, soit quelque lueur lointaine.

Mais, derrière et devant lui, tout n'était que silence et ténèbres.

V

LA FAMILLE FORD

Dix minutes après, James Starr et Harry sortaient enfin de la galerie principale.

Le jeune mineur et son compagnon étaient arrivés au fond d'une clairière, – si toutefois ce mot peut servir à désigner une vaste et obscure excavation. Cette excavation, cependant, n'était pas absolument dépourvue de jour. Quelques rayons lui arrivaient par l'orifice d'un puits abandonné, qui avait été foncé dans les étages supérieurs. C'était par ce conduit que s'établissait le courant d'aération de la fosse Dochart. Grâce à sa moindre densité, l'air chaud de l'intérieur était entraîné vers le puits Yarow.

Donc, un peu d'air et de clarté pénétrait à la fois à travers l'épaisse voûte de schiste jusqu'à la clairière.

C'était là que Simon Ford habitait depuis dix ans, avec sa famille, une souterraine demeure, évidée dans le massif schisteux, à l'endroit même où fonctionnaient autrefois les puissantes machines, destinées à opérer la traction mécanique de la fosse Dochart.

Telle était l'habitation – à laquelle il donnait volontiers le nom de « cottage » –, où résidait le vieil overman. Grâce à une certaine aisance, due à une longue existence de travail, Simon Ford aurait pu vivre en plein soleil, au milieu des arbres, dans n'importe quelle ville du royaume ; mais les siens et lui avaient préféré ne pas quitter la houillère, où ils étaient heureux, ayant mêmes idées, mêmes goûts. Oui ! il leur plaisait, ce cottage, enfoui à quinze cents pieds audessous du sol écossais. Entre autres avantages, il n'y avait pas à craindre que les agents du fisc, les « stentmaters » chargés d'établir la capitation, vinssent jamais y relancer ses hôtes !

A cette époque, Simon Ford, l'ancien overman de la fosse

Dochart, portait vigoureusement encore ses soixante-cinq ans. Grand, robuste, bien taillé, il eût été regardé comme l'un des plus remarquables « sawneys[1] » du canton, qui fournissait tant de beaux hommes aux régiments de Highlanders.

Simon Ford descendait d'une ancienne famille de mineurs, et sa généalogie remontait aux premiers temps où furent exploités les gisements carbonifères en Écosse.

Sans rechercher archéologiquement si les Grecs et les Romains ont fait usage de la houille, si les Chinois utilisaient les mines de charbon bien avant l'ère chrétienne, sans discuter si réellement le combustible minéral doit son nom au maréchal ferrant Houillos, qui vivait en Belgique dans le XIIe siècle, on peut affirmer que les bassins de la Grande-Bretagne furent les premiers dont l'exploitation fut mise en cours régulier. Au XIe siècle, déjà, Guillaume le Conquérant partageait entre ses compagnons d'armes les produits du bassin de Newcastle. Au XIIIe siècle, une licence d'exploitation du « charbon marin » était concédée par Henri III. Enfin, vers la fin du même siècle, il est fait mention des gisements de l'Écosse et du pays de Galles.

Ce fut vers ce temps que les ancêtres de Simon Ford pénétrèrent dans les entrailles du sol calédonien, pour n'en plus sortir, de père en fils. Ce n'étaient que de simples ouvriers. Ils travaillaient comme des forçats à l'extraction du précieux combustible. On croit même que les charbonniers mineurs, tout comme les sauniers de cette époque, étaient alors de véritables esclaves. En effet, au XVIIIe siècle, cette opinion était si bien établie en Écosse, que, pendant la guerre du Prétendant, on put craindre que vingt mille mineurs de Newcastle ne se soulevassent pour reconquérir une liberté – qu'ils ne croyaient pas avoir.

Quoi qu'il en soit, Simon Ford était fier d'appartenir à cette grande famille des houilleurs écossais. Il avait travaillé de ses mains, là même où ses ancêtres avaient manié le pic, la pince, la rivelaine et la pioche. A trente ans, il était overman de la fosse Dochart, la plus importante des houillères d'Aberfoyle. Il aimait passionnément son métier. Pendant de longues années, il exerça ses fonctions avec zèle.

1. Le sawney, c'est l'Écossais, comme John Bull est l'Anglais, et Paddy l'Irlandais.

Son seul chagrin était de voir la couche s'appauvrir et de prévoir l'heure très prochaine où le gisement serait épuisé.

C'est alors qu'il s'était adonné à la recherche de nouveaux filons dans toutes les fosses d'Aberfoyle, qui communiquaient souterrainement entre elles. Il avait eu le bonheur d'en découvrir quelques-uns pendant la dernière période d'exploitation. Son instinct de mineur le servait merveilleusement, et l'ingénieur James Starr l'appréciait fort. On eût dit qu'il devinait les gisements dans les entrailles de la houillère, comme un hydroscope devine les sources sous la couche du sol.

Mais le moment arriva, on l'a dit, où la matière combustible manqua tout à fait à la houillère. Les sondages ne donnèrent plus aucun résultat. Il fut évident que le gîte carbonifère était entièrement épuisé. L'exploitation cessa. Les mineurs se retirèrent.

Le croira-t-on ? Ce fut un désespoir pour le plus grand nombre. Tous ceux qui savent que l'homme, au fond, aime sa peine, ne s'en étonneront pas. Simon Ford, sans contredit, fut le plus atteint. Il était, par excellence, le type du mineur, dont l'existence est indissolublement liée à celle de sa mine. Depuis sa naissance, il n'avait cessé de l'habiter, et, lorsque les travaux furent abandonnés, il voulut y demeurer encore. Il resta donc. Harry, son fils, fut chargé du ravitaillement de l'habitation souterraine ; mais quant à lui, depuis dix ans, il n'était pas remonté dix fois à la surface du sol.

« Aller là-haut ! A quoi bon ? » répétait-il, et il ne quittait pas son noir domaine.

Dans ce milieu parfaitement sain, d'ailleurs, soumis à une température toujours moyenne, le vieil overman ne connaissait ni les chaleurs de l'été, ni les froids de l'hiver. Les siens se portaient bien. Que pouvait-il désirer de plus ?

Au fond, il était sérieusement attristé. Il regrettait l'animation, le mouvement, la vie d'autrefois, dans la fosse si laborieusement exploitée. Cependant, il était soutenu par une idée fixe.

« Non ! non ! la houillère n'est pas épuisée ! » répétait-il.

Et celui-là se serait fait un mauvais parti, qui aurait mis en doute devant Simon Ford qu'un jour l'ancienne Aberfoyle ressusciterait d'entre les mortes ! Il n'avait donc jamais abandonné l'espoir de découvrir quelque nouvelle couche qui rendrait à la mine sa splendeur passée. Oui ! il aurait volontiers, s'il l'avait fallu, repris le pic du mineur, et ses vieux bras, solides encore, se seraient vigoureusement attaqués à la roche. Il allait donc à travers les obscures galeries, tantôt seul, tantôt avec son fils, observant, cherchant, pour rentrer chaque jour fatigué, mais non désespéré, au cottage.

La digne compagne de Simon Ford, c'était Madge, grande et forte, la « goodwife », la « bonne femme », suivant l'expression écossaise. Pas plus que son mari, Madge n'eût voulu quitter la fosse Dochart. Elle partageait à cet égard toutes ses espérances et ses regrets. Elle l'encourageait, elle le poussait en avant, elle lui parlait avec une sorte de gravité, qui réchauffait le cœur du vieil overman.

« Aberfoyle n'est qu'endormie, Simon, lui disait-elle. C'est toi qui as raison. Ce n'est qu'un repos, ce n'est pas la mort ! »

Madge savait aussi se passer du monde extérieur et concentrer le bonheur d'une existence à trois dans le sombre cottage.

Ce fut là qu'arriva James Starr.

L'ingénieur était bien attendu. Simon Ford, debout sur sa porte, du plus loin que la lampe d'Harry lui annonça l'arrivée de son ancien « viewer », s'avança vers lui.

« Soyez le bienvenu, monsieur James ! lui cria-t-il d'une voix qui résonnait sous la voûte du schiste. Soyez le bienvenu au cottage du vieil overman ! Pour être enfouie à quinze cents pieds sous terre, la maison de la famille Ford n'en est pas moins hospitalière !

– Comment allez-vous, brave Simon ? demanda James Starr, en serrant la main que lui tendait son hôte.

– Très bien, monsieur Starr. Et comment en serait-il autrement ici, à l'abri de toute intempérie de l'air ? Vos ladies qui vont respirer à Newhaven ou à Porto-Bello[1], pendant l'été, feraient mieux de passer quelques mois dans la houillère d'Aberfoyle ! Elles ne risqueraient point d'y gagner quelque gros rhume, comme dans les rues humides de la vieille capitale.

– Ce n'est pas moi qui vous contredirai, Simon, répondit James Starr, heureux de retrouver l'overman tel qu'il était autrefois ! Vraiment, je me demande pourquoi je ne change

1. Stations balnéaires des environs d'Édimbourg.

pas ma maison de la Canongate pour quelque cottage voisin du vôtre !

– A votre service, monsieur Starr. Je connais un de vos anciens mineurs qui serait particulièrement enchanté de n'avoir entre vous et lui qu'un mur mitoyen ?

– Et Madge ?... demanda l'ingénieur.

– La bonne femme se porte encore mieux que moi, si cela est possible ! répondit Simon Ford, et elle se fait une joie de vous voir à sa table. Je pense qu'elle se sera surpassée pour vous recevoir.

– Nous verrons cela, Simon, nous verrons cela ! dit l'ingénieur, que l'annonce d'un bon déjeuner ne pouvait laisser indifférent, après cette longue marche.

– Vous avez faim, monsieur Starr ?

– Positivement faim. Le voyage m'a ouvert l'appétit. Je suis venu par un temps affreux !...

– Ah ! il pleut, là-haut ! répondit Simon Ford d'un air de pitié très marqué.

– Oui, Simon, et les eaux du Forth sont agitées aujourd'hui comme celles d'une mer !

– Eh bien, monsieur James, ici, il ne pleut jamais. Mais je n'ai pas à vous peindre des avantages que vous connaissez aussi bien que moi ! Vous voilà arrivé au cottage. C'est le principal, et, je vous le répète, soyez le bienvenu ! »

Simon Ford, suivi d'Harry, fit entrer dans l'habitation James Starr, qui se trouva au milieu d'une vaste salle, éclairée par plusieurs lampes, dont l'une était suspendue aux solives coloriées du plafond.

La table, recouverte d'une nappe égayée de fraîches couleurs, n'attendait plus que les convives, auxquels quatre chaises, rembourrées de vieux cuir, étaient réservées.

« Bonjour, Madge, dit l'ingénieur.

– Bonjour, monsieur James, répondit la brave Écossaise, qui se leva pour recevoir son hôte.

– Je vous revois avec plaisir, Madge.

– Et vous avez raison, monsieur James, car il est agréable de retrouver ceux pour lesquels on s'est toujours montré bon.

– La soupe attend, femme, dit alors Simon Ford, et il ne faut pas la faire attendre, non plus que M. James. Il a une faim de mineur, et il verra que notre garçon ne nous laisse manquer de rien au cottage ! – A propos, Harry, ajouta le vieil overman en se retournant vers son fils, Jack Ryan est venu te voir.

– Je le sais, père ! Nous l'avons rencontré dans le puits Yarow.

– C'est un bon et gai camarade, dit Simon Ford. Mais il semble se plaire là-haut ! Ça n'avait pas du vrai sang de mineur dans les veines. – A table, monsieur James, et déjeunons copieusement, car il est possible que nous ne puissions souper que fort tard. »

Au moment où l'ingénieur et ses hôtes allaient prendre place :

« Un instant, Simon, dit James Starr. Voulez-vous que je mange de bon appétit ?

– Ce sera nous faire tout l'honneur possible, monsieur James, répondit Simon Ford.

– Eh bien, il faut pour cela n'avoir aucune préoccupation. – Or, j'ai deux questions à vous adresser.

– Allez, monsieur James.

– Votre lettre me parle d'une communication qui doit être de nature à m'intéresser ?

– Elle est très intéressante, en effet.

– Pour vous ?...

– Pour vous et pour moi, monsieur James. Mais je désire ne vous la faire qu'après le repas et sur les lieux mêmes. Sans cela, vous ne voudriez pas me croire.

– Simon, reprit l'ingénieur, regardez-moi bien... là... dans les yeux. Une communication intéressante ?... Oui... Bon !... Je ne vous en demande pas davantage, ajouta-t-il, comme s'il eût lu la réponse qu'il espérait dans le regard du vieil overman.

– Et la deuxième question ? demanda celui-ci.

– Savez-vous, Simon, quelle est la personne qui a pu m'écrire ceci ? » répondit l'ingénieur, en présentant la lettre anonyme qu'il avait reçue.

Simon Ford prit la lettre, et il la lut très attentivement.

Puis, la montrant à son fils :

« Connais-tu cette écriture ? dit-il.

– Non, père, répondit Harry.

– Et cette lettre était timbrée du bureau de poste d'Aberfoyle ? demanda Simon Ford à l'ingénieur.

– Oui, comme la vôtre, répondit James Starr.

« Au revoir, Madge ! » dit l'ingénieur.

– Que penses-tu de cela, Harry ? dit Simon Ford, dont le front s'assombrit un instant.

– Je pense, père, répondit Harry, que quelqu'un a eu un intérêt quelconque à empêcher M. James Starr de venir au rendez-vous que vous lui donniez.

– Mais qui ? s'écria le vieux mineur. Qui donc a pu pénétrer assez avant dans le secret de ma pensée ?... »

Et Simon Ford, pensif, tomba dans une rêverie dont la voix de Madge le tira bientôt.

« Asseyons-nous, monsieur Starr, dit-elle. La soupe va refroidir. Pour le moment, ne songeons plus à cette lettre ! »

Et, sur l'invitation de la vieille femme, chacun prit place à la table – James Starr vis-à-vis de Madge, pour lui faire honneur –, le père et le fils l'un vis-à-vis de l'autre.

Ce fut un bon repas écossais. Et, d'abord, on mangea d'un « hotchpotch », soupe dont la viande nageait au milieu d'un excellent bouillon. Au dire du vieux Simon, sa compagne ne connaissait pas de rivale dans l'art de préparer le hotchpotch.

Il en était de même, d'ailleurs, du « cockyleeky », sorte de ragoût de coq, accommodé aux poireaux, qui ne méritait que des éloges.

Le tout fut arrosé d'une excellente ale, puisée aux meilleurs brassins des fabriques d'Édimbourg.

Mais le plat principal consista en un « haggis », pouding national, fait de viandes et de farine d'orge. Ce mets remarquable, qui inspira au poète Burns l'une de ses meilleures odes, eut le sort réservé aux belles choses de ce monde : il passa comme un rêve.

Madge reçut les sincères compliments de son hôte. Le déjeuner se termina par un dessert composé de fromage et de « cakes », gâteaux d'avoine, finement préparés, accompagnés de quelques petits verres d'« usquebaugh », excellente eau-de-vie de grains, qui avait vingt-cinq ans, – juste l'âge d'Harry.

Ce repas dura une bonne heure. James Starr et Simon Ford n'avaient pas seulement bien mangé, ils avaient aussi bien causé, – principalement du passé de la vieille houillère d'Aberfoyle.

Harry, lui, était plutôt resté silencieux. Deux fois il avait quitté la table et même la maison. Il était évident qu'il éprouvait quelque inquiétude depuis l'incident de la pierre, et il voulait observer les alentours du cottage. La lettre anonyme n'était pas faite, non plus, pour le rassurer.

Ce fut pendant une de ces sorties que l'ingénieur dit à Simon Ford et Madge :

« Un brave garçon que vous avez là, mes amis !

– Oui, monsieur James, un être bon et dévoué, répondit vivement le vieil overman.

– Il se plaît avec vous, au cottage ?

– Il ne voudrait pas nous quitter.

– Vous songerez à le marier, cependant ?

– Marier Harry ! s'écria Simon Ford. Et à qui ? A une fille de là-haut, qui aimerait les fêtes, la danse, qui préférerait son clan à notre houillère ! Harry n'en voudrait pas !

– Simon, répondit Madge, tu n'exigeras pourtant pas que jamais notre Harry ne prenne femme...

– Je n'exigerai rien, répondit le vieux mineur, mais cela ne presse pas ! Qui sait si nous ne lui trouverons point... »

Harry rentrait en ce moment, et Simon Ford se tut.

Lorsque Madge se leva de table, tous l'imitèrent et vinrent s'asseoir un instant à la porte du cottage.

« Eh bien, Simon, dit l'ingénieur, je vous écoute !

– Monsieur James, répondit Simon Ford, je n'ai pas besoin de vos oreilles, mais de vos jambes. – Vous êtes-vous bien reposé ?

– Bien reposé et bien refait, Simon. Je suis prêt à vous accompagner partout où il vous plaira.

– Harry, dit Simon Ford, en se retournant vers son fils, allume nos lampes de sûreté.

– Vous prenez des lampes de sûreté ! s'écria James Starr, assez surpris, puisque les explosions de grisou n'étaient plus à craindre dans une fosse absolument vide de charbon.

– Oui, monsieur James, par prudence !

– N'allez-vous pas aussi, mon brave Simon, me proposer de revêtir un habit de mineur ?

– Pas encore, monsieur James ! pas encore ! » répondit le vieil overman, dont les yeux brillaient singulièrement sous leurs profondes orbites.

Harry, qui était rentré dans le cottage, en ressortit presque aussitôt, rapportant trois lampes de sûreté.

Harry remit une de ces lampes à l'ingénieur, l'autre à son père, et il garda la troisième suspendue à sa main gauche, pendant que sa main droite s'armait d'un long bâton.

« En route ! dit Simon Ford, qui prit un pic solide, déposé à la porte du cottage.

– En route ! répondit l'ingénieur. – Au revoir, Madge !

– Dieu vous assiste ! répondit l'Écossaise.

– Un bon souper, femme, tu entends, s'écria Simon Ford. Nous aurons faim à notre retour, et nous lui ferons honneur ! »

VI

QUELQUES PHÉNOMÈNES INEXPLICABLES

On sait ce que sont les croyances superstitieuses dans les hautes et basses terres de l'Écosse. En certains clans, les tenanciers du laird, réunis pour la veillée, aiment à redire les contes empruntés au répertoire de la mythologie hyperboréenne. L'instruction, quoique largement et libéralement répandue dans le pays, n'a pas pu réduire encore à l'état de fictions ces légendes, qui semblent inhérentes au sol même de la vieille Calédonie. C'est encore le pays des esprits et des revenants, des lutins et des fées. Là apparaissent toujours le génie malfaisant qui ne s'éloigne que moyennant finances, le « Seer » des Highlanders, qui, par un don de seconde vue, prédit les morts prochaines, le « May Moullach », qui se montre sous la forme d'une jeune fille aux bras velus et prévient les familles des malheurs dont elles sont menacées, la fée « Branshie », qui annonce les événements funestes, les « Brawnies », auxquels est confiée la garde du mobilier domestique, l'« Urisk », qui fréquente plus particulièrement les gorges sauvages du lac Katrine, – et tant d'autres.

Il va de soi que la population des houillères écossaises devait fournir son contingent de légendes et de fables à ce répertoire mythologique. Si les montagnes des Hautes-Terres sont peuplées d'êtres chimériques, bons ou mauvais, à plus forte raison les sombres houillères devaient-elles être hantées jusque dans leurs dernières profondeurs. Qui fait trembler le gisement pendant les nuits d'orage, qui met sur la trace du filon encore inexploité, qui allume le grisou et préside aux explosions terribles, sinon quelque génie de la mine ? C'était, du moins, l'opinion communément répandue parmi ces superstitieux Écossais. En vérité, la plupart des mineurs croyaient volontiers au fantastique, quand il ne s'agissait que de phénomènes purement physiques, et on eût perdu son temps à vouloir les désabuser. Où la crédulité se fût-elle développée plus librement qu'au fond de ces abîmes ?

Or, les houillères d'Aberfoyle, précisément parce qu'elles étaient exploitées dans le pays des légendes, devaient se prêter plus naturellement à tous les incidents du surnaturel.

Donc les légendes y abondaient. Il faut dire, d'ailleurs, que certains phénomènes, inexpliqués jusqu'alors, ne pouvaient que fournir un nouvel aliment à la crédulité publique.

Au premier rang des superstitieux de la fosse Dochart, figurait Jack Ryan, le camarade d'Harry. C'était le plus grand partisan du surnaturel qui fût. Toutes ces fantastiques histoires, il les transformait en chansons, qui lui valaient de beaux succès pendant les veillées d'hiver.

Mais Jack Ryan n'était pas le seul à faire montre de sa crédulité. Ses camarades affirmaient, non moins hautement, que les fosses d'Aberfoyle étaient hantées, que certains êtres insaisissables y apparaissaient fréquemment, comme cela arrivait dans les Hautes-Terres. A les entendre, ce qui même aurait été extraordinaire, c'eût été qu'il n'en fût pas ainsi. Est-il donc, en effet, un milieu mieux disposé qu'une sombre et profonde houillère pour les ébats des génies, des lutins, des follets et autres acteurs des drames fantastiques ? Le décor était tout dressé, pourquoi les personnages surnaturels n'y seraient pas venus jouer leur rôle ?

Ainsi raisonnaient Jack Ryan et ses camarades des houillères d'Aberfoyle. On a dit que les différentes fosses communiquaient entre elles par les longues galeries souterraines, ménagées entre les filons. Il existait ainsi sous le comté de Stirling un énorme massif, sillonné de tunnels, troué de caves, foré de puits, une sorte d'hypogée, de labyrinthe subterrané, qui offrait l'aspect d'une vaste fourmilière.

Les mineurs des divers fonds se rencontraient donc souvent, soit lorsqu'ils se rendaient sur les travaux d'exploitation, soit lorsqu'ils en revenaient. De là, une facilité constante d'échanger des propos et de faire circuler d'une fosse à l'autre les histoires qui tiraient leur origine de la houillère. Les récits se transmettaient ainsi avec une rapidité merveilleuse, passant de bouche en bouche et s'accroissant comme il convient.

Cependant, deux hommes plus instruits et de tempérament plus positif que les autres, avaient toujours résisté à cet entraînement. Ils n'admettaient à aucun degré l'intervention des lutins, des génies ou des fées.

C'étaient Simon Ford et son fils. Et ils le prouvèrent bien en continuant d'habiter la sombre crypte, après l'abandon de la fosse Dochart. Peut-être la bonne Madge avait-elle quelque penchant au surnaturel, comme toute Écossaise des Hautes-Terres. Mais ces histoires d'apparitions, elle était réduite à se les raconter à elle-même, – ce qu'elle faisait consciencieusement, d'ailleurs, pour ne point perdre les vieilles traditions.

Simon et Harry Ford eussent-ils été aussi crédules que leurs camarades, ils n'auraient abandonné la houillère ni aux génies, ni aux fées. L'espoir de découvrir un nouveau filon leur eût fait braver toute la fantastique cohorte des lutins. Ils n'étaient crédules, ils n'étaient croyants que sur un point : ils ne pouvaient admettre que le gisement carbonifère d'Aberfoyle fût totalement épuisé. On peut dire, avec quelque justesse, que Simon Ford et son fils avaient à ce sujet « la foi du charbonnier », cette foi en Dieu que rien ne peut ébranler.

C'est pourquoi depuis dix ans, sans y manquer un seul jour, obstinés, immuables dans leurs convictions, le père et le fils prenaient leur pic, leur bâton et leur lampe. Ils allaient ainsi tous les deux, cherchant, tâtant la roche d'un coup sec, écoutant si elle rendait un son favorable.

Tant que les sondages n'auraient pas été poussés jusqu'au granit du terrain primaire, Simon et Harry Ford étaient d'accord que la recherche, inutile aujourd'hui, pouvait être utile demain, et qu'elle devait être reprise. Leur vie entière, ils la passeraient à essayer de rendre à la houillère d'Aberfoyle son ancienne prospérité. Si le père devait succomber avant l'heure de la réussite, le fils reprendrait la tâche à lui seul.

En même temps, ces deux gardiens passionnés de la houillère la visitaient au point de vue de sa conservation. Ils s'assuraient de la solidité des remblais et des voûtes. Ils recherchaient si un éboulement était à craindre, et s'il devenait urgent de condamner quelque partie de la fosse. Ils examinaient les traces d'infiltration des eaux supérieures, ils les dérivaient, ils les canalisaient pour les envoyer à quelque puisard. Enfin, ils s'étaient volontairement constitués les protecteurs et conservateurs de ce domaine improductif, duquel étaient sorties tant de richesses, maintenant dissoutes en fumées !

Ce fut pendant quelques-unes de ces excursions qu'il arriva à Harry, plus particulièrement, d'être frappé de certains phénomènes, dont il cherchait en vain l'explication.

Ainsi, plusieurs fois, lorsqu'il suivait quelque étroite contre-galerie, il lui sembla entendre des bruits analogues à ceux qu'auraient pu produire de violents coups de pic, frappés sur la paroi remblayée.

Harry, que le surnaturel, non plus que le naturel, ne pouvait effrayer, avait pressé le pas pour surprendre la cause de ce mystérieux travail.

Le tunnel était désert. La lampe du jeune mineur, promenée sur la paroi, n'avait laissé voir aucune trace récente de coups de pince ou de pic. Harry se demandait donc s'il n'était pas le jouet d'une illusion d'acoustique, de quelque bizarre ou fantasque écho.

D'autres fois, en projetant subitement une vive lumière vers une anfractuosité suspecte, il avait cru voir passer une ombre. Il s'était élancé... Rien, alors même qu'aucune issue n'eût permis à un être humain de se dérober à sa poursuite !

A deux reprises depuis un mois, Harry, visitant la partie ouest de la fosse, entendit distinctement des détonations lointaines, comme si quelque mineur eût fait éclater une cartouche de dynamite.

La dernière fois, après de minutieuses recherches, il avait reconnu qu'un pilier venait d'être éventré par un coup de mine.

A la clarté de sa lampe, Harry examina attentivement la paroi attaquée par la mine. Elle n'était point faite d'un simple remblayage de pierres, mais d'un pan de schiste, qui avait pénétré à cette profondeur dans l'étage du gisement houiller. Le coup de mine avait-il eu pour objet de provoquer la découverte d'un nouveau filon ? N'avait-on voulu que produire un éboulement de cette portion de la houillère ? C'est ce que se demanda Harry, et, quand il fit connaître ce fait à son père, ni le vieil overman, ni lui ne purent résoudre la question d'une façon satisfaisante.

« C'est singulier, répétait souvent Harry. La présence dans la mine d'un être inconnu semble impossible, et, cependant, elle ne peut être mise en doute ! Un autre que nous voudrait-il donc chercher s'il n'existe pas encore quelque veine exploitable ? Ou plutôt, ne tenterait-il pas d'anéantir ce qui reste des houillères d'Aberfoyle ? Mais dans quel but ? Je le saurai, quand il devrait m'en coûter la vie ! »

Quinze jours avant cette journée, pendant laquelle Harry Ford guidait l'ingénieur à travers le dédale de la fosse Dochart, il s'était vu sur le point d'atteindre le but de ses recherches.

Il parcourait l'extrémité du sud-ouest de la houillère, un puissant fanal à la main.

Tout à coup, il lui sembla qu'une lumière venait de s'éteindre, à quelques centaines de pieds devant lui, au fond d'une étroite cheminée, qui coupait obliquement le massif. Il se précipita vers la lueur suspecte...

Recherche inutile. Comme Harry n'admettait pas pour les choses physiques d'explication surnaturelle, il en conclut que, certainement, un être inconnu rôdait dans la fosse. Mais, quoi qu'il fît, cherchant avec le plus extrême soin, scrutant les moindres anfractuosités de la galerie, il en fut pour sa peine, et ne put arriver à une certitude quelconque.

Harry s'en remit donc au hasard pour lui dévoiler ce mystère. De loin en loin, il vit encore apparaître des lueurs qui voltigeaient d'un point à l'autre comme des feux de Saint-Elme ; mais leur apparition n'avait que la durée d'un éclair et il fallut renoncer à en découvrir la cause.

Si Jack Ryan et les autres superstitieux de la houillère eussent aperçu ces flammes fantastiques, ils n'auraient certainement pas manqué de crier au surnaturel !

Mais Harry n'y songeait même pas. Le vieux Simon non plus. Et lorsque tous deux causaient de ces phénomènes, dus évidemment à une cause purement physique :

« Mon garçon, répondait le vieil overman, attendons ! Tout cela s'expliquera quelque jour ! »

Toutefois, il faut observer que jamais, jusqu'alors, ni Harry, ni son père n'avaient été en butte à un acte de violence.

Si la pierre, tombée ce jour même aux pieds de James Starr, avait été lancée par la main d'un malfaiteur, c'était le premier acte criminel de ce genre.

James Starr, interrogé, fut d'avis que cette pierre s'était détachée de la voûte de la galerie. Mais Harry n'admit pas une explication si simple. La pierre, suivant lui, n'était pas tombée, elle avait été lancée. A moins de rebondir, elle n'eût jamais décrit une trajectoire, si elle n'eût été mue par une impulsion étrangère.

Harry voyait donc là une tentative directe contre lui et son père, ou même contre l'ingénieur. Après ce qu'on sait, peut-être conviendra-t-on qu'il était fondé à le croire.

VII

UNE EXPÉRIENCE DE SIMON FORD

Midi sonnait à la vieille horloge de bois de la salle, lorsque James Starr et ses deux compagnons quittèrent le cottage.

La lumière, pénétrant à travers le puits d'aération, éclairait vaguement la clairière. La lampe d'Harry eût été inutile alors, mais elle ne devait pas tarder à servir, car c'était vers l'extrémité même de la fosse Dochart que le vieil overman allait conduire l'ingénieur.

Après avoir suivi sur un espace de deux milles la galerie principale, les trois explorateurs – on verra qu'il s'agissait d'une exploration – arrivèrent à l'orifice d'un étroit tunnel. C'était comme une contre-nef dont la voûte reposait sur un boisage, tapissé d'une mousse blanchâtre. Elle suivait à peu près la ligne que traçait, à quinze cents pieds au-dessus, le haut cours du Forth.

Pour le cas où James Starr eût été moins familiarisé qu'autrefois avec le dédale de la fosse Dochart, Simon Ford lui rappelait les dispositions du plan général, en les comparant au tracé géographique du sol.

James Starr et Simon Ford marchaient donc en causant.

En avant, Harry éclairait la route. Il cherchait, en projetant brusquement de vifs éclats lumineux vers les sombres anfractuosités, à découvrir quelque ombre suspecte.

« Irons-nous loin ainsi, vieux Simon ? demanda l'ingénieur.

– Encore un demi-mille, monsieur James ! Autrefois, nous aurions fait cette route en berline, sur les tramways à traction mécanique ! Mais que ces temps sont loin !

– Nous nous dirigeons donc vers l'extrémité du dernier filon ? demanda James Starr.

Le pénitent, la face masquée, allait rampant sur le sol.

– Oui ! Je vois que vous connaissez encore bien la mine.

– Eh ! Simon, répondit l'ingénieur, il serait difficile d'aller plus loin, si je ne me trompe ?

– En effet, monsieur James. C'est là que nos rivelaines ont arraché le dernier morceau de houille du gisement ! Je me le rappelle comme si j'y étais encore ! C'est moi qui ai donné ce dernier coup, et il a retenti dans ma poitrine plus violemment que sur la roche ! Tout n'était plus que grès ou schiste autour de nous, et, quand le wagonnet a roulé vers le puits d'extraction, je l'ai suivi, le cœur ému, comme on suit un convoi de pauvre ! Il me semblait que c'était l'âme de la mine qui s'en allait avec lui ! »

La gravité avec laquelle le vieil overman prononça ces paroles impressionna l'ingénieur, bien près de partager de tels sentiments. Ce sont ceux du marin qui abandonne son navire désemparé, ceux du laird qui voit abattre la maison de ces ancêtres !

James Starr avait serré la main de Simon Ford. Mais, à son tour, celui-ci venait de prendre la main de l'ingénieur, et la pressant fortement :

« Ce jour-là, nous nous étions tous trompés, dit-il. Non ! La vieille houillère n'était pas morte ! Ce n'était pas un cadavre que les mineurs allaient abandonner, et j'oserais affirmer, monsieur James, que son cœur bat encore !

– Parlez donc, Simon ! Vous avez découvert un nouveau filon ? s'écria l'ingénieur, qui ne fut pas maître de lui. Je le savais bien ! Votre lettre ne pouvait signifier autre chose ! Une communication à me faire, et cela dans la fosse Dochart ! Et quelle autre découverte que celle d'une couche carbonifère aurait pu m'intéresser ?...

– Monsieur James, répondit Simon Ford, je n'ai pas voulu prévenir un autre que vous...

– Et vous avez bien fait, Simon ! Mais dites-moi comment, par quels sondages, vous vous êtes assuré ?...

– Écoutez-moi, monsieur James, répondit Simon Ford. Ce n'est pas un gisement que j'ai retrouvé...

– Qu'est-ce donc ?

– C'est seulement la preuve matérielle que ce gisement existe.

– Et cette preuve ?

– Pouvez-vous admettre qu'il se dégage du grisou des entrailles du sol, si la houille n'est pas là pour la produire ?

– Non, certes ! répondit l'ingénieur. Pas de charbon, pas de grisou ! Il n'y a pas d'effets sans cause...

– Comme il n'y a pas de fumée sans feu !

– Et vous avez constaté, à nouveau, la présence de l'hydrogène protocarboné ?...

– Un vieux mineur ne s'y laisserait pas prendre, répondit Simon Ford. J'ai reconnu là notre vieil ennemi, le grisou !

– Mais si c'était un autre gaz ! dit James Starr. Le grisou est presque sans odeur, il est sans couleur ! Il ne trahit véritablement sa présence que par l'explosion !...

– Monsieur James, répondit Simon Ford, voulez-vous me permettre de vous raconter ce que j'ai fait... et comment je l'ai fait... à ma façon, en excusant les longueurs ? »

James Starr connaissait le vieil overman, et savait que le mieux était de le laisser aller.

« Monsieur James, reprit Simon Ford, depuis dix ans, il ne s'est pas passé un jour sans qu'Harry et moi, nous ayons songé à rendre à la houillère son ancienne prospérité, – non, pas un jour ! S'il existait encore quelque gisement, nous étions décidés à le découvrir. Quels moyens employer ? Les sondages ? Cela ne nous était pas possible, mais nous avions l'instinct du mineur, et souvent on va plus droit au but par l'instinct que par la raison. – Du moins, c'est mon idée...

– Que je ne contredis pas, répondit l'ingénieur.

– Or, voici ce qu'Harry avait une ou deux fois observé pendant ses excursions dans l'ouest de la houillère. Des feux, qui s'éteignaient soudain, apparaissaient quelquefois à travers le schiste ou le remblai des galeries extrêmes. Par quelle cause ces feux s'allumaient-ils ? Je ne pouvais et je ne puis le dire encore. Mais enfin, ces feux n'étaient évidemment dus qu'à la présence du grisou, et, pour moi, le grisou, c'était le filon de houille.

– Ces feux ne produisaient aucune explosion ? demanda vivement l'ingénieur.

– Si, de petites explosions partielles, répondit Simon Ford, et telles que j'en provoquai moi-même, lorsque je voulus constater la présence de ce grisou. Vous vous souvenez de quelle manière on cherchait autrefois à prévenir les explosions dans les mines, avant que notre bon génie, Humphry Davy, eût inventé sa lampe de sûreté ?

– Oui, répondit James Starr. Vous voulez parler du

« pénitent » ? Mais je ne l'ai jamais vu dans l'exercice de ses fonctions.

– En effet, monsieur James, vous êtes trop jeune, malgré vos cinquante-cinq ans, pour avoir vu cela. Mais moi, avec dix ans de plus que vous, j'ai vu fonctionner le dernier pénitent de la houillère. On l'appelait ainsi parce qu'il portait une grande robe de moine. Son nom vrai était le « fireman », l'homme du feu. A cette époque, on n'avait d'autre moyen de détruire le mauvais gaz qu'en le décomposant par de petites explosions, avant que sa légèreté l'eût amassé en trop grandes quantités dans les hauteurs des galeries. C'est pourquoi le pénitent, la face masquée, la tête encapuchonnée dans son épaisse cagoule, tout le corps étroitement serré dans sa robe de bure, allait en rampant sur le sol. Il respirait dans les basses couches, dont l'air était pur, et, de sa main droite, il promenait, en l'élevant au-dessus de sa tête, une torche enflammée. Lorsque le grisou se trouvait répandu dans l'air de manière à former un mélange détonant, l'explosion se produisait sans être funeste, et, en renouvelant souvent cette opération, on parvenait à prévenir les catastrophes. Quelquefois, le pénitent, frappé d'un coup de grisou, mourait à la peine. Un autre le remplaçait. Ce fut ainsi jusqu'au moment où la lampe de Davy fut adoptée dans toutes les houillères. Mais je connaissais le procédé, et c'est en l'employant que j'ai reconnu la présence du grisou, et, par conséquent, celle d'un nouveau gisement carbonifère dans la fosse Dochart. »

Tout ce que le vieil overman avait raconté du pénitent était rigoureusement exact. C'est ainsi que l'on procédait autrefois dans les houillères pour purifier l'air des galeries.

Le grisou, autrement dit l'hydrogène protocarboné ou gaz des marais, incolore, presque inodore, ayant un pouvoir peu éclairant, est absolument impropre à la respiration. Le mineur ne saurait vivre dans un milieu rempli de ce gaz malfaisant, – pas plus qu'on ne pourrait vivre au milieu d'un gazomètre plein de gaz d'éclairage. En outre, de même que celui-ci, qui est de l'hydrogène bicarboné, le grisou forme un mélange détonant, dès que l'air y entre dans une proportion de huit et peut-être même de cinq pour cent. L'inflammation de ce mélange se fait-elle par une cause quelconque, il y a explosion, presque toujours suivie d'épouvantables catastrophes.

C'est à ce danger que pare l'appareil de Davy, en isolant la flamme des lampes dans un tube de toile métallique, qui brûle le gaz à l'intérieur du tube, sans jamais laisser l'inflammation se propager au-dehors. Cette lampe de sûreté a été perfectionnée de vingt façons. Si elle vient à se briser, elle s'éteint. Si, malgré les défenses formelles, le mineur veut l'ouvrir, elle s'éteint encore. Pourquoi donc les explosions se produisent-elles ? C'est que rien ne peut obvier à l'imprudence d'un ouvrier qui veut quand même allumer sa pipe, ni au choc de l'outil qui peut produire une étincelle.

Toutes les houillères ne sont pas infectées par le grisou. Dans celles où il ne s'en produit pas, on autorise l'emploi de la lampe ordinaire. Telle est, entre autres, la fosse Thiers, aux mines d'Anzin. Mais, lorsque la houille du gisement exploité est grasse, elle renferme une certaine quantité de matières volatiles, et le grisou peut s'échapper avec une grande abondance. La lampe de sûreté seule est combinée de manière à empêcher des explosions d'autant plus terribles, que les mineurs qui n'ont pas été directement atteints par le coup de grisou, courent risque d'être instantanément asphyxiés dans les galeries remplies du gaz délétère, formé après l'inflammation, c'est-à-dire d'acide carbonique.

Tout en marchant, Simon Ford apprit à l'ingénieur ce qu'il avait fait pour atteindre son but, comment il s'était assuré que le dégagement du grisou se faisait au fond même de l'extrême galerie de la fosse, dans sa portion occidentale, de quelle façon il avait provoqué à l'affleurement des feuillets de schistes quelques explosions partielles, ou plutôt certaines inflammations, qui ne laissaient aucun doute sur la nature du gaz, dont la fuite s'opérait à petite dose, mais d'une manière permanente.

Une heure après avoir quitté le cottage, James Starr et ses deux compagnons avaient franchi une distance de quatre milles. L'ingénieur, entraîné par le désir et l'espoir, venait de faire ce trajet sans aucunement songer à sa longueur. Il réfléchissait à tout ce que lui disait le vieux mineur. Il pesait, mentalement, les arguments que celui-ci donnait en faveur de sa thèse. Il croyait, avec lui, que cette émission continue d'hydrogène protocarboné indiquait, avec certitude, l'existence d'un nouveau gisement carbonifère. Si ce n'eût été qu'une sorte de poche, pleine de gaz, comme il s'en rencontre quelquefois entre les feuillets, elle se fût promptement vidée, et le phénomène eût cessé de se produire. Mais loin de là. Au dire de Simon Ford, l'hydrogène se dégageait sans cesse, et l'on en pouvait conclure à l'existence de quelque important filon. Conséquemment, les richesses de la fosse Dochart pouvaient n'être pas entièrement épuisées. Toutefois, s'agissait-il d'une couche dont le rendement serait peu considérable, ou d'un gisement occupant un large étage du terrain houiller ? c'était là, véritablement, la grosse question.

Harry, qui précédait son père et l'ingénieur, s'était arrêté.

« Nous voici arrivés ! s'écria le vieux mineur. Enfin, grâce à Dieu, monsieur James, vous êtes là, et nous allons savoir... »

La voix si ferme du vieil overman tremblait légèrement.

« Mon brave Simon, lui dit l'ingénieur, calmez-vous ! Je suis aussi ému que vous l'êtes, mais il ne faut pas perdre de temps ! »

A cet endroit, l'extrême galerie de la fosse formait en s'évasant une sorte de caverne obscure. Aucun puits n'avait été foncé dans cette portion du massif, et la galerie, profondément ouverte dans les entrailles du sol, était sans communication directe avec la surface du comté de Stirling.

James Starr, vivement intéressé, examinait d'un œil grave l'endroit où il se trouvait.

On voyait encore sur la paroi terminale de cette caverne la marque des derniers coups de pic, et même quelques trous de cartouches, qui avaient provoqué l'éclatement de la roche, vers la fin de l'exploitation. Cette matière schisteuse était extrêmement dure, et il n'avait pas été nécessaire de remblayer les assises de ce cul-de-sac, au fond duquel les travaux avaient dû s'arrêter. Là, en effet, venait mourir le filon carbonifère, entre les schistes et les grès du terrain tertiaire. Là, à cette place même, avait été extrait le dernier morceau de combustible de la fosse Dochart.

« C'est ici, monsieur James, dit Simon Ford en soulevant son pic, c'est ici que nous attaquerons la faille[1], car, derrière cette paroi, à une profondeur plus ou moins considérable, se trouve assurément le nouveau filon dont j'affirme l'existence.

– Et c'est à la surface de ces roches, demanda James Starr, que vous avez constaté la présence du grisou ?

1. La faille est la portion du massif où manque le filon, et elle se compose ordinairement de grès ou de schiste.

– Là même, monsieur James, répondit Simon Ford, et j'ai pu l'allumer rien qu'en approchant ma lampe, à l'affleurement des feuillets. Harry l'a fait comme moi.

– A quelle hauteur ? demanda James Starr.

– A dix pieds au-dessus du sol », répondit Harry.

James Starr s'était assis sur une roche. On eût dit que, après avoir humé l'air de la caverne, il regardait les deux mineurs, comme s'il se fût pris à douter de leurs paroles, si affirmatives cependant.

C'est que, en effet, l'hydrogène protocarboné n'est pas complètement inodore, et l'ingénieur était tout d'abord étonné que son odorat, qu'il avait très fin, ne lui eût pas révélé la présence du gaz explosif. En tout cas, si ce gaz était mêlé à l'air ambiant, ce n'était qu'à bien faible dose. Donc, pas d'explosion à craindre, et l'on pouvait sans danger ouvrir la lampe de sûreté pour tenter l'expérience, ainsi que le vieux mineur l'avait déjà fait.

Ce qui inquiétait James Starr en ce moment, ce n'était donc pas qu'il y eût trop de gaz mélangé à l'air, c'était qu'il n'y en eût pas assez, – et même pas du tout.

« Se seraient-ils trompés ? murmura-t-il. Non ! Ce sont des hommes qui s'y connaissent ! Et pourtant !... »

Il attendait donc, non sans une certaine anxiété, que le phénomène signalé par Simon Ford s'accomplît en sa présence. Mais, à ce moment, il paraît que ce qu'il venait d'observer, c'est-à-dire cette absence de l'odeur caractéristique du grisou, avait été aussi remarquée par Harry, car celui-ci, d'une voix altérée, dit :

« Père, il semble que la fuite du gaz ne se fait plus à travers les feuillets de schiste !

– Ne se fait plus !... » s'écria le vieux mineur.

Et Simon Ford, après avoir hermétiquement serré ses lèvres, aspira fortement du nez, à plusieurs reprises.

Puis, tout d'un coup, et d'un mouvement brusque :

« Donne ta lampe, Harry ! » dit-il.

Simon Ford prit la lampe d'une main qui s'agitait fébrilement. Il dévissa l'enveloppe de toile métallique qui entourait la mèche, et la flamme brûla à l'air libre.

Ainsi qu'on s'y attendait, il ne se produisit aucune explosion ; mais, ce qui était plus grave, il ne se fit pas même ce léger grésillement, qui indique la présence du grisou à faible dose.

Simon Ford prit le bâton que tenait Harry, et, fixant la lampe à son extrémité, il l'éleva dans les couches d'air supérieures, là où le gaz, en raison de sa légèreté spécifique, aurait dû plutôt s'accumuler, en si minime quantité que ce fût.

La flamme de la lampe, droite et blanche, ne décela aucune trace d'hydrogène protocarboné.

« A la paroi ! dit l'ingénieur.

– Oui ! » répondit Simon Ford, en portant la lampe sur cette partie de la paroi à travers laquelle son fils et lui avaient, la veille encore, constaté la fuite du gaz.

Le bras du vieux mineur tremblait, tandis qu'il essayait de promener la lampe à la hauteur des fissures du feuillet de schiste.

« Remplace-moi, Harry », dit-il.

Harry prit le bâton et présenta successivement la lampe aux divers points de la paroi où les feuillets semblaient se dédoubler... mais il secouait la tête, car ce léger craquement, particulier au grisou qui s'échappe, n'arrivait pas à son oreille.

L'inflammation ne se fit pas. Il était donc évident qu'aucune molécule de gaz ne fusait à travers la paroi.

« Rien ! » s'écria Simon Ford, dont le poing se tendit sous une impression de colère plutôt que de désappointement.

Un cri s'échappa alors de la bouche d'Harry.

« Qu'as-tu ? demanda vivement James Starr.

– On a bouché les fissures du schiste !

– Dis-tu vrai ? s'écria le vieux mineur.

– Regardez, père ! »

Harry ne s'était pas trompé. L'obturation des fissures était nettement visible à la lumière de la lampe. Un lutage, récemment pratiqué et fait à la chaux, laissait voir sur la paroi une longue trace blanchâtre, mal dissimulée sous une couche de poussière de charbon.

« Lui ! s'écria Harry. Ce ne peut être que lui !

– Lui ! répéta James Starr.

– Oui ! répondit le jeune homme, cet être mystérieux qui hante notre domaine, celui que j'ai cent fois guetté sans pouvoir l'atteindre, l'auteur, dès à présent certain, de cette lettre qui voulait vous empêcher de venir au rendez-vous que vous donnait mon père, monsieur Starr, celui, enfin, qui nous a lancé cette pierre dans la galerie du puits Yarow !

Ah ! aucun doute n'est plus possible ! La main d'un homme est dans tout cela ! »

Harry avait parlé avec une telle énergie, que sa conviction passa instantanément et tout entière dans l'esprit de l'ingénieur. Quant au vieil overman, il n'était plus à convaincre. D'ailleurs, on se trouvait en présence d'un fait indéniable : l'obturation des fissures à travers lesquelles le gaz s'échappait librement la veille.

« Prends ton pic, Harry, s'écria Simon Ford. Monte sur mes épaules, mon garçon ! Je suis assez solide encore pour te porter ! »

Harry avait compris. Son père s'accota à la paroi. Harry s'éleva sur ses épaules, de manière que son pic pût atteindre la trace suffisamment visible du lutage.

Puis, à coups redoublés, il entama la partie de roche schisteuse que ce lutage recouvrait.

Aussitôt un léger pétillement se produisit, semblable à celui que fait le vin de Champagne lorsqu'il s'échappe d'une bouteille, – bruit qui, dans les houillères anglaises, est connu sous le nom onomatopique de « puff ».

Harry saisit alors sa lampe, et il l'approcha de la fissure...

Une légère détonation se fit entendre, et une petite flamme rouge, un peu bleuâtre à son contour, voltigea sur la paroi, comme eût fait un follet de feu Saint-Elme.

Harry sauta aussitôt à terre, et le vieil overman, ne pouvant contenir sa joie, saisit les mains de l'ingénieur, en s'écriant :

« Hurrah ! hurrah ! hurrah ! monsieur James ! Le grisou brûle ! Donc, le filon est là ! »

VIII

UN COUP DE DYNAMITE

L'expérience annoncée par le vieil overman avait réussi. L'hydrogène protocarboné, on le sait, ne se développe que dans les gisements houillers. Donc, l'existence d'un filon du précieux combustible ne pouvait être mise en doute. Quelles étaient son importance et sa qualité ? on les déterminerait plus tard.

Telles furent les conséquences que l'ingénieur déduisit du phénomène qu'il venait d'observer. Elles étaient en tout conformes à celles qu'en avait déjà tirées Simon Ford.

« Oui, se dit James Starr, derrière cette paroi s'étend une couche carbonifère que nos sondages n'ont pas su atteindre ! Cela est fâcheux, puisque tout l'outillage de la mine abandonnée depuis dix ans, est maintenant à refaire ! N'importe ! Nous avons retrouvé la veine que l'on croyait épuisée, et, cette fois, nous l'exploiterons jusqu'au bout !

– Eh bien, monsieur James, demanda Simon Ford, que pensez-vous de notre découverte ? Ai-je eu tort de vous déranger ? Regrettez-vous cette dernière visite faite à la fosse Dochart ?

– Non, non, mon vieux compagnon ! répondit James Starr. Nous n'avons pas perdu notre temps, mais nous le perdrions maintenant, si nous ne retournions immédiatement au cottage. Demain, nous reviendrons ici. Nous ferons éclater cette paroi à coups de dynamite. Nous mettrons au jour l'affleurement du nouveau filon, et, après une série de sondages, si la couche paraît être importante, je reconstituerai une Société de la Nouvelle-Aberfoyle, à l'extrême satisfaction des anciens actionnaires ! Avant trois mois, il faut que les premières bennes de houille aient été extraites du nouveau gisement !

– Bien parlé, monsieur James ! s'écria Simon Ford. La vieille houillère va donc rajeunir, comme une veuve qui se remarie ! L'animation des anciens jours recommencera avec les coups de pioche, les coups de pic, les coups de mine, le roulement des wagons, le hennissement des chevaux, le grincement des bennes, le grondement des machines ! Je reverrai donc tout cela, moi ! – J'espère, monsieur James, que vous ne me trouverez pas trop vieux pour reprendre mes fonctions d'overman ?

– Non, brave Simon, non, certes ! Vous êtes resté plus jeune que moi, mon vieux camarade !

– Et, que saint Mungo nous protège ! Vous serez encore notre « viewer » ! Puisse la nouvelle exploitation durer de longues années, et fasse le Ciel que j'aie la consolation de mourir sans en avoir vu la fin ! »

La joie du vieux mineur débordait. James Starr la partageait tout entière, mais il laissait Simon Ford s'enthousiasmer pour deux.

Seul, Harry demeurait pensif. Dans son souvenir reparaissait la succession des circonstances singulières, inexplicables, au milieu desquelles s'était opérée la découverte du nouveau gisement. Cela ne laissait pas de l'inquiéter pour l'avenir.

Une heure après, James Starr et ses deux compagnons étaient de retour au cottage.

L'ingénieur soupa avec grand appétit, approuvant du geste tous les plans que développait le vieil overman, et, n'eût été son impérieux désir d'être au lendemain, jamais il n'aurait mieux dormi que dans ce calme absolu du cottage.

Le lendemain, après un déjeuner substantiel, James Starr, Simon Ford, Harry et Madge elle-même reprenaient le chemin déjà parcouru la veille. Tous allaient là en véritables mineurs. Ils emportaient divers outils et des cartouches de dynamite, destinées à faire sauter la paroi terminale. Harry, en même temps qu'un puissant fanal, prit une grosse lampe de sûreté qui pouvait brûler pendant douze heures. C'était plus qu'il ne fallait pour opérer le voyage d'aller et de retour, en y comprenant les haltes nécessaires à l'exploration, – si une exploration devenait possible.

« A l'œuvre ! » s'écria Simon, lorsque ses compagnons et lui furent arrivés à l'extrémité de la galerie.

Et sa main saisit une lourde pince qu'elle brandit avec vigueur.

« Un instant, dit alors James Starr. Observons si aucun changement ne s'est produit et si le grisou fuse toujours à travers les feuillets de la paroi.

– Vous avez raison, monsieur Starr, répondit Harry. Ce qui était bouché hier pourrait bien l'être encore aujourd'hui ! »

Madge, assise sur une roche, observait attentivement l'excavation et la muraille qu'il s'agissait d'éventrer.

Il fut constaté que les choses étaient telles qu'on les avait laissées. Les fissures des feuillets n'avaient subi aucune altération. L'hydrogène protocarboné fusait au travers, mais assez faiblement. Cela tenait sans doute à ce que, depuis la veille, il trouvait un libre passage pour s'épancher. Toutefois, cette émission était si peu importante, qu'elle ne pouvait former avec l'air intérieur un mélange détonant. James Starr et ses compagnons allaient donc pouvoir procéder en toute sécurité. D'ailleurs, cet air se purifierait peu à peu, en gagnant les hautes couches de la fosse Dochart, et le grisou, perdu dans toute cette atmosphère, ne pourrait plus produire aucune explosion.

« A l'œuvre, donc ! » reprit Simon Ford.

Et bientôt, sous sa pince, vigoureusement maniée, la roche ne tarda pas à voler en éclats.

Cette faille se composait principalement de poudingues, interposés entre le grès et le schiste, tels qu'il s'en rencontre le plus souvent à l'affleurement des filons carbonifères.

James Starr ramassait les morceaux que l'outil abattait, et il les examinait avec soin, espérant y découvrir quelque indice de charbon.

Ce premier travail dura environ une heure. Il en résulta un évidement assez profond dans la paroi terminale.

James Starr choisit alors l'emplacement où devaient être forés les trous de mine, travail qui s'accomplit rapidement sous la main d'Harry avec le fleuret et la massette[1]. Des cartouches de dynamite furent introduites dans ces trous. Dès qu'on y eut placé la longue mèche goudronnée d'une fusée de sûreté, qui aboutissait à une capsule de fulminate,

1. Sorte de marteau spécial au mineur.

elle fut allumée au ras du sol. James Starr et ses compagnons se mirent à l'écart.

« Ah ! monsieur James, dit Simon Ford, en proie à une véritable émotion qu'il ne cherchait pas à dissimuler, jamais, non, jamais mon vieux cœur n'a battu si vite ! Je voudrais déjà attaquer le filon !

– Patience, Simon, répondit l'ingénieur. Vous n'avez pas la prétention de trouver derrière cette paroi une galerie tout ouverte ?

– Excusez-moi, monsieur James, répondit le vieil overman. J'ai toutes les prétentions possibles ! S'il y a eu bonne chance dans la manière dont Harry et moi nous avons découvert ce gîte, pourquoi cette chance ne continuerait-elle pas jusqu'au bout ? »

L'explosion de la dynamite se produisit. Un roulement sourd se propagea à travers le réseau des galeries souterraines.

James Starr, Madge, Harry et Simon Ford revinrent aussitôt vers la paroi de la caverne.

« Monsieur James ! monsieur James ! s'écria le vieil overman. Voyez ! La porte est enfoncée !... »

Cette comparaison de Simon Ford était justifiée par l'apparition d'une excavation, dont on ne pouvait estimer la profondeur.

Harry allait s'élancer par l'ouverture...

L'ingénieur, extrêmement surpris, d'ailleurs, de trouver là cette cavité, retint le jeune mineur.

« Laisse le temps à l'air intérieur de se purifier, dit-il.

– Oui ! gare aux mofettes[1] ! » s'écria Simon Ford.

Un quart d'heure se passa dans une anxieuse attente. Le fanal, placé au bout du bâton, fut alors introduit dans l'excavation et continua de brûler avec un inaltérable éclat.

« Va donc, Harry, dit James Starr, nous te suivrons. »

L'ouverture produite par la dynamite était plus que suffisante pour qu'un homme pût y passer.

Harry, le fanal à la main, s'y introduisit sans hésiter et disparut dans les ténèbres.

James Starr, Simon Ford et Madge, immobiles, attendaient.

Une minute – qui leur parut bien longue – s'écoula. Harry ne reparaissait pas, il n'appelait pas. En s'approchant

1. Nom donné aux exhalaisons mauvaises dans les houillères.

de l'orifice, James Starr n'aperçut même plus la lueur de sa lampe, qui aurait dû éclairer cette sombre cavité.

Le sol avait-il donc manqué subitement sous les pieds d'Harry ? Le jeune mineur était-il tombé dans quelque anfractuosité ? Sa voix ne pouvait-elle plus arriver jusqu'à ses compagnons ?

Le vieil overman, ne voulant rien écouter, allait s'introduire à son tour par l'orifice, lorsque parut une lueur, vague d'abord, qui se renforça peu à peu, et Harry fit entendre ces paroles :

« Venez, monsieur Starr ! Venez, mon père ! La route est libre dans la Nouvelle-Aberfoyle. »

IX

LA NOUVELLE-ABERFOYLE

Si, par quelque puissance surhumaine, des ingénieurs eussent pu enlever d'un bloc et sur une épaisseur de mille pieds toute cette portion de la croûte terrestre qui supporte cet ensemble de lacs, de fleuves, de golfes et les territoires riverains des comtés de Stirling, de Dumbarton et de Renfrew, ils auraient trouvé, sous cet énorme couvercle, une excavation immense, et telle qu'il n'en existait qu'une autre au monde qui pût lui être comparée, – la célèbre grotte de Mammouth, dans le Kentucky.

Cette excavation se composait de plusieurs centaines d'alvéoles, de toutes formes et de toutes grandeurs. On eût dit une ruche, avec ses nombreux étages de cellules, capricieusement disposées, mais une ruche construite sur une vaste échelle, et qui, au lieu d'abeilles, eût suffi à loger tous les ichthyosaures, les mégathériums et les ptérodactyles de l'époque géologique !

Un labyrinthe de galeries, les unes plus élevées que les plus hautes voûtes des cathédrales, les autres semblables à des contre-nefs, rétrécies et tortueuses, celles-ci suivant la ligne horizontale, celles-là remontant ou descendant obliquement en toutes directions, – réunissaient ces cavités et laissaient libre communication entre elles.

Les piliers qui soutenaient ces voûtes, dont la courbe admettait tous les styles, les épaisses murailles, solidement assises entre les galeries, les nefs elles-mêmes, dans cet étage des terrains secondaires, étaient faits de grès et de roches schisteuses. Mais, entre ces couches inutilisables, et puissamment pressées par elles, couraient d'admirables veines de charbon, comme si le sang noir de cette étrange houillère eût circulé à travers leur inextricable réseau. Ces gisements se

Harry s'y introduisit sans hésiter.

développaient sur une étendue de quarante milles du nord au sud, et ils s'enfonçaient même sous le canal du Nord. L'importance de ce bassin n'aurait pu être évaluée qu'après sondages, mais elle devait dépasser celle des couches carbonifères de Cardiff, dans le pays de Galles, et des gisements de Newcastle, dans le comté de Northumberland.

Il faut ajouter que l'exploitation de cette houillère allait être singulièrement facilitée, puisque, par une disposition bizarre des terrains secondaires, par un inexplicable retrait des matières minérales à l'époque géologique où ce massif se solidifiait, la nature avait déjà multiplié les galeries et les tunnels de la Nouvelle-Aberfoyle.

Oui, la nature seule ! On aurait pu croire, tout d'abord, à la découverte de quelque exploitation abandonnée depuis des siècles. Il n'en était rien. On ne délaisse pas de telles richesses. Les termites humains n'avaient jamais rongé cette portion du sous-sol de l'Écosse, et c'était la nature qui avait ainsi fait les choses. Mais, on le répète, nulle hypogée de l'époque égyptienne, nulle catacombe de l'époque romaine, n'auraient pu lui être comparées, – si ce n'est les célèbres grottes de Mammouth, qui, sur une longueur de plus de vingt milles, comptent deux cent vingt-six avenues, onze lacs, sept rivières, huit cataractes, trente-deux puits insondables et cinquante-sept dômes, dont quelques-uns sont suspendus à plus de quatre cent cinquante pieds de hauteur.

Ainsi que ces grottes, la Nouvelle-Aberfoyle était, non l'œuvre des hommes, mais l'œuvre du Créateur.

Tel était ce nouveau domaine, d'une incomparable richesse, dont la découverte appartenait en propre au vieil overman. Dix ans de séjour dans l'ancienne houillère, une rare persistance de recherches, une foi absolue, soutenue par un merveilleux instinct de mineur, il lui avait fallu toutes ces conditions réunies pour réussir, là où tant d'autres auraient échoué. Pourquoi les sondages, pratiqués sous la direction de James Starr, pendant les dernières années d'exploitation, s'étaient-ils précisément arrêtés à cette limite, sur la frontière même de la nouvelle mine ? cela était dû au hasard, dont la part est grande dans les recherches de ce genre.

Quoi qu'il en soit, il y avait là, dans le sous-sol écossais, une sorte de comté souterrain, auquel il ne manquait, pour être habitable, que les rayons du soleil, ou, à son défaut, la clarté d'un astre spécial.

L'eau y était localisée dans certaines dépressions, formant de vastes étangs, ou même des lacs plus grands que le lac Katrine, situé précisément au-dessus. Sans doute, ces lacs n'avaient pas le mouvement des eaux, les courants, le ressac. Ils ne reflétaient pas la silhouette de quelque vieux château gothique. Ni les bouleaux ni les chênes ne se penchaient sur leurs rives, les montagnes n'allongeaient pas de grandes ombres à leur surface, les steam-boats ne les sillonnaient pas, aucune lumière ne se réverbérait dans leurs eaux, le soleil ne les imprégnait pas de ses rayons éclatants, la lune ne se levait jamais sur leur horizon. Et pourtant, ces lacs profonds, dont la brise ne ridait pas le miroir, n'auraient pas été sans charme, à la lumière de quelque astre électrique, et, réunis par un lacet de canaux, ils complétaient bien la géographie de cet étrange domaine.

Quoiqu'il fût impropre à toute production végétale, ce sous-sol eût, cependant, pu servir de demeure à toute une population. Et qui sait si, dans ces milieux à température constante, au fond de ces houillères d'Aberfoyle, aussi bien que dans celles de Newcastle, d'Alloa ou de Cardiff, lorsque leurs gisements seront épuisés, – qui sait si la classe pauvre du Royaume-Uni ne trouvera pas refuge quelque jour ?

X

ALLER ET RETOUR

A la voix d'Harry, James Starr, Madge et Simon Ford s'étaient introduits par l'étroit orifice qui mettait en communication la fosse Dochart avec la nouvelle houillère.

Ils se trouvaient alors à la naissance d'une galerie assez large. On aurait pu croire qu'elle avait été percée de main d'homme, que le pic et la pioche l'avaient évidée pour l'exploitation d'un nouveau gisement. Les explorateurs devaient se demander si, par un singulier hasard, ils n'avaient pas été transportés dans quelque ancienne houillère, dont les plus vieux mineurs du comté n'auraient jamais connu l'existence.

Non ! C'étaient les couches géologiques qui avaient « épargné » cette galerie, à l'époque où se faisait le tassement des terrains secondaires. Peut-être quelque torrent l'avait-il parcourue autrefois, lorsque les eaux supérieures allaient se mélanger aux végétaux enlisés ; mais, maintenant, elle était aussi sèche que si elle eût été forée, quelque mille pieds plus bas, dans l'étage des roches granitoïdes. En même temps, l'air y circulait avec aisance, – ce qui indiquait que certains « éventoirs » naturels la mettaient en communication avec l'atmosphère extérieure.

Cette observation, qui fut faite par l'ingénieur, était juste, et l'on sentait que l'aération s'opérait facilement dans la nouvelle mine. Quant à ce grisou qui fusait naguère à travers les schistes de la paroi, il semblait qu'il n'eût été contenu que dans une simple « poche », vide maintenant, et il était certain que l'atmosphère de la galerie n'en conservait pas la moindre trace. Cependant, et par précaution, Harry n'avait emporté que la lampe de sûreté, qui lui assurait un éclairage de douze heures.

James Starr et ses compagnons éprouvaient alors une joie complète. C'était l'entière satisfaction de leurs désirs. Autour d'eux, tout n'était que houille. Une certaine émotion les rendait silencieux. Simon Ford, lui-même, se contenait. Sa joie débordait, non en longues phrases, mais par petites interjections.

C'était peut-être imprudent, à eux, de s'engager si profondément dans la crypte. Bah ! ils ne songeaient guère au retour. La galerie était praticable, peu sinueuse. Nulle crevasse n'en barrait le passage, nulle « pousse » n'y propageait d'exhalaisons malfaisantes. Il n'y avait donc aucune raison pour s'arrêter, et, pendant une heure, James Starr, Madge, Harry et Simon Ford allèrent ainsi, sans que rien pût leur indiquer quelle était l'exacte orientation de ce tunnel inconnu.

Et, sans doute, ils auraient été plus loin encore, s'ils ne fussent arrivés à l'extrémité même de cette large voie qu'ils suivaient depuis leur entrée dans la houillère.

La galerie aboutissait à une énorme caverne, dont on ne pouvait estimer ni la hauteur, ni la profondeur. A quelle altitude s'arrondissait la voûte de cette excavation, à quelle distance se reculait sa paroi opposée ? les ténèbres qui l'emplissaient ne permettaient pas de le reconnaître. Mais, à la lueur de la lampe, les explorateurs purent constater que son dôme recouvrait une vaste étendue d'eau dormante – étang ou lac –, dont les rives pittoresques, accidentées de hautes roches, se perdaient dans l'obscurité.

« Halte ! s'écria Simon Ford, en s'arrêtant brusquement. Un pas de plus, et nous roulions peut-être dans quelque abîme !

– Reposons-nous donc, mes amis, répondit l'ingénieur. Aussi bien, il faudra songer à retourner au cottage.

– Notre lampe peut nous éclairer pendant dix heures encore, monsieur Starr, dit Harry.

– Eh bien, faisons halte, reprit James Starr. J'avoue que mes jambes en ont besoin ! – Et vous, Madge, est-ce que vous ne vous ressentez pas des fatigues d'une aussi longue course ?

– Mais pas trop, monsieur James, répondit la robuste Écossaise. Nous avions l'habitude d'explorer pendant des journées entières l'ancienne houillère d'Aberfoyle.

– Bah ! ajouta Simon Ford, Madge ferait dix fois cette

route, s'il le fallait ! Mais j'insiste, monsieur James, ma communication valait-elle la peine de vous être faite ? Osez dire non, monsieur James, osez dire non !

– Eh ! mon vieux compagnon, il y a longtemps que je n'ai ressenti une telle joie ! répondit l'ingénieur. Le peu que nous avons exploré de cette merveilleuse houillère semble indiquer que son étendue est très considérable, au moins en longueur.

– En largeur et en profondeur aussi, monsieur James ! répliqua Simon Ford.

– C'est ce que nous saurons plus tard.

– Et moi, j'en réponds ! Rapportez-vous-en à mon instinct de vieux mineur. Il ne m'a jamais trompé !

– Je veux vous croire, Simon, répondit l'ingénieur en souriant. Mais enfin, tel que j'en puis juger par cette courte exploration, nous possédons les éléments d'une exploitation qui durera des siècles !

– Des siècles ! s'écria Simon Ford. Je le crois bien, monsieur James ! Il se passera mille ans et plus, avant que le dernier morceau de charbon ait été extrait de notre nouvelle mine !

– Dieu vous entende ! répondit James Starr. Quant à la qualité de la houille qui vient affleurer ces parois...

– Superbe, monsieur James, superbe ! répondit Simon Ford. Voyez cela vous-même ! »

Et, ce disant, il détacha d'un coup de pic un fragment de roche noire.

« Voyez ! voyez ! répéta-t-il en l'approchant de sa lampe. Les surfaces de ce morceau de charbon sont luisantes ! Nous aurons là de la houille grasse, riche en matières bitumeuses ! Et comme elle se détaillera en gailleteries[1], presque sans poussière ! Ah ! monsieur James, il y a vingt ans, voici un gisement qui aurait fait une rude concurrence au Swansea et au Cardiff ! Eh bien, les chauffeurs se le disputeront encore, et, s'il coûte peu à extraire de la mine, il ne s'en vendra pas moins cher au-dehors !

– En effet, dit Madge, qui avait pris le fragment de houille et l'examinait en connaisseuse. C'est là du charbon de bonne qualité. – Emporte-le, Simon, emporte-le au

1. Nom que les mineurs donnent aux moyennes sortes.

cottage ! Je veux que ce premier morceau de houille brûle sous notre bouilloire !

– Bien parlé, femme ! répondit le vieil overman, et tu verras que je ne me suis pas trompé.

– Monsieur Starr, demanda alors Harry, avez-vous quelque idée de l'orientation probable de cette longue galerie que nous avons suivie depuis notre entrée dans la nouvelle houillère ?

– Non, mon garçon, répondit l'ingénieur. Avec une boussole, j'aurais peut-être pu établir sa direction générale. Mais, sans boussole, je suis ici comme un marin en pleine mer, au milieu des brumes, lorsque l'absence de soleil ne lui permet pas de relever sa position.

– Sans doute, monsieur James, répliqua Simon Ford, mais, je vous en prie, ne comparez pas notre position à celle du marin, qui a toujours et partout l'abîme sous ses pieds ! Nous sommes en terre ferme, ici, et nous n'avons pas à craindre de jamais sombrer !

– Je ne vous ferai pas cette peine, vieux Simon, répondit James Starr. Loin de moi la pensée de déprécier la nouvelle houillère d'Aberfoyle par une comparaison injuste ! Je n'ai voulu dire qu'une chose, c'est que nous ne savons pas où nous sommes.

– Nous sommes dans le sous-sol du comté de Stirling, monsieur James, répondit Simon Ford, et cela, je l'affirme comme si...

– Écoutez ! » dit Harry en interrompant le vieil overman.

Tous prêtèrent l'oreille, ainsi que le faisait le jeune mineur. Le nerf auditif, très exercé chez lui, avait surpris un bruit sourd, comme eût été un murmure lointain. James Starr, Simon et Madge ne tardèrent pas à l'entendre eux-mêmes. Il se produisait, dans les couches supérieures du massif, une sorte de roulement, dont on percevait distinctement le *crescendo* et le *decrescendo* successif, si faible qu'il fût.

Tous quatre restèrent pendant quelques minutes, l'oreille tendue, sans proférer une parole.

Puis, tout à coup, Simon Ford de s'écrier :

« Eh ! par saint Mungo ! Est-ce que les wagonnets courent déjà sur les rails de la nouvelle Aberfoyle ?

– Père, répondit Harry, il me semble bien que c'est le bruit que font des eaux en roulant sur un littoral.

– Nous ne sommes pourtant pas sous la mer ! s'écria le vieil overman.

– Non, répondit l'ingénieur, mais il ne serait pas impossible que nous ne fussions sous le lit même du lac Katrine.

– Il faudrait donc que la voûte fût peu épaisse en cet endroit, puisque le bruit des eaux est perceptible ?

– Peu épaisse, en effet, répondit James Starr, et c'est ce qui fait que cette excavation est si vaste.

– Vous devez avoir raison, monsieur Starr, dit Harry.

– En outre, il fait si mauvais temps au-dehors, reprit James Starr, que les eaux du lac doivent être soulevées comme celles du golfe de Forth.

– Eh ! qu'importe, après tout, répondit Simon Ford. La couche carbonifère n'en sera pas plus mauvaise pour se développer au-dessous d'un lac ! Ce ne serait pas la première fois que l'on irait chercher la houille sous le lit même de l'Océan ! Quand nous devrions exploiter tout le fonds et le tréfonds du canal du Nord, où serait le mal ?

– Bien dit, Simon, s'écria l'ingénieur, qui ne put retenir un sourire en regardant l'enthousiaste overman. Poussons nos tranchées sous les eaux de la mer ! Trouons comme une écumoire le lit de l'Atlantique ! Allons rejoindre à coups de pioche nos frères des États-Unis à travers le sous-sol de l'Océan ! Fonçons jusqu'au centre du globe, s'il le faut, pour lui arracher son dernier morceau de houille !

– Croyez-vous rire, monsieur James ? demanda Simon Ford d'un air tant soit peu goguenard.

– Moi, rire ! vieux Simon ! Non ! Mais vous êtes si enthousiaste, que vous m'entraînez jusque dans l'impossible ! Tenez, revenons à la réalité, qui est déjà belle. Laissons là nos pics, que nous retrouverons un autre jour, et reprenons le chemin du cottage ! »

Il n'y avait pas autre chose à faire pour le moment. Plus tard, l'ingénieur, accompagné d'une brigade de mineurs et muni des lampes et ustensiles nécessaires, reprendrait l'exploration de la Nouvelle-Aberfoyle. Mais il était urgent de retourner à la fosse Dochart. La route était facile, d'ailleurs. La galerie courait presque droit à travers le massif jusqu'à l'orifice ouvert par la dynamite. Donc, nulle crainte de s'égarer.

Mais, au moment où James Starr se dirigeait vers la galerie, Simon Ford l'arrêta.

« Monsieur James, lui dit-il, vous voyez cette caverne immense, ce lac souterrain qu'elle recouvre, cette grève que les eaux viennent baigner à nos pieds ? Eh bien, c'est ici que je veux transporter ma demeure, c'est ici que je me bâtirai un nouveau cottage, et, si quelques braves compagnons veulent suivre mon exemple, avant un an, on comptera un bourg de plus dans le massif de notre vieille Angleterre ! »

James Starr, approuvant d'un sourire les projets de Simon Ford, lui serra la main, et tous trois, précédant Madge, s'enfoncèrent dans la galerie, afin de regagner la fosse Dochart.

Pendant le premier mille, aucun incident ne se produisit. Harry marchait en avant, élevant la lampe au-dessus de sa tête. Il suivait soigneusement la galerie principale, sans jamais s'écarter dans les tunnels étroits qui rayonnaient à droite et à gauche. Il semblait donc que le retour dût s'accomplir aussi facilement que l'aller, lorsqu'une fâcheuse complication survint, qui rendit fort grave la situation des explorateurs.

En effet, à un moment où Harry levait sa lampe, un vif déplacement de l'air s'opéra, comme s'il eût été causé par un battement d'ailes invisibles. La lampe, frappée de biais, s'échappa des mains d'Harry, tomba sur le sol rocheux de la galerie et se brisa.

James Starr et ses compagnons furent subitement plongés dans une obscurité absolue. Leur lampe, dont l'huile s'était répandue, ne pouvait plus servir.

« Eh bien, Harry, s'écria Simon Ford, veux-tu donc que nous nous rompions le cou en retournant au cottage ? »

Harry ne répondit pas. Il réfléchissait. Devait-il voir encore la main d'un être mystérieux dans ce dernier accident ? Existait-il donc en ces profondeurs un ennemi dont l'inexplicable antagonisme pouvait créer, un jour, de sérieuses difficultés ? Quelqu'un avait-il intérêt à défendre le nouveau gîte carbonifère contre toute tentative d'exploitation ? En vérité, cela était absurde, mais les faits parlaient d'eux-mêmes, et ils s'accumulaient de manière à changer de simples présomptions en certitudes.

En attendant, la situation des explorateurs était assez mauvaise. Il leur fallait, au milieu de profondes ténèbres, suivre pendant environ cinq milles la galerie qui conduisait à la fosse Dochart. Puis, ils auraient encore une heure de route avant d'avoir atteint le cottage.

« Continuons, dit Simon Ford. Nous n'avons pas un instant à perdre. Nous marcherons en tâtonnant, comme des aveugles. Il n'est pas possible de s'égarer. Les tunnels qui s'ouvrent sur notre chemin ne sont que de véritables boyaux de taupinières, et, en suivant la galerie principale, nous arriverons inévitablement à l'orifice qui nous a livré passage. Ensuite, c'est la vieille houillère. Nous la connaissons, et ce ne sera pas la première fois qu'Harry ou moi nous nous y serons trouvés dans l'obscurité. D'ailleurs, nous retrouverons là les lampes que nous avons laissées. En route, donc ! – Harry, prends la tête. Monsieur James, suivez-le. Madge, tu viendras après, et moi, je fermerai la marche. Ne nous séparons pas surtout, et qu'on se sente les talons, sinon les coudes ! »

Il n'y avait qu'à se conformer aux instructions du vieil overman. Comme il le disait, en tâtonnant on ne pouvait guère se tromper de route. Il fallait seulement remplacer les yeux par les mains, et se fier à cet instinct qui, chez Simon Ford et son fils, était devenu une seconde nature.

Donc, James Starr et ses compagnons marchèrent dans l'ordre indiqué. Ils ne parlaient pas, mais ce n'était pas faute de penser. Il devenait évident qu'ils avaient un adversaire. Mais quel était-il, et comment se défendre de ces attaques si mystérieusement préparées ? Ces idées assez inquiétantes affluaient à leur cerveau. Cependant, ce n'était pas le moment de se décourager.

Harry, les bras étendus, s'avançait d'un pas assuré. Il allait successivement d'une paroi à l'autre de la galerie. Une anfractuosité, un orifice latéral se présentaient-ils, il reconnaissait à la main qu'il ne fallait pas s'y engager, soit que l'anfractuosité fût peu profonde, soit que l'orifice fût trop étroit, et il se maintenait ainsi dans le droit chemin.

Au milieu d'une obscurité à laquelle les yeux ne pouvaient se faire, puisqu'elle était absolue, ce difficile retour dura deux heures environ. En supputant le temps écoulé, en tenant compte de ce que la marche n'avait pu être rapide, James Starr estimait que ses compagnons et lui devaient être bien près de l'issue.

En effet, presque aussitôt, Harry s'arrêta.

« Sommes-nous enfin arrivés à l'extrémité de la galerie ? demanda Simon Ford.

– Oui, répondit le jeune mineur.

– Eh bien, tu dois retrouver l'orifice qui établit la communication entre la Nouvelle-Aberfoyle et la fosse Dochart ?

– Non », répondit Harry, dont les mains crispées ne rencontraient que la surface pleine d'une paroi.

Le vieil overman fit quelques pas en avant, et vint palper lui-même la roche schisteuse.

Un cri lui échappa.

Ou les explorateurs s'étaient égarés pendant le retour, ou l'étroit orifice, creusé dans la paroi par la dynamite, avait été bouché récemment !

Quoi qu'il en soit, James Starr et ses compagnons étaient emprisonnés dans la Nouvelle-Aberfoyle !

XI

LES DAMES DE FEU

Huit jours après ces événements, les amis de James Starr étaient fort inquiets. L'ingénieur avait disparu sans qu'aucun motif pût être allégué à cette disparition. On avait appris, en interrogeant son domestique, qu'il s'était embarqué à Granton-pier, et on savait par le capitaine du steam-boat *Prince de Galles* qu'il avait débarqué à Stirling. Mais, depuis ce moment, plus de traces de James Starr. La lettre de Simon Ford lui avait recommandé le secret, et il n'avait rien dit de son départ pour les houillères d'Aberfoyle.

Donc, à Édimbourg, il ne fut plus question que de l'absence inexplicable de l'ingénieur. Sir W. Elphiston, le président de « Royal Institution », communiqua à ses collègues la lettre que lui avait adressée James Starr, en s'excusant de ne pouvoir assister à la prochaine séance de la Société. Deux ou trois autres personnes produisirent aussi des lettres analogues. Mais, si ces documents prouvaient que James Starr avait quitté Édimbourg – ce que l'on savait de reste –, rien n'indiquait ce qu'il était devenu. Or, de la part d'un tel homme, cette absence, en dehors de ses habitudes, devait surprendre d'abord, inquiéter ensuite, puisqu'elle se prolongeait.

Aucun des amis de l'ingénieur n'aurait pu supposer qu'il se fût rendu aux houillères d'Aberfoyle. On savait qu'il n'eût point aimé à revoir l'ancien théâtre de ses travaux. Il n'y avait jamais remis les pieds, depuis le jour où la dernière benne était remontée à la surface du sol. Cependant, puisque le steam-boat l'avait déposé au débarcadère de Stirling, on fit quelques recherches de ce côté.

Les recherches n'aboutirent pas. Personne ne se rappelait avoir vu l'ingénieur dans le pays. Seul, Jack Ryan, qui l'avait rencontré en compagnie d'Harry sur un des paliers du puits Yarow, eût pu satisfaire la curiosité publique. Mais le joyeux garçon, on le sait, travaillait à la ferme de Melrose, à quarante milles dans le sud-ouest du comté de Renfrew, et il ne se doutait guère que l'on s'inquiétât à ce point de la disparition de James Starr. Donc, huit jours après sa visite au cottage, Jack Ryan eût continué à chanter de plus belle pendant les veillées du clan d'Irvine, – s'il n'eût eu, lui aussi, un motif de vive inquiétude dont il sera bientôt parlé.

James Starr était un homme trop considérable et trop considéré, non seulement dans la ville, mais dans toute l'Écosse, pour qu'un fait le concernant pût passer inaperçu. Le lord prévôt, premier magistrat d'Édimbourg, les baillis, les conseillers, dont la plupart étaient des amis de l'ingénieur, firent commencer les plus actives recherches. Des agents furent mis en campagne, mais aucun résultat ne fut obtenu.

Il fallut donc insérer dans les principaux journaux du Royaume-Uni une note relative à l'ingénieur James Starr, donnant son signalement, indiquant la date à laquelle il avait quitté Édimbourg, et il n'y eut plus qu'à attendre. Cela ne se fit pas sans grande anxiété. Le monde savant de l'Angleterre n'était pas éloigné de croire à la disparition définitive de l'un de ses membres les plus distingués.

En même temps que l'on s'inquiétait ainsi de la personne de James Starr, la personne d'Harry était le sujet de préoccupations non moins vives. Seulement, au lieu d'occuper l'opinion publique, le fils du vieil overman ne troublait que la bonne humeur de son ami Jack Ryan.

On se rappelle que, lors de leur rencontre dans le puits Yarow, Jack Ryan avait invité Harry à venir, huit jours après, à la fête du clan d'Irvine. Il y avait eu acceptation et promesse formelle d'Harry de se rendre à cette cérémonie. Jack Ryan savait, pour l'avoir constaté en maintes circonstances, que son camarade était homme de parole. Avec lui, chose promise, chose faite.

Or, à la fête d'Irvine, rien n'avait manqué, ni les chants, ni les danses, ni les réjouissances de toutes sortes, rien, – si ce n'est Harry Ford.

Jack Ryan avait commencé par lui en vouloir, parce que l'absence de son ami influait sur sa bonne humeur. Il en perdit même la mémoire au milieu d'une de ses chansons, et, pour la première fois, il resta court pendant une gigue, qui lui valait d'ordinaire des applaudissements mérités.

Il faut dire ici que la note relative à James Starr, et publiée dans les journaux, n'était pas encore tombée sous les yeux de Jack Ryan. Ce brave garçon ne se préoccupait donc que de l'absence d'Harry, se disant bien qu'une grave circonstance avait seule pu l'empêcher de tenir sa promesse. Aussi, le lendemain de la fête d'Irvine, Jack Ryan comptait-il prendre le railway de Glasgow pour se rendre à la fosse Dochart, et il l'aurait fait, – s'il n'eût été retenu par un accident qui faillit lui coûter la vie.

Voici ce qui était arrivé pendant la nuit du 12 décembre. En vérité, le fait était de nature à donner raison à tous les partisans du surnaturel, et ils étaient nombreux à la ferme de Melrose.

Irvine, petite ville maritime du comté de Renfrew, qui compte environ sept mille habitants, est bâtie dans un brusque retour que fait la côte écossaise, presque à l'ouverture du golfe de Clyde. Son port, assez bien abrité contre les vents du large, est éclairé par un feu important qui indique les atterrissages, de telle façon qu'un marin prudent ne peut s'y tromper. Aussi, les naufrages étaient-ils rares sur cette portion du littoral, et les caboteurs ou long-courriers, qu'ils voulussent, soit embouquer le golfe de Clyde pour se rendre à Glasgow, soit donner dans la baie d'Irvine, pouvaient-ils manœuvrer sans danger, même par les nuits obscures.

Lorsqu'une ville est pourvue d'un passé historique, si mince qu'il soit, lorsque son château a appartenu autrefois à un Robert Stuart, elle n'est pas sans posséder quelques ruines.

Or, en Écosse, toutes les ruines sont hantées par des esprits. – Du moins, c'est l'opinion commune dans les Hautes et Basses-Terres.

Les ruines les plus anciennes, et aussi les plus mal famées de cette partie du littoral, étaient précisément celles de ce château de Robert Stuart, qui porte le nom de Dundonald-Castle.

A cette époque, le château de Dundonald, refuge de tous les lutins errants de la contrée, était voué au plus complet abandon. On allait peu le visiter sur le haut rocher qu'il occupait au-dessus de la mer, à deux milles de la ville.

Peut-être quelques étrangers avaient-ils encore l'idée d'interroger ces vieux restes historiques, mais alors ils s'y rendaient seuls. Les habitants d'Irvine ne les y eussent point conduits, à quelque prix que ce fût. En effet, quelques histoires couraient sur le compte de certaines « Dames de feu » qui hantaient le vieux château.

Les plus superstitieux affirmaient avoir vu, de leurs yeux vu, ces fantastiques créatures. Naturellement, Jack Ryan était de ces derniers.

La vérité est que, de temps à autre, de longues flammes apparaissaient, tantôt sur un pan de mur à demi éboulé, tantôt au sommet de la tour qui domine l'ensemble des ruines de Dundonald-Castle.

Ces flammes avaient-elles forme humaine, comme on l'assurait ? Méritaient-elles ce nom de « Dames de feu » que leur avaient donné les Écossais du littoral ? Ce n'était évidemment là qu'une illusion de cerveaux portés à la crédulité, et la science eût expliqué physiquement ce phénomène.

Quoi qu'il en soit, les Dames de feu avaient dans toute la contrée la réputation bien établie de fréquenter les ruines du vieux château et d'y exécuter parfois d'étranges sarabandes, surtout pendant les nuits obscures. Jack Ryan, quelque hardi compagnon qu'il fût, ne se serait point hasardé à les accompagner aux sons de sa cornemuse.

« Le vieux Nick leur suffit ! disait-il, et il n'a pas besoin de moi pour compléter son orchestre infernal ! »

On le pense bien, ces bizarres apparitions formaient le texte obligé des récits pendant la veillée. Aussi, Jack Ryan possédait-il tout un répertoire de légendes sur les Dames de feu, et ne se trouvait-il jamais à court, quand il s'agissait d'en conter à leur sujet !

Donc, pendant cette dernière veillée, bien arrosée d'ale, de brandy et de whisky, qui avait terminé la fête du clan d'Irvine, Jack Ryan n'avait pas manqué de reprendre son thème favori, au grand plaisir et peut-être au grand effroi de ses auditeurs.

La veillée se faisait dans une vaste grange de la ferme de Melrose, sur la limite du littoral. Un bon feu de coke brûlait dans un large trépied de tôle, au milieu de l'assemblée.

Il y avait gros temps au-dehors. Des brumes épaisses roulaient sur les lames, qu'une forte brise de sud-ouest

Les lames furieuses l'avaient rudement roulé sur les récifs.

amenait du large. Une nuit très noire, pas une seule éclaircie dans les nuages, la terre, le ciel et l'eau se confondant dans de profondes ténèbres, c'était là de quoi rendre difficiles les atterrages de la baie d'Irvine, si quelque navire s'y fût aventuré avec ces vents qui battaient en côte.

Le petit port d'Irvine n'est pas très fréquenté, – du moins par les navires d'un certain tonnage. C'est un peu plus au nord que les bâtiments de commerce, à voiles ou vapeur, attaquent la terre, lorsqu'ils veulent donner dans le golfe de Clyde.

Ce soir-là cependant, quelque pêcheur, attardé sur le rivage, eût aperçu, non sans surprise, un navire qui se dirigeait vers la côte. Si le jour se fût fait tout à coup, ce n'est plus avec surprise, mais avec effroi, que ce bâtiment eût été vu, courant vent arrière, avec toute la toile qu'il pouvait porter. L'entrée du golfe manquée, il n'existait aucun refuge entre les roches formidables du littoral. Si cet imprudent navire s'obstinait à s'en approcher encore, comment parviendrait-il à se relever ?

La veillée allait finir sur une dernière histoire de Jack Ryan. Ses auditeurs, transportés dans le monde des fantômes, étaient bien dans les conditions voulues pour faire acte de crédulité, le cas échéant.

Tout à coup, des cris retentirent au-dehors.

Jack Ryan suspendit aussitôt son récit, et tous quittèrent précipitamment la grange.

La nuit était profonde. De longues rafales de pluie et de vent couraient à la surface de la grève.

Deux ou trois pêcheurs, arc-boutés près d'un rocher, afin de mieux résister aux poussées de l'air, appelaient avec de grands éclats de voix.

Jack Ryan et ses compagnons coururent à eux.

Ces cris, ce n'était pas aux habitants de la ferme qu'ils s'adressaient, mais à un équipage qui, sans le savoir, courait à sa perte.

En effet, une masse sombre apparaissait confusément à quelques encablures au large. C'était un navire, bien reconnaissable à ses feux de position, car il portait à sa hune de misaine un feu blanc, à tribord un feu vert, à bâbord un feu rouge. On le voyait donc par l'avant, et il était manifeste qu'il se dirigeait à toute vitesse vers la côte.

« Un navire en perdition ? s'écria Jack Ryan.

– Oui, répondit un des pêcheurs, et maintenant il voudrait virer de bord, qu'il ne le pourrait plus !

– Des signaux, des signaux ! cria l'un des Écossais.

– Lesquels ? répliqua le pêcheur. Par cette bourrasque, on ne pourrait pas tenir une torche allumée ! »

Et, pendant que ces propos s'échangeaient rapidement, de nouveaux cris étaient poussés. Mais comment eût-on pu les entendre au milieu de cette tempête ? L'équipage du navire n'avait plus aucune chance d'échapper au naufrage.

« Pourquoi manœuvrer ainsi ? s'écriait un marin.

– Veut-il donc faire côte ? répondit un autre.

– Le capitaine n'a donc pas eu connaissance du feu d'Irvine ? demanda Jack Ryan.

– Il faut le croire, répondit un des pêcheurs, à moins qu'il n'ait été trompé par quelque... »

Le pêcheur n'avait pas achevé sa phrase, que Jack Ryan poussait un formidable cri. Fut-il entendu de l'équipage ? En tout cas, il était trop tard pour que le bâtiment pût se relever de la ligne des brisants qui blanchissait dans les ténèbres.

Mais ce n'était pas, comme on aurait pu le croire, un suprême avertissement que Jack Ryan avait tenté de faire parvenir au bâtiment en perdition. Jack Ryan tournait alors le dos à la mer. Ses compagnons, eux aussi, regardaient un point situé à un demi-mille en arrière de la grève.

C'était le château de Dundonald. Une longue flamme se tordait sous les rafales au sommet de la vieille tour.

« La Dame de feu ! » s'écrièrent avec grande terreur tous ces superstitieux Écossais.

Franchement, il fallait une bonne dose d'imagination pour trouver à cette flamme une apparence humaine. Agitée comme un pavillon lumineux sous la brise, elle semblait parfois s'envoler du sommet de la tour, comme si elle eût été sur le point de s'éteindre, et, un instant après, elle s'y rattachait de nouveau par sa pointe bleuâtre.

« La Dame de feu ! la Dame de feu ! » criaient les pêcheurs et les paysans effarés.

Tout s'expliquait alors. Il était évident que le navire, désorienté dans les brumes, avait fait fausse route, et qu'il avait pris cette flamme, allumée au sommet du château de Dundonald, pour le feu d'Irvine. Il se croyait à l'entrée du golfe, située dix milles plus au nord, et il courait vers une franche terre, qui ne lui offrait aucun refuge !

Que pouvait-on faire pour le sauver, s'il en était temps encore ? Peut-être eût-il fallu monter jusqu'aux ruines et tenter d'éteindre ce feu, pour qu'il ne fût pas possible de le confondre plus longtemps avec le phare du port d'Irvine !

Sans doute, c'était ainsi qu'il convenait d'agir, sans retard ; mais lequel de ces Écossais eût eu la pensée, et, après la pensée, l'audace de braver la Dame de feu ? Jack Ryan, peut-être, car il était courageux, et sa crédulité, si forte qu'elle fût, ne pouvait l'arrêter dans un généreux mouvement.

Il était trop tard. Un horrible craquement retentit au milieu du fracas des éléments.

Le navire venait de talonner par son arrière. Ses feux de position s'éteignirent. La ligne blanchâtre du ressac sembla brisée un instant. C'était le bâtiment qui l'abordait, se couchait sur le flanc et se disloquait entre les récifs.

Et, à ce même instant, par une coïncidence qui ne pouvait être due qu'au hasard, la longue flamme disparut, comme si elle eût été arrachée par une violente rafale. La mer, le ciel, la grève furent aussitôt replongés dans les plus profondes ténèbres.

« La Dame de feu ! » avait une dernière fois crié Jack Ryan, lorsque cette apparition, surnaturelle pour ses compagnons et lui, se fut évanouie subitement.

Mais alors, le courage que ces superstitieux Écossais n'auraient pas eu contre un danger chimérique, ils le retrouvèrent en face d'un danger réel, maintenant qu'il s'agissait de sauver leurs semblables. Les éléments déchaînés ne les arrêtèrent pas. Au moyen de cordes lancées dans les lames – héroïques autant qu'ils avaient été crédules –, ils se jetèrent au secours du bâtiment naufragé.

Heureusement, ils réussirent, non sans que quelques-uns – et le hardi Jack Ryan était du nombre – se fussent grièvement meurtris sur les roches ; mais le capitaine du navire et les huit hommes de l'équipage purent être déposés, sains et saufs, sur la grève.

Ce navire était le brick norvégien *Motala,* chargé de bois du nord, faisant route pour Glasgow.

Il n'était que trop vrai. Le capitaine, trompé par ce feu, allumé sur la tour du château de Dundonald, était venu donner en pleine côte, au lieu d'embouquer le golfe de Clyde.

Et maintenant, du *Motala,* il ne restait plus que de rares épaves, dont le ressac achevait de briser les débris sur les roches du littoral.

XII

LES EXPLOITS DE JACK RYAN

Jack Ryan et trois de ses compagnons, blessés comme lui, avaient été transportés dans une des chambres de la ferme de Melrose, où des soins leur furent immédiatement prodigués.

Jack Ryan avait été le plus maltraité, car, au moment où, la corde aux reins, il s'était jeté à la mer, les lames furieuses l'avaient rudement roulé sur les récifs. Peu s'en était fallu, même, que ses camarades ne l'eussent rapporté sans vie sur le rivage.

Le brave garçon fut donc cloué au lit pour quelques jours, – ce dont il enragea fort. Cependant, lorsqu'on lui eut permis de chanter autant qu'il le voudrait, il prit son mal en patience, et la ferme de Melrose retentit, à toute heure, des joyeux éclats de sa voix. Mais Jack Ryan, dans cette aventure, ne puisa qu'un plus vif sentiment de crainte à l'égard de ces brawnies et autres lutins qui s'amusent à tracasser le pauvre monde, et ce fut eux qu'il rendit responsables de la catastrophe du *Motala*. On fût mal venu à lui soutenir que les Dames de feu n'existaient pas, et que cette flamme, si soudainement projetée entre les ruines, n'était due qu'à un phénomène physique. Aucun raisonnement ne l'eût convaincu. Ses compagnons étaient encore plus obstinés que lui dans leur crédulité. A les entendre, une des Dames de feu avait méchamment attiré le *Motala* à la côte. Quant à vouloir l'en punir, autant mettre l'ouragan à l'amende ! Les magistrats pouvaient décréter toutes poursuites qui leur conviendraient. On n'emprisonne pas une flamme, on n'enchaîne pas un être impalpable. Et, s'il faut le dire, les recherches qui furent ultérieurement faites, semblèrent donner raison – au moins en apparence – à cette façon superstitieuse d'expliquer les choses.

En effet, le magistrat, chargé de diriger une enquête relativement à la perte du *Motala,* vint interroger les divers témoins de la catastrophe. Tous furent d'accord sur ce point que le naufrage était dû à l'apparition surnaturelle de la Dame de feu dans les ruines du château de Dundonald.

On le pense bien, la justice ne pouvait se payer de semblables raisons. Qu'un phénomène purement physique se fût produit dans ces ruines, pas de doute à cet égard. Mais était-ce accident ou malveillance ? c'est ce que le magistrat devait chercher à établir.

Que ce mot « malveillance » ne surprenne pas. Il ne faudrait pas remonter haut dans l'histoire armoricaine pour en trouver la justification. Bien des pilleurs d'épaves du littoral breton ont fait ce métier d'attirer les navires à la côte afin de s'en partager les dépouilles. Tantôt un bouquet d'arbres résineux, enflammés pendant la nuit, guidait un bâtiment dans des passes dont il ne pouvait plus sortir. Tantôt une torche, attachée aux cornes d'un taureau et promenée au caprice de l'animal, trompait un équipage sur la route à suivre. Le résultat de ces manœuvres était inévitablement quelque naufrage, dont les pillards profitaient. Il avait fallu l'intervention de la justice et de sévères exemples pour détruire ces barbares coutumes. Or, ne pouvait-il se faire que, dans cette circonstance, une main criminelle n'eût repris les anciennes traditions des pilleurs d'épaves ?

C'est ce que pensaient les gens de la police, quoi qu'en eussent Jack Ryan et ses compagnons. Lorsque ceux-ci entendirent parler d'enquête, ils se divisèrent en deux camps : les uns se contentèrent de hausser les épaules ; les autres, plus craintifs, annoncèrent que, très certainement, à provoquer ainsi les êtres surnaturels, on amènerait de nouvelles catastrophes.

Néanmoins, l'enquête fut faite avec beaucoup de soin. Les gens de police se transportèrent au château de Dundonald, et ils procédèrent aux recherches les plus rigoureuses.

Le magistrat voulut d'abord reconnaître si le sol avait conservé quelques empreintes de pas, pouvant être attribuées à d'autres pieds que des pieds de lutins. Il fut impossible de relever la plus légère trace, ni ancienne ni nouvelle. Cependant, la terre, encore toute humide des pluies de la veille, eût conservé le moindre vestige.

« Des pas de brawnies ! s'écria Jack Ryan, lorsqu'il connut l'insuccès des premières recherches. Autant vouloir retrouver les traces d'un follet sur l'eau d'un marécage ! »

Cette première partie de l'enquête ne produisit donc aucun résultat. Il n'était pas probable que la seconde partie en donnât davantage.

Il s'agissait d'établir, en effet, comment le feu avait pu être allumé au sommet de la vieille tour, quels éléments avaient été fournis à la combustion, et enfin quels résidus cette combustion avait laissés.

Sur le premier point, rien, ni restes d'allumettes, ni chiffons de papier, ayant pu servir à allumer un feu quelconque.

Sur le second point, néant non moins absolu. On ne retrouva ni herbes desséchées, ni fragments de bois, dont ce foyer, si intense, avait pourtant dû être largement alimenté pendant la nuit.

Quant au troisième point, il ne put être éclairci davantage. L'absence de toutes cendres, de tout résidu d'un combustible quelconque, ne permit pas même de retrouver l'endroit où le foyer avait dû être établi. Il n'existait aucune place noircie, ni sur la terre, ni sur la roche. Fallait-il donc en conclure que le foyer avait été tenu par la main de quelque malfaiteur ? C'était bien invraisemblable, puisque, au dire des témoins la flamme présentait un développement gigantesque, tel que l'équipage du *Motala* avait pu, malgré les brumes, l'apercevoir de plusieurs milles au large.

« Bon ! s'écria Jack Ryan, la Dame de feu sait bien se passer d'allumettes ! Elle souffle, cela suffit à embraser l'air autour d'elle, et son foyer ne laisse jamais de cendres ! »

Il résultat donc de tout ceci que les magistrats en furent pour leur peine, qu'une nouvelle légende s'ajouta à tant d'autres, – légende qui devait perpétuer le souvenir de la catastrophe du *Motala* et affirmer plus indiscutablement encore l'apparition des Dames de feu.

Cependant, un si brave garçon que Jack Ryan, et d'une si vigoureuse constitution, ne pouvait demeurer longtemps alité. Quelques foulures et luxations n'étaient pas pour le coucher sur le flanc plus qu'il ne convenait. Il n'avait pas le temps d'être malade. Or, lorsque ce temps-là manque, on ne l'est guère dans ces régions salubres des Lowlands.

Jack Ryan se rétablit donc promptement. Dès qu'il fut sur pied, avant de reprendre sa besogne à la ferme de Melrose, il voulut mettre certain projet à exécution. Il s'agissait d'aller faire visite à son camarade Harry, afin de savoir pourquoi celui-ci avait manqué à la fête du clan d'Irvine. De la part d'un homme tel qu'Harry, qui ne promettait jamais sans tenir, cette absence ne s'expliquait pas. Il était invraisemblable, d'ailleurs, que le fils du vieil overman n'eût pas entendu parler de la catastrophe du *Motala* rapportée à grands détails par les journaux. Il devait savoir la part que Jack Ryan avait prise au sauvetage, ce qui en était advenu pour lui, et c'eût été trop d'indifférence de la part d'Harry que de ne pas pousser jusqu'à la ferme pour serrer la main de son ami Jack Ryan.

Si donc Harry n'était pas venu, c'est qu'il n'avait pu venir. Jack Ryan eût plutôt nié l'existence des Dames de feu que de croire à l'indifférence d'Harry à son égard.

Donc, deux jours après la catastrophe, Jack Ryan quitta la ferme, gaillardement, comme un solide garçon qui ne se ressentait aucunement de ses blessures. D'un joyeux refrain lancé à pleine poitrine, il fit résonner les échos de la falaise, et se rendit à la gare du railway qui, par Glasgow, conduit à Stirling et à Callander.

Là, pendant qu'il attendait dans la gare, ses regards furent tout d'abord attirés par une affiche, reproduite à profusion sur les murs, et qui contenait l'avis suivant :

« Le 4 décembre dernier, l'ingénieur James Starr, d'Édimbourg, s'est embarqué à Granton-pier sur le *Prince de Galles*. Il a débarqué le même jour à Stirling. Depuis ce temps, on est sans nouvelles de lui.

« Prière d'adresser toute information le concernant au président de Royal Institution, à Édimbourg. »

Jack Ryan, arrêté devant une de ces affiches, la lut par deux fois, non sans donner les signes de la plus extrême surprise.

« Monsieur Starr ! s'écria-t-il ! Mais, le 4 décembre, je l'ai précisément rencontré avec Harry sur les échelles du puits Yarow ! Voilà dix jours de cela ! Et, depuis ce temps, il n'aurait pas reparu ! Cela expliquerait-il pourquoi mon camarade n'est pas venu à la fête d'Irvine ? »

Et, sans prendre le temps d'informer par lettre le président de Royal Institution de ce qu'il savait relativement à James Starr, le brave garçon sauta dans le train, avec l'intention bien arrêtée de se rendre tout d'abord au puits Yarow. Cela fait, il descendrait jusqu'au fond de la fosse Dochart, s'il le fallait, pour retrouver Harry, et avec lui l'ingénieur James Starr.

Trois heures après, il quittait le train à la gare de Callander, et se dirigeait rapidement vers le puits Yarow.

« Ils n'ont pas reparu, se disait-il. Pourquoi ? Est-ce quelque obstacle qui les en a empêchés ? Est-ce un travail dont l'importance les retient encore au fond de la houillère ? Je le saurai ! »

Et Jack Ryan, allongeant le pas, arriva en moins d'une heure au puits Yarow.

Extérieurement, rien de changé. Même silence aux abords de la fosse. Pas un être vivant dans ce désert.

Jack Ryan pénétra sous l'appentis en ruine qui recouvrait l'orifice du puits. Il plongea son regard dans ce gouffre... Il ne vit rien. Il écouta... Il n'entendit rien.

« Et ma lampe ! s'écria-t-il. Ne serait-elle donc plus à sa place ? »

La lampe, dont Jack Ryan se servait pendant ses visites à la fosse, était ordinairement déposée dans un coin, près du palier de l'échelle supérieure.

Cette lampe avait disparu.

« Voilà une première complication ! » dit Jack Ryan, qui commença à devenir très inquiet.

Puis, sans hésiter, tout superstitieux qu'il fût :

« J'irai, dit-il, quand il devrait faire plus noir dans la fosse que dans le tréfonds de l'enfer ! »

Et il commença à descendre la longue suite d'échelles, qui s'enfonçaient dans le sombre puits.

Il fallait que Jack Ryan n'eût point perdu de ses anciennes habitudes de mineur, et qu'il connût bien la fosse Dochart, pour se hasarder ainsi. Il descendait prudemment d'ailleurs. Son pied tâtait chaque échelon, dont quelques-uns étaient vermoulus. Tout faux pas eût entraîné une chute mortelle, dans ce vide de quinze cents pieds. Jack Ryan comptait donc chacun des paliers qu'il quittait successivement pour atteindre un étage inférieur. Il savait que son pied ne toucherait la semelle de la fosse qu'après avoir dépassé le trentième. Une fois là, il ne serait pas gêné, pensait-il, de retrouver le cottage, bâti, comme on sait, à l'extrémité de la galerie principale.

Jack Ryan arriva ainsi au vingt-sixième palier, et, par conséquent, deux cents pieds, au plus, le séparaient alors du fond.

A cet endroit, il baissa la jambe pour chercher le premier échelon de la vingt-septième échelle. Mais sa jambe, se balançant dans le vide, ne trouva aucun point d'appui.

Jack Ryan s'agenouilla sur le palier. Il voulut saisir avec la main l'extrémité de l'échelle... Ce fut en vain.

Il était évident que la vingt-septième échelle ne se trouvait pas à sa place, et, par conséquent, qu'elle avait été retirée.

« Il faut que le vieux Nick ait passé par là ! » se dit-il, non sans éprouver un certain sentiment d'effroi.

Debout, les bras croisés, voulant toujours percer cette ombre impénétrable, Jack Ryan attendit. Puis, il lui vint à la pensée que, si lui ne pouvait descendre, les habitants de la houillère, eux, n'avaient pu remonter. Il n'existait plus, en effet, aucune communication entre le sol du comté et les profondeurs de la fosse. Si cet enlèvement des échelles inférieures du puits Yarow avait été pratiqué depuis sa dernière visite au cottage, qu'étaient devenus Simon Ford, sa femme, son fils et l'ingénieur ? L'absence prolongée de James Starr prouvait évidemment qu'il n'avait pas quitté la fosse depuis le jour où Jack Ryan s'était croisé avec lui dans le puits Yarow. Comment, depuis lors, s'était fait le ravitaillement du cottage ? Les vivres n'avaient-ils pas manqué à ces malheureux, emprisonnés à quinze cents pieds sous terre ?

Toutes ces pensées traversèrent l'esprit de Jack Ryan. Il vit bien qu'il ne pouvait rien par lui-même pour arriver jusqu'au cottage. Y avait-il eu malveillance dans ce fait que les communications étaient interrompues ? cela ne lui paraissait pas douteux. En tout cas, les magistrats aviseraient, mais il fallait les prévenir au plus vite.

Jack Ryan se pencha au-dessus du palier.

« Harry ! Harry ! » cria-t-il de sa voix puissante.

Les échos se renvoyèrent à plusieurs reprises le nom d'Harry, qui s'éteignit enfin dans les dernières profondeurs du puits Yarow.

Jack Ryan remonta rapidement les échelles supérieures, et

revit la lumière du jour. Il ne perdit pas un instant. Tout d'une traite, il regagna la gare de Callander. Il ne lui fallut attendre que quelques minutes le passage de l'express d'Édimbourg, et, à trois heures de l'après-midi, il se présentait chez le lord-prévôt de la capitale.

Là, sa déclaration fut reçue. Les détails précis qu'il donna ne permettaient pas de soupçonner sa véracité. Sir W. Elphiston, président de Royal Institution, non seulement collègue, mais ami particulier de James Starr, fut aussitôt averti, et il demanda à diriger les recherches qui allaient être faites sans délai à la fosse Dochart. On mit à sa disposition plusieurs agents, qui se munirent de lampes, de pics, de longues échelles de corde, sans oublier vivres et cordiaux. Puis, conduits par Jack Ryan, tous prirent immédiatement le chemin des houillères d'Aberfoyle.

Le soir même, Sir W. Elphiston, Jack Ryan et les agents arrivèrent à l'orifice du puits Yarow, et ils descendirent jusqu'au vingt-septième palier, sur lequel Jack s'était arrêté, quelques heures auparavant.

Les lampes, attachées au bout de longues cordes, furent envoyées dans les profondeurs du puits, et l'on put alors constater que les quatres dernières échelles manquaient.

Nul doute que toute communication entre le dedans et le dehors de la fosse Dochart n'eût été intentionnellement rompue.

« Qu'attendons-nous, monsieur ? demanda l'impatient Jack Ryan.

– Nous attendons que ces lampes soient remontées, mon garçon, répondit Sir W. Elphiston. Puis, nous descendrons jusqu'au sol de la dernière galerie, et tu nous conduiras...

– Au cottage, s'écria Jack Ryan, et, s'il le faut, jusque dans les derniers abîmes de la fosse ! »

Dès que les lampes eurent été retirées, les agents fixèrent au palier les échelles de corde, qui se déroulèrent dans le puits. Les paliers inférieurs subsistaient encore. On put descendre de l'un à l'autre.

Cela ne se fit pas sans de grandes difficultés. Jack Ryan, le premier, s'était suspendu à ces échelles vacillantes, et, le premier, il atteignit le fond de la houillère.

Sir W. Elphiston et les agents l'eurent bientôt rejoint.

Le rond-point, formé par le fond du puits Yarow, était

absolument désert, mais Sir W. Elphiston ne fut pas médiocrement surpris d'entendre Jack Ryan s'écrier :

« Voici quelques fragments des échelles, et ce sont des fragments à demi brûlés !

– Brûlés ! répéta Sir W. Elphiston. En effet, voilà des cendres refroidies depuis longtemps !

– Pensez-vous, monsieur, demanda Jack Ryan, que l'ingénieur James Starr ait eu intérêt à brûler ces échelles et à interrompre toute communication avec le dehors ?

– Non, répondit Sir W. Elphiston, qui demeura pensif.

– Allons, mon garçon, au cottage ! C'est là que nous saurons la vérité. »

Jack Ryan hocha la tête, en homme peu convaincu. Mais, prenant une lampe des mains d'un agent, il s'avança rapidement à travers la galerie principale de la fosse Dochart.

Tous le suivaient.

Un quart d'heure plus tard, Sir W. Elphiston et ses compagnons avaient atteint l'excavation au fond de laquelle était bâti le cottage de Simon Ford. Aucune lumière n'en éclairait les fenêtres.

Jack Ryan se précipita vers la porte, qu'il repoussa vivement.

Le cottage était abandonné.

On visita les chambres de la sombre habitation. Nulle trace de violence à l'intérieur. Tout était en ordre, comme si la vieille Madge eût encore été là. La réserve de vivres était même abondante, et eût suffi pendant plusieurs jours à la famille Ford.

L'absence des hôtes du cottage était donc inexplicable. Mais pouvait-on constater d'une manière précise à quelle époque ils l'avaient quitté ? – Oui, car, dans ce milieu où ne se succédaient ni les nuits, ni les jours, Madge avait coutume de marquer d'une croix chaque quantième de son calendrier.

Ce calendrier était suspendu au mur de la salle. Or, la dernière croix avait été faite à la date du 6 décembre, c'est-à-dire un jour après l'arrivé de James Starr, – ce que Jack Ryan fut en mesure d'affirmer. Il était donc manifeste que depuis le 6 décembre, c'est-à-dire depuis dix jours, Simon Ford, sa femme, son fils et son hôte avaient quitté le cottage. Une nouvelle exploration de la fosse, entreprise par l'ingénieur, pouvait-elle donner la raison d'une si longue absence ? Non, évidemment.

Ainsi, du moins, le pensa Sir W. Elphiston. Après avoir minutieusement inspecté le cottage, il fut très embarrassé sur ce qu'il convenait de faire.

L'obscurité était profonde. L'éclat des lampes, balancées aux mains des agents, étoilait seulement ces impénétrables ténèbres.

Soudain, Jack Ryan poussa un cri.

« Là ! là ! » dit-il.

Et son doigt montrait une assez vive lueur, qui s'agitait dans l'obscur lointain de la galerie.

« Mes amis, courons sur ce feu ! répondit Sir W. Elphiston.

– Un feu de brawnie ! s'écria Jack Ryan. A quoi bon ? Nous ne l'atteindrons jamais ! »

Le président de Royal Institution et les agents, peu enclins à la crédulité, s'élancèrent dans la direction indiquée par la lueur mouvante. Jack Ryan, prenant bravement son parti, ne resta pas le dernier en route.

Ce fut une longue et fatigante poursuite. Le falot lumineux semblait porté par un être de petite taille, mais singulièrement agile. A chaque instant, cet être disparaissait derrière quelque remblai ; puis, on le revoyait au fond d'une galerie transversale. De rapides crochets le mettaient ensuite hors de vue. Il semblait avoir définitivement disparu, et, soudain, la lueur de son falot jetait de nouveau un vif éclat. En somme, on gagnait peu sur lui, et Jack Ryan persistait à croire, non sans raison, qu'on ne l'atteindrait pas.

Pendant une heure de cette inutile poursuite, Sir W. Elphiston et ses compagnons s'enfoncèrent dans la portion sud-ouest de la fosse Dochart. Ils en arrivaient, eux aussi, à se demander s'ils n'avaient pas affaire à quelque follet insaisissable.

A ce moment, cependant, il sembla que la distance commençait à diminuer entre le follet et ceux qui cherchaient à l'atteindre. Était-ce fatigue de l'être quelconque qui fuyait, ou cet être voulait-il attirer Sir W. Elphiston et ses compagnons là où les habitants du cottage avaient peut-être été attirés eux-mêmes ? Il eût été malaisé de résoudre la question.

Toutefois, les agents, voyant s'amoindrir cette distance

redoublèrent leurs efforts. La lueur, qui avait toujours brillé à plus de deux cents pas en avant d'eux, se tenait maintenant à moins de cinquante. Cet intervalle diminua encore. Le porteur du falot devint plus visible. Quelquefois, lorsqu'il retournait la tête, on pouvait reconnaître le vague profil d'une figure humaine, et, à moins qu'un lutin n'eût pris cette forme, Jack Ryan était forcé de convenir qu'il ne s'agissait point là d'un être surnaturel.

Et alors, tout en courant plus vite :

« Hardi, camarades ! criait-il. Il se fatigue ! Nous l'atteindrons bientôt, et, s'il parle aussi bien qu'il détale, il pourra nous en dire long ! »

Cependant, la poursuite devenait plus difficile alors. En effet, au milieu des dernières profondeurs de la fosse, d'étroits tunnels s'entrecroisaient comme les allées d'un labyrinthe. Dans ce dédale, le porteur du falot pouvait aisément échapper aux agents. Il lui suffisait d'étendre sa lanterne et de se jeter de côté au fond de quelque refuge obscur.

« Et, au fait, pensait Sir W. Elphiston, s'il veut nous échapper, pourquoi ne le fait-il pas ? »

Cet être insaisissable ne l'avait pas fait jusqu'alors ; mais, au moment où cette pensée traversait l'esprit de Sir W. Elphiston, la lueur disparut subitement, et les agents, continuant leur poursuite, arrivèrent presque aussitôt devant une étroite ouverture que les roches schisteuses laissaient entre elles, à l'extrémité d'un étroit boyau.

S'y glisser, après avoir ravivé leurs lampes, s'élancer à travers cet orifice qui s'ouvrait devant eux, ce fut pour Sir W. Elphiston, Jack Ryan et leurs compagnons l'affaire d'un instant.

Mais ils n'avaient pas fait cent pas dans une nouvelle galerie, plus large et plus haute, qu'ils s'arrêtaient soudain.

Là, près de la paroi, quatre corps étaient étendus sur le sol, – quatre cadavres peut-être !

« James Starr ! dit Sir W. Elphiston.

– Harry ! Harry ! » s'écria Jack Ryan, en se précipitant sur le corps de son camarade.

C'étaient, en effet, l'ingénieur, Madge, Simon et Harry Ford, qui étaient étendus là, sans mouvement.

Mais, alors, l'un de ces corps se redressa, et l'on entendit la voix épuisée de la vieille Madge murmurer ces mots :

« Eux ! eux, d'abord ! »

Sir W. Elphiston, Jack Ryan, les agents, essayèrent de ranimer l'ingénieur et ses compagnons, en leur faisant avaler quelques gouttes de cordial. Ils y réussirent presque aussitôt. Ces infortunés, séquestrés depuis dix jours dans la Nouvelle-Aberfoyle, mouraient d'inanition.

Et, s'ils n'avaient pas succombé pendant ce long emprisonnement – James Starr l'apprit à Sir W. Elphiston –, c'est que trois fois ils avaient trouvé près d'eux un pain et une cruche d'eau ! Sans doute, l'être secourable auquel ils devaient de vivre encore n'avait pas pu faire davantage !...

Sir W. Elphiston se demanda si ce n'était pas là l'œuvre de cet insaisissable follet qui venait de les attirer précisément à l'endroit où gisaient James Starr et ses compagnons.

Quoi qu'il en soit, l'ingénieur, Madge, Simon et Harry Ford étaient sauvés. Ils furent reconduits au cottage, en repassant par l'étroite issue que le porteur du falot semblait avoir voulu indiquer à Sir W. Elphiston.

Et si James Starr et ses compagnons n'avaient pu retrouver l'orifice de la galerie que leur avait ouvert la dynamite, c'est que cet orifice avait été solidement bouché au moyen de roches superposées, que, dans cette profonde obscurité, ils n'avaient pu ni reconnaître ni disjoindre.

Ainsi donc, pendant qu'ils exploraient la vaste crypte, toute communication avait été volontairement fermée par une main ennemie entre l'ancienne et la Nouvelle-Aberfoyle !

XIII

COAL-CITY

Trois ans après les événements qui viennent d'être racontés, les Guides Joanne ou Murray recommandaient, « comme grande attraction », aux nombreux touristes qui parcouraient le comté de Stirling, une visite de quelques heures aux houillères de la Nouvelle-Aberfoyle.

Aucune mine, en n'importe quel pays du nouveau ou de l'ancien monde, ne présentait un plus curieux aspect.

Tout d'abord, le visiteur était transporté sans danger ni fatigue jusqu'au sol de l'exploitation, à quinze cents pieds au-dessous de la surface du comté.

En effet, à sept milles, dans le sud-ouest de Callander, un tunnel oblique, décoré d'une entrée monumentale, avec tourelles, créneaux et mâchicoulis, affleurait le sol. Ce tunnel, à pente douce, largement évidé, venait aboutir directement à cette crypte si singulièrement creusée dans le massif du sol écossais.

Un double railway, dont les wagons étaient mus par une force hydraulique, desservait, d'heure en heure, le village qui s'était fondé dans le sous-sol du comté, sous le nom un peu ambitieux peut-être de « Coal-city », c'est-à-dire la Cité du Charbon.

Le visiteur, arrivé à Coal-city, se trouvait dans un milieu où l'électricité jouait un rôle de premier ordre, comme agent de chaleur et de lumière.

En effet, les puits d'aération, quoiqu'ils fussent nombreux, n'auraient pas pu mêler assez de jour à l'obscurité profonde de la Nouvelle-Aberfoyle. Cependant, une lumière intense emplissait ce sombre milieu, où de nombreux disques électriques remplaçaient le disque solaire. Suspendus sous l'intrados des voûtes, accrochés aux piliers naturels, tous alimentés par des courants continus que produisaient des machines électro-magnétiques – les uns soleils, les autres étoiles –, ils éclairaient largement ce domaine. Lorsque l'heure du repos arrivait, un interrupteur suffisait à produire artificiellement la nuit dans ces profonds abîmes de la houillère.

Tous ces appareils, grands ou petits, fonctionnaient dans le vide, c'est-à-dire que leurs arcs lumineux ne communiquaient aucunement avec l'air ambiant. Si bien que, pour le cas où l'atmosphère eût été mélangée de grisou dans une proportion détonante, aucune explosion n'eût été à craindre. Aussi l'agent électrique était-il invariablement employé à tous les besoins de la vie industrielle et de la vie domestique, aussi bien dans les maisons de Coal-city que dans les galeries exploitées de la Nouvelle-Aberfoyle.

Il faut dire, avant tout, que les prévisions de l'ingénieur James Starr – en ce qui concernait l'exploitation de la nouvelle houillère – n'avaient point été déçues. La richesse des filons carbonifères était incalculable. C'était dans l'ouest de la crypte, à un quart de mille de Coal-city, que les premières veines avaient été attaquées par le pic des mineurs. La cité ouvrière n'occupait donc pas le centre de l'exploitation. Les travaux du fond étaient directement reliés aux travaux du jour par les puits d'aération et d'extraction, qui mettaient les divers étages de la mine en communication avec le sol. Le grand tunnel, où fonctionnait le railway à traction hydraulique, ne servait qu'au transport des habitants de Coal-city.

On se rappelle quelle était la singulière conformation de cette vaste caverne, où le vieil overman et ses compagnons s'étaient arrêtés pendant leur première exploration. Là, au-dessus de leur tête, s'arrondissait un dôme de courbure ogivale. Les piliers qui le soutenaient allaient se perdre dans la voûte de schiste, à une hauteur de trois cents pieds, – hauteur presque égale à celle du « Mammouth-Dôme », des grottes du Kentucky.

On sait que cette énorme halle – la plus grande de toute l'hypogée américaine – peut aisément contenir cinq mille personnes. Dans cette partie de la Nouvelle-Aberfoyle, c'était même proportion et aussi même disposition. Mais, au lieu des admirables stalactites de la célèbre grotte, le regard s'accrochait ici à des intumescences de filons carbonifères, qui semblaient jaillir de toutes les parois sous la pression des failles schisteuses. On eût dit des rondes-bosses de jais dont les paillettes s'allumaient sous le rayonnement des disques.

Au-dessous de ce dôme s'étendait un lac comparable pour son étendue à la mer Morte des « Mammouth-Caves », – lac profond dont les eaux transparentes fourmillaient de poissons sans yeux, et auquel l'ingénieur donna le nom de lac Malcolm.

C'était là, dans cette immense excavation naturelle, que Simon Ford avait bâti son nouveau cottage, et il ne l'eût pas échangé pour le plus bel hôtel de Princes-street, à Édimbourg. Cette habitation était située au bord du lac, et ses cinq fenêtres s'ouvraient sur les eaux sombres, qui s'étendaient au-delà de la limite du regard.

Deux mois après, une seconde habitation s'était élevée dans le voisinage du cottage de Simon Ford. Ce fut celle de James Starr. L'ingénieur s'était donné corps et âme à la Nouvelle-Aberfoyle. Il avait, lui aussi, voulu l'habiter, et il fallait que ses affaires l'y obligeassent impérieusement pour qu'il consentît à remonter au-dehors. Là, en effet, il vivait au milieu de son monde de mineurs.

Depuis la découverte des nouveaux gisements, tous les ouvriers de l'ancienne houillère s'étaient hâtés d'abandonner la charrue et la herse pour reprendre le pic ou la pioche. Attirés par la certitude que le travail ne leur manquerait jamais, alléchés par les hauts prix que la prospérité de l'exploitation allait permettre d'affecter à la main-d'œuvre, ils avaient abandonné le dessus du sol pour le dessous, et s'étaient logés dans la houillère, qui, par sa disposition naturelle, se prêtait à cette installation.

Ces maisons de mineurs, construites en briques, s'étaient peu à peu disposées d'une façon pittoresque, les unes sur les rives du lac Malcolm, les autres sous ces arceaux, qui semblaient faits pour résister à la poussée des voûtes comme les contreforts d'une cathédrale. Piqueurs qui abattent la roche, rouleurs qui transportent le charbon, conducteurs de travaux, boiseurs qui étançonnent les galeries, cantonniers auxquels est confiée la réparation des voies, remblayeurs qui substituent la pierre à la houille dans les parties exploitées, tous ces ouvriers enfin, qui sont plus spécialement employés aux travaux du fond, fixèrent leur domicile dans la Nouvelle-Aberfoyle et fondèrent peu à peu Coal-city, située sous la

On dansait sur les bords du lac Malcolm.

pointe orientale du lac Katrine, dans le nord du comté de Stirling.

C'était donc une sorte de village flamand, qui s'était élevé sur les bords du lac Malcolm. Une chapelle, érigée sous l'invocation de Saint-Gilles, dominait tout cet ensemble du haut d'un énorme rocher, dont le pied se baignait dans les eaux de cette mer subterranéenne.

Lorsque ce bourg souterrain s'éclairait des vifs rayons projetés par les disques, suspendus aux piliers du dôme ou aux arceaux des contre-nefs, il se présentait sous un aspect quelque peu fantastique, d'un effet étrange, qui justifiait la recommandation des Guides Murray ou Joanne. C'est pourquoi les visiteurs affluaient.

Si les habitants de Coal-city se montraient fiers de leur installation, cela va sans dire. Aussi ne quittaient-ils que rarement la cité ouvrière, imitant en cela Simon Ford, qui, lui, n'en voulait jamais sortir. Le vieil overman prétendait qu'il pleuvait toujours « là-haut », et, étant donné le climat du Royaume-Uni, il faut convenir qu'il n'avait pas absolument tort. Les familles de la Nouvelle-Aberfoyle prospéraient donc. Depuis trois ans, elles étaient arrivées à une certaine aisance, qu'elles n'eussent jamais obtenue à la surface du comté. Bien des bébés, qui étaient nés à l'époque où les travaux furent repris, n'avaient encore jamais respiré l'air extérieur.

Ce qui faisait dire à Jack Ryan :

« Voilà dix-huit mois qu'ils ont cessé de téter leurs mères, et, pourtant, ils n'ont pas encore vu le jour ! »

Il faut noter, à ce propos, qu'un des premiers accourus à l'appel de l'ingénieur avait été Jack Ryan. Ce joyeux compagnon s'était fait un devoir de reprendre son ancien métier. La ferme de Melrose avait donc perdu son chanteur et son piper ordinaire. Mais ce n'est pas dire que Jack Ryan ne chantait plus. Au contraire, et les échos sonores de la Nouvelle-Aberfoyle usaient leurs poumons de pierre à lui répondre.

Jack Ryan s'était installé au nouveau cottage de Simon Ford. On lui avait offert une chambre qu'il avait acceptée sans façon, en homme simple et franc qu'il était. La vieille Madge l'aimait pour son bon caractère et sa belle humeur. Elle partageait tant soit peu ses idées au sujet des êtres fantastiques qui devaient hanter la houillère, et, tous deux, quand ils étaient seuls, se racontaient des histoires à faire frémir, histoires bien dignes d'enrichir la mythologie hyperboréenne.

Jack Ryan devint ainsi la joie du cottage. C'était, d'ailleurs, un bon sujet, un solide ouvrier. Six mois après la reprise des travaux, il était chef d'une brigade des travaux du fond.

« Voilà qui est bien travaillé, monsieur Ford, disait-il, quelques jours après son installation. Vous avez trouvé un nouveau filon, et, si vous avez failli payer de votre vie cette découverte, eh bien, ce n'est pas trop cher !

– Non, Jack, c'est même un bon marché que nous avons fait là ! répondit le vieil overman. Mais ni M. Starr, ni moi, nous n'oublierons que c'est à toi que nous devons la vie !

– Mais non, reprit Jack Ryan. C'est à votre fils Harry, puisqu'il a eu la bonne pensée d'accepter mon invitation pour la fête d'Irvine...

– Et de n'y point aller, n'est-ce pas ? répliqua Harry, en serrant la main de son camarade. Non, Jack, c'est à toi, à peine remis de tes blessures, à toi, qui n'as perdu ni un jour, ni une heure, que nous devons d'avoir été retrouvés vivants dans la houillère !

– Eh bien, non ! riposta l'entêté garçon. Je ne laisserai pas dire des choses qui ne sont point ! J'ai pu faire diligence pour savoir ce que tu étais devenu, Harry et voilà tout. Mais, afin de rendre à chacun ce qui lui est dû, j'ajouterai que sans cet insaisissable lutin...

– Ah ! nous y voilà ! s'écria Simon Ford. Un lutin !

– Un lutin, un brawnie, un fils de fée, répéta Jack Ryan, un petit-fils des Dames de feu, un Urisk, ce que vous voudrez enfin ! Il n'en est pas moins certain que, sans lui, nous n'aurions jamais pénétré dans la galerie, d'où vous ne pouviez plus sortir !

– Sans doute, Jack, répondit Harry. Il reste à savoir si cet être est aussi surnaturel que tu veux le croire.

– Surnaturel ! s'écria Jack Ryan. Mais il est aussi surnaturel qu'un follet, qu'on verrait courir son falot à la main, qu'on voudrait attraper, qui vous échapperait comme un sylphe, qui s'évanouirait comme une ombre ! Sois tranquille, Harry, on le reverra un jour ou l'autre !

– Eh bien, Jack, dit Simon Ford, follet ou non, nous chercherons à le retrouver, et il faudra que tu nous aides à cela.

– Vous vous ferez là une mauvaise affaire, monsieur Ford ! répondit Jack Ryan.

– Bon ! laisse venir, Jack ! »

On se figure aisément combien ce domaine de la Nouvelle-Aberfoyle devint bientôt familier aux membres de la famille Ford, et plus particulièrement à Harry. Celui-ci apprit à en connaître les plus secrets détours. Il en arriva même à pouvoir dire à quel point de la surface du sol correspondait tel ou tel point de la houillère. Il savait qu'au-dessus de cette couche se développait le golfe de Clyde, que là s'étendait le lac Lomond ou le lac Katrine. Ces piliers, c'était un contrefort des monts Grampians qu'ils supportaient. Cette voûte, elle servait de soubassement à Dumbarton. Au-dessus de ce large étang passait le railway de Balloch. Là finissait le littoral écossais. Là commençait la mer, dont on entendait distinctement les fracas, pendant les grandes tourmentes de l'équinoxe. Harry eût été un merveilleux « leader » de ces catacombes naturelles, et, ce que font les guides des Alpes sur les sommets neigeux, en pleine lumière, il l'eût fait dans la houillère, en pleine ombre, avec une incomparable sûreté d'instinct.

Aussi l'aimait-il, cette Nouvelle-Aberfoyle ! Que de fois, sa lampe au chapeau, il s'aventurait jusque dans ses plus extrêmes profondeurs ! Il explorait ses étangs sur un canot qu'il manœuvrait adroitement. Il chassait même, car de nombreux oiseaux sauvages s'étaient introduits dans la crypte, pilets, bécassines, macreuses, qui se nourrissaient des poissons dont fourmillaient ces eaux noires. Il semblait que les yeux d'Harry fussent faits aux espaces sombres, comme les yeux d'un marin aux horizons éloignés.

Mais, courant ainsi, Harry était comme irrésistiblement entraîné par l'espoir de retrouver l'être mystérieux, dont l'intervention, pour dire le vrai, l'avait sauvé plus que toute autre, et les siens avec lui. Réussirait-il ? Oui, à n'en pas douter, s'il en croyait ses pressentiments. Non, s'il fallait conclure du peu de succès que ses recherches avaient obtenu jusqu'alors.

Quant aux attaques dirigées contre la famille du vieil overman, avant la découverte de la Nouvelle-Aberfoyle, elles ne s'étaient pas renouvelées.

Ainsi allaient les choses dans cet étrange domaine.

Il ne faudrait pas s'imaginer que, même à l'époque où les

linéaments de Coal-city se dessinaient à peine, toute distraction fût écartée de la souterraine cité, et que l'existence y fût monotone.

Il n'en était rien. Cette population, ayant mêmes intérêts, mêmes goûts, à peu près même somme d'aisance, constituait, à vrai dire, une grande famille. On se connaissait, on se coudoyait, et le besoin d'aller chercher quelques plaisirs au-dehors se faisait peu sentir.

D'ailleurs, chaque dimanche, promenades dans la houillère, excursions sur les lacs et les étangs, c'étaient autant d'agréables distractions.

Souvent aussi, on entendait les sons de la cornemuse retentir sur les bords du lac Malcolm. Les Écossais accouraient à l'appel de leur instrument national. On dansait, et ce jour-là, Jack Ryan, revêtu de son costume de Highlander, était le roi de la fête.

Enfin, de tout cela il résultait, au dire de Simon Ford, que Coal-city pouvait déjà se poser en rivale de la capitale de l'Écosse, de cette cité soumise aux froids de l'hiver, aux chaleurs de l'été, aux intempéries d'un climat détestable, et qui, dans une atmosphère encrassée de la fumée de ses usines, justifiait trop justement son surnom de « Vieille-Enfumée[1] ».

1. Auld-Reeky, surnom donné au vieil Édimbourg.

XIV

SUSPENDU A UN FIL

Dans de telles conditions, ses plus chers désirs satisfaits, la famille de Simon Ford était heureuse. Cependant, on eût pu observer qu'Harry, déjà d'un caractère un peu sombre, était de plus en plus « en dedans », comme disait Madge. Jack Ryan, malgré sa bonne humeur si communicative, ne parvenait pas à le mettre « en dehors ».

Un dimanche – c'était au mois de juin –, les deux amis se promenaient sur les bords du lac Malcolm. Coal-city chômait. A l'extérieur, le temps était orageux. De violentes pluies faisaient sortir de la terre une buée chaude. On ne respirait pas à la surface du comté.

Au contraire, à Coal-city, calme absolu, température douce, ni pluie ni vent. Rien n'y transpirait de la lutte des éléments du dehors. Aussi, un certain nombre de promeneurs de Stirling et des environs étaient-ils venus chercher un peu de fraîcheur dans les profondeurs de la houillère.

Les disques électriques jetaient un éclat qu'eût certainement envié le soleil britannique, plus embrumé qu'il ne convient à un soleil des dimanches.

Jack Ryan faisait remarquer ce tumultueux concours de visiteurs à son camarade Harry. Mais celui-ci ne semblait prêter à ses paroles qu'une médiocre attention.

« Regarde donc, Harry ! s'écriait Jack Ryan. Quel empressement à venir nous voir ! Allons, mon camarade ! Chasse un peu tes idées tristes pour mieux faire les honneurs de notre domaine ! Tu donnerais à penser, à tous ces gens du dessus, que l'on peut envier leur sort !

– Jack, répondit Harry, ne t'occupe pas de moi ! Tu es gai pour deux, et cela suffit !

– Que le vieux Nick m'emporte ! riposta Jack Ryan, si ta

mélancolie ne finit pas par déteindre sur moi ! Mes yeux se rembrunissent, mes lèvres se resserrent, le rire me reste au fond du gosier, la mémoire des chansons m'abandonne ! Voyons, Harry, qu'as-tu ?

– Tu le sais, Jack.

– Toujours cette pensée ?...

– Toujours.

– Ah ! mon pauvre Harry ! répondit Jack Ryan en haussant les épaules, si, comme moi, tu mettais tout cela sur le compte des lutins de la mine, tu aurais l'esprit plus tranquille !

– Tu sais bien, Jack, que les lutins n'existent que dans ton imagination, et que, depuis la reprise des travaux, on n'en a pas revu un seul dans la Nouvelle-Aberfoyle.

– Soit, Harry ! mais, si les brawnies ne se montrent plus, il me semble que ceux auxquels tu veux rapporter toutes ces choses extraordinaires ne se montrent pas davantage !

– Je les retrouverai, Jack !

– Ah ! Harry ! Harry ! Les génies de la Nouvelle-Aberfoyle ne sont pas faciles à surprendre !

– Je les retrouverai, tes prétendus génies ! reprit Harry avec l'accent de la plus énergique conviction.

– Ainsi, tu prétends punir ?...

– Punir et récompenser, Jack. Si une main nous a emprisonnés dans cette galerie, je n'oublie pas qu'une autre main nous a secourus ! Non ! je ne l'oublie pas !

– Eh ! Harry ! répondit Jack Ryan, es-tu bien sûr que ces deux mains-là n'appartiennent pas au même corps ?

– Pourquoi, Jack ? D'où peut te venir cette idée ?

– Dame... tu sais... Harry ! Ces êtres, qui vivent dans les abîmes... ne sont pas faits comme nous !

– Ils sont faits comme nous, Jack !

– Eh non ! Harry... non... D'ailleurs, ne peut-on supposer que quelque fou est parvenu à s'introduire...

– Un fou ! répondit Harry ! Un fou qui aurait une telle suite dans les idées ! Un fou, ce malfaiteur qui, depuis le jour où il a rompu les échelles du puits Yarow, n'a cessé de nous faire du mal !

– Mais il n'en fait plus, Harry. Depuis trois ans, aucun acte malveillant n'a été renouvelé ni contre toi, ni contre les tiens !

– Il n'importe, Jack, répondit Harry. J'ai le pressentiment que cet être mauvais, quel qu'il soit, n'a pas renoncé à ses projets. Sur quoi je me fonde pour te parler ainsi, je ne pourrais le dire. Aussi, Jack, dans l'intérêt de la nouvelle exploitation, je veux savoir qui il est et d'où il vient.

– Dans l'intérêt de la nouvelle exploitation ?... demanda Jack Ryan, assez étonné.

– Oui, Jack, reprit Harry. Je ne sais si je m'abuse, mais je vois dans toute cette affaire un intérêt contraire au nôtre. J'y ai souvent songé, et je ne crois pas me tromper. Rappelle-toi la série de ces faits inexplicables, qui s'enchaînent logiquement l'un à l'autre. Cette lettre anonyme, contradictoire de celle de mon père, prouve, tout d'abord, qu'un homme a eu connaissance de nos projets et qu'il a voulu en empêcher l'accomplissement. M. Starr vient nous rendre visite à la fosse Dochart. A peine l'y ai-je introduit, qu'une énorme pierre est lancée sur nous, et que toute communication est aussitôt interrompue par la rupture des échelles du puits Yarow. Notre exploration commence. Une expérience, qui doit révéler l'existence du nouveau gisement, est alors rendue impossible par l'obturation des fissures du schiste. Néanmoins, la constatation s'opère, le filon est trouvé. Nous revenons sur nos pas. Un grand souffle se produit dans l'air. Notre lampe est brisée. L'obscurité se fait autour de nous. Nous parvenons, cependant, à suivre la sombre galerie... Plus d'issue pour en sortir. L'orifice était bouché. Nous étions séquestrés. Eh bien, Jack, ne vois-tu pas dans tout cela une pensée criminelle ? Oui ! un être, insaisissable jusqu'ici, mais non pas surnaturel, comme tu persistes à le croire, était caché dans la houillère. Dans un intérêt que je ne puis comprendre, il cherchait à nous en interdire l'accès. Il y était !... Un pressentiment me dit qu'il y est encore, et qui sait s'il ne prépare pas quelque coup terrible ! – Eh bien, Jack, dussé-je y risquer ma vie, je le découvrirai ! »

Harry avait parlé avec une conviction qui ébranla sérieusement son camarade.

Jack Ryan sentait bien qu'Harry avait raison, – au moins pour le passé. Que ces faits extraordinaires eussent une cause naturelle ou surnaturelle, ils n'en étaient pas moins patents.

Cependant, le brave garçon ne renonçait pas à sa manière d'expliquer ces événements. Mais, comprenant qu'Harry n'admettrait jamais l'intervention d'un génie mystérieux, il se rabattit sur l'incident qui semblait inconciliable avec le sentiment de malveillance dirigée contre la famille Ford.

« Eh bien, Harry, dit-il, si je suis obligé de te donner raison sur un certain nombre de points, ne penseras-tu pas avec moi que quelque bienfaisant brawnie, en vous apportant le pain et l'eau, a pu vous sauver de...

– Jack, répondit Harry en l'interrompant, l'être secourable dont tu veux faire un être surnaturel existe aussi réellement que le malfaiteur en question, et, tous deux, je les chercherai jusque dans les plus lointaines profondeurs de la houillère.

– Mais as-tu quelque indice qui puisse guider tes recherches ? demanda Jack Ryan.

– Peut-être, répondit Harry. Écoute-moi bien. A cinq milles dans l'ouest de la Nouvelle-Aberfoyle, sous la portion du massif qui supporte le Lomond, il existe un puits naturel qui s'enfonce perpendiculairement dans les entrailles mêmes du gisement. Il y a huit jours, j'ai voulu en sonder la profondeur. Or, pendant que ma sonde descendait, alors que j'étais penché sur l'orifice de ce puits, il m'a semblé que l'air s'agitait à l'intérieur, comme s'il eût été battu de grands coups d'ailes.

– C'était quelque oiseau égaré dans les galeries inférieures de la houillère, répondit Jack.

– Ce n'est pas tout, Jack, reprit Harry. Ce matin même, je suis retourné à ce puits, et là, prêtant l'oreille, j'ai cru surprendre comme une sorte de gémissement...

– Un gémissement ! s'écria Jack. Tu t'es trompé, Harry ! C'est une poussée d'air... à moins qu'un lutin...

– Demain, Jack, reprit Harry, je saurai à quoi m'en tenir.

– Demain ? répondit Jack en regardant son camarade.

– Oui ! Demain, je descendrai dans cet abîme.

– Harry, c'est tenter Dieu, cela !

– Non, Jack, car j'implorerai son aide pour y descendre. Demain, nous nous rendrons tous deux à ce puits avec quelques-uns de nos camarades. Une longue corde, à laquelle je m'attacherai, vous permettra de me descendre et de me retirer à un signal convenu. – Je puis compter sur toi, Jack ?

– Harry, répondit Jack Ryan en hochant la tête, je ferai ce que tu me demandes, et cependant, je te le répète, tu as tort.

– Mieux vaut avoir tort de faire que remords de n'avoir pas fait, dit Harry d'un ton décidé. Donc, demain matin, à six heures, et silence ! Adieu, Jack ! »

« Un enfant ! » s'écria Harry.

Et, pour ne pas continuer une conversation dans laquelle Jack Ryan eût encore essayé de combattre ses projets, Harry quitta brusquement son camarade et rentra au cottage.

Il faut, cependant, convenir que les appréhensions de Jack n'étaient point exagérées. Si quelque ennemi personnel menaçait Harry, s'il se trouvait au fond de ce puits où le jeune mineur allait le chercher, Harry s'exposait. Cependant, quelle vraisemblance d'admettre qu'il en fût ainsi ?

« Et, au surplus, répétait Jack Ryan, pourquoi se donner tant de mal pour expliquer une série de faits, qui s'expliquaient si aisément par une intervention surnaturelle des génies de la mine ? »

Quoi qu'il en soit, le lendemain, Jack Ryan et trois mineurs de sa brigade arrivaient en compagnie d'Harry à l'orifice du puits suspect.

Harry n'avait rien dit de son projet, ni à James Starr, ni au vieil overman. De son côté, Jack Ryan avait été assez discret pour ne point parler. Les autres mineurs, en les voyant partir, avaient pensé qu'il ne s'agissait là que d'une simple exploration du gisement suivant sa coupe verticale.

Harry s'était muni d'une longue corde, mesurant deux cents pieds. Cette corde n'était pas grosse, mais elle était solide. Harry ne devant ni descendre ni remonter à la force des poignets, il suffisait que la corde fût assez forte pour supporter son poids. C'était à ses compagnons qu'incomberait la tâche de le laisser glisser dans le gouffre, à eux de l'en retirer. Une secousse, imprimée à la corde, servirait de signal entre eux et lui.

Le puits était assez large, ayant douze pieds de diamètre à son orifice. Une poutre fut placée en travers, comme un pont, de manière que la corde, en glissant à sa surface, pût se maintenir dans l'axe du puits. Précaution indispensable à prendre pour qu'Harry ne fût pas heurté, pendant la descente, aux parois latérales.

Harry était prêt.

« Tu persistes dans ton projet d'explorer cet abîme ? lui demanda Jack Ryan à voix basse.

– Oui, Jack », répondit Harry.

La corde fut d'abord attachée autour des reins d'Harry, puis sous ses aisselles, afin que son corps ne pût basculer.

Ainsi maintenu, Harry était libre de ses deux mains. A sa ceinture, il suspendit une lampe de sûreté, à son côté, un de ces larges couteaux écossais qui sont engainés dans un fourreau de cuir.

Harry s'avança jusqu'au milieu de la poutre, autour de laquelle la corde fut passée.

Puis, ses compagnons le laissant glisser, il s'enfonça lentement dans le puits. Comme la corde subissait un léger mouvement de rotation, la lueur de sa lampe se portait successivement sur chaque point des parois, et Harry put les examiner avec soin.

Ces parois étaient faites de schiste houiller. Elles étaient assez lisses pour qu'il fût impossible de se hisser à leur surface.

Harry calcula qu'il descendait avec une vitesse modérée, – environ un pied par seconde. Il avait donc possibilité de bien voir, facilité de se tenir prêt à tout événement.

Au bout de deux minutes, c'est-à-dire à une profondeur de cent vingt pieds à peu près, la descente s'était opérée sans incident. Il n'existait aucune galerie latérale dans la paroi du puits, lequel s'étranglait peu à peu, en forme d'entonnoir. Mais Harry commençait à sentir un air plus frais, qui venait d'en bas, – d'où il conclut que l'extrémité inférieure du puits communiquait avec quelque boyau de l'étage inférieur de la crypte.

La corde glissait toujours. L'obscurité était absolue. Le silence, absolu aussi. Si un être vivant, quel qu'il fût, avait cherché refuge dans ce mystérieux et profond abîme, ou il n'y était pas alors, ou aucun mouvement ne trahissait sa présence.

Harry, plus défiant à mesure qu'il descendait, avait tiré le couteau de sa gaine, et il le tenait de sa main droite.

A une profondeur de cent quatre-vingts pieds, Harry sentit qu'il avait atteint le sol inférieur, car la corde mollit et ne se déroula plus.

Harry respira un instant. Une des craintes qu'il avait pu concevoir ne s'était pas réalisée, c'est-à-dire que, pendant sa descente, la corde ne fût coupée au-dessus de lui. Il n'avait, d'ailleurs, remarqué aucune anfractuosité dans les parois qui pût receler un être quelconque.

L'extrémité inférieure du puits était fort rétrécie.

Harry, détachant la lampe de sa ceinture, la promena sur le sol. Il ne s'était pas trompé dans ses conjectures.

Un étroit boyau s'enfonçait latéralement dans l'étage inférieur du gisement. Il eût fallu se courber pour y pénétrer, et se traîner sur les mains pour le suivre.

Harry voulut voir en quelle direction se ramifiait cette galerie, et si elle aboutissait à quelque abîme.

Il se coucha sur le sol et commença à ramper. Mais un obstacle l'arrêta presque aussitôt.

Il crut sentir au toucher que cet obstacle était un corps qui obstruait le passage.

Harry recula, d'abord, par un vif sentiment de répulsion, puis il revint.

Ses sens ne l'avaient pas trompé. Ce qui l'avait arrêté, c'était, en effet, un corps. Il le saisit, et se rendit compte que, glacé aux extrémités, il n'était pas encore refroidi tout à fait.

L'attirer à soi, le ramener au fond du puits, projeter sur lui la lumière de la lampe, ce fut fait en moins de temps qu'il ne faut à le dire.

« Un enfant ! » s'écria Harry.

L'enfant, retrouvé au fond de cet abîme, respirait encore, mais son souffle était si faible qu'Harry pût croire qu'il allait cesser. Il fallait donc, sans perdre un instant, ramener cette pauvre petite créature à l'orifice du puits, et la conduire au cottage, où Madge lui prodiguerait ses soins.

Harry, oubliant toute autre préoccupation, rajusta la corde à sa ceinture, y attacha sa lampe, prit l'enfant qu'il soutint de son bras gauche contre sa poitrine, et, gardant son bras droit libre et armé, il fit le signal convenu, afin que la corde fût halée doucement.

La corde se tendit, et la remontée commença à s'opérer régulièrement.

Harry regardait autour de lui avec un redoublement d'attention. Il n'était plus seul exposé, maintenant.

Tout alla bien pendant les premières minutes de l'ascension, aucun incident ne semblait devoir survenir, lorsque Harry crut entendre un souffle puissant qui déplaçait les couches d'air dans les profondeurs du puits. Il regarda au-dessous de lui et aperçut, dans la pénombre, une masse, qui, s'élevant peu à peu, le frôla en passant.

C'était un énorme oiseau, dont il ne put reconnaître l'espèce, et qui montait à grands coups d'ailes.

Le monstrueux volatile s'arrêta, plana un instant, puis fondit sur Harry avec un acharnement féroce.

Harry n'avait que son bras droit dont il pût faire usage pour parer les coups du formidable bec de l'animal.

Harry se défendit donc, tout en protégeant l'enfant du

mieux qu'il put. Mais ce n'était pas à l'enfant, c'était à lui que l'oiseau s'attaquait. Gêné par la rotation de la corde, il ne parvenait pas à le frapper mortellement.

La lutte se prolongeait. Harry cria de toute la force de ses poumons, espérant que ses cris seraient entendus d'en haut.

C'est ce qui arriva, car la corde fut aussitôt halée plus vite.

Il restait encore une hauteur de quatre-vingts pieds à franchir. L'oiseau se jeta plus violemment alors sur Harry. Celui-ci, d'un coup de son couteau, le blessa à l'aile ; l'oiseau, poussant un cri rauque, disparut dans les profondeurs du puits.

Mais, circonstance terrible, Harry, en brandissant son couteau pour frapper l'oiseau, avait entamé la corde, dont un toron était maintenant coupé.

Les cheveux d'Harry se dressèrent sur sa tête.

La corde cédait peu à peu, à plus de cent pieds au-dessus du fond de l'abîme !...

Harry poussa un cri désespéré.

Un second toron manqua sous le double fardeau que supportait la corde à demi tranchée.

Harry lâcha son couteau, et, par un effort surhumain, au moment où la corde allait se rompre, il parvint à la saisir de la main droite au-dessus de la section. Mais, bien que son poignet fût de fer, il sentit la corde glisser peu à peu entre ses doigts.

Il aurait pu ressaisir cette corde à deux mains, en sacrifiant l'enfant qu'il soutenait d'un bras... Il n'y voulut même pas penser.

Cependant, Jack Ryan et ses compagnons, surexcités par les cris d'Harry, halaient plus vivement.

Harry crut qu'il ne pourrait tenir bon jusqu'à ce qu'il fût remonté à l'orifice du puits. Sa face s'injecta. Il ferma un instant les yeux, s'attendant à tomber dans l'abîme, puis il les rouvrit...

Mais, au moment où il allait lâcher la corde, qu'il ne tenait plus que par son extrémité, il fut saisi et déposé sur le sol avec l'enfant.

La réaction se fit alors, et Harry tomba sans connaissance entre les bras de ses camarades.

XV

NELL AU COTTAGE

Deux heures après, Harry, qui n'avait pas aussitôt recouvré ses sens, et l'enfant, dont la faiblesse était extrême, arrivaient au cottage avec l'aide de Jack Ryan et de ses compagnons.

Là, le récit de ces événements fut fait au vieil overman, et Madge prodigua ses soins à la pauvre créature, que son fils venait de sauver.

Harry avait cru retirer un enfant de l'abîme... C'était une jeune fille de quinze à seize ans, au plus. Son regard vague et plein d'étonnement, sa figure maigre, allongée par la souffrance, son teint de blonde que la lumière ne semblait avoir jamais baigné, sa taille frêle et petite, tout en faisait un être à la fois bizarre et charmant. Jack Ryan, avec quelque raison, la compara à un farfadet d'aspect un peu surnaturel. Était-ce dû aux circonstances particulières, au milieu exceptionnel dans lequel cette jeune fille avait peut-être vécu jusqu'alors, mais elle paraissait n'appartenir qu'à demi à l'humanité. Sa physionomie était étrange. Ses yeux, que l'éclat des lampes du cottage semblait fatiguer, regardaient confusément, comme si tout eût été nouveau pour eux.

A cet être singulier, alors déposé sur le lit de Madge et qui revint à la vie comme s'il sortait d'un long sommeil, la vieille Écossaise adressa d'abord la parole :

« Comment te nommes-tu ? lui demanda-t-elle.

– Nell[1], répondit la jeune fille.

– Nell, reprit Madge, souffres-tu ?

– J'ai faim, répondit Nell. Je n'ai pas mangé depuis... depuis.. »

1. Nell est un abréviatif de Helena.

A ce peu de mots qu'elle venait de prononcer, on sentait que Nell n'était pas habituée à parler. La langue dont elle se servait était ce vieux gaélique, dont Simon Ford et les siens faisaient souvent usage.

Sur la réponse de la jeune fille, Madge lui apporta aussitôt quelques aliments. Nell se mourait de faim. Depuis quand était-elle au fond de ce puits ? on ne pouvait le dire.

« Combien de jours as-tu passés là-bas, ma fille ? » demanda Madge.

Nell ne répondit pas. Elle ne semblait pas comprendre la question qui lui était faite.

« Depuis combien de jours ?... reprit Madge.

– Jours ?... » répondit Nell, pour qui ce mot semblait être dépourvu de toute signification.

Puis, elle secoua la tête comme une personne qui ne comprend pas ce qu'on lui demande.

Madge avait pris la main de Nell et la caressait pour lui donner toute confiance :

« Quel âge as-tu, ma fille ? » demanda-t-elle, en lui faisant de bons yeux, bien rassurants.

Même signe négatif de Nell.

« Oui, oui, reprit Madge, combien d'années ?

– Années ?... » répondit Nell.

Et ce mot, pas plus que le mot « jour », ne parut avoir de signification pour la jeune fille.

Simon Ford, Harry, Jack Ryan et ses compagnons la regardaient avec un double sentiment de pitié et de sympathie. L'état de ce pauvre être, vêtu d'une misérable cotte de grosse étoffe, était bien fait pour les impressionner.

Harry, plus que tout autre, se sentait irrésistiblement attiré par l'étrangeté même de Nell.

Il s'approcha alors. Il prit dans sa main la main que Madge venait d'abandonner. Il regarda bien en face Nell, dont les lèvres ébauchèrent une sorte de sourire, et il lui dit :

« Nell... là-bas... dans la houillère... étais-tu seule ?

– Seule ! seule ! » s'écria la jeune fille en se redressant.

Sa physionomie décelait alors l'épouvante. Ses yeux, qui s'étaient adoucis sous le regard du jeune homme, redevinrent sauvages.

« Seule ! seule ! » répéta-t-elle, et elle retomba sur le lit de Madge, comme si les forces lui eussent manqué tout à fait.

« Cette pauvre enfant est encore trop faible pour nous répondre, dit Madge, après avoir recouché la jeune fille. Quelques heures de repos, un peu de bonne nourriture lui rendront ses forces. Viens, Simon ! viens, Harry ! Venez tous, mes amis, et laissons faire le sommeil ! »

Sur le conseil de Madge, Nell fut laissée seule, et on put s'assurer, un instant après, qu'elle dormait profondément.

Cet événement n'alla pas sans faire grand bruit, non seulement dans la houillère, mais aussi dans le comté de Stirling, et, peu après, dans tout le Royaume-Uni. Le renom d'étrangeté de Nell s'en accrut. On aurait trouvé une jeune fille enfermée dans la roche schisteuse, comme un de ces êtres antédiluviens qu'un coup de pic délivre de leur gangue de pierre, que l'affaire n'eût pas eu plus d'éclat.

Sans le savoir, Nell devint fort à la mode. Les gens superstitieux trouvèrent là un nouveau texte à leurs récits légendaires. Ils pensaient volontiers que Nell était le génie de la Nouvelle-Aberfoyle, et lorsque Jack Ryan le disait à son camarade Harry :

« Soit, répondait le jeune homme, pour conclure, soit, Jack ! Mais, en tout cas, c'est le bon génie ! C'est celui qui nous a secourus, qui nous a apporté le pain et l'eau, lorsque nous étions emprisonnés dans la houillère ! Ce ne peut être que lui ! Quant au mauvais génie, s'il est resté dans la mine, il faudra bien que nous le découvrions un jour ! »

On le pense bien, l'ingénieur James Starr avait été informé tout d'abord de ce qui s'était passé.

La jeune fille, ayant recouvré ses forces dès le lendemain de son entrée au cottage fut interrogée par lui avec la plus grande sollicitude. Elle lui parut ignorer la plupart des choses de la vie. Cependant, elle était intelligente, on le reconnut bientôt, mais certaines notions élémentaires lui manquaient : celle du temps, entre autres. On voyait qu'elle n'avait été habituée à diviser le temps ni par heures, ni par jours, et que ces mots mêmes lui étaient inconnus. En outre, ses yeux, accoutumés à la nuit, se faisaient difficilement à l'éclat des disques électriques ; mais, dans l'obscurité, son regard possédait une extraordinaire acuité, et sa pupille, largement dilatée, lui permettait de voir au milieu des plus profondes ténèbres. Il fut aussi constant que son cerveau n'avait jamais reçu les impressions du monde extérieur, que nul autre horizon que celui de la houillère ne s'était développé à ses yeux, que l'humanité tout entière avait tenu pour elle dans cette sombre crypte. Savait-elle, cette pauvre fille, qu'il y eût un soleil et des étoiles, des villes et des campagnes, un univers dans lequel fourmillaient les mondes ? On devait en douter jusqu'au moment où certains mots qu'elle ignorait encore prendraient dans son esprit une signification précise.

Quant à la question de savoir si Nell vivait seule dans les profondeurs de la Nouvelle-Aberfoyle, James Starr dut renoncer à la résoudre. En effet, toute allusion à ce sujet jetait l'épouvante dans cette étrange nature. Ou bien Nell ne pouvait, ou elle ne voulait pas répondre ; mais, certainement, il existait là quelque secret qu'elle eût pu dévoiler.

« Veux-tu rester avec nous ? Veux-tu retourner là où tu étais ? » lui avait demandé James Starr.

A la première de ces deux questions : « Oh oui ! » avait dit la jeune fille. A la seconde, elle n'avait répondu que par un cri de terreur, mais rien de plus.

Devant ce silence obstiné, James Starr, et avec lui Simon et Harry Ford, ne laissaient pas d'éprouver une certaine appréhension. Ils ne pouvaient oublier les faits inexplicables qui avaient accompagné la découverte de la houillère. Or, bien que depuis trois ans aucun nouvel incident ne se fût produit, ils s'attendaient toujours à quelque nouvelle agression de la part de leur invisible ennemi. Aussi voulurent-ils explorer le puits mystérieux. Ils le firent donc, bien armés et bien accompagnés. Mais ils n'y trouvèrent aucune trace suspecte. Le puits communiquait avec les étages inférieurs de la crypte, creusés dans la couche carbonifère.

James Starr, Simon et Harry causaient souvent de ces choses. Si un ou plusieurs êtres malfaisants étaient cachés dans la houillère, s'ils préparaient quelques embûches, Nell aurait pu le dire peut-être, mais elle ne parlait pas. La moindre allusion au passé de la jeune fille provoquait des crises, et il parut bon de ne point insister. Avec le temps, son secret lui échapperait sans doute.

Quinze jours après son arrivée au cottage, Nell était l'aide la plus intelligente et la plus zélée de la vieille Madge. Évidemment, ne plus jamais quitter cette maison où elle avait été si charitablement accueillie, cela lui semblait tout naturel, et peut-être même ne s'imaginait-elle pas que désormais elle pût vivre ailleurs. La famille Ford lui suffisait, et il va sans dire que, dans la pensée de ces braves gens, du moment que Nell était entrée au cottage, elle était devenue leur enfant d'adoption.

Nell était charmante, en vérité. Sa nouvelle existence l'embellissait. C'étaient sans doute les premiers jours heureux de sa vie. Elle se sentait pleine de reconnaissance pour ceux auxquels elle les devait. Madge s'était pris pour Nell d'une sympathie toute maternelle. Le vieil overman en raffola bientôt à son tour. Tous l'aimaient, d'ailleurs. L'ami Jack Ryan ne regrettait qu'une chose : c'était de ne pas l'avoir sauvée lui-même. Il venait souvent au cottage. Il chantait, et Nell, qui n'avait jamais entendu chanter, trouvait cela fort beau ; mais on eût pu voir que la jeune fille préférait aux chansons de Jack Ryan les entretiens plus sérieux d'Harry, qui, peu à peu, lui apprit ce qu'elle ignorait encore des choses du monde extérieur.

Il faut dire que, depuis que Nell avait apparu sous sa forme naturelle, Jack Ryan s'était vu forcé de convenir que sa croyance aux lutins faiblissait dans une certaine mesure. En outre, deux mois après, sa crédulité reçut un nouveau coup.

En effet, vers cette époque, Harry fit une découverte assez inattendue, mais qui expliquait en partie l'apparition des Dames de feu dans les ruines du château de Dundonald, à Irvine.

Un jour, après une longue exploration de la partie sud de la houillère – exploration qui avait duré plusieurs jours à travers les dernières galeries de cette énorme substruction –, Harry avait péniblement gravi une étroite galerie, évidée dans un écartement de la roche schisteuse. Tout à coup, il fut très surpris de se trouver en plein air. La galerie, après avoir remonté obliquement vers la surface du sol, aboutissait précisément aux ruines de Dundonald-Castle. Il y existait donc une communication secrète entre la Nouvelle-Aberfoyle et la colline que couronnait le vieux château. L'orifice supérieur de cette galerie eût été impossible à découvrir extérieurement, tant il était obstrué de pierres et de broussailles. Aussi, lors de l'enquête, les magistrats n'avaient-ils pu y pénétrer.

Quelques jours après, James Starr, conduit par Harry, vint reconnaître lui-même cette disposition naturelle du gisement houiller.

« Voilà, dit-il, de quoi convaincre les superstitieux de la mine. Adieu, les brawnies, les lutins et les Dames de feu !

– Je ne crois pas, monsieur Starr, répondit Harry, que nous ayons lieu de nous en féliciter ! Leurs remplaçants ne valent pas mieux et peuvent être pires, assurément !

– En effet, Harry, reprit l'ingénieur, mais qu'y faire ? Évidemment, les êtres quelconques qui se cachent dans la mine, communiquent par cette galerie avec la surface du sol. Ce sont eux, sans doute, qui, la torche à la main, pendant cette nuit de tourmente, ont attiré le *Motala* à la côte, et, comme les anciens pilleurs d'épaves, ils en eussent volé les débris, si Jack Ryan et ses compagnons ne se fussent pas trouvés là ! Quoi qu'il en soit, enfin, tout s'explique. Voilà l'orifice du repaire ! Quant à ceux qui l'habitaient, l'habitent-ils encore ?

– Oui, puisque Nell tremble, lorsqu'on lui en parle ! répondit Harry avec conviction. Oui, puisque Nell ne veut pas ou n'ose pas en parler ! »

Harry devait avoir raison. Si les mystérieux hôtes de la houillère l'eussent abandonnée, ou s'ils étaient morts, quelle raison aurait eue la jeune fille de garder le silence ?

Cependant, James Starr tenait absolument à pénétrer ce secret. Il pressentait que l'avenir de la nouvelle exploitation pouvait en dépendre. On prit donc de nouveau les plus sévères précautions. Les magistrats furent prévenus. Des agents occupèrent secrètement les ruines de Dundonald-Castle. Harry lui-même se cacha, pendant plusieurs nuits, au milieu des broussailles qui hérissaient la colline. Peine inutile. On ne découvrit rien. Nul être humain n'apparut à travers l'orifice.

On en arriva bientôt à cette conclusion, que les malfaiteurs avaient dû définitivement quitter la Nouvelle-Aberfoyle, et que, quant à Nell, ils la croyaient morte au fond de ce puits où ils l'avaient abandonnée. Avant l'exploitation, la houillère pouvait leur offrir un refuge assuré, à l'abri de toute perquisition. Mais, depuis, les circonstances n'étaient plus les mêmes. Le gîte devenait difficile à cacher. On aurait donc dû raisonnablement espérer qu'il n'y avait plus rien à craindre pour l'avenir. Cependant, James Starr n'était pas absolument rassuré. Harry, non plus, ne pouvait se rendre, et il répétait souvent :

« Nell a été évidemment mêlée à tout ce mystère. Si elle

n'avait plus rien à redouter, pourquoi garderait-elle le silence ? On ne peut douter qu'elle soit heureuse d'être avec nous ! Elle nous aime tous ! Elle adore ma mère ! Si elle se tait sur son passé, sur ce qui pourrait nous rassurer pour l'avenir, c'est donc que quelque terrible secret, que sa conscience lui interdit de dévoiler, pèse sur elle ! Peut-être aussi, dans notre intérêt plus que dans le sien, croit-elle devoir se renfermer dans cet inexplicable mutisme ! »

C'est par suite de ces diverses considérations que, d'un accord commun, il avait été convenu qu'on écarterait de la conversation tout ce qui pouvait rappeler son passé à la jeune fille.

Un jour, cependant, Harry fut amené à faire connaître à Nell ce que James Starr, son père, sa mère et lui-même croyaient devoir à son intervention.

C'était jour de fête. Les bras chômaient aussi bien à la surface du comté de Stirling que dans le domaine souterrain. On s'y promenait un peu partout. Des chants retentissaient, en vingt endroits, sous les voûtes sonores de la Nouvelle-Aberfoyle.

Harry et Nell avaient quitté le cottage et suivaient à pas lents la rive gauche du lac Malcolm. Là, les éclats électriques se projetaient avec moins de violence, et leurs faisceaux se brisaient capricieusement aux angles de quelques pittoresques rochers qui soutenaient le dôme. Cette pénombre convenait mieux aux yeux de Nell, qui ne se faisaient que très difficilement à la lumière.

Après une heure de marche, Harry et sa compagne s'arrêtèrent en face de la chapelle de Saint-Gilles, sur une sorte de terrasse naturelle, qui dominait les eaux du lac.

« Tes yeux, Nell, ne sont pas encore habitués au jour, dit Harry, et certainement, ils ne pourraient supporter l'éclat du soleil.

– Non, sans doute, répondit la jeune fille, si le soleil est tel que tu me l'as dépeint, Harry.

– Nell, reprit Harry, en te parlant, je n'ai pu te donner une juste idée de sa splendeur ni des beautés de cet univers que tes regards n'ont jamais observé. – Mais, dis-moi, se peut-il que depuis le jour où tu es née dans les profondeurs de la houillère, se peut-il que tu ne sois jamais remontée à la surface du sol ?

– Jamais, Harry, répondit Nell, et je ne pense pas que,

même petite, ni un père ni une mère m'y aient jamais portée. J'aurais certainement gardé quelque souvenir du dehors !

– Je le crois, répondit Harry. D'ailleurs, à cette époque, Nell, bien d'autres que toi ne quittaient jamais la mine. Les communications avec l'extérieur étaient difficiles, et j'ai connu plus d'un jeune garçon ou d'une jeune fille, qui, à ton âge, ignoraient encore tout ce que tu ignores des choses de là-haut ! Mais maintenant, en quelques minutes, le railway du grand tunnel nous transporte à la surface du comté. J'ai donc hâte, Nell, de t'entendre me dire : « Viens, Harry, mes yeux peuvent supporter la lumière du jour, et je veux voir le soleil ! Je veux voir l'œuvre de Dieu ! »

– Je te le dirai, Harry, répondit la jeune fille, avant peu, je l'espère. J'irai admirer avec toi ce monde extérieur, et cependant...

– Que veux-tu dire, Nell ? demanda vivement Harry. Aurais-tu quelque regret d'avoir abandonné le sombre abîme dans lequel tu as vécu pendant les premières années de ta vie, et dont nous t'avons retirée presque morte ?

– Non, Harry, répondit Nell. Je pensais seulement que les ténèbres sont belles aussi. Si tu savais tout ce qu'y voient des yeux habitués à leur profondeur ! Il y a des ombres qui passent et qu'on aimerait à suivre dans leur vol ! Parfois ce sont des cercles qui s'entrecroisent devant le regard et dont on ne voudrait plus sortir ! Il existe, au fond de la houillère, des trous noirs, pleins de vagues lumières. Et puis, on entend des bruits qui vous parlent ! Vois-tu, Harry, il faut avoir vécu là pour comprendre ce que je ressens, ce que je ne puis t'exprimer !

– Et tu n'avais pas peur, Nell, quand tu étais seule ?

– Harry, répondit la jeune fille, c'est quand j'étais seule que je n'avais pas peur ! »

La voix de Nell s'était légèrement altérée en prononçant ces paroles. Harry, cependant, crut devoir la presser un peu, et il dit :

« Mais on pouvait se perdre dans ces longues galeries, Nell. Ne craignais-tu donc pas de t'y égarer ?

– Non, Harry. Je connaissais, depuis longtemps, tous les détours de la nouvelle houillère !

– N'en sortais-tu pas quelquefois ?...

– Oui... quelquefois... répondit en hésitant la jeune fille, quelquefois, je venais jusque dans l'ancienne mine d'Aberfoyle.

– Tu connaissais donc le vieux cottage ?

– Le cottage... oui... mais, de bien loin seulement, ceux qui l'habitaient !

– C'étaient mon père et ma mère, répondit Harry, c'était moi ! Nous n'avions jamais voulu abandonner notre ancienne demeure !

– Peut-être cela aurait-il mieux valu pour vous !... murmura la jeune fille.

– Et pourquoi, Nell ? N'est-ce pas notre obstination à ne pas la quitter, qui nous a fait découvrir le nouveau gisement ? Et cette découverte n'a-t-elle pas eu des conséquences heureuses pour toute une population qui a reconquis ici l'aisance par le travail, pour toi, Nell, qui, rendue à la vie, as trouvé des cœurs tout à toi !

– Pour moi ! répondit vivement Nell... Oui ! quoi qu'il puisse arriver ! Pour les autres... qui sait ?...

– Que veux-tu dire ?

– Rien... rien !... Mais, il y avait danger à s'introduire, alors, dans la nouvelle houillère ! Oui, grand danger ! Harry ! Un jour, des imprudents ont pénétré dans ces abîmes. Ils ont été loin, bien loin ! Ils se sont égarés...

– Égarés ? dit Harry en regardant Nell.

– Oui... égarés... répondit Nell, dont la voix tremblait. Leur lampe s'est éteinte ! Ils n'ont pu retrouver leur chemin...

– Et là, s'écria Harry, emprisonnés pendant huit longs jours, Nell, ils ont été près de mourir ! Et sans un être secourable, que Dieu leur a envoyé, un ange peut-être, qui leur a secrètement apporté un peu de nourriture, sans un guide mystérieux qui, plus tard, a conduit jusqu'à eux leurs libérateurs, ils ne seraient jamais sorti de cette tombe !

– Et comment le sais-tu ? demanda la jeune fille.

– Parce que ces hommes c'était James Starr... c'était mon père... c'était moi, Nell ! »

Nell, relevant la tête, saisit la main du jeune homme, et elle le regarda avec une telle fixité, que celui-ci se sentit troublé jusqu'au plus profond de son cœur.

« Toi ! répéta la jeune fille.

– Oui ! répondit Harry, après un instant de silence, et

celle à qui nous devons de vivre, c'était toi, Nell ! Ce ne pouvait être que toi ! »

Nell laissa tomber sa tête entre ses deux mains, sans répondre. Jamais Harry ne l'avait vue aussi vivement impressionnée.

« Ceux qui t'ont sauvée, Nell, ajouta-t-il d'une voix émue, te devaient déjà la vie, et crois-tu qu'ils puissent jamais l'oublier ? »

XVI

SUR L'ÉCHELLE OSCILLANTE

Cependant, les travaux d'exploitation de la Nouvelle-Aberfoyle étaient conduits avec grand profit. Il va sans dire que l'ingénieur James Starr et Simon Ford – les premiers découvreurs de ce riche bassin carbonifère – participaient largement à ces bénéfices. Harry devenait donc un parti. Mais il ne songeait guère à quitter le cottage. Il avait remplacé son père dans les fonctions d'overman et surveillait assidûment tout ce monde de mineurs.

Jack Ryan était fier et ravi de toute cette fortune qui arrivait à son camarade. Lui aussi, il faisait bien ses affaires. Tous deux se voyaient souvent, soit au cottage, soit dans les travaux du fond. Jack Ryan n'était pas sans avoir observé les sentiments qu'éprouvait Harry pour la jeune fille. Harry n'avouait pas, mais Jack riait à belles dents, lorsque son camarade secouait la tête en signe de dénégation.

Il faut dire que l'un des plus vifs désirs de Jack Ryan était d'accompagner Nell, lorsqu'elle ferait sa première visite à la surface du comté. Il voulait voir ses étonnements, son admiration devant cette nature encore inconnue d'elle. Il espérait bien qu'Harry l'emmènerait pendant cette excursion. Jusqu'ici, cependant, celui-ci ne lui en avait pas fait la proposition, – ce qui ne laissait pas de l'inquiéter un peu.

Un jour, Jack Ryan descendait l'un des puits d'aération par lequel les étages inférieurs de la houillère communiquaient avec la surface du sol. Il avait pris l'une de ces échelles qui, en se relevant et en s'abaissant par oscillations successives, permettent de descendre et de monter sans fatigue. Vingt oscillations de l'appareil l'avaient abaissé de cent cinquante pieds environ, lorsque, sur l'étroit palier où il avait pris place, il se rencontra avec Harry, qui remontait aux travaux du jour.

« C'est toi ? dit Jack, en regardant son compagnon, éclairé par la lumière des lampes électriques du puits.

– Oui, Jack, répondit Harry, et je suis content de te voir. J'ai une proposition à te faire...

– Je n'écoute rien avant que tu m'aies donné des nouvelles de Nell ! s'écria Jack Ryan.

– Nell va bien, Jack, et si bien même que, dans un mois ou six semaines, je l'espère...

– Tu l'épouseras, Harry ?

– Tu ne sais ce que tu dis, Jack !

– C'est possible, Harry, mais je sais bien ce que je ferai !

– Et que feras-tu ?

– Je l'épouserai, moi, si tu ne l'épouses pas, toi ! répliqua Jack, en éclatant de rire. Saint Mungo me protège ! mais elle me plaît, la gentille Nell ! Une jeune et bonne créature qui n'a jamais quitté la mine, c'est bien la femme qu'il faut à un mineur ! Elle est orpheline comme je suis orphelin, et, pour peu que tu ne penses vraiment pas à elle, et qu'elle veuille de ton camarade, Harry !... »

Harry regardait gravement Jack. Il le laissait parler, sans même essayer de lui répondre.

« Ce que je dis là ne te rend pas jaloux, Harry ? demanda Jack Ryan d'un ton un peu plus sérieux.

– Non, Jack, répondit tranquillement Harry.

– Cependant, si tu ne fais pas de Nell ta femme, tu n'as pas la prétention qu'elle reste vieille fille ?

– Je n'ai aucune prétention », répondit Harry.

Une oscillation de l'échelle vint alors permettre aux deux amis de se séparer, l'un pour descendre, l'autre pour remonter le puits. Cependant, ils ne se séparèrent pas.

« Harry, dit Jack, crois-tu que je t'aie parlé sérieusement tout à l'heure à propos de Nell ?

– Non, Jack, répondit Harry.

– Eh bien, je vais le faire alors !

– Toi, parler sérieusement !

– Mon brave Harry, répondit Jack, je suis capable de donner un bon conseil à un ami.

– Donne, Jack.

– Eh bien, voilà ! Tu aimes Nell de tout l'amour dont elle est digne, Harry ! Ton père, le vieux Simon, ta mère, la

Pourquoi cet être énigmatique venait-il en rampant...

vieille Madge, l'aiment aussi comme si elle était leur enfant. Or, tu aurais bien peu à faire pour qu'elle devînt tout à fait leur fille ! – Pourquoi ne l'épouses-tu pas ?

– Pour t'avancer ainsi, Jack, répondit Harry, connais-tu donc les sentiments de Nell ?

– Personne ne les ignore, pas même toi, Harry, et c'est pour cela que tu n'es point jaloux ni de moi, ni des autres. – Mais voici l'échelle qui va descendre, et...

– Attends, Jack, dit Harry, en retenant son camarade, dont le pied avait déjà quitté le palier pour se poser sur l'échelon mobile.

– Bon, Harry ! s'écria Jack en riant, tu vas me faire écarteler !

– Écoute sérieusement, Jack, répondit Harry, car, à mon tour, c'est sérieusement que je parle.

– J'écoute... jusqu'à la prochaine oscillation, mais pas plus !

– Jack, reprit Harry, je n'ai point à cacher que j'aime Nell. Mon plus vif désir est d'en faire ma femme...

– Bien, cela.

– Mais, telle qu'elle est encore, j'ai comme un scrupule de conscience à lui demander de prendre une détermination qui doit être irrévocable.

– Que veux-tu dire, Harry ?

– Je veux dire, Jack, que Nell n'a jamais quitté ces profondeurs de la houillère où elle est née, sans doute. Elle ne sait rien, elle ne connaît rien du dehors. Elle a tout à apprendre par les yeux, et peut-être aussi par le cœur. Qui sait ce que seront ses pensées, lorsque de nouvelles impressions naîtront en elle ! Elle n'a encore rien de terrestre, et il me semble que ce serait la tromper, avant qu'elle se soit décidée, en pleine connaissance, à préférer à tout autre le séjour dans la houillère. – Me comprends-tu, Jack ?

– Oui... vaguement... Je comprends surtout que tu vas encore me faire manquer la prochaine oscillation !

– Jack, répondit Harry d'une voix grave, quand ces appareils ne devraient plus jamais fonctionner, quand ce palier devrait manquer sous nos pieds, tu écouteras ce que j'ai à te dire !

– A la bonne heure ! Harry. Voilà comment j'aime qu'on me parle ! – Nous disons donc qu'avant d'épouser Nell, tu vas l'envoyer dans un pensionnat de la Vieille-Enfumée ?

– Non, Jack, répondit Harry, je saurai bien moi-même faire l'éducation de celle qui devra être ma femme !

– Et cela n'en vaudra que mieux, Harry !

– Mais, auparavant, reprit Harry, je veux, comme je viens de te le dire, que Nell ait une vraie connaissance du monde extérieur. Une comparaison, Jack. Si tu aimais une jeune fille aveugle, et si l'on venait te dire : « Dans un mois elle sera guérie ! » n'attendrais-tu pas pour l'épouser que sa guérison fût faite ?

– Oui, ma foi, oui ! répondit Jack Ryan.

– Eh bien, Jack, Nell est encore aveugle, et, avant d'en faire ma femme, je veux qu'elle sache bien que c'est moi, que ce sont les conditions de ma vie qu'elle préfère et accepte. Je veux que ses yeux se soient ouverts enfin à la lumière du jour !

– Bien, Harry, bien, très bien ! s'écria Jack Ryan. Je te comprends à cette heure. Et à quelle époque l'opération ?...

– Dans un mois, Jack, répondit Harry. Les yeux de Nell s'habituent peu à peu à la clarté de nos disques. C'est une préparation. Dans un mois, je l'espère, elle aura vu la terre et ses merveilles, le ciel et ses splendeurs ! Elle saura que la nature a donné au regard humain des horizons plus reculés que ceux d'une sombre houillère ! Elle verra que les limites de l'univers sont infinies ! »

Mais, tandis qu'Harry se laissait ainsi entraîner par son imagination, Jack Ryan, quittant le palier, avait sauté sur l'échelon oscillant de l'appareil.

« Eh ! Jack, cria Harry, où es-tu donc ?

– Au-dessous de toi, répondit en riant le joyeux compère. Pendant que tu t'élèves dans l'infini, moi, je descends dans l'abîme !

– Adieu, Jack ! répondit Harry, en se cramponnant lui-même à l'échelle remontante. Je te recommande de ne parler à personne de ce que je viens de te dire !

– A personne ! cria Jack Ryan, mais à une condition pourtant...

– Laquelle ?

– C'est que je vous accompagnerai tous les deux pendant la première excursion que Nell fera à la surface du globe !

– Oui, Jack, je te le promets », répondit Harry.

Une nouvelle pulsation de l'appareil mit encore un

intervalle plus considérable entre les deux amis. Leur voix n'arrivait plus que très affaiblie de l'un à l'autre.

Et, cependant, Harry put encore entendre Jack crier :

« Et lorsque Nell aura vu les étoiles, la lune et le soleil, sais-tu bien ce qu'elle leur préférera ?

– Non, Jack !

– Ce sera toi, mon camarade, toi encore, toi toujours ! »

Et la voix de Jack Ryan s'éteignit enfin dans un dernier hurrah !

Cependant, Harry consacrait toutes ses heures inoccupées à l'éducation de Nell. Il lui avait appris à lire, à écrire, – toutes choses dans lesquelles la jeune fille fit de rapides progrès. On eût dit qu'elle « savait » d'instinct. Jamais intelligence plus vive ne triompha plus vite d'une aussi complète ignorance. C'était un étonnement pour ceux qui l'approchaient.

Simon et Madge se sentaient chaque jour plus étroitement liés à leur enfant d'adoption, dont le passé ne laissait pas de les préoccuper, cependant. Ils avaient bien reconnu la nature des sentiments d'Harry pour Nell, et cela ne leur déplaisait point.

On se rappelle que lors de sa première visite à l'ancien cottage, le vieil overman avait dit à l'ingénieur :

« Pourquoi mon fils se marierait-il ? Quelle créature de là-haut conviendrait à un garçon dont la vie doit s'écouler dans les profondeurs d'une mine ! »

Eh bien, ne semblait-il pas que la Providence lui eût envoyé la seule compagne qui pût véritablement convenir à son fils ? N'était-ce pas là comme une faveur du Ciel ?

Aussi, le vieil overman se promettait-il bien que, si ce mariage se faisait, ce jour-là, il y aurait à Coal-City une fête qui ferait époque pour les mineurs de la Nouvelle-Aberfoyle.

Simon Ford ne savait pas si bien dire !

Il faut ajouter qu'un autre encore désirait non moins ardemment cette union de Nell et d'Harry. C'était l'ingénieur James Starr. Certes, le bonheur de ces deux jeunes gens, il le voulait par-dessus tout. Mais un mobile, d'un intérêt plus général, peut-être, le poussait aussi dans ce sens.

On le sait, James Starr avait conservé certaines appréhensions, bien que rien dans le présent ne les justifiât plus. Cependant, ce qui avait été pouvait être encore. Ce mystère de la nouvelle houillère, Nell était évidemment la seule à le connaître. Or, si l'avenir devait réserver de nouveaux dangers aux mineurs d'Aberfoyle, comment se mettre en garde contre de telles éventualités, sans en savoir au moins la cause ?

« Nell n'a pas voulu parler, répétait souvent James Starr, mais ce qu'elle a tu jusqu'ici à tout autre, elle ne saurait le taire longtemps à son mari ! Le danger menacerait Harry comme il nous menacerait nous-mêmes. Donc, un mariage qui doit donner le bonheur aux époux et la sécurité à leurs amis, est un bon mariage, ou il ne s'en fera jamais ici-bas ! »

Ainsi raisonnait, non sans quelque logique, l'ingénieur James Starr. Ce raisonnement, il le communiqua même au vieux Simon, qui ne fut pas sans le goûter. Rien ne semblait donc devoir s'opposer à ce qu'Harry devînt l'époux de Nell.

Et qui donc l'aurait pu ? Harry et Nell s'aimaient. Les vieux parents ne rêvaient pas d'autre compagne pour leur fils. Les camarades d'Harry enviaient son bonheur, tout en reconnaissant qu'il lui était bien dû. La jeune fille ne relevait que d'elle-même et n'avait d'autre consentement à obtenir que celui de son propre cœur.

Mais, si personne ne semblait pouvoir mettre obstacle à ce mariage, pourquoi, lorsque les disques électriques s'éteignaient à l'heure du repos, quand la nuit se faisait sur la cité ouvrière, lorsque les habitants de Coal-city avaient regagné leur cottage, pourquoi, de l'un des coins les plus sombres de la Nouvelle-Aberfoyle, un être mystérieux se glissait-il dans les ténèbres ? Quel instinct guidait ce fantôme à travers certaines galeries si étroites qu'on devait les croire impraticables ? Pourquoi cet être énigmatique, dont les yeux perçaient la plus profonde obscurité, venait-il en rampant sur le rivage du lac Malcolm ? Pourquoi se dirigeait-il si obstinément vers l'habitation de Simon Ford, et si prudemment aussi, qu'il avait jusqu'alors déjoué toute surveillance ? Pourquoi venait-il appuyer son oreille aux fenêtres et essayait-il de surprendre des lambeaux de conversation à travers les volets du cottage ?

Et, lorsque certaines paroles arrivaient jusqu'à lui, pourquoi son poing se dressait-il pour menacer la tranquille demeure ? Pourquoi, enfin ces mots s'échappaient-ils de sa bouche, contractée par la colère :

« Elle et lui ! Jamais ! »

Le golfe était uni comme un lac.

XVII

UN LEVER DE SOLEIL

Un mois après – c'était le soir du 20 août –, Simon Ford et Madge saluaient de leurs meilleurs « wishes » quatre touristes qui s'apprêtaient à quitter le cottage.

James Starr, Harry et Jack Ryan allaient conduire Nell sur un sol que son pied n'avait jamais foulé, dans cet éclatant milieu, dont ses regards ne connaissaient pas encore la lumière.

L'excursion devait se prolonger pendant deux jours. James Starr, d'accord avec Harry, voulait qu'après ces quarante-huit heures passées au-dehors, la jeune fille eût vu tout ce qu'elle n'avait pu voir dans la sombre houillère, c'est-à-dire les divers aspects du globe, comme si un panorama mouvant de villes, de plaines, de montagnes, de fleuves, de lacs, de golfes, de mers, se fût déroulé devant ses yeux.

Or, dans cette portion de l'Écosse, comprise entre Édimbourg et Glasgow, il semblait que la nature eût voulu précisément réunir ces merveilles terrestres, et, quant aux cieux, ils seraient là comme partout, avec leurs nuées changeantes, leur lune sereine ou voilée, leur soleil radieux, leur fourmillement d'étoiles.

L'excursion projetée avait donc été combinée de manière à satisfaire aux conditions de ce programme.

Simon Ford et Madge eussent été très heureux d'accompagner Nell ; mais, on les connaît, ils ne quittaient pas volontiers le cottage, et, finalement, ils ne purent se résoudre à abandonner, même pour un jour, leur souterraine demeure.

James Starr allait là en observateur, en philosophe, très curieux, au point de vue psychologique, d'observer les naïves impressions de Nell, – peut-être même de surprendre quelque peu des mystérieux événements auxquels son enfance avait été mêlée.

Harry, lui, se demandait, non sans appréhension, si une autre jeune fille que celle qu'il aimait et qu'il avait connue jusqu'alors, n'allait pas se révéler pendant cette rapide initiation aux choses du monde extérieur.

Quant à Jack Ryan, il était joyeux comme un pinson qui s'envole aux premiers rayons de soleil. Il espérait bien que sa contagieuse gaieté se communiquerait à ses compagnons de voyage. Ce serait une façon de payer sa bienvenue.

Nell était pensive et comme recueillie.

James Starr avait décidé, non sans raison, que le départ se ferait le soir. Mieux valait, en effet, que la jeune fille ne passât que par une gradation insensible des ténèbres de la nuit aux clartés du jour. Or, c'est le résultat qui serait obtenu, puisque, de minuit à midi, elle subirait ces phases successives d'ombre et de lumière, auxquelles son regard pourrait s'habituer peu à peu.

Au moment de quitter le cottage, Nell prit la main d'Harry, et lui dit :

« Harry, est-il donc nécessaire que j'abandonne notre houillère, ne fût-ce que quelques jours ?

– Oui, Nell, répondit le jeune homme, il le faut ! Il le faut pour toi et pour moi !

– Cependant, Harry, reprit Nell, depuis que tu m'as recueillie, je suis heureuse autant qu'on peut l'être. Tu m'as instruite. Cela ne suffit-il pas ? Que vais-je faire là-haut ? »

Harry la regarda sans répondre. Les pensées qu'exprimait Nell étaient presque les siennes.

« Ma fille, dit alors James Starr, je comprends ton hésitation, mais il est bon que tu viennes avec nous. Ceux que tu aimes t'accompagnent, et ils te ramèneront. Que tu veuilles, ensuite, continuer de vivre dans la houillère, comme le vieux Simon, comme Madge, comme Harry, libre à toi ! Je ne doute pas qu'il en doive être ainsi, et je t'approuve. Mais, au moins, tu pourras comparer ce que tu laisses avec ce que tu prends, et agir en toute liberté. Viens donc !

– Viens, ma chère Nell, dit Harry.

– Harry, je suis prête à te suivre », répondit la jeune fille.

A neuf heures, le dernier train du tunnel entraînait Nell et ses compagnons à la surface du comté. Vingt minutes après, il les déposait à la gare où se reliait le petit embranchement, détaché du railway de Dumbarton à Stirling, qui desservait la Nouvelle-Aberfoyle.

La nuit était déjà sombre. De l'horizon au zénith, quelques vapeurs peu compactes couraient encore dans les hauteurs du ciel, sous la poussée d'une brise de nord-ouest qui rafraîchissait l'atmosphère. La journée avait été belle. La nuit devait l'être aussi.

Arrivés à Stirling, Nell et ses compagnons, abandonnant le train, sortirent aussitôt de la gare.

Devant eux, entre de grands arbres, se développait une route qui conduisait aux rives du Forth.

La première impression physique qu'éprouva la jeune fille, fut celle de l'air pur que ses poumons aspirèrent avidement.

« Respire bien, Nell, dit James Starr, respire cet air chargé de toutes les vivifiantes senteurs de la campagne !

– Quelles sont ces grandes fumées qui courent au-dessus de notre tête ? demanda Nell.

– Ce sont des nuages, répondit Harry, ce sont des vapeurs à demi condensées que le vent pousse dans l'ouest.

– Ah ! fit Nell, que j'aimerais à me sentir emportée dans leur silencieux tourbillon ! – Et quels sont ces points scintillants qui brillent à travers les déchirures des nuées ?

– Ce sont les étoiles dont je t'ai parlé, Nell. Autant de soleils, autant de centres de mondes, peut-être semblables au nôtre ! »

Les constellations se dessinaient plus nettement alors sur le bleu-noir du firmament, que le vent purifiait peu à peu.

Nell regardait ces milliers d'étoiles brillantes qui fourmillaient au-dessus de sa tête.

« Mais, dit-elle, si ce sont des soleils, comment mes yeux peuvent-ils en supporter l'éclat ?

– Ma fille, répondit James Starr, ce sont des soleils, en effet, mais des soleils qui gravitent à une distance énorme. Le plus rapproché de ces milliers d'astres, dont les rayons arrivent jusqu'à nous, c'est cette étoile de la Lyre, Wega, que tu vois là presque au zénith, et elle est encore à cinquante mille milliards de lieues. Son éclat ne peut donc affecter ton regard. Mais notre soleil se lèvera demain à trente-huit millions de lieues seulement, et aucun œil humain ne peut le regarder fixement, car il est plus ardent qu'un foyer de fournaise. Mais viens, Nell, viens ! »

On prit la route. James Starr tenait la jeune fille par la main. Harry marchait à son côté. Jack Ryan allait et venait comme eût fait un jeune chien, impatient de la lenteur de ses maîtres.

Le chemin était désert. Nell regardait la silhouette des grands arbres que le vent agitait dans l'ombre. Elle les eût volontiers pris pour quelques géants qui gesticulaient. Le bruissement de la brise dans les hautes branches, le profond silence pendant les accalmies, cette ligne d'horizon qui s'accusait plus nettement, lorsque la route coupait une plaine, tout l'imprégnait de sentiments nouveaux et traçait en elle des impressions ineffaçables. Après avoir interrogé d'abord, Nell se taisait, et, d'un commun propos, ses compagnons respectaient son silence. Ils ne voulaient point influencer par leurs paroles l'imagination sensible de la jeune fille. Ils préféraient laisser les idées naître d'elles-mêmes en son esprit.

A onze heures et demie environ, la rive septentrionale du golfe de Forth était atteinte.

Là, une barque, qui avait été frétée par James Starr, attendait. Elle devait, en quelques heures, les porter, ses compagnons et lui, jusqu'au port d'Édimbourg.

Nell vit l'eau brillante qui ondulait à ses pieds sous l'action du ressac et semblait constellée d'étoiles tremblotantes.

« Est-ce un lac ? demanda-t-elle.

– Non, répondit Harry, c'est un vaste golfe avec des eaux courantes, c'est l'embouchure d'un fleuve, c'est presque un bras de mer. Prends un peu de cette eau dans le creux de ta main, Nell, et tu verras qu'elle n'est pas douce comme celle du lac Malcolm. »

La jeune fille se baissa, trempa sa main dans les premiers flots et la porta à ses lèvres.

« Cette eau est salée, dit-elle.

– Oui, répondit Harry, la mer a reflué jusqu'ici, car la marée est pleine. Les trois quarts de notre globe sont recouverts de cette eau salée, dont tu viens de boire quelques gouttes !

– Mais si l'eau des fleuves n'est que celle de la mer que leur versent les nuages, pourquoi est-elle douce ? demanda Nell.

– Parce que l'eau se dessale en s'évaporant, répondit James Starr. Les nuages ne sont formés que par l'évaporation et renvoient sous forme de pluie cette eau douce à la mer.

– Harry, Harry ! s'écria alors la jeune fille, quelle est cette lueur rougeâtre qui enflamme l'horizon ? Est-ce donc une forêt en feu ? »

Et Nell montrait un point du ciel, au milieu des basses brumes qui se coloraient dans l'est.

« Non, Nell, répondit Harry. C'est la lune à son lever.

– Oui, la lune ! s'écria Jack Ryan, un superbe plateau d'argent que les génies célestes font circuler dans le firmament, et qui recueille toute une monnaie d'étoiles !

– Vraiment, Jack ! répondit l'ingénieur en riant, je ne te connaissais pas ce penchant aux comparaisons hardies !

– Eh ! monsieur Starr, ma comparaison est juste ! Vous voyez bien que les étoiles disparaissent à mesure que la lune s'avance. Je suppose donc qu'elles tombent dedans !

– C'est-à-dire, Jack, répondit l'ingénieur, que c'est la lune qui éteint par son éclat les étoiles de sixième grandeur, et voilà pourquoi celles-ci s'effacent sur son passage.

– Que tout cela est beau ! répétait Nell, qui ne vivait plus que par le regard. Mais je croyais que la lune était toute ronde ?

– Elle est ronde quand elle est pleine, répondit James Starr, c'est-à-dire lorsqu'elle se trouve en opposition avec le soleil. Mais, cette nuit, la lune entre dans son dernier quartier, elle est écornée déjà, et le plateau d'argent de notre ami Jack n'est plus qu'un plat à barbe !

– Ah ! monsieur Starr, s'écria Jack Ryan, quelle indigne comparaison ! J'allais justement entonner ce couplet en l'honneur de la lune :

Astre des nuits qui dans ton cours
Viens caresser...

Mais non ! C'est maintenant impossible ! Votre plat à barbe m'a coupé l'inspiration ! »

Cependant, la lune montait peu à peu sur l'horizon. Devant elle s'évanouissaient les dernières vapeurs. Au zénith et dans l'ouest, les étoiles brillaient encore sur un fond noir que l'éclat lunaire allait graduellement pâlir. Nell contemplait en silence cet admirable spectacle, ses yeux supportaient sans fatigue cette douce lueur argentée, mais sa main frémissait dans celle d'Harry et parlait pour elle.

« Embarquons-nous, mes amis, dit James Starr. Il faut que nous ayons gravi les pentes de l'Arthur-Seat avant le lever du soleil ! »

La barque était amarrée à un pieu de la rive. Un marinier la gardait. Nell et ses compagnons y prirent place. La voile fut hissée et se gonfla sous la brise du nord-ouest.

Quelle nouvelle impression ressentit alors la jeune fille ! Elle avait navigué quelquefois sur les lacs de la Nouvelle-Aberfoyle, mais l'aviron, si doucement manié qu'il fût par la main d'Harry, trahissait toujours l'effort du rameur. Ici, pour la première fois, Nell se sentait entraînée avec un glissement presque aussi doux que celui du ballon à travers l'atmosphère. Le golfe était uni comme un lac. A demi couchée à l'arrière, Nell se laissait aller à ce balancement. Par instants, en de certaines embardées, un rayon de lune filtrait jusqu'à la surface du Forth, et l'embarcation semblait courir sur une nappe d'argent toute scintillante. De petites ondulations chantaient le long du bordage. C'était un ravissement.

Mais il arriva alors que les yeux de Nell se fermèrent involontairement. Une sorte d'assoupissement passager la prit. Sa tête s'inclina sur la poitrine d'Harry, et elle s'endormit d'un tranquille sommeil.

Harry voulait la réveiller, afin qu'elle ne perdît rien des magnificences de cette belle nuit.

« Laisse-la dormir, mon garçon, lui dit l'ingénieur. Deux heures de repos la prépareront mieux à supporter les impressions du jour. »

A deux heures du matin, l'embarcation arrivait au pier de Granton. Nell se réveilla, dès qu'elle toucha terre.

« J'ai dormi ? demanda-t-elle.

– Non, ma fille, répondit James Starr. Tu as simplement rêvé que tu dormais, voilà tout. »

La nuit était très claire alors. La lune, à mi-chemin de l'horizon au zénith, dispersait ses rayons à tous les points du ciel.

Le petit port de Granton ne contenait que deux ou trois bateaux de pêche, que balançait doucement la houle du golfe. La brise calmissait aux approches du matin. L'atmosphère, nettoyée de brumes, promettait une de ces délicieuses journées d'août que le voisinage de la mer rend plus belles encore. Une sorte de buée chaude se dégageait de l'horizon, mais si fine, si transparente, que les premiers feux du soleil devaient la boire en un instant. La jeune fille put donc observer cet aspect de la mer, lorsqu'elle se confond avec l'extrême périmètre du ciel. La portée de sa vue s'en trouvait agrandie, mais son regard ne subissait pas cette impression particulière que donne l'Océan, lorsque la lumière semble en reculer les bornes à l'infini.

Harry prit la main de Nell. Tous deux suivirent James Starr et Jack Ryan qui s'avançaient par les rues désertes. Dans la pensée de Nell, ce faubourg de la capitale n'était qu'un assemblage de maisons sombres, qui lui rappelait Coal-city, avec cette seule différence que sa voûte était plus élevée et scintillait de points brillants. Elle allait d'un pas léger, et jamais Harry n'était obligé de ralentir le sien, par crainte de la fatiguer.

« Tu n'es pas lasse ? lui demanda-t-il, après une demi-heure de marche.

– Non, répondit-elle. Mes pieds ne semblent même pas toucher à la terre ! Ce ciel est si haut au-dessus de nous que j'ai l'envie de m'envoler, comme si j'avais des ailes !

– Retiens-la ! s'écria Jack Ryan. C'est qu'elle est bonne à garder, notre petite Nell ! Moi aussi, j'éprouve cet effet, lorsque je suis resté quelque temps sans sortir de la houillère !

– Cela est dû, dit James Starr, à ce que nous ne nous sentons plus écrasés par la voûte de schiste qui recouvre Coal-city ! Il semble alors que le firmament soit comme un profond abîme dans lequel on est tenté de s'élancer. – N'est-ce pas ce que tu ressens, Nell ?

– Oui, monsieur Starr, répondit la jeune fille, c'est bien cela. J'éprouve comme une sorte de vertige !

– Tu t'y feras, Nell, répondit Harry. Tu te feras à cette immensité du monde extérieur, et peut-être oublieras-tu alors notre sombre houillère !

– Jamais, Harry ! » répondit Nell.

Et elle appuya sa main sur ses yeux, comme si elle eût voulu refaire dans son esprit le souvenir de tout ce qu'elle venait de quitter.

Entre les maisons endormies de la ville, James Starr et ses

compagnons traversèrent Leith-Walk. Ils contournèrent Calton-Hill, où se dressaient dans la pénombre l'Observatoire et le monument de Nelson. Ils suivirent la rue du Régent, franchirent un pont, et arrivèrent par un léger détour à l'extrémité de la Canongate.

Aucun mouvement ne se faisait encore dans la ville. Deux heures sonnaient au clocher gothique de Canongate-Church.

En cet endroit, Nell s'arrêta.

« Quelle est cette masse confuse ? demanda-t-elle en montrant un édifice isolé qui s'élevait au fond d'une petite place.

– Cette masse, Nell, répondit James Starr, c'est le palais des anciens souverains de l'Écosse, Holyrood, où se sont accomplis tant d'événements funèbres ! Là, l'historien pourrait évoquer bien des ombres royales, depuis l'ombre de l'infortunée Marie Stuart jusqu'à celle du vieux roi français Charles X ! Et pourtant, malgré ces funèbres souvenirs, lorsque le jour sera venu, Nell, tu ne trouveras pas à cette résidence un aspect trop lugubre ! Avec ses quatre grosses tours crénelées, Holyrood ne ressemble pas mal à quelque château de plaisance, auquel le bon plaisir de son propriétaire a conservé son caractère féodal ! – Mais continuons notre marche. Là, dans l'enceinte même de l'ancienne abbaye d'Holyrood, se dressent ces roches superbes de Salisbury que domine l'Arthur-Seat. C'est là que nous monterons. C'est à sa cime, Nell, que tes yeux verront le soleil apparaître au-dessus de l'horizon de mer. »

Ils entrèrent dans le Parc du Roi. Puis, s'élevant graduellement, ils traversèrent Victoria-Drive, magnifique route circulaire, praticable aux voitures, que Walter Scott se félicite d'avoir obtenue avec quelques lignes de roman.

L'Arthur-Seat n'est, à vrai dire, qu'une colline haute de sept cent cinquante pieds, dont la tête isolée domine les hauteurs environnantes. En moins d'une demi-heure, par un sentier tournant qui en rendait l'ascension facile, James Starr et ses compagnons atteignirent le crâne de ce lion auquel ressemble l'Arthur-Seat, lorsqu'on l'observe du côté de l'ouest.

Là, tous quatre s'assirent, et James Starr, toujours riche de citations empruntées au grand romancier écossais, se borna à dire :

« Voici ce qu'a écrit Walter Scott, au chapitre huit de la *Prison d'Édimbourg :*

« Si j'avais à choisir un lieu d'où l'on pût voir le mieux « possible le lever et le coucher du soleil, ce serait cet « endroit même. »

« Attends donc, Nell. Le soleil ne va pas tarder à paraître, et, pour la première fois, tu pourras le contempler dans toute sa splendeur. »

Les regards de la jeune fille étaient alors tournés vers l'est. Harry, placé près d'elle, l'observait avec une anxieuse attention. N'allait-elle pas être trop vivement impressionnée par les premiers rayons du jour ? Tous demeurèrent silencieux. Jack Ryan lui-même se tut.

Déjà une petite ligne pâle, nuancée de rose, se dessinait au-dessus de l'horizon sur un fond de brumes légères. Un reste de vapeurs, égarées au Zénith, fut attaqué par le premier trait de lumière. Au pied d'Arthur-Seat, dans le calme absolu de la nuit, Édimbourg, assoupie encore, apparaissait confusément. Quelques points lumineux piquaient çà et là l'obscurité. C'étaient les étoiles matinales qu'allumaient les gens de la vieille ville. En arrière, dans l'ouest, l'horizon, coupé de silhouettes capricieuses, bornait une région accidentée de pics, auxquels chaque rayon solaire allait mettre une aigrette de feu.

Cependant, le périmètre de la mer se traçait plus vivement vers l'est. La gamme des couleurs se disposait peu à peu suivant l'ordre que donne le spectre solaire. Le rouge des premières brumes allait par dégradation jusqu'au violet du zénith. De seconde en seconde, la palette prenait plus de vigueur : le rose devenait rouge, le rouge devenait feu. Le jour se faisait au point d'intersection que l'arc diurne allait fixer sur la circonférence de la mer.

En ce moment, les regards de Nell couraient du pied de la colline jusqu'à la ville, dont les quartiers commençaient à se détacher par groupes. De hauts monuments, quelques clochers aigus émergeaient çà et là, et leurs linéaments se profilaient alors avec plus de netteté. Il se répandait comme une sorte de lumière cendrée dans l'espace. Enfin, un premier rayon atteignit l'œil de la jeune fille. C'était ce rayon vert, qui, soir ou matin, se dégage de la mer, lorsque l'horizon est pur.

Une demi-minute plus tard, Nell se redressait et tendait la

main vers un point qui dominait les quartiers de la nouvelle ville.

« Un feu ! dit-elle.

– Non, Nell, répondit Harry, ce n'est pas un feu. C'est une touche d'or que le soleil pose au sommet du monument de Walter Scott ! »

Et, en effet, l'extrême pointe du clocheton, haut de deux cents pieds, brillait comme un phare de premier ordre.

Le jour était fait. Le soleil déborda. Son disque semblait encore humide, comme s'il fût réellement sorti des eaux de la mer. D'abord élargi par la réfraction, il se rétrécit peu à peu, de manière à prendre la forme circulaire. Son éclat, bientôt insoutenable, était celui d'une bouche de fournaise qui eût troué le ciel.

Nell dut presque aussitôt fermer les yeux. Sur leurs paupières, trop minces, il lui fallut même appliquer ses doigts, serrés étroitement.

Harry voulait qu'elle se retournât vers l'horizon opposé.

« Non, Harry, dit-elle. Il faut que mes yeux s'habituent à voir ce que savent voir tes yeux ! »

A travers la paume de ses mains, Nell percevait encore une lueur rose, qui blanchissait à mesure que le soleil s'élevait au-dessus de l'horizon. Son regard s'y faisait graduellement. Puis, ses paupières se soulevèrent, et ses yeux s'imprégnèrent enfin de la lumière du jour.

La pieuse enfant tomba à genoux, s'écriant :

« Mon Dieu, que votre monde est beau ! »

La jeune fille baissa les yeux alors et regarda. A ses pieds se déroulait le panorama d'Édimbourg : les quartiers neufs et bien alignés de la nouvelle ville, l'amas confus des maisons et le réseau bizarre des rues de l'Auld-Recky. Deux hauteurs dominaient cet ensemble, le château accroché à son rocher de basalte et Calton-Hill, portant sur sa croupe arrondie les ruines modernes d'un monument grec. De magnifiques routes plantées rayonnaient de la capitale à la campagne. Au nord, un bras de mer, le golfe de Forth, entaillait profondément la côte, sur laquelle s'ouvrait le port de Leith. Au-dessus, en troisième plan, se développait l'harmonieux littoral du comté de Fife. Une voie, droite comme celle du Pirée, reliait à la mer cette Athènes du Nord. Vers l'ouest s'allongeaient les belles plages de New-haven et de Porto-Bello, dont le sable teignait en jaune les premières lames du ressac. Au large, quelques chaloupes animaient les eaux du golfe, et deux ou trois steamers empanachaient le ciel d'un cône de fumée noire. Puis, au-delà, verdoyait l'immense campagne. De modestes collines bossuaient çà et là la plaine. Au nord, les Lomond-Hills, dans l'ouest, le Ben-Lomond et le Ben-Ledi réverbéraient les rayons solaires, comme si des glaces éternelles en eussent tapissé les cimes.

Nell ne pouvait parler. Ses lèvres ne murmuraient que des mots vagues. Ses bras frémissaient. Sa tête était prise de vertiges. Un instant, ses forces l'abandonnèrent. Dans cet air si pur, devant ce spectacle sublime, elle se sentit tout à coup faiblir, et tomba sans connaissance dans les bras d'Harry, prêts à la recevoir.

Cette jeune fille, dont la vie s'était écoulée jusqu'alors dans les entrailles du massif terrestre, avait enfin contemplé ce qui constitue presque tout l'univers, tel que l'ont fait le Créateur et l'homme. Ses regards, après avoir plané sur la ville et sur la campagne, venaient de s'étendre, pour la première fois, sur l'immensité de la mer et l'infini du ciel.

XVIII

DU LAC LOMOND AU LAC KATRINE

Harry, portant Nell dans ses bras, suivi de James Starr et de Jack Ryan, redescendit les pentes d'Arthur-Seat. Après quelques heures de repos et un déjeuner réconfortant qui fut pris à Lambret's-Hotel, on songea à compléter l'excursion par une promenade à travers le pays des lacs.

Nell avait recouvré ses forces. Ses yeux pouvaient désormais s'ouvrir tout grands à la lumière, et ses poumons aspirer largement cet air vivifiant et salubre. Le vert des arbres, la nuance variée des plantes, l'azur du ciel, avaient déployé devant ses regards la gamme des couleurs.

Le train qu'ils prirent à General railway station, conduisit Nell et ses compagnons à Glasgow. Là, du dernier pont jeté sur la Clyde, ils purent admirer le curieux mouvement maritime du fleuve. Puis, ils passèrent la nuit à Comrie's Royal-hôtel.

Le lendemain, de la gare d'« Édimburgh and Glasgow railway », le train devait les conduire rapidement, par Dumbarton et Balloch, à l'extrémité méridionale du lac Lomond.

« C'est là le pays de Rob Roy et de Fergus Mac Gregor ! s'écria James Starr, le territoire si poétiquement célébré par Walter Scott ! – Tu ne connais pas ce pays, Jack ?

– Je le connais par ses chansons, monsieur Starr, répondit Jack Ryan, et, lorsqu'un pays a été si bien chanté, il doit être superbe !

– Il l'est, en effet, s'écria l'ingénieur, et notre chère Nell en conservera le meilleur souvenir !

– Avec un guide tel que vous, monsieur Starr, répondit Harry, ce sera double profit, car vous nous raconterez l'histoire du pays pendant que nous le regarderons.

– Oui, Harry, dit l'ingénieur, autant que ma mémoire me le permettra, mais à une condition, cependant : c'est que le joyeux Jack me viendra en aide ! Lorsque je serai fatigué de raconter, il chantera !

– Il ne faudra pas me le dire deux fois », répliqua Jack Ryan en lançant une note vibrante, comme s'il eût voulu monter son gosier au *la* du diapason.

Par le railway de Glasgow à Balloch, entre la métropole commerciale de l'Écosse et l'extrémité méridionale du lac Lomond, on ne compte qu'une vingtaine de milles.

Le train passa par Dumbarton, bourg royal et chef-lieu de comté, dont le château, toujours fortifié, conformément au traité de l'Union, est pittoresquement campé sur les deux pics d'un gros rocher de basalte.

Dumbarton est situé au confluent de la Clyde et de la Leven. A ce propos, James Starr raconta quelques particularités de l'aventureuse histoire de Marie Stuart. En effet, ce fut de ce bourg qu'elle partit pour aller épouser François II et devenir reine de France. Là aussi, après 1815, le ministère anglais médita d'interner Napoléon ; mais le choix de Sainte-Hélène prévalut, et voilà pourquoi le prisonnier de l'Angleterre alla mourir sur un roc de l'Atlantique, pour le plus grand profit de la légendaire mémoire.

Bientôt, le train s'arrêta à Balloch, près d'une estacade en bois qui descendait au niveau du lac.

Un bateau à vapeur, le *Sinclair,* attendait les touristes qui font l'excursion des lacs. Nell et ses compagnons s'y embarquèrent, après avoir pris leur billet pour Inversnaid, à l'extrémité nord du lac Lomond.

La journée commençait par un beau soleil, bien dégagé de ces brumes britanniques, dont il se voile le plus ordinairement. Aucun détail de ce paysage, qui allait se dérouler sur un parcours de trente milles, ne devait échapper aux voyageurs du *Sinclair*. Nell, assise à l'arrière entre James Starr et Harry, aspirait par tous ses sens la poésie superbe, dont cette belle nature écossaise est si largement empreinte.

Jack Ryan allait et venait sur le pont du *Sinclair,* interrogeant sans cesse l'ingénieur, qui, cependant, n'avait pas besoin d'être interrogé. A mesure que ce pays de Rob Roy se développait à ses regards, il le décrivait en admirateur enthousiaste.

Dans les premières eaux du lac Lomond, apparurent

d'abord de nombreuses petites îles ou îlots. C'était comme un semis. Le *Sinclair* côtoyait leurs rives escarpées, et, dans l'entre-deux des îles, se dessinaient, tantôt une vallée solitaire, tantôt une gorge sauvage, hérissée de rocs abrupts.

« Nell, dit James Starr, chacun de ces îlots a sa légende, et peut-être sa chanson, aussi bien que les monts qui encadrent le lac. On peut dire, sans trop de prétention, que l'histoire de cette contrée est écrite avec ces caractères gigantesques d'îles et de montagnes.

– Savez-vous, monsieur Starr, dit Harry, ce que me rappelle cette partie du lac Lomond ?

– Que te rappelle-t-elle, Harry ?

– Les mille îles du lac Ontario, si admirablement décrites par Cooper. Tu dois être comme moi frappée de cette ressemblance, ma chère Nell, car, il y a quelques jours, je t'ai lu ce roman qu'on a pu justement nommer le chef-d'œuvre de l'auteur américain.

– En effet, Harry, répondit la jeune fille, c'est le même aspect, et le *Sinclair* se glisse entre ces îles, comme faisait au lac Ontario le cutter de Jasper Eau-douce !

– Eh bien, reprit l'ingénieur, cela prouve que les deux sites méritaient d'être également chantés par deux poètes ! Je ne connais pas ces mille îles de l'Ontario, Harry, mais je doute que l'aspect en soit plus varié que celui de cet archipel du Lomond. Regardez ce paysage ! Voici l'île Murray, avec son vieux fort du Lennox, où résida la vieille duchesse d'Albany, après la mort de son père, de son époux, de ses deux fils, décapités par ordre de Jacques Ier. Voici l'île Clar, l'île Cro, l'île Torr, les unes rocheuses, sauvages, sans apparence de végétation, les autres, montrant leur croupe verte et arrondie. Ici, des mélèzes et des bouleaux. Là, des champs de bruyères jaunes et desséchées. En vérité ! j'ai quelque peine à croire que les mille îles du lac Ontario offrent une telle variété de sites !

– Quel est ce petit port ? demanda Nell, qui s'était retournée vers la rive orientale du lac.

– C'est Balmaha, qui forme l'entrée des Highlands, répondit James Starr. Là commencent nos hautes terres d'Écosse. Les ruines que tu aperçois, Nell, sont celles d'un ancien couvent de femmes, et ces tombes éparses renferment divers membres de la famille des Mac Gregor, dont le nom est encore célèbre dans toute la contrée.

– Célèbre par le sang que cette famille a répandu et fait répandre ! fit observer Harry.

– Tu as raison, répondit James Starr, et il faut bien avouer que la célébrité, due aux batailles, est encore la plus retentissante. Ils vont loin à travers les âges ces récits de combats...

– Et ils se perpétuent par les chansons », ajouta Jack Ryan.

Et, à l'appui de son dire, le brave garçon entonna le premier couplet d'un vieux chant de guerre, qui relatait les exploits d'Alexandre Mac Gregor, du glen Straë, contre sir Humphry Colquhour, de Luss.

Nell écoutait, mais, de ces récits de combats, elle ne recevait qu'une impression triste. Pourquoi tant de sang versé sur ces plaines que la jeune fille trouvait immenses, là où la place, cependant, ne devait manquer à personne ?

Les rives du lac, qui mesurent de trois à quatre milles, tendaient à se rapprocher aux abords du petit port de Luss. Nell put apercevoir un instant la vieille tour de l'ancien château. Puis, le *Sinclair* remit le cap au nord, et aux yeux des touristes se montra le Ben Lomond, qui s'élève à près de trois mille pieds au-dessus du niveau du lac.

« L'admirable montagne ! s'écria Nell, et, de son sommet, que la vue doit être belle !

– Oui, Nell, répondit James Starr. Regarde comme cette cime se dégage fièrement de la corbeille de chênes, de bouleaux, de mélèzes, qui tapissent la zone inférieure du mont ! De là, on aperçoit les deux tiers de notre vieille Calédonie. C'est ici que le clan de Mac Gregor faisait sa résidence habituelle, sur la partie orientale du lac. Non loin, les querelles des Jacobites et des Hanovriens ont plus d'une fois ensanglanté ces gorges désolées. Là, pendant les belles nuits, se lève cette pâle lune, que les vieux récits nomment « la lanterne de Mac Farlane ». Là, les échos répètent encore les noms impérissables de Rob Roy et de Mac Gregor Campbell ! »

Le Ben Lomond, dernier pic de la chaîne des Grampians, mérite vraiment d'avoir été célébré par le grand romancier écossais. Ainsi que le fit observer James Starr, il existe de plus hautes montagnes, dont la cime revêt des neiges éternelles, mais il n'en est peut-être pas de plus poétique en aucun coin du monde.

« Et, ajouta-t-il, quand je pense que ce Ben Lomond appartient tout entier au duc de Montrose ! Sa Grâce possède une montagne comme un bourgeois de Londres possède un boulingrin dans son jardinet. »

Pendant ce temps, le *Sinclair* arrivait au village de Tarbet, sur la rive opposée du lac, où il déposa les voyageurs qui se rendaient à Inverary. De cet endroit, le Ben Lomond apparaissait dans toute sa beauté. Ses flancs, zébrés par le lit des torrents, miroitaient comme des plaques d'argent en fusion.

A mesure que le *Sinclair* longeait la base de la montagne, le pays devenait de plus en plus abrupt. A peine, çà et là, des arbres isolés, entre autres quelques-uns de ces saules, dont les baguettes servaient autrefois à pendre les gens de petite condition.

« Pour économiser le chanvre », fit observer James Starr.

Le lac, cependant, se rétrécissait en s'allongeant vers le nord. Les montagnes latérales l'enserraient plus étroitement. Le bateau à vapeur longea encore quelques îles et îlots, Inveruglas, Eilad-Whou, où se dressaient les vestiges d'une forteresse qui appartenait aux Mac Farlane. Enfin les deux rives se rejoignirent, et le *Sinclair* s'arrêta à la station d'Inverslaid.

Là, pendant qu'on préparait leur déjeuner, Nell et ses compagnons allèrent visiter, près du lieu de débarquement, un torrent qui se précipitait dans le lac d'une assez grande hauteur. Il paraissait avoir été planté là comme un décor, pour le plaisir des touristes. Un pont tremblant sautait par-dessus les eaux tumultueuses, au milieu d'une poussière liquide. De cet endroit, le regard embrassait une grande partie du Lomond, et le *Sinclair* ne paraissait plus être qu'un point à sa surface.

Le déjeuner achevé, il s'agissait de se rendre au lac Katrine. Plusieurs voitures, aux armes de la famille Breadalbane – cette famille qui assurait autrefois le bois et l'eau à Rob Roy fugitif – étaient à la disposition des voyageurs et leur offraient tout ce confort qui distingue la carrosserie anglaise.

Harry installa Nell sur l'impériale, conformément à la mode du jour. Ses compagnons et lui prirent place auprès d'elle. Un magnifique cocher, à livrée rouge, réunit dans sa main gauche les guides de ses quatre chevaux, et l'attelage

Simon Ford, saisissant Madge, l'avait entraînée...

commença à gravir le flanc de la montagne, en côtoyant le lit sinueux du torrent.

La route était fort escarpée. A mesure qu'elle s'élevait, la forme des cimes environnantes semblait se modifier. On voyait grandir superbement toute la chaîne de la rive opposée du lac et les sommets d'Arroquhar, dominant la vallée d'Inveruglas. A gauche pointait le Ben Lomond, qui découvrait ainsi le brusque escarpement de son flanc septentrional.

Le pays compris entre le Lac Lomond et le lac Katrine présentait un aspect sauvage. La vallée commençait par des défilés étroits qui aboutissaient au glen d'Aberfoyle. Ce nom rappela douloureusement à la jeune fille ces abîmes remplis d'épouvante, au fond desquels s'était écoulée son enfance. Aussi James Starr s'empressa-t-il de la distraire par ses récits.

La contrée y prêtait, d'ailleurs. C'est sur les bords du petit lac d'Ard que se sont accomplis les principaux événements de la vie de Rob Roy. Là se dressaient des roches calcaires d'un aspect sinistre, entremêlées de cailloux, que l'action du temps et de l'atmosphère avait durcis comme du ciment. De misérables huttes, semblables à des tanières – de celles qu'on appelle « bourrochs » –, gisaient au milieu des bergeries en ruine. On n'eût pu dire si elles étaient habitées par des créatures humaines ou des bêtes sauvages. Quelques marmots, aux cheveux déjà décolorés par l'intempérie du climat, regardaient passer les voitures avec de grands yeux ébahis.

« Voilà bien, dit James Starr, ce que l'on peut plus particulièrement appeler le pays de Rob Roy. C'est ici que l'excellent bailli Nichol Jarvie, digne fils de son père le diacre, fut saisi par la milice du comte de Lennox. C'est à cet endroit même qu'il resta suspendu par le fond de sa culotte, heureusement faite d'un bon drap d'Écosse, et non de ces camelots légers de France ! Non loin des sources du Forth, qu'alimentent les torrents du Ben Lomond, se voit encore le gué que franchit le héros pour échapper aux soldats du duc de Montrose. Ah ! s'il avait connu les sombres retraites de notre houillère, il aurait pu y défier toutes les recherches ! Vous le voyez, mes amis, on ne peut faire un pas dans cette contrée, merveilleuse à tant de titres, sans rencontrer ces souvenirs du passé dont s'est inspiré

Walter Scott, lorsqu'il a paraphrasé en strophes magnifiques l'appel aux armes du clan des Mac Grégor !

– Tout cela est bien dit, monsieur Starr, répliqua Jack Ryan, mais, s'il est vrai que Nichol Jarvie resta suspendu par le fond de sa culotte, que devient notre proverbe : « Bien malin celui qui pourra jamais prendre « la culotte d'un Écossais ? »

– Ma foi, Jack, tu as raison, répondit en riant James Starr, et cela prouve tout simplement que, ce jour-là, notre bailli n'était pas vêtu à la mode de ses ancêtres !

– Il eut tort, monsieur Starr !

– Je n'en disconviens pas, Jack ! »

L'attelage, après avoir gravi les abruptes rives du torrent, redescendit dans une vallée sans arbres, sans eaux, uniquement couverte d'une maigre bruyère. En certains endroits, quelques tas de pierres s'élevaient en pyramides.

« Ce sont des cairns, dit James Starr. Chaque passant, autrefois, devait y apporter une pierre, pour honorer le héros couché sous ces tombes. De là est venu le dicton gaélique : « Malheur à qui passe devant un cairn sans y « déposer la pierre du dernier salut ! » Si les fils avaient conservé la foi de leurs pères, ces amas de pierres seraient maintenant des collines. En vérité, dans cette contrée, tout contribue à développer cette poésie naturelle innée au cœur des montagnards ! Il en est ainsi de tous les pays de montagne. L'imagination y est surexcitée par ces merveilles, et, si les Grecs eussent habité un pays de plaines, ils n'auraient jamais inventé la mythologie antique ! »

Pendant ces discours et bien d'autres, la voiture s'enfonçait dans les défilés d'une vallée étroite, qui eût été très propice aux ébats des brawnies familiers de la grande Meg Mérillies. Le petit lac d'Arklet fut laissé sur la gauche, et une route à pente raide se présenta, qui conduisait à l'auberge de Stronachlacar, sur la rive du lac Katrine.

Là, au musoir d'une légère estacade, se balançait un petit steam-boat, qui portait naturellement le nom de *Rob-Roy*. Les voyageurs s'y embarquèrent aussitôt : il allait partir.

Le lac Katrine ne mesure que dix milles de longueur, sur une largeur qui ne dépasse jamais deux milles. Les premières collines du littoral sont encore empreintes d'un grand caractère.

« Voilà donc ce lac, s'écria James Starr, que l'on a

justement comparé à une longue anguille ! On affirme qu'il ne gèle jamais. Je n'en sais rien, mais ce qu'il ne faut point oublier, c'est qu'il a servi de théâtre aux exploits de la *Dame du lac*. Je suis certain que, si notre ami Jack regardait bien, il verrait glisser encore à sa surface l'ombre légère de la belle Hélène Douglas !

– Certainement, monsieur Starr, répondit Jack Ryan, et pourquoi ne la verrais-je point ? Pourquoi cette jolie femme ne serait-elle pas aussi visible sur les eaux du lac Katrine, que le sont les lutins de la houillère sur les eaux du lac Malcolm ? »

En cet instant, les sons clairs d'une cornemuse se firent entendre à l'arrière du *Rob-Roy*.

Là, un Highlander en costume national préludait, sur son « bag-pipe » à trois bourdons, dont le plus gros sonnait le *sol*, le second le *si*, et le plus petit l'octave du gros. Quant au chalumeau, percé de huit trous, il donnait une gamme de *sol* majeur dont le *fa* était naturel.

Le refrain du Highlander était un chant simple, doux et naïf. On peut croire, véritablement, que ces mélodies nationales n'ont été composées par personne, qu'elles sont un mélange naturel de souffle de la brise, du murmure des eaux, du bruissement des feuilles. La forme du refrain, qui revenait à intervalles réguliers, était bizarre. Sa phrase se composait de trois mesures à deux temps, et d'une mesure à trois temps, finissant sur le temps faible. Contrairement aux chants de la vieille époque, il était en majeur, et l'on eût pu l'écrire comme suit, dans ce langage chiffré qui donne, non les notes, mais les intervalles des tons :

5	1.2	35 5	1.765 ...	22.22
	1.2	35 5	1.765 ...	11.11

Un homme véritablement heureux alors, ce fut Jack Ryan. Ce chant des lacs d'Écosse, il le savait. Aussi, pendant que le Highlander l'accompagnait sur sa cornemuse, il chanta de sa voix sonore un hymne, consacré aux poétiques légendes de la vieille Calédonie :

Beaux lacs aux ondes dormantes,
Gardez à jamais
Vos légendes charmantes,
Beaux lacs écossais !

Sur vos bords on trouve la trace
De ces héros tant regrettés,
Ces descendants de noble race,
Que notre Walter a chantés !
Voici la tour où les sorcières
Préparaient leur repas frugal ;
Là, les vastes champs de bruyères,
Où revient l'ombre de Fingal.

Ici passent dans la nuit sombre
Les folles danses des lutins.
Là, sinistre, apparaît dans l'ombre
La face des vieux Puritains !
Et parmi les rochers sauvages,
Le soir, on peut surprendre encor
Waverley, qui, vers vos rivages,
Entraîne Flora Mac Ivor !

La Dame du Lac vient sans doute
Errer là sur son palefroi,
Et Diana, non loin, écoute
Résonner le cor de Rob Roy !
N'a-t-on pas entendu naguère
Fergus au milieu de ses clans,
Entonnant ses pibrochs de guerre,
Réveiller l'écho des Highlands

Si loin de vous, lacs poétiques,
Que le destin mène nos pas,
Ravins, rochers, grottes antiques,
Nos yeux ne vous oublieront pas !
O vision trop tôt finie,
Vers nous ne peux-tu revenir !
A toi, vieille Calédonie,
A toi, tout notre souvenir !

Beaux lacs aux ondes dormantes,
Gardez à jamais
Vos légendes charmantes,
Beaux lacs écossais !

Il était trois heures du soir. Les rives occidentales du lac Katrine, moins accidentées, se détachaient alors dans le double cadre du Ben An et du Ben Venue. Déjà, à un demi-mille, se dessinait l'étroit bassin, au fond duquel le *Rob-Roy* allait débarquer les voyageurs, qui se rendaient à Stirling par Callander.

Nell était comme épuisée par la tension continue de son esprit. Un seul mot sortait de ses lèvres : « Mon Dieu ! mon Dieu ! » chaque fois qu'un nouveau sujet d'admiration s'offrait à sa vue. Il lui fallait quelques heures de repos, ne fût-ce que pour fixer plus durablement le souvenir de tant de merveilles.

A ce moment, Harry avait repris sa main. Il regarda la jeune fille avec émotion et lui dit :

« Nell, ma chère Nell, bientôt nous serons rentrés dans notre sombre domaine ! Ne regretteras-tu rien de ce que tu as vu pendant ces quelques heures passées à la pleine lumière du jour ?

– Non, Harry, répondit la jeune fille. Je me souviendrai, mais c'est avec bonheur que je rentrerai avec toi dans notre bien-aimée houillère.

– Nell, demanda Harry d'une voix dont il voulait en vain contenir l'émotion, veux-tu qu'un lien sacré nous unisse à jamais devant Dieu et devant les hommes ? Veux-tu de moi pour époux ?

– Je le veux, Harry, répondit Nell, en le regardant de ses yeux si purs, je le veux, si tu crois que je puisse suffire à ta vie... »

Nell n'avait pas achevé cette phrase, dans laquelle se résumait tout l'avenir d'Harry, qu'un inexplicable phénomène se produisit.

Le *Rob-Roy,* bien qu'il fût encore à un demi-mille de la rive, éprouvait un choc brusque. Sa quille venait de heurter le fond du lac, et sa machine, malgré tous ses efforts, ne put l'en arracher.

Et si cet accident était arrivé, c'est que, dans sa portion orientale, le lac Katrine venait de se vider presque subitement, comme si une immense fissure se fût ouverte sous son lit. En quelques secondes, il s'était asséché, ainsi qu'un littoral au plus bas d'une grande marée d'équinoxe. Presque tout son contenu avait fui à travers les entrailles du sol.

« Mes amis, s'était écrié James Starr, comme si la cause du phénomène se fût soudain révélée à son esprit, Dieu sauve la Nouvelle-Aberfoyle ! »

XIX

UNE DERNIÈRE MENACE

Ce jour-là, dans la Nouvelle-Aberfoyle, les travaux s'accomplissaient d'une façon régulière. On entendait au loin le fracas des cartouches de dynamite, faisant éclater le filon carbonifère. Ici, c'étaient les coups de pic et de pince qui provoquaient l'abatage du charbon ; là, le grincement des perforatrices, dont les fleurets trouaient les failles de grès ou de schiste. Il se faisait de longs bruits caverneux. L'air aspiré par les machines fusait à travers les galeries d'aération. Les portes de bois se refermaient brusquement sous ces violentes poussées. Dans les tunnels inférieurs, les trains de wagonnets, mus mécaniquement, passaient avec une vitesse de quinze milles à l'heure, et les timbres automatiques prévenaient les ouvriers de se blottir dans les refuges. Les cages montaient et descendaient sans relâche, halées par les énormes tambours des machines installées à la surface du sol. Les disques, poussés à plein feu, éclairaient vivement Coal-city.

L'exploitation était donc conduite avec la plus grande activité. Le filon s'égrenait dans les wagonnets, qui venaient par centaines se vider dans les bennes, au fond des puits d'extraction. Pendant qu'une partie des mineurs se reposait après les travaux nocturnes, les équipes de jour travaillaient sans perdre une heure.

Simon Ford et Madge, leur dîner terminé, s'étaient installés dans la cour du cottage. Le vieil overman faisait sa sieste accoutumée. Il fumait sa pipe bourrée d'excellent tabac de France. Lorsque les deux époux causaient, c'était pour parler de Nell, de leur garçon, de James Starr, de cette excursion à la surface de la terre. Où étaient-ils ? Que faisaient-ils en ce moment ? Comment, sans éprouver la nostalgie de la houillère, pouvaient-ils rester si longtemps au-dehors ?

En ce moment, un mugissement d'une violence extraordinaire se fit soudain entendre. c'était à croire qu'une énorme cataracte se précipitait dans la houillère.

Simon Ford et Madge s'étaient levés brusquement.

Presque aussitôt les eaux du lac Malcolm se gonflèrent. Une haute vague, déferlant comme une lame de mascaret, envahit la rive et vint se briser contre le mur du cottage.

Simon Ford, saisissant Madge, l'avait rapidement entraînée au premier étage de l'habitation.

En même temps, des cris s'élevaient de toutes parts dans Coal-city, menacée par cette inondation subite. Ses habitants cherchaient refuge jusque sur les hautes roches schisteuses, qui formaient le littoral du lac.

La terreur était au comble. Déjà quelques familles de mineurs, à demi affolées, se précipitaient vers le tunnel, pour gagner les étages supérieurs. On pouvait craindre que la mer n'eût fait irruption dans la houillère, dont les galeries s'enfonçaient jusque sous le canal du Nord. La crypte, si vaste qu'elle fût, aurait été entièrement noyée. Pas un des habitants de la Nouvelle-Aberfoyle n'eût échappé à la mort.

Mais, au moment où les premiers fuyards atteignaient l'orifice du tunnel, ils se trouvèrent en face de Simon Ford, qui avait aussitôt quitté le cottage.

« Arrêtez, arrêtez, mes amis ! leur cria le vieil overman. Si notre cité devait être envahie, l'inondation courrait plus vite que vous, et personne ne lui échapperait ! Mais les eaux ne croissent plus ! Tout danger paraît être écarté.

– Et nos compagnons qui sont occupés aux travaux du fond ? s'écrièrent quelques-uns des mineurs.

– Il n'y a rien à craindre pour eux, répondit Simon Ford. L'exploitation se fait à un étage supérieur au lit du lac ! »

Les faits devaient donner raison au vieil overman. L'envahissement de l'eau s'était produit subitement ; mais, réparti à l'étage inférieur de la vaste houillère, il n'avait eu d'autre effet que de surélever de quelques pieds le niveau du lac Malcolm. Coal-city n'était donc pas compromise, et l'on pouvait espérer que l'inondation, entraînée dans les plus basses profondeurs de la houillère, encore inexploitées, n'aurait fait aucune victime.

Quant à cette inondation, si elle était due à l'épanchement

Le lit du lac Katrine s'était subitement effondré.

d'une nappe intérieure à travers les fissures du massif, ou si quelque cours d'eau du sol s'était précipité par son lit effondré jusqu'aux derniers étages de la mine, Simon Ford et ses compagnons ne pouvaient le dire. Quant à penser qu'il s'agissait là d'un simple accident, tel qu'il s'en produit quelquefois dans les charbonnages, cela ne faisait doute pour personne.

Mais, le soir même, on savait à quoi s'en tenir. Les journaux du comté publiaient le récit de cet étrange phénomène, dont le lac Katrine avait été le théâtre. Nell, Harry, James Starr et Jack Ryan, qui étaient revenus en toute hâte au cottage, confirmaient ces nouvelles, et apprenaient, non sans grande satisfaction, que tout se bornait à des dégâts matériels dans la Nouvelle-Aberfoyle.

Ainsi donc, le lit du lac Katrine s'était subitement effondré. Ses eaux avaient fait irruption à travers une large fissure jusque dans la houillère. Au lac favori du romancier écossais, il ne restait plus de quoi mouiller les jolis pieds de la Dame du Lac, – du moins dans toute sa partie méridionale. Un étang de quelques acres, voilà à quoi il était réduit, là où son lit se trouvait en contre-bas de la portion effondrée.

Quel retentissement eut cet événement bizarre ! C'était la première fois, sans doute, qu'un lac se vidait en quelques instants dans les entrailles du sol. Il n'y avait plus, maintenant, qu'à rayer celui-ci des cartes du Royaume-Uni, jusqu'à ce qu'on l'eût rempli de nouveau – par souscription publique –, après avoir préalablement bouché la fissure. Walter Scott en fût mort de désespoir, – s'il eût encore été de ce monde !

Après tout, l'accident était explicable. En effet, entre la profonde cavité et le lit du lac, l'étage des terrains secondaires se réduisait à une mince couche, par suite d'une disposition géologique particulière du massif.

Mais, si cet éboulement semblait être dû à une cause naturelle, James Starr, Simon et Harry Ford se demandèrent, eux, s'il ne fallait pas l'attribuer à la malveillance. Les soupçons étaient revenus avec plus de force à leur esprit. Le génie malfaisant allait-il donc recommencer ses entreprises contre les exploitants de la riche houillère ?

Quelques jours après, James Starr en causait au cottage avec le vieil overman et son fils.

« Simon, dit-il, suivant moi, bien que le fait puisse s'expliquer de lui-même, j'ai comme un pressentiment qu'il rentre dans la catégorie de ceux dont nous recherchons encore la cause !

– Je pense comme vous, monsieur James, répondit Simon Ford ; mais, si vous m'en croyez, n'ébruitons rien et faisons notre enquête nous-mêmes.

– Oh ! s'écria l'ingénieur, j'en connais le résultat d'avance !

– Eh ! quel sera-t-il ?

– Nous trouverons les preuves de la malveillance, mais non le malfaiteur !

– Cependant il existe ! répondit Simon Ford. Où se cache-t-il ? Un seul être, si pervers qu'il soit, pourrait-il mener à bien une idée aussi infernale que celle de provoquer l'effondrement d'un lac ? Vraiment, je finirai par croire, avec Jack Ryan, que c'est quelque génie de la houillère, qui nous en veut d'avoir envahi son domaine ! »

Il va sans dire que Nell, autant que possible, était tenue en dehors de ces conciliabules. Elle aidait, d'ailleurs, au désir qu'on avait de ne lui en rien laisser soupçonner. Son attitude témoignait, toutefois, qu'elle partageait les préoccupations de sa famille adoptive. Sa figure attristée portait la marque des combats intérieurs qui l'agitaient.

Quoi qu'il en soit, il fut résolu que James Starr, Simon et Harry Ford retourneraient sur le lieu même de l'éboulement, et qu'ils essayeraient de se rendre compte de ses causes. Ils ne parlèrent à personne de leur projet. A qui n'eût pas connu l'ensemble des faits qui lui servaient de base, l'opinion de James Starr et de ses amis devait sembler absolument inadmissible.

Quelques jours après, tous trois, montant un léger canot que manœuvrait Harry, vinrent examiner les piliers naturels qui soutenaient la partie du massif, dans laquelle se creusait le lit du lac Katrine.

Cet examen leur donna raison. Les piliers avaient été attaqués à coups de mine. Les traces noircies étaient encore visibles, car les eaux avaient baissé par suite d'infiltrations, et l'on pouvait arriver jusqu'à la base de la substruction.

Cette chute d'une portion des voûtes du dôme avait été préméditée, puis exécutée de main d'homme.

« Aucun doute n'est possible, dit James Starr. Et qui sait

ce qui serait arrivé, si, au lieu de ce petit lac, l'effondrement eût ouvert passage aux eaux d'une mer !

– Oui ! s'écria le vieil overman avec un sentiment de fierté, il n'aurait pas fallu moins d'une mer pour noyer notre Aberfoyle ! Mais, encore une fois, quel intérêt peut avoir un être quelconque à la ruine de notre exploitation ?

– C'est incompréhensible, répondit James Starr. Il ne s'agit pas là d'une bande de malfaiteurs vulgaires qui, de l'antre où ils s'abritent, se répandraient sur le pays pour voler et piller ! De tels méfaits, depuis trois ans, auraient révélé leur existence ! Il ne s'agit pas, non plus, comme j'y ai pensé quelquefois, de contrebandiers ou de faux monnayeurs, cachant dans quelque recoin encore ignoré de ces immenses cavernes leur coupable industrie, et intéressés par suite à nous en chasser. On ne fait ni de la fausse monnaie ni de la contrebande pour la garder ! Il est clair cependant qu'un ennemi implacable a juré la perte de la Nouvelle-Aberfoyle, et qu'un intérêt le pousse à chercher tous les moyens possibles d'assouvir la haine qu'il nous a vouée ! Trop faible, sans doute, pour agir ouvertement, c'est dans l'ombre qu'il prépare ses embûches, mais l'intelligence qu'il y déploie fait de lui un être redoutable. Mes amis, il possède mieux que nous tous les secrets de notre domaine, puisque depuis si longtemps il échappe à toutes nos recherches ! C'est un homme du métier, un habile parmi les habiles, à coup sûr, Simon. Ce que nous avons surpris de sa façon d'opérer en est la preuve manifeste. Voyons ! avez-vous jamais eu quelque ennemi personnel, sur lequel vos soupçons puissent se porter ? Cherchez bien. Il y a des monomanies de haine que le temps n'éteint pas. Remontez au plus haut dans votre vie, s'il le faut. Tout ce qui se passe est l'œuvre d'une sorte de folie froide et patiente, qui exige que vous évoquiez sur ce point jusqu'à vos plus lointains souvenirs ! »

Simon Ford ne répondit pas. On voyait que l'honnête overman, avant de s'expliquer, interrogeait avec candeur tout son passé. Enfin, relevant la tête :

« Non, dit-il, devant Dieu, ni Madge, ni moi, nous n'avons jamais fait de mal à personne. Nous ne croyons pas que nous puissions avoir un ennemi, un seul !

– Ah ! s'écria l'ingénieur, si Nell voulait enfin parler !

– Monsieur Starr, et vous, mon père, répondit Harry, je

vous en supplie, gardons encore pour nous seuls le secret de notre enquête ! N'interrogez pas ma pauvre Nell ! Je la sens déjà anxieuse et tourmentée. Il est certain pour moi que son cœur contient à grand-peine un secret qui l'étouffe. Si elle se tait, c'est ou qu'elle n'a rien à dire, ou qu'elle ne croit pas devoir parler ! Nous ne pouvons pas douter de son affection pour nous, pour nous tous ! Plus tard, si elle m'apprend ce qu'elle nous a tu jusqu'ici, vous en serez instruits aussitôt.

– Soit, Harry, répondit l'ingénieur, et cependant ce silence, si Nell sait quelque chose, est vraiment bien inexplicable ! »

Et comme Harry allait se récrier :

« Sois tranquille, ajouta l'ingénieur. Nous ne dirons rien à celle qui doit être ta femme.

– Et qui le serait sans plus attendre, si vous le vouliez, mon père !

– Mon garçon, dit Simon Ford, dans un mois, jour pour jour, ton mariage se fera. – Vous tiendrez lieu de père à Nell, monsieur James ?

– Comptez sur moi, Simon », répondit l'ingénieur.

James Starr et ses deux compagnons revinrent au cottage. Ils ne dirent rien du résultat de leur exploration, et, pour tout le monde de la houillère, l'effondrement des voûtes resta à l'état de simple accident. Il n'y avait qu'un lac de moins en Écosse.

Nell avait peu à peu repris ses occupations habituelles. De cette visite à la surface du comté, elle avait gardé d'impérissables souvenirs qu'Harry utilisait pour son instruction. Mais cette initiation à la vie du dehors ne lui avait laissé aucun regret. Elle aimait, comme avant cette exploration, le sombre domaine où, femme, elle continuerait de demeurer, après y avoir vécu enfant et jeune fille.

Cependant, le mariage prochain de Harry Ford et de Nell avait fait grand bruit dans la Nouvelle-Aberfoyle. Les compliments affluèrent au cottage. Jack Ryan ne fut pas le dernier à y apporter les siens. On le surprenait aussi à étudier au loin ses meilleures chansons pour une fête à laquelle toute la population de Coal-city devait prendre part.

Mais il arriva que, pendant le mois qui précéda le mariage, la Nouvelle-Aberfoyle fut plus éprouvée qu'elle ne l'avait jamais été. On eût dit que l'approche de l'union de Nell et d'Harry provoquait catastrophes sur catastrophes.

Les accidents se produisaient principalement dans les travaux du fond, sans que la véritable cause pût en être connue.

Ainsi, un incendie dévora le boisage d'une galerie inférieure, et on retrouva la lampe que l'incendiaire avait employée. Harry et ses compagnons durent risquer leur vie pour arrêter ce feu, qui menaçait de détruire le gisement, et ils n'y parvinrent qu'en employant les extincteurs, remplis d'une eau chargée d'acide carbonique, dont la houillère était prudemment pourvue.

Une autre fois, ce fut un éboulement dû à la rupture des étançons d'un puits, et James Starr constata que ces étançons avaient été préalablement attaqués à la scie. Harry, qui surveillait les travaux sur ce point, fut enseveli sous les décombes et n'échappa que par miracle à la mort.

Quelques jours après, sur le tramway à traction mécanique, le train de wagonnets sur lequel Harry était monté, tamponna un obstacle et fut culbuté. On reconnut ensuite qu'une poutre avait été placée en travers de la voie.

Bref, ces faits se multiplièrent tellement, qu'une sorte de panique se déclara parmi les mineurs. Il ne fallait rien de moins que la présence de leurs chefs pour les retenir sur les travaux.

« Mais ils sont donc toute une bande, ces malfaiteurs ! répétait Simon Ford, et nous ne pouvons mettre la main sur un seul ! »

On recommença les recherches. La police du comté se tint sur pied nuit et jour, mais elle ne put rien découvrir. James Starr défendit à Harry, que cette malveillance semblait viser plus directement, de s'aventurer jamais seul hors du centre des travaux.

On en agit de même à l'égard de Nell, à laquelle, sur les instances de Harry, on cachait, néanmoins, toutes ces tentatives criminelles, qui pouvaient lui rappeler le souvenir du passé. Simon Ford et Madge la gardaient jour et nuit avec une sorte de sévérité, ou plutôt de sollicitude farouche. La pauvre enfant s'en rendait compte ; mais pas une remarque, pas une plainte ne lui échappa. Se disait-elle que si l'on en agissait ainsi, c'était dans son intérêt ? Oui, probablement. Toutefois, elle aussi, à sa façon, semblait veiller sur les autres, et ne se montrait tranquille, que lorsque tous ceux qu'elle aimait étaient réunis au cottage. Le soir, quand Harry rentrait, elle ne pouvait retenir un mouvement de joie folle, peu compatible avec sa nature, d'ordinaire plus réservée qu'expansive. La nuit une fois passée, elle était debout, avant tous les autres. Son inquiétude la reprenait dès le matin, à l'heure de la sortie pour les travaux du fond.

Harry aurait voulu, pour lui rendre le repos, que leur mariage fût un fait accompli. Il lui semblait que, devant cet acte irrévocable, la malveillance, devenue inutile, désarmerait, et que Nell ne se sentirait en sûreté que lorsqu'elle serait sa femme. Cette impatience était d'ailleurs partagée par James Starr aussi bien que par Simon Ford et Madge. Chacun comptait les jours.

La vérité est que chacun était sous le coup des plus sinistres pressentiments. Cet ennemi caché, qu'on ne savait où prendre et comment combattre, on se disait tout bas que rien de ce qui concernait Nell ne lui était sans doute indifférent. Cet acte solennel du mariage d'Harry et de la jeune fille pouvait donc être l'occasion de quelque machination nouvelle de sa haine.

Un matin, huit jours avant l'époque convenue pour la cérémonie, Nell, poussée sans doute par quelque sinistre pressentiment, était parvenue à sortir la première du cottage, dont elle voulait observer les abords.

Arrivée au seuil, un cri d'indicible angoisse s'échappa de sa bouche.

Ce cri retentit dans toute l'habitation, et attira en un instant Madge, Simon et Harry près de la jeune fille.

Nell était pâle comme la mort, le visage bouleversé, les traits empreints d'une épouvante inexprimable. Hors d'état de parler, son regard était fixé sur la porte du cottage, qu'elle venait d'ouvrir. Sa main crispée y désignait ces lignes, qui avaient été tracées pendant la nuit et dont la vue la terrifiait :

« Simon Ford, tu m'as volé le dernier filon de nos « vieilles houillères ! Harry, ton fils, m'a volé Nell ! Mal- « heur à vous ! malheur à tous ! malheur à la Nouvelle- « Aberfoyle !

« SILFAX. »

« Silfax ! s'écrièrent à la fois Simon Ford et Madge.

– Quel est cet homme ? demanda Harry, dont le regard se portait alternativement de son père à la jeune fille.

– Silfax ! répétait Nell avec désespoir, Silfax ! »

Et tout son être frémissait en murmurant ce nom, pendant que Madge, s'emparant d'elle, la reconduisait presque de force à sa chambre.

James Starr était accouru. Après avoir lu et relu la phrase menaçante :

« La main qui a tracé ces lignes, dit-il, est celle qui m'avait écrit la lettre contradictoire de la vôtre, Simon ! Cet homme se nomme Silfax ! Je vois à votre trouble que vous le connaissez ! Quel est ce Silfax ? »

XX

LE PÉNITENT

Ce nom avait été toute une révélation pour le vieil overman.

C'était celui du dernier « pénitent » de la fosse Dochart.

Autrefois, avant l'invention de la lampe de sûreté, Simon Ford avait connu cet homme farouche, qui, au risque de sa vie, allait chaque jour provoquer les explosions partielles du grisou. Il avait vu cet être étrange, rôdant dans la mine, toujours accompagné d'un énorme harfang, sorte de chouette monstrueuse, qui l'aidait dans son périlleux métier en portant une mèche enflammée là où la main de Silfax ne pouvait atteindre. Un jour, ce vieillard avait disparu, et, en même temps que lui, une petite orpheline, née dans la mine et qui n'avait plus pour parent que lui, son arrière-grand-père. Cette enfant, évidemment, c'était Nell. Depuis quinze ans, tous deux auraient donc vécu dans quelque secret abîme, jusqu'au jour où Nell fut sauvée par Harry.

Le vieil overman, en proie à la fois à un sentiment de pitié et de colère, communiqua à l'ingénieur et à son fils ce que la vue de ce nom de Silfax venait de lui révéler.

Cela éclaircissait toute la situation. Silfax était l'être mystérieux vainement cherché dans les profondeurs de la Nouvelle-Aberfoyle !

« Ainsi, vous l'avez connu, Simon ? demanda l'ingénieur.

– Oui, en vérité, répondit l'overman. L'homme au harfang ! Il n'était déjà plus jeune. Il devait avoir quinze ou vingt ans de plus que moi. Une sorte de sauvage, qui ne frayait avec personne, qui passait pour ne craindre ni l'eau ni le feu ! C'était par goût qu'il avait choisi le métier de pénitent, dont peu se souciaient. Cette dangereuse profession avait dérangé ses idées. On le disait méchant, et il n'était peut-être que fou. Sa force était prodigieuse. Il connaissait la houillère comme pas un, – aussi bien que moi tout au moins. On lui accordait une certaine aisance. Ma foi, je le croyais mort depuis bien des années.

– Mais, reprit James Starr, qu'entend-il par ces mots : « Tu m'as volé le dernier filon de nos vieilles houillères » ?

– Ah ! voilà, répondit Simond Ford. Il y a longtemps déjà, Silfax, dont la cervelle, je vous l'ai dit, a toujours été dérangée, prétendait avoir des droits sur l'ancienne Aberfoyle. Aussi son humeur devenait-elle de plus en plus farouche à mesure que la fosse Dochart, – sa fosse ! – s'épuisait ! Il semblait que ce fussent ses propres entrailles que chaque coup de pic lui arrachât du corps ! – Tu dois te souvenir de cela, Madge ?

– Oui, Simon, répondit la vieille Écossaise.

– Cela me revient maintenant, reprit Simon Ford, depuis que j'ai vu le nom de Silfax sur cette porte ; mais, je le répète, je le croyais mort, et je ne pouvais imaginer que cet être malfaisant, que nous avons tant cherché, fût l'ancien pénitent de la fosse Dochart !

– En effet, dit James Starr, tout s'explique. Un hasard a révélé à Silfax l'existence du nouveau gisement. Dans son égoïsme de fou, il aura voulu s'en constituer le défenseur. Vivant dans la houillère, la parcourant nuit et jour, il aura surpris votre secret, Simon, et su que vous me demandiez en toute hâte au cottage. De là, cette lettre contradictoire de la vôtre ; de là, après mon arrivée, le bloc de pierre lancé contre Harry et les échelles détruites du puits Yarow ; de là, l'obturation des fissures à la paroi du nouveau gisement ; de là, enfin, notre séquestration, puis notre délivrance, qui s'est accomplie grâce à la secourable Nell, sans doute, à l'insu et malgré ce Silfax !

– Vous venez de raconter les choses comme elles ont évidemment dû se passer, monsieur James, répondit Simon Ford. Le vieux pénitent est certainement fou, maintenant !

– Cela vaut mieux, dit Madge.

– Je ne sais, reprit James Starr en secouant la tête, car ce doit être une folie terrible que la sienne ! Ah ! je comprends que Nell ne puisse songer à lui sans épouvante, et je comprends aussi qu'elle n'ait pas voulu dénoncer son grand-père ! Quelles tristes années elle a dû passer près de ce vieillard !

– Bien tristes ! répondit Simon Ford, entre ce sauvage et son harfang, non moins sauvage que lui ! Car, bien sûr, il n'est pas mort, cet oiseau ! Ce ne peut être que lui qui a éteint notre lampe, lui qui a failli couper la corde à laquelle étaient suspendus Harry et Nell !...

– Et je comprends, dit Madge, que la nouvelle du

mariage de sa petite-fille avec notre fils semble avoir exaspéré la rancune et redoublé la rage de Silfax !

– Le mariage de Nell avec le fils de celui qu'il accuse de lui avoir volé le dernier gisement des Aberfoyle ne peut, en effet, qu'avoir porté son irritation au comble ! reprit Simon Ford.

– Il faudra pourtant bien qu'il prenne son parti de cette union ! s'écria Harry. Si étranger qu'il soit à la vie commune, on finira bien par l'amener à reconnaître que la nouvelle existence de Nell vaut mieux que celle qu'il lui faisait dans les abîmes de la houillère ! Je suis sûr, monsieur Starr, que si nous pouvions mettre la main sur lui, nous parviendrions à lui faire entendre raison !...

– On ne raisonne pas avec la folie, mon pauvre Harry ! répondit l'ingénieur. Mieux vaut sans doute connaître son ennemi que l'ignorer, mais tout n'est pas fini, parce que nous savons aujourd'hui ce qu'il est. Tenons-nous sur nos gardes, mes amis, et pour commencer, Harry, il faut interroger Nell ! Il le faut ! Elle comprendra que, à l'heure qu'il est, son silence n'aurait plus de raison. Dans l'intérêt même de son grand-père, il convient qu'elle parle. Il importe autant pour lui que pour nous, que nous puissions mettre à néant ses sinistres projets.

– Je ne doute pas, monsieur Starr, répondit Harry, que Nell ne vienne de son propre mouvement au-devant de vos questions. Vous le savez maintenant, c'est par conscience, c'est par devoir qu'elle s'est tue jusqu'ici. C'est par devoir, c'est par conscience qu'elle parlera dès que vous le voudrez. Ma mère a bien fait de la reconduire dans sa chambre. Elle avait grand besoin de se recueillir, mais je vais l'aller chercher...

– C'est inutile, Harry », dit d'une voix ferme et claire la jeune fille, qui entrait au moment même dans la grande salle du cottage.

Nell était pâle. Ses yeux disaient combien elle avait pleuré ; mais on la sentait résolue à la démarche que sa loyauté lui commandait en ce moment.

« Nell ! s'était écrié Harry, en s'élançant vers la jeune fille.

– Harry, répondit Nell, qui d'un geste arrêta son fiancé, ton père, ta mère et toi, il faut aujourd'hui que vous sachiez tout. Il faut que vous n'ignoriez rien non plus, monsieur

Starr, de ce qui concerne l'enfant que vous avez accueillie sans la connaître et qu'Harry pour son malheur, hélas ! a tirée de l'abîme.

– Nell ! s'écria Harry.

– Laisse parler Nell, dit James Starr, en imposant silence à Harry.

– Je suis la petite-fille du vieux Silfax, reprit Nell. Je n'ai jamais connu de mère que le jour où je suis entrée ici, ajouta-t-elle en regardant Madge.

– Que ce jour soit béni, ma fille ! répondit la vieille Écossaise.

– Je n'ai jamais connu de père que le jour où j'ai vu Simon Ford, reprit Nell, et d'ami que le jour où la main d'Harry a touché la mienne ! Seule, j'ai vécu pendant quinze ans, dans les recoins les plus reculés de la mine, avec mon grand-père. Avec lui, c'est beaucoup dire. Par lui serait plus juste. Je le voyais à peine. Lorsqu'il disparut de l'ancienne Aberfoyle, il se réfugia dans ces profondeurs que lui seul connaissait. A sa façon, il était alors bon pour moi, quoique effrayant. Il me nourrissait de ce qu'il allait chercher au-dehors ; mais j'ai le vague souvenir que, d'abord, pendant mes plus jeunes années, j'ai eu pour nourrice une chèvre, dont la perte m'a bien désolée. Grand-père, me voyant si chagrine, la remplaça d'abord par un autre animal, – un chien, me dit-il. Malheureusement, ce chien était gai. Il aboyait. Grand-père n'aimait pas la gaieté. Il avait horreur du bruit. Il m'avait appris le silence, et n'avait pu l'apprendre au chien. Le pauvre animal disparut presque aussitôt. Grand-père avait pour compagnon un oiseau farouche, un harfang, qui d'abord me fit horreur ; mais cet oiseau, malgré la répulsion qu'il m'inspirait, me prit en une telle affection, que je finis par la lui rendre. Il en était venu à m'obéir mieux qu'à son maître, et cela même m'inquiétait pour lui. Grand-père était jaloux. Le harfang et moi, nous nous cachions le plus que nous pouvions d'être trop bien ensemble ! Nous comprenions qu'il le fallait !... Mais c'est trop vous parler de moi ! C'est de vous qu'il s'agit...

– Non, ma fille, répondit James Starr. Dis les choses comme elles te viennent.

– Mon grand-père, reprit Nell, avait toujours vu d'un très mauvais œil votre voisinage dans la houillère. L'espace ne manquait pas, cependant. C'était loin, bien loin de vous qu'il se choisissait des refuges. Cela lui déplaisait de vous sentir là. Quand je le questionnais sur les gens de là-haut, son visage s'assombrissait, il ne répondait pas et devenait comme muet pour longtemps. Mais où sa colère éclata, ce fut quand il s'aperçut que, ne vous contentant plus du vieux domaine, vous sembliez vouloir empiéter sur le sien. Il jura que si vous parveniez à pénétrer dans la nouvelle houillère, connue de lui seul jusqu'alors, vous péririez ! Malgré son âge, sa force est encore extraordinaire, et ses menaces me firent trembler pour vous et pour lui.

– Continue, Nell, dit Simon Ford à la jeune fille, qui s'était interrompue un instant, comme pour mieux rassembler ses souvenirs.

– Après votre première tentative, reprit Nell, dès que grand-père vous vit pénétrer dans la galerie de la Nouvelle-Aberfoyle, il en boucha l'ouverture et en fit une prison pour vous. Je ne vous connaissais que comme des ombres, vaguement entrevues dans l'obscure houillère ; mais je ne pus supporter l'idée que des chrétiens allaient mourir de faim dans ces profondeurs, et, au risque d'être prise sur le fait, je parvins à vous procurer pendant quelques jours un peu d'eau et de pain !... J'aurais voulu vous guider au-dehors, mais il était si difficile de tromper la surveillance de mon grand-père ! Vous alliez mourir ! Jack Ryan et ses compagnons arrivèrent... Dieu a permis que je les aie rencontrés ce jour-là ! Je les entraînai jusqu'à vous. Au retour, mon grand-père me surprit. Sa colère contre moi fut terrible. Je crus que j'allais périr de sa main ! Depuis lors, la vie devint insupportable pour moi. Les idées de mon grand-père s'égarèrent tout à fait. Il se proclamait le roi de l'ombre et du feu ! Quand il entendait vos pics frapper ces filons qu'il regardait comme les siens, il devenait furieux et me battait avec rage. Je voulus fuir. Ce fut impossible, tant il me gardait de près. Enfin, il y a trois mois, dans un accès de démence sans nom, il me descendit dans l'abîme où vous m'avez trouvée, et il disparut, après avoir vainement appelé l'harfang, qui resta fidèlement près de moi. Depuis quand étais-je là ? je l'ignore ! Tout ce que je sais, c'est que je me sentais mourir, quand tu es arrivé, mon Harry, et quand tu m'as sauvée ! Mais, tu le vois, la petite-fille du vieux Silfax ne peut pas être la femme d'Harry Ford, puisqu'il y va de ta vie, de votre vie à tous !

Des gardiens armés furent postés aux diverses issues.

– Nell ! s'écria Harry.

– Non, reprit la jeune fille. Mon sacrifice est fait. Il n'est qu'un moyen de conjurer votre perte : c'est que je retourne près de mon grand-père. Il menace toute la Nouvelle-Aberfoyle !... C'est une âme incapable de pardon, et nul ne peut savoir ce que le génie de la vengeance lui aura inspiré ! Mon devoir est clair. Je serais la plus misérable des créatures si j'hésitais à l'accomplir. Adieu ! et merci ! Vous m'avez fait connaître le bonheur dès ce monde ! Quoi qu'il arrive, pensez que mon cœur tout entier restera au milieu de vous ! »

A ces mots, Simon Ford, Madge, Harry fou de douleur, s'étaient levés.

« Quoi, Nell ! s'écrièrent-ils avec désespoir, tu voudrais nous quitter ! »

James Starr les écarta d'un geste plein d'autorité, et, allant droit à Nell, il lui prit les deux mains.

« C'est bien, mon enfant, lui dit-il. Tu as dit ce que tu devais dire ; mais voici ce que nous avons à te répondre. Nous ne te laisserons pas partir, et, s'il le faut, nous te retiendrons par la force. Nous crois-tu donc capables de cette lâcheté d'accepter ton offre généreuse ? Les menaces de Silfax sont redoutables, soit ! Mais, après tout, un homme n'est qu'un homme, et nous prendrons nos précautions. Cependant, peux-tu, dans l'intérêt de Silfax même, nous renseigner sur ses habitudes, nous dire où il se cache ? Nous ne voulons qu'une chose : le mettre hors d'état de nuire, et peut-être le ramener à la raison.

– Vous voulez l'impossible, répondit Nell. Mon grand-père est partout et nulle part. Je n'ai jamais connu ses retraites ! Je ne l'ai jamais vu endormi. Quand il avait trouvé quelque refuge, il me laissait seule et disparaissait. Lorsque j'ai pris ma résolution, monsieur Starr, je savais tout ce que vous pouviez me répondre. Croyez-moi ! Il n'y a qu'un moyen de désarmer mon grand-père : c'est que je parvienne à le retrouver. Il est invisible, lui, mais il voit tout. Demandez-vous comment il aurait découvert vos plus secrètes pensées, depuis la lettre écrite à M. Starr, jusqu'au projet de mon mariage avec Harry, s'il n'avait pas l'inexplicable faculté de tout savoir. Mon grand-père, autant que je puis en juger, est, dans sa folie même, un homme puissant par l'esprit. Autrefois, il lui est arrivé de me dire de grandes choses. Il m'a appris Dieu, et ne m'a trompée que sur un point : c'est quand il m'a fait croire que tous les hommes étaient perfides, lorsqu'il a voulu m'inspirer sa haine contre l'humanité tout entière. Lorsque Harry m'a rapportée dans ce cottage, vous avez pensé que j'étais ignorante seulement ! J'étais plus que cela. J'étais épouvantée ! Ah ! pardonnez-moi ! mais, pendant quelques jours, je me suis crue au pouvoir des méchants, et je voulais vous fuir ! Ce qui a commencé à ramener mon esprit au vrai, c'est vous, Madge, non par vos paroles, mais par le spectacle de votre vie, alors que je vous voyais aimée et respectée de votre mari et de votre fils ! Puis, quand j'ai vu ces travailleurs, heureux et bons, vénérer M. Starr, dont je les ai crus d'abord les esclaves, lorsque pour la première fois j'ai vu toute la population d'Aberfoyle venir à la chapelle, s'y agenouiller, prier Dieu et le remercier de ses bontés infinies, alors je me suis dit : « Mon grand-père m'a trompée ! » Mais aujourd'hui, éclairée par ce que vous m'avez appris, je pense qu'il s'est trompé lui-même ! Je vais donc reprendre les chemins secrets par lesquels je l'accompagnais autrefois. Il doit me guetter ! Je l'appellerai... il m'entendra, et qui sait si, en retournant vers lui, je ne le ramènerai pas à la vérité ? »

Tous avaient laissé parler la jeune fille. Chacun sentait qu'il devait lui être bon d'ouvrir son cœur tout entier à ses amis, au moment où, dans sa généreuse illusion, elle croyait qu'elle allait les quitter pour toujours. Mais quand, épuisée, les yeux pleins de larmes, elle se tut, Harry, se tournant vers Madge, dit :

« Ma mère, que penseriez-vous de l'homme qui abandonnerait la noble fille que vous venez d'entendre ?

– Je penserais, répondit Madge, que cet homme est un lâche, et, s'il était mon fils, je le renierais, je le maudirais !

– Nell, tu as entendu notre mère, reprit Harry. Où que tu ailles, je te suivrai. Si tu persistes à partir, nous partirons ensemble...

– Harry ! Harry ! » s'écria Nell.

Mais l'émotion était trop forte. On vit blêmir les lèvres de la jeune fille, et elle tomba dans les bras de Madge, qui pria l'ingénieur, Simon et Harry de la laisser seule avec elle.

XXI

LE MARIAGE DE NELL

On se sépara, mais il fut d'abord convenu que les hôtes du cottage seraient plus que jamais sur leurs gardes. La menace du vieux Silfax était trop directe pour qu'il n'en fût pas tenu compte. C'était à se demander si l'ancien pénitent ne disposait pas de quelque moyen terrible qui pouvait anéantir toute l'Aberfoyle.

Des gardiens armés furent donc postés aux diverses issues de la houillère, avec ordre de veiller jour et nuit. Tout étranger à la mine dut être amené devant James Starr, afin qu'il pût constater son identité. On ne craignit pas de mettre les habitants de Coal-city au courant des menaces dont la colonie souterraine était l'objet. Silfax n'ayant aucune intelligence dans la place, il n'y avait nulle trahison à craindre. On fit connaître à Nell toutes les mesures de sûreté qui venaient d'être prises, et, sans qu'elle fût rassurée complètement, elle retrouva quelque tranquillité. Mais la résolution d'Harry de la suivre partout où elle irait, avait plus que tout contribué à lui arracher la promesse de ne pas s'enfuir.

Pendant la semaine qui précéda le mariage de Nell et d'Harry, aucun incident ne troubla la Nouvelle-Aberfoyle. Aussi les mineurs, sans se départir de la surveillance organisée, revinrent-ils de cette panique, qui avait failli compromettre l'exploitation.

Cependant James Starr continuait à faire rechercher le vieux Silfax. Le vindicatif vieillard ayant déclaré que Nell n'épouserait jamais Harry, on devait admettre qu'il ne reculerait devant rien pour empêcher ce mariage. Le mieux aurait été de s'emparer de sa personne, tout en respectant sa vie. L'exploration de la Nouvelle-Aberfoyle fut donc minutieusement recommencée. On fouilla les galeries jusque dans les étages supérieurs qui affleuraient les ruines de Dundonald-Castle, à Irvine. On supposait avec raison que c'était par le vieux château que Silfax communiquait avec l'extérieur et qu'il s'approvisionnait des choses nécessaires à sa misérable existence, soit en achetant, soit en maraudant. Quant aux « Dames de feu », James Starr eut la pensée que quelque jet de grisou, qui se produisait dans cette partie de la houillère, avait pu être allumé par Silfax et produire ce phénomène. Il ne se trompait pas. Mais les recherches furent vaines.

James Starr, pendant cette lutte de tous les instants contre un être insaisissable, fut, sans en rien faire voir, le plus malheureux des hommes. A mesure que s'approchait le jour du mariage, ses craintes s'accroissaient, et il avait cru devoir, par exception, en faire part au vieil overman, qui devint bientôt plus inquiet que lui.

Enfin le jour arriva.

Silfax n'avait pas donné signe de vie.

Dès le matin, toute la population de Coal-city fut sur pied. Les travaux de la Nouvelle-Aberfoyle avaient été suspendus. Chefs et ouvriers tenaient à rendre hommage au vieil overman et à son fils. Ce n'était que payer une dette de reconnaissance aux deux hommes hardis et persévérants, qui avaient rendu à la houillère la prospérité d'autrefois.

C'était à onze heures, dans la chapelle de Saint-Gilles, élevée sur la rive du lac Malcolm, que la cérémonie allait s'accomplir.

A l'heure dite, on vit sortir du cottage Harry donnant le bras à sa mère, Simon Ford donnant le bras à Nell.

Suivaient l'ingénieur James Starr, impassible en apparence, mais au fond s'attendant à tout, et Jack Ryan, superbe dans ses habits de piper.

Puis, venaient les autres ingénieurs de la mine, les notables de Coal-city, les amis, les compagnons du vieil overman, tous les membres de cette grande famille de mineurs, qui formait la population spéciale de la Nouvelle-Aberfoyle.

Au-dehors, il faisait une de ces journées torrides du mois d'août, qui sont particulièrement pénibles dans les pays du nord. L'air orageux pénétrait jusque dans les profondeurs de la houillère, où la température s'était élevée d'une façon

Sur un canot, le vieux Silfax, les cheveux hérissés...

anormale. L'atmosphère s'y saturait d'électricité, à travers les puits d'aération et le vaste tunnel de Malcolm.

On aurait pu constater – phénomène assez rare – que le baromètre, à Coal-city, avait baissé d'une quantité considérable. C'était à se demander, vraiment, si quelque orage n'allait pas éclater sous la voûte de schiste, qui formait le ciel de l'immense crypte.

Mais la vérité est que personne, au-dedans, ne se préoccupait des menaces atmosphériques du dehors.

Chacun, cela va sans dire, avait revêtu ses plus beaux habits pour la circonstance.

Madge portait un costume qui rappelait ceux du vieux temps. Elle était coiffée d'un « toy », comme les anciennes matrones, et sur ses épaules flottait le « rokelay », sorte de mantille quadrillée que les Écossaises portent avec une certaine élégance.

Nell s'était promis de ne rien laisser voir des agitations de sa pensée. Elle défendit à son cœur de battre, à ses secrètes angoisses de se trahir, et la courageuse enfant parvint à montrer à tous son visage calme et recueilli.

Elle était simplement mise, et la simplicité de son vêtement, qu'elle avait préféré à des ajustements plus riches, ajoutait encore au charme de sa personne. Sa seule coiffure était un « snood », ruban de couleurs variées, dont se parent ordinairement les jeunes Calédoniennes.

Simon Ford avait un habit que n'aurait pas désavoué le digne bailli Nichol Jarvie, de Walter Scott.

Tout ce monde se dirigea vers la chapelle de Saint-Gilles, qui avait été luxueusement décorée.

Au ciel de Coal-city, les disques électriques, ravivés par des courants plus intenses, resplendissaient comme autant de soleils. Une atmosphère lumineuse emplissait toute la Nouvelle-Aberfoyle.

Dans la chapelle, les lampes électriques projetaient aussi de vives lueurs, et les vitraux coloriés brillaient comme des kaléidoscopes de feux.

C'était le révérend William Hobson qui devait officier. A la porte même de Saint-Gilles, il attendait l'arrivé des époux.

Le cortège approchait, après avoir majestueusement contourné la rive du lac Malcolm.

En ce moment, l'orgue se fit entendre, et les deux couples,

précédés du révérend Hobson, se dirigèrent vers le chevet de Saint-Gilles.

La bénédiction céleste fut d'abord appelée sur toute l'assistance ; puis, Harry et Nell restèrent seuls devant le ministre, qui tenait le livre sacré à la main.

« Harry, demanda le révérend Hobson, voulez-vous prendre Nell pour femme, et jurez-vous de l'aimer toujours ?

– Je le jure, répondit le jeune homme d'une voix forte.

– Et vous, Nell, reprit le ministre, voulez-vous prendre pour époux Harry Ford, et... »

La jeune fille n'avait pas eu le temps de répondre, qu'une immense clameur retentissait au-dehors.

Un de ces énormes rochers, formant terrasse, qui surplombait la rive du lac Malcolm, à cent pas de la chapelle, venait de s'ouvrir subitement, sans explosion, comme si sa chute eût été préparée à l'avance. Au-dessous, les eaux s'engouffraient dans une excavation profonde, que personne ne savait exister là.

Puis soudain, entre les roches éboulées, apparut un canot, qu'une poussée vigoureuse lança à la surface du lac.

Sur ce canot, un vieillard, vêtu d'une sombre cagoule, les cheveux hérissés, une longue barbe blanche tombant sur sa poitrine, se tenait debout.

Il avait à la main une lampe Davy, dans laquelle brillait une flamme, protégée par la toile métallique de l'appareil.

En même temps, d'une voix forte, le vieillard criait :

« Le grisou ! le grisou ! Malheur à tous ! malheur ! »

En ce moment, la légère odeur qui caractérise l'hydrogène protocarboné se répandit dans l'atmosphère.

Et s'il en était ainsi, c'est que la chute du rocher avait livré passage à une énorme quantité de gaz explosif, emmagasiné dans d'énormes « soufflards » dont les schistes obturaient l'orifice. Les jets de grisou fusaient vers les voûtes du dôme, sous une pression de cinq à six atmosphères.

Le vieillard connaissait l'existence de ces soufflards, et il les avait brusquement ouverts, de manière à rendre détonante l'atmosphère de la crypte.

Cependant James Starr et quelques autres, quittant précipitamment la chapelle, s'étaient élancés sur la rive.

« Hors de la mine ! hors de la mine ! » cria l'ingénieur,

qui, ayant compris l'imminence du danger, vint jeter ce cri d'alarme à la porte de Saint-Gilles.

« Le grisou ! le grisou ! » répétait le vieillard, en poussant son canot plus avant sur les eaux du lac.

Harry, entraînant sa fiancée, son père, sa mère, avait précipitamment quitté la chapelle.

« Hors de la mine ! hors de la mine ! » répétait James Starr.

Il était trop tard pour fuir ! Le vieux Silfax était là, prêt à accomplir sa dernière menace, prêt à empêcher le mariage de Nell et d'Harry, en ensevelissant toute la population de Coal-city sous les ruines de la houillère.

Au-dessus de sa tête, volait son énorme harfang, dont le plumage blanc était taché de points noirs.

Mais alors, un homme se précipita dans les eaux du lac, qui nagea vigoureusement vers le canot.

C'était Jack Ryan. Il s'efforçait d'atteindre le fou, avant que celui-ci n'eût accompli son œuvre de destruction.

Silfax le vit venir. Il brisa le verre de sa lampe, et, après avoir arraché la mèche allumée, il la promena dans l'air.

Un silence de mort planait sur toute l'assistance atterrée. James Starr, résigné, s'étonnait que l'explosion, inévitable, n'eût pas déjà anéanti la Nouvelle-Aberfoyle.

Silfax, les traits crispés, se rendit compte que le grisou, trop léger pour se maintenir dans les basses couches, s'était accumulé vers les hauteurs du dôme.

Mais alors le harfang, sur un geste de Silfax, saisissant dans sa patte la mèche incendiaire, comme il faisait autrefois dans les galeries de la fosse Dochart, commença à monter vers la haute voûte, que le vieillard lui montrait de la main.

Encore quelques secondes, et la Nouvelle-Aberfoyle avait vécu !...

A ce moment, Nell s'échappa des bras d'Harry.

Calme et inspirée tout à la fois, elle courut vers la rive du lac, jusqu'à la lisière des eaux.

« Harfang ! Harfang ! cria-t-elle d'une voix claire, à moi ! Viens à moi ! »

L'oiseau fidèle, étonné, avait hésité un instant. Mais soudain, ayant reconnu la voix de Nell, il avait laissé tomber la mèche enflammée dans les eaux du lac, et, traçant un large cercle, il était venu s'abattre aux pieds de la jeune fille.

Les hautes couches explosives dans lesquelles le grisou s'était mélangé à l'air, n'avaient pas été atteintes !

Alors un cri terrible retentit sous le dôme. Ce fut le dernier que jeta le vieux Silfax.

A l'instant où Jack Ryan allait mettre la main sur le bordage du canot, le vieillard, voyant sa vengeance lui échapper, s'était précipité dans les eaux du lac.

« Sauvez-le ! sauvez-le ! » s'écria Nell d'une voix déchirante.

Harry l'entendit. Se jetant à son tour à la nage, il eut bientôt rejoint Jack Ryan et plongea à plusieurs reprises.

Mais ses efforts furent inutiles.

Les eaux du lac Malcolm ne rendirent pas leur proie. Elles s'étaient à jamais refermées sur le vieux Silfax.

XXII

LA LÉGENDE DU VIEUX SILFAX

Six mois après ces événements, le mariage, si étrangement interrompu, d'Harry Ford et de Nell, se célébrait dans la chapelle de Saint-Gilles. Après que le révérend Hobson eut béni leur union, les jeunes époux, encore vêtus de noir, rentrèrent au cottage.

James Starr et Simon Ford, désormais exempts de toute inquiétude, présidèrent joyeusement à la fête qui suivit la cérémonie et se prolongea jusqu'au lendemain.

Ce fut dans ces mémorables circonstances que Jack Ryan, revêtu de son costume de piper, après avoir gonflé d'air l'outre de sa cornemuse, obtint ce triple résultat de jouer, de chanter et de danser tout à la fois, aux applaudissements de toute l'assemblée.

Et, le lendemain, les travaux du jour et du fond recommencèrent, sous la direction de l'ingénieur James Starr.

Harry et Nell furent heureux, il est superflu de le dire. Ces deux cœurs, tant éprouvés, trouvèrent dans leur union le bonheur qu'ils méritaient.

Quant à Simon Ford, l'overman honoraire de la Nouvelle-Aberfoyle, il comptait bien vivre assez pour célébrer sa cinquantaine avec la bonne Madge, qui ne demandait pas mieux, d'ailleurs.

« Et après celle-là, pourquoi pas une autre ? disait Jack Ryan. Deux cinquantaines, ce ne serait pas trop pour vous, monsieur Simon !

– Tu as raison, mon garçon, répondit tranquillement le vieil overman. Qu'y aurait-il d'étonnant à ce que sous le climat de la Nouvelle-Aberfoyle, dans ce milieu qui ne connaît pas les intempéries du dehors, on devînt deux fois centenaire ? »

Les habitants de Coal-city devaient-ils jamais assister à cette seconde cérémonie ? L'avenir le dira.

En tout cas, un oiseau, qui semblait devoir atteindre une longévité extraordinaire, c'était le harfang du vieux Silfax. Il hantait toujours le sombre domaine. Mais après la mort du vieillard, bien que Nell eût essayé de le retenir, il s'était enfui au bout de quelques jours. Outre que la société des hommes ne lui plaisait décidément pas plus qu'à son ancien maître, il semblait qu'il eût gardé une sorte de rancune particulière à Harry, et que cet oiseau jaloux eût toujours reconnu et détesté en lui le premier ravisseur de Nell, celui à qui il l'avait disputée en vain dans l'ascension du gouffre.

Depuis ce temps, Nell ne le revoyait qu'à de longs intervalles, planant au-dessus du lac Malcolm.

Voulait-il revoir son amie d'autrefois ? Voulait-il plonger ses regards pénétrants jusqu'au fond de l'abîme où s'était englouti Silfax ?

Les deux versions furent admises, car le harfang devint légendaire, et il inspira à Jack Ryan plus d'une fantastique histoire.

C'est grâce à ce joyeux compagnon qu'on chante encore dans les veillées écossaises la légende de l'oiseau du vieux Silfax, l'ancien pénitent des houillères d'Aberfoyle.

TABLE

DANS LA MÊME COLLECTION

Les Intégrales Jules Verne :

VINGT MILLE LIEUES SOUS LES MERS
LE TOUR DU MONDE EN 80 JOURS
suivi de : LE RAYON-VERT
VOYAGE AU CENTRE DE LA TERRE
suivi de : LES INDES NOIRES
LES ENFANTS DU CAPITAINE GRANT
L'ÎLE MYSTÉRIEUSE
LA JANGADA
DEUX ANS DE VACANCES
suivi de : UNE VILLE FLOTTANTE
LE CHÂTEAU DES CARPATHES
suivi de :
LE SECRET DE WILHELM STORITZ
NORD CONTRE SUD
KÉRABAN-LE-TÊTU
MICHEL STROGOFF
LE PHARE DU BOUT DU MONDE
suivi de : LE CHANCELLOR
VOYAGES ET AVENTURES
DU CAPITAINE HATTERAS
DE LA TERRE À LA LUNE
suivi de :
AUTOUR DE LA LUNE
HECTOR SERVADAC
UN CAPITAINE DE QUINZE ANS
ROBUR-LE-CONQUÉRANT
suivi de : MAÎTRE DU MONDE
LA MAISON À VAPEUR
MATHIAS SANDORF
LES NAUFRAGÉS DU JONATHAN
LES TRIBULATIONS
D'UN CHINOIS EN CHINE
suivi de : FAMILLE-SANS-NOM
LE PAYS DES FOURRURES
LE TESTAMENT D'UN EXCENTRIQUE
L'ÉTOILE DU SUD
suivi de : L'ARCHIPEL EN FEU
MISTRESS BRANICAN
suivi de : CLOVIS DARDENTOR
LE VOLCAN D'OR
L'ÎLE À HÉLICE
LE SPHINX DES GLACES
LES CINQ CENTS MILLIONS
DE LA BÉGUM
suivi de : L'ÉCOLE DES ROBINSONS
AVENTURES DE TROIS RUSSES
ET TROIS ANGLAIS
suivi de : LES HISTOIRES
DE JEAN-MARIE CABIDOULIN
L'AGENCE THOMPSON AND C°
LA CHASSE AU MÉTÉORE
suivi de : HIER ET DEMAIN
L'INVASION DE LA MER
suivi de : CLAUDIUS BOMBARNAC
LE SUPERBE ORÉNOQUE
suivi de : SANS DESSUS DESSOUS
LE PILOTE DU DANUBE
suivi de :
UN DRAME EN LIVONIE
LE VILLAGE AÉRIEN
suivi de : LES FRÈRES KIP
P'TIT BONHOMME
L'ÉTONNANTE AVENTURE
DE LA MISSION BARSAC
SECONDE PATRIE

Louisa May Alcott

LES QUATRE FILLES DU DOCTEUR MARCH

Honoré de Balzac

EUGÉNIE GRANDET
suivi de : URSULE MIROUËT
HISTOIRE DES TREIZE
Ferragus — La duchesse de Langeais
La Fille aux yeux d'or
LE PÈRE GORIOT
suivi de : LA PEAU DE CHAGRIN
LE LYS DANS LA VALLÉE
suivi de : LA FEMME DE TRENTE ANS

Sir John Barrow

LES RÉVOLTÉS DU BOUNTY

Harriet Beecher-Stowe

LA CASE DE L'ONCLE TOM

Lewis Carroll

ALICE AU PAYS DES MERVEILLES

Cervantes

L'INGÉNIEUX HIDALGO
DON QUICHOTTE DE LA MANCHE
(2 volumes)

Carlo Collodi

PINOCCHIO

Fenimore Cooper

LE DERNIER DES MOHICANS

Alphonse Daudet

LETTRES DE MON MOULIN
suivi de : LE PETIT CHOSE

Daniel de Foë

ROBINSON CRUSOÉ
(2 volumes)

Charles Dickens

DAVID COPPERFIELD
(2 volumes)
OLIVIER TWIST
CONTES DE NOËL

Alexandre Dumas

LE COMTE DE MONTE-CRISTO
(3 volumes)
LES TROIS MOUSQUETAIRES
(2 volumes)
VINGT ANS APRÈS
(2 volumes)

Erckmann-Chatrian

HISTOIRE D'UN CONSCRIT DE 1813
suivi de : WATERLOO
L'AMI FRITZ, suivi de :
MAÎTRE DANIEL ROCK et de :
CONFIDENCES
D'UN JOUEUR DE CLARINETTE
MADAME THÉRÈSE suivi de :
HISTOIRE D'UN HOMME DU PEUPLE

Paul Féval

LE BOSSU
(2 volumes)

Gustave Flaubert

MADAME BOVARY

Antoine Galland

CONTES DES MILLE ET UNE NUITS

Théophile Gautier

LE CAPITAINE FRACASSE

Victor Hugo

LES MISÉRABLES
(3 volumes)
QUATREVINGT-TREIZE
suivi de : BUG-JARGAL
LES TRAVAILLEURS DE LA MER
suivi de : L'ARCHIPEL DE LA MANCHE
NOTRE-DAME DE PARIS
POÈMES

Jean de La Fontaine

FABLES

Hector Malot

SANS FAMILLE

Jack London

CROC BLANC

Charles Perrault

CONTES

Edgar Poe

HISTOIRES EXTRAORDINAIRES

George Sand

LA MARE AU DIABLE
suivi de : MAUPRAT
LA PETITE FADETTE
suivi de : FRANÇOIS LE CHAMPI

Walter Scott

IVANHOE

Comtesse de Ségur

LES MALHEURS DE SOPHIE
suivi de : QUEL AMOUR D'ENFANT !
LES PETITES FILLES MODÈLES
suivi de : LES VACANCES
MÉMOIRES D'UN ÂNE
suivi de : UN BON PETIT DIABLE
L'AUBERGE DE L'ANGE-GARDIEN
suivi de : LE GÉNÉRAL DOURAKINE
JEAN QUI GROGNE ET JEAN QUI RIT
suivi de : DILOY LE CHEMINEAU
PAUVRE BLAISE, suivi de :
LA FORTUNE DE GASPARD
LA SŒUR DE GRIBOUILLE
suivi de : LES DEUX NIGAUDS
FRANÇOIS LE BOSSU, suivi de :
APRÈS LA PLUIE LE BEAU TEMPS
LE MAUVAIS GÉNIE, suivi de :
LES BONS ENFANTS

William Shakespeare

THÉÂTRE-TRAGÉDIES I
Roméo et Juliette
Hamlet
Othello
Jules César

Stendhal

LE ROUGE ET LE NOIR
LA CHARTREUSE DE PARME

Robert L. Stevenson

L'ÎLE AU TRÉSOR suivi de :
LES AVENTURES DE DAVID BALFOUR

Eugène Sue

LE JUIF ERRANT
(3 volumes)

Jonathan Swift

VOYAGES DE GULLIVER

J. R. R. Tolkien

BILBO LE HOBBIT

Mark Twain

LES AVENTURES DE TOM SAWYER

Émile Zola

GERMINAL
L'ASSOMMOIR
LA FORTUNE DES ROUGON
LA BÊTE HUMAINE
AU BONHEUR DES DAMES

Aubin Imprimeur
LIGUGÉ, POITIERS

Achevé d'imprimer en juin 1990
N° d'édition 7901 / N° d'impression L 35226
Dépôt légal, juin 1990
20-13-5612-14
ISBN 2-01-004621-8
Imprimé en France

20-5612-5
90-6